KB213483

천재토끼 차상문

천재토끼 차상문

한 토끼 영장류의 기묘한 이야기

김남일 장편소설

문학동네

차례

네 시작은 미약하였으나, 네 끝은 심히 창대하리라.
_욥기 8장 7절

1

훗날 깊은 바다에서 생을 마감하게 될 때, 사내는 주마등처럼 스치는 기억들 속에서도 한사코 그 장면만큼은 외면할 수 있기를 바랐다. 축복은 없었다. 무수한 자상이 비대한 육신에 남았지만, 마지막 순간 그는 자신의 숨을 끊어놓는 상처가 무엇인지 똑똑히 확인할 수 있었다. 모든 끝에는 시작이 있게 마련이다. 그리고 그에게 시작은 그 하나의 장면일 수밖에 없었다.

봄이었다, 하필이면.

2

그 후에도 무수히 봄을 맞이하고 또 보냈지만, 다행히 여자에게 그 봄의 기억은 없었다. 정확히 말하면, 그 봄 이후 거의 모든 계절에 대한 기억도 없었다. 그녀의 시계는 종종 멈췄고 흔히 거꾸로 갔다. 첫째를 낳고 난 직후 나타나기 시작한 증상은 둘째를 낳은 이후에는 퇴행과 빙의를 수시로 오가는 데까지 발전했다. 손자가 군 입대를 앞둔 시점부터는 나이를 헤아리는 것조차 무의미해졌다. 그 손자가 집총과 국기에 대한 경례를 거부하는 여호와의 증인 신도라는 것도, 그래서 보충대에 입소하자마자 교도소로 간다는 사실도 알 턱이 없었다. 꽤 낯설기는 해도 나름대로 질서를 갖춘 채 흘러가는가 싶던 시간의 타래마저 어느 때부터인가 뒤죽박죽 엉켜버렸기 때문이다. 엊그제는 갑자기 붓을 꺼내고 먹을 갈아 "我等ハ皇國臣民ナリ忠誠以テ君國ニ報ゼン(우리는 황국 신민이다. 충성으로 군주의 나라에 보답한다). 我等皇國臣民ハ互ニ信愛協力シ以テ團結ヲ固クセン(우리 황국 신민은 서로 신애협력하여 단결을 공고히 한다). 我等皇國臣民ハ忍苦鍛錬力ヲ養ヒ以テ皇道ヲ宣揚セン(우리 황국 신민은 인고단련하고 힘을 길러 황도를 선양한다)."라는 황국신민서사를 수려한 행서로 진종일 쓰고 또 쓰더니, 어제는 누가 보던 것인지 중등학교용 『전시독본』을 용케 찾아내어 두 눈 실핏줄이 터질 때까지 들여다보고, 오늘은 문설주에 기대서서 가라후토(사할린)로 징용

나간 아버지를 하염없이 기다리며 닭똥 같은 눈물을 뚝뚝 흘리는 식이었다. 물론 그녀가 이런 식으로 몸을 움직여 구체적으로 무엇인가 '이벤트'를 만들어내는 일은 드물었다. 대개의 경우 그녀는 바늘도 숫자도 없는 텅 빈 시계 속에서만 존재했다.

3

실은, 아무도 그 봄에 대해 그녀에게 물어본 적이 없었다. 바다가 내려다보이는 언덕 마을 사람들도 마찬가지였다. 그들은 갓 부임해왔을 때 까만 무명 치마 아래 하얀 복사뼈를 살짝 드러낸 젊은 선생님이 첫눈에도 민들레 홀씨처럼 아슬아슬해 차마 크게 부르지도 못했다. 어쩌다 비린내 진동하는 포구에 내려와 "어머, 이것은 무슨 고기여요?" "어머, 이것은 요리법이 어떻게 되나요?" 두 눈을 토끼처럼 뜨고 묻기라도 하면, 그 서울 말본새라는 게 영 남의 살만 같고 평생 근동 30리를 벗어나본 적이 없는 자기들이 무언가 죄라도 지은 기분이 들었다. 사뿐사뿐 지나칠 때마다 코끝에 묻어나는 분 냄새는 머릿속까지 어질어질 만들어서 막상 해야 할 말조차 당연히 잊어버리기 일쑤였다. 아이들은 아이들대로 선생님이 변소에 가는지 안 가는지 내기를 걸었고, 마침내 현장을 목격하고서는 이긴 아이들이 오히려 깊은 상실감에 젖어들기도 했다. 한 해를 그렇게 지냈다. 마을 사람들도 어지간히 그녀의 하늘하늘한 걸음걸이와 간살스러운 말씨와 아리아리한 분 냄새에 익숙해질 만하니까, 여름방학이 끝나고 새 학기가 시작되었는데도 당사자인 교육공무원이 출근조차 하지 않는 해괴한 일이 벌어졌다. 김매는 일손 하나 학교 보냈더니 틈만 나면 관사 텃밭 풀 뽑기나 시키는 소갈머리에, 물때만 좋으면 귀신같이 포구에 나타나 비린 것이든 비리지 않은 것이든 그물에 든 것이든 주낙에 엮인 것이든 한 마리라도 손에 들려줘야 발길을 돌리는 밉살머리 교장이 대신 두 학년 수업을 맡고 나서야 마을 사람들은 현실을 받아들였다. 괘씸하고 분했다. 그건 지난 시절, 해 뜨면 관솔 채집하라고, 달 뜨면 현고학생부군과 현비유인 신위용 놋주발까지 바치라고 닦달했던 마을 총대가, 해방이 오자 마누라 광목 고쟁이를 찢어 만든 현수막에 WELCOME AMERICA 꼬부랑 글씨를 써서 들고 식솔 앞세워 제일 먼저 읍내를 한 바퀴 돌아, 아직 해방이 뭔지도 모르니까 당연히 그게 어떻게 해서 오게 되었는지도 알 리 없는 마을 사람들을 당혹스럽게 만들었던 때와 버금갔다. 촌것들이라고, 물질하는 것들이라고 무시하는 지정머리였다. 불쌍한 건 아이들이었다. 유난히 그 선생님을 잘 따랐던 언년이는 시집도 못 간 제 언니가 폐병에 걸려 죽었을 때처럼 눈물 콧물 섞어 질질 짰고, 운좋게 3학년이 된 막배는 읍내 니나놋집 작부 대하듯 선생님을 헐뜯는 아버지에게 대들었다가 간장 종지에 이마를 맞고 한동안 모과 같은 얼굴로 돌아다녀야 했다. 풍문이 돌기 시작한 건 한

참 뒤였다. 그러나 풍문이란 게 늘 그렇듯 어디부터 어디까지 믿을 수 있는 건지 아무도 장담하지 못했다. 제 말이 틀리면 손가락에 장을 지지겠다고 나선 이들이 여럿이었으나, 한 사람도 장을 지지지 않았다. 나중에는 없는 시어머니 흉보듯 이야기를 나누다가도 행여 저만큼 고샅길에 비쩍 마른 아이들 그림자라도 비친다 싶으면 없는 시어머니 하늘에서 떨어진 듯 잽싸게 입 빗장을 닫아거는 이들이 늘어났다. 가장 믿기 어려운 풍문은 시집도 안 간 선생님이 놀랍게도 아기를 낳았고, 그런데 또 그 아기가 토끼라는 것이었다.

"토깽이?"

"그랑께, 토깽이!"

"깡총깡총?"

"못 봤응께 깡총깡총 뛰는지 껑충껑충 뛰는지 그건 몰르겄고……"

"토깽이람서?"

"앗따, 귓구녕이 콧구녕인갑네. 몇 번을 야그해줘도 못 알아처먹으까이."

"그람 띠는 워치게 된디야? 금년이 병신년이니께 잔내비 아녀? 허 참, 이래두 되능감? 토깽이띠라믄 또 모를까 말이시."

차라리 메주로 콩을 쑤고 호박고지로 호박 만든다고 하지, 도대체 누가 그런 말을 믿을 수 있을까. 그럭저럭 몇 차례 계절이 더 바뀌자, 바다가 내려다보이는 언덕 마을에서도 어느덧 그 선생님에 대해 입을 여는 이들이 없게 되었다. 아이들도 더는 울지 않았다. 재 너머 학교에서 전근 온 뚱뚱하고 나이 든 여선생님이 변소에 가건 말건 거들떠보지도 않았다. 언년이는 학교에 가는 대신 선창에 나가 하루 종일 칼바람 속에 그물을 깁거나 고기 배를 따야 했고, 운 좋게 졸업반이 된 막배는 관사 텃밭에서 자갈을 골라내라고 시키는 교장 뒤통수에 대고 감자떡을 먹이다가 제대로 걸려 제 아버지한테 또다시, 이번에는 훨씬 큰 막걸리 사발로 이마를 얻어맞고 기어이 집을 나가버렸다. 강산이 한 차례 바뀌었을 무렵, 막배는 딱 한 번 집에 돌아왔다. 그때 막배 아버지는 진작 허리를 쓸 수 없게 되어 뱃일을 접은 지 오래였다. 그저 집에서 마누라를 패고, 그 마누라가 꼭 얻어맞은 뒤에 받아오는 막걸리를 마시며 주정을 부리는 게 일과였는데, 광주 양동파 행동강령과 성깔서껀 그래도 그렇지, 모처럼 돌아와 집 그늘을 밟자마자 아버지 방을 향해 다짜고짜 독 뚜껑을 날릴 줄은 아무도 짐작하지 못했으리라. 마을이 생겨난 이래로 그런 후레자식은 처음이라고, 마을 어른들로부터 대놓고 개아들 소리 듣고 살던 으름나뭇집 강개탁(호적상 이름 강병탁)이조차 혀를 내둘렀다. 언년이는 그 무렵 하루 종일 햇볕 한줌 들어오지 않는 서울 청계천 평화시장 4층 다락방에서 3년째 미싱을 돌리고 있었는데, 추석 때 고향에 내려왔다가 동생한테서 처음 막배 소식을 듣긴 들었지만 그때는 죽은 제 언니처럼 이미 실밥이며 보푸라기, 먼지, 병균이 폐를 거지반 갉아먹어 크게 소리 내어 욕 퍼부을 기운도 없던 터였다.

4

양잿물을 먹고 쓰러진 유진숙을 처음 발견한 사람은 유진명이었다.

아침도 거른 채 마실 다녀오마고 집을 나설 때만 해도 딱히 괘념한 사람은 없었다. 방학이라고 집에 돌아온 뒤, 전에 없이 말수가 적어졌고 얼굴에도 자못 짙은 그늘이 드리워졌지만, 그게 설마 맹랑한 춘사(椿事)의 전조였음을 어찌 짐작했으랴. 유진명은 유진명대로 똥물을 두어 양동이나 받아 마시고 나서야 자리에서 겨우 일어나 앉게 된 처지라 아무리 살가운 동생의 일이라도 깊게 파고들 여력이 없었다. 입 있는 이들이라면 하나같이 두 번 다시 얼굴 못 볼 줄 알았는데 살아 돌아온 것만도 천운이라며 혀를 찬 켯속이었으니까. 그건 마음 각오하고 있다가 도깨비 조화처럼 풀려난 유진명 당자도 같은 생각이었다. 다저녁때가 되도록 유진숙은 돌아오지 않았다. 대신 마리(호적상 이름 말희)가 땅거미처럼 청대문집 문턱을 넘어왔다.

"아무래도 예감이 이상해요."

미션계 여자대학을 다니는 마리가 똑똑하기는 해도 반지빠른 구석이 있고, 틈만 나면 기독이니 독생자니 대속이니 까마득한 시절 까마득한 소아시아 땅에서 기원한 말들을 입에 올려 유진명으로서는 썩 마뜩지 않았다. 그 시절 유진명은 종교는 아편이라는 믿음 이외에는 어떤 믿음도 신뢰하지 않았기 때문이다. 하더라도 제 발로 찾아와 다짜고짜 예감 운운할 때에야 유진명도 눈만 껌벅거릴 수만은 없었다. 두서없는 마리의 말을 애써 가다듬으면, 유진숙은 아침나절 허깨비처럼 마리의 집에 들렀다가 잠에서 덜 깬 마리가 눈곱을 떼는 사이 도로 허깨비처럼 사라졌다는 것이다.

"그게 아마 바이런 같았어요."

촉망받는 영문학과 학생답게 마리는 그 허망한 순간에도 유진숙의 손에 들려 있던 바이런의 시집을 용케 기억해냈다. 그렇게 말을 보탤 때, 마리의 볼은 서리 맞은 연시처럼 발그스레해졌다. 듣는 편에서는 마리가 인문학도로서 제 존재를 필요 이상으로 부각시킨다고 눈살을 찌푸릴 수도 있었지만, 그 순간 유진명의 뇌리를 번개처럼 스치고 지나가는 그림이 있었다. 유진숙의 귀빠진 날에 일어 번역판 그 시집을 선물로 준 사람이 바로 자기였고, 그날 남매는 뒷산 커다란 팽나무 그늘에서 바이런의 시편들을 번갈아가며 읽고 읊고 했던 것이다. 꿈 많은 여고 시절임을 감안해도 동생 유진숙의 표정은 참으로 맑고 고왔다. 유진명은 그래서 불안했다, 막연히.

"아니, 그래선 안 돼."

"오빠, 뭐가?"

"아니, 그저…… 네가 내 동생이라는 게 참 고마워."

"생뚱맞게 무슨 말이야? 동생이 고맙다면서, 근데 그러면 안 된다는 거야? 이제부턴 말썽도 부리고 해찰도 부리고 그럴까?"

오누이는 마주 보고 크게 웃었다. 웃다가 서산으로 기우는 해를 보고는 누가 먼저랄 것 없이 가만히 입을 다물었다. 유진명은 발아래 미친 세상의 불온한 기운이 아직은 쉽게 언덕을 기어오르지 못한다는 사실에 안도했던 만큼, 동생의 눈망울이 노을에 붉게 물들다가 어느 순간 샛별처럼 반짝 빛났던 것 역시 똑똑히 기억했다. 유진명은 곧 마리의 부축을 받으며 뒷산에 올랐고, 기어이 제 막연한 불안감이 맞아떨어진 장면을 목격한다.

나중에 마리는 영국 에든버러로 유학까지 갔다 와서 대학에 자리를 잡는다. 19세기 영미 시를 가르칠 때마다 바이런에 초점을 맞췄고, 그중에서도 유독 한 편의 시 「나는 내 안에 살지 않고(I Live Not in Myself)」를 즐겨 인용했다. 그건 죽은 유진명이 이따금 성가대원 못지않게 찰진 목소리로 암송하던 바로 그 시였는데, 상원에서 산업혁명기 방직공들의 소요를 지지하던 때의 바이런과는 거리가 먼 내용이었다. 문학도들은 대개 유고 시집 한 권만 남긴 유진명을 이름조차 잘 몰랐고, 문단의 몇 안 되는 지기들도 세상이라는 거대한 벽에 다만 한치라도 균열을 내기 위해 애쓰던, 그리고 그런 시적 몸부림이야말로 그의 진정한 존재 이유였다는 식으로만 유진명을 기억했다. 마리는 유진명의 실체가 쉽게 잡힌다고는 한 번도 생각해본 적이 없었다. 에디슨도 자신의 발명품이 훗날 한반도 남쪽 땅에서 무수한 청년들을 고문하는 데 이용되고, 급기야 앞길 창창한 한 시인을 성불구자로 만든다는 사실을 예상하지 못했을 것이다. 마리는 드물게 유진명의 비밀을 알고 있었지만, 딱히 또 그것만이 유진명이라는 한 개인이 감당해야 했던 저 지독한 우울의 기원이라고 속단하지도 않았다.

5

서둘러 이야기하자면, 순도 98퍼센트의 양잿물을 마신 유진숙은 살아났다.

양잿물의 분자식 따위를 알 리 없는 여염의 사람들도 그걸 빨래 삶을 때 쓰는 양보다 몇십 배나 더 짙게 타서 마신다면 목구멍부터 시작해 몸 안의 온갖 장기가 삭아버린다는 사실을 모르지 않는다. 그럼에도 유진숙은 위세척 한 번으로 멀쩡히 살아났다. 그녀에게 자신도 믿기지 않는 처치를 한 동네 의사는 입소문을 타고 일약 명의 반열에 올랐고, 10년 후에는 처가의 지원을 조금 보태 대구에 병상 서른 개짜리 병원까지 차렸다. 그보다 더 큰 행운을 잡은 이도 있었으니, 평생 행운 따위하고는 담을 쌓고 살아온 산파였다. 맵찬 눈보라가 몰아치던 어느 겨울날, 산파는 한밤중에 비척비척 만삭의 몸을 이끌고 쓰러지다시피 조산원 안으로 들어선 한 젊은 여자가 자신에게 엄청난 행운을 가져다줄 줄은 행여 꿈조차 꾸지 못했다. 그 무렵 그녀의 꿈이란 게 대개 개, 닭, 쥐가 난데없이 뛰어들어 막 입에 대려던 밥술마저 떨어뜨리게 만든다든지 하는 것으로, 그나마 새길 만한 꿈이라도 떨어진 밥풀들을 손으로 겨우 주워 먹을 수 있는 정도의 푼수였다. 산파는 그때 막 든 잠을 깨운 현관 쇠방울 소리가 처음에는 짜증스러웠고, 애써 눈을 비비며 나온 직후에는 손님이 당장 손을 쓰지 않으면 산고가 아니라 추위에 먼저 쓰러져 애먼 누명을 쓸지 모른다며 기겁했다. 스물둘 나이에 헛구역질 한 번 없이 남편을 먼저 보낸 과부로서 우연히 접어든 산파의 길을 산 넘고 물 건너 일흔 나이까지 이어온 그녀였지만, 평생 그토록 험한 몰골로, 그것도 혼자 기어들어온 임부는 처음이었다. 아니나 다를까, 양수가 터지고 옥문이 열릴 때까지 임부는 몇 올 남지 않은 산파의 머리카락까지 죄 뽑아버릴 듯 행짜를 부렸다. 산파라고 맥없이 당할 수만은 없어 이넌 저넌 빌어먹을 넌 아는 육두문자를 죄 퍼부었다. 그때 광경을 요즘처럼 CCTV나 카메라폰이라도 있어 찍어 돌렸다면, 백이면 백 머리끄덩이를 서로 쥐어뜯는 두 여자의 육박전에 경악을 금치 못했으리라. 오죽했으면 산파가 기어이 임부의 팔을 깨물기까지 했을까.

그에 비긴다면, 정작 산부가 되는 순간은 허무할 정도로 빠르고 수월했다.

"세상에!"

산파가 서당 개조차 본 적 없는 처지라서가 아니라, 솔직히 누구였단들 달리 어떤 말로 그 순간을 그려낼 수 있었으랴.

어쩐 일인지 독한 양잿물 냄새가 진동하는 가운데, 새빨간 핏덩이와 함께 옥문 밖으로 제일 먼저 나온 것은 머리도 발도 아닌 귀였다. 게다가 그 귀가 산전수전 다 겪은 산파조차 처음 보는 아주 긴 귀였다. 억조창생 중에 토끼가 아니라면 그런 귀가 없을 텐데, 세상에, 진짜 토끼였다. 경악을 거듭하면서도 산파는 자신이 지닌 기술을 총동원하여 훌륭히 임무를 완수했다. 엄마 뱃속을 빠져나온 직후라 새파랗게 질려 있던 아기를 따뜻한 물로 씻겨주자 과연 갓 쪄낸 백설기처럼 새하얀 토끼 한 마리가 모습을 드러냈다. 오래 살다보니 별일을 다 겪는다고, 투덜거리듯 은근히 제 솜씨를 뽐낸 것은 얼마 후의 일이다. 그 당장 산파는 도무지 믿을 수 없는 현실 앞에서 물처럼 신음만 삼켰다. 그래도 고추가 달려 있었다. 당대의 산파라면 유교적 가부장제라는 말을 몰라도 세상이 어떤 생식기를 원하는지 아주 잘 알았다. 때문에 막상 달릴 게 달려 나오자 산파는 그 달린 것을 손수 빚어낸 도공인 양 잠시 으쓱해하기도 했다.

"있을 건 있는데……"

산파는 차마 제 입으로 아들이 토끼라는 말을 전해줄 수는 없었는데, 놀랍게도 산부는 고개를 들어 제 배에서 나온 그 괴이한 생명체를 분명히 목격했음에도 혼절은커녕 크게 놀라는 기색조차 보이지 않았다. 산부는 그때 벌써 운명의 가혹한 시련을 열두 번쯤 겪은 사람처럼 담담하게 대처할 수밖에 다른 도리가 없다는 걸 깨달았는지 모른다.

학명이 Lepus sinensis coreanus인 한국 토종 토끼도 생물학적으로 분류하자면 당연히 척추동물문-포유강-토끼목-토끼과-토끼속에 속하는데, 그날 산파는 공식적으로는 사람하고 똑같이 젖빨이동물 영장목으로 분류되는 토끼, 즉 레푸스 사피엔스(Lepus sapiens)를 목격하는 최초의 호모 사피엔스가 되었다. 하지만 호모 사피엔스가 어느 나라 귀신 씻나락인지 알 리 없는 산파에게 중요한 것은 『네이처』나 『사이언스』 같은 유명 학술지에 최초의 증인으로서 이름을 함께 등재하자는 몇몇 생물학자나 의사들의 권유 따위가 아니라 앞으로 굴리고 뒤로 돌려도 확실히 돈이 되는 입소문이었다. 훗날에는 복제양 돌리도 태어나고, 풀을 뜯는 대신 고기를 먹는 소도 지천이 되며, 어둠 속에서 온몸을 네온사인처럼 반짝이는 형광고양이도 유전공학의 이름으로 태어나 신자유주의 시장경제의 논리에 따라 국경을 넘나들며 다국적 화장품 회사의 모델로 활약하게 된다는 사실을 알 턱이 없었어도, 산파는 그 시점에서만큼은 자신이 무엇을 해야 하는지 확실히 알았고 또 실천했다. 산파 이간난은 결국 서울 강남 대치동에서 멀쩡한 아파트를 허물고 영리한 조합원들의 뜻을 모아 새로 재건축을 시행할 때 주상복합 아파트 두 개 층의 공동 지분 소유주가 되지만, 정작 그녀 자신은 단 하루조차 그곳에서 잠을 잘 기회를 갖지 못했다. 선천적인 어지럼

증 탓에 평생 땅 위로 제 키 이상 되는 데를 올라가본 적이 없는데다, 바퀴 있는 것만 타면 사정없이 멀미를 해서 두 번 다시 서울에는 가지 않으려 했기 때문이다. 그녀가 아흔일곱 살로 세상을 뜬 후에는 유산을 둘러싸고 당연히 이전투구가 벌어졌다. 저마다 수양아들을 자처하고 나선 몇몇 생물학자와 의사와 기자, 그리고 자서전을 대필해준 어느 삼류 소설가가 장본인들이었다.

6

솔직히 산파는 산모에 대해서 학술적으로 혹은 국민의 알 권리라는 차원에서 유의미한 정보를 별로 아는 바가 없었다. 특기할 만한 게 있다면, 산모가 마치 벙어리처럼 어떤 말도 하지 않았다는 증언 정도였다. 애초 임부가 당장 숨넘어갈 듯 비명을 질러댔다고 말하기는 했지만, 나중에는 그것조차 워낙 출산 직전의 육박전이 치열한 가운데 머리끄덩이를 붙잡힌 제가 지른 비명이었노라 말을 바꾸었다. 결국 토끼도 말이 없고, 산모도 말이 없고, 산파도 더는 할 말이 없게 되었다. 풍문만 무성하게 가지를 치며 번어나갈 뿐이었다. 신문기자들이며 과학자들, 의사들, 심지어 남의 말 하는 것으로 삼시 세 때 끼니를 잇는다고 자처하는 경향 각지의 호사가들까지 두루 나섰지만, 모자가 이간난 조산원을 빠져나오는 모습을 봤다는 사람조차 찾아내지 못했다. 진화론의 본향 영국에서는 왕립생물학회가 각별한 관심을 표명했다. 비행기를 세 번이나 갈아타고 날아온 두 명의 경(卿)은 실물을 확인하지 못하게 되자 이종 간 교배라도 진화의 질서를 근본적으로 뒤흔들지 못한다는 기존의 학설이 여전히 유효하다며, 자기네 저널에 터무니없는 제보를 하고 이를 방치한 한국의 비과학적 비상식적 학계를 집단으로 고소하겠다고 을러대기도 했다. 적어도 한반도 남쪽에 그런 협박 같지도 않게 물러터진 협박에 몸을 사릴 학자는 없었다. 오랜 피식민지 체험과 참혹한 전쟁의 근대사는 과학과 이성에 기대느니 권력과 여론을 믿는 게 훨씬 합리적이라는 인식을 보편화했기 때문이다.

시간이 흐르면서 영장류 토끼에 대한 세간의 관심도 차츰 시들해졌다. 그해 헝가리의 수도 부다페스트에서는 반소 봉기가 터졌고, 이집트의 나세르 대통령은 영국이 장악하고 있던 수에즈 운하의 국유화를 선언했으며, 미국 몽고메리의 흑인들은 한 해 전 백인에게 자리를 비켜주지 않았다는 이유로 체포된 한 여성 재봉사가 촉발시킨 버스 보이콧 운동에서 승리했다. 그래봤자 사람들은 미국 라이커밍사의 160마력짜리 엔진을 탑재하고 최고 시속 256킬로미터로 나는 비행기로 변신이 가능한 이른바 '하늘을 나는 자동차'(FAA 등록번호 N103D)라든지 서울 반도호텔에서 열린 이 나라 최초의 패션쇼 따위에 더 큰 관심을 보였다. 대부분의 장삼이사 갑남을녀는 그런 일들이 있는지조차 몰랐으며, 산토끼 구경하다 집토끼 굶겨 죽일 만큼 한가하지도 않았다. 드물기는 해도 인구 비율로 따지면 270개쯤 되는 전체 성씨 중 60위 안쪽에는 드는 공씨 성을 지닌, 전라도 곡성 출신의 한 여자아이가 훗날 소설가가 되어 회상하는 시절과 별반 차이 나지 않는다. 보기만 해도 단물이 뚝뚝 돋는 복숭아를 함지박 가득 이고 장수가 찾아왔다. 아이는 함지박을 뚫어져라 바라보던 눈길로 흘낏 엄마를 본다. 엄마가 한숨을 쉬더니, "악아" 하고 아이의 손을 끈다. 엄마를 따라 밭으로 가는 길, 아이는 중얼거린다. 고깟 복성, 맛도 하나도 없게 생겼더만…… 엄마는 들었는지 못 들었는지 묵묵히 일을 시작한다. 아이가 이랑에 구멍을 뚫으면 엄마가 서너 알씩 씨를 넣는다. 그런 와중에도 아이의 머릿속에서는 복숭아가 쉬이 떠나지 않는다. 엄마가 밭두둑에서 무언가를 툭 분질러 말없이 건네준다. 단 쭈시(수수)다. 아이는 단물을 쪽쪽 빨아먹는다. 그때 복숭아 장사는 어디쯤 갔을까. 그날따라 파란 하늘에 하얀 양 떼 같은 뭉게구름이 유난히 눈부신데……[1] 그런 아이들이 대처에 가서 차장이 되고 식모가 된다. 차장은 며칠째 아침을 못 먹어 얼굴이 누렇게 뜬 제 또래 남학생의 무임승차를 눈감아주고, 식모는 차마 대문을 넘어서지 못하고 문가에서 쭈뼛거리기만 하는 어린 거지 형제를 부엌으로 불러들여 식은 밥을 먹인다. 난 배 안 고파. 너나 많이 먹어. 이미 수돗물을 한 바가지 마신 거지 형이 코찔찔이 거지 동생에게 제 몫을 건네준다. 겨우 두어 숟갈 뜬 참이다. 잠시 눈치를 보던 동생은 누가 쫓아오기라도 하는 양 허겁지겁 그 밥마저 해치운다. 아직 달거리도 시작하지 않은 어린 식모는 못 본 척 눈길을 돌린다. 그때 검은 그림자가 불쑥 대문 문턱을 넘는다. 처음에는 배고파 입 벌린 한쪽 군화만, 곧 이어서는 노란 미제 연필을 쥔 갈고리 손만 보인다. 전쟁 때 낙동강 전투에서 두 손을 잃은 상이군인이다. 그의 눈이 거지 동생이 방금 비운 밥그릇에 가닿는다. 식모도, 거지 형제도, 그리고 갈고리 손 상이군인도 어쩔 수 없다. 도시에도 어둠은 그렇게 내린다.

서울 시내 화동인가 인사동에서 포대기에 토끼를 업은 한 젊은 처자를 보았다는 풍문이 반짝 세일처럼 빠르게 번진 일은 있었다. 그러나 그 풍문조차 곧 토끼가 아니라 벅스 버니 토끼 인형이라는 풍문, 포대기가 아니라 달구지라는 풍문, 젊은 처자가 아니라 젊은 처자로 변장한 늙은 남자라는 풍문 등 장난처럼 양산되는 질 나쁜 사이비 풍문들에 묻혀 아니 땐 굴뚝의 연기처럼 사라졌다.

마리도 풍문을 들었다. 화동에는 유진숙과 함께 다닌 모교가 있었기 때문에, 그곳과 연관된 거면 어떤 풍문이든 허투루 흘려버리지 않았다. 10여 년쯤 세월이 흘러 유학에서 돌아온 마리는 강단에 서는 한편 간간이 수필을 발표할 수 있는 기회도 얻었다. 당시 워낙 열악한 출판계의 사정을 감안하여 어지간하면 원고료를 주고받지 않는 관행을 따르기는 했지만, 글을 실어주는 대가로 잡지를 수십 부씩 정기 구독하는 노예 계약을 맺지는 않왔다. 마리는 자신이 유진숙과 학창 시절을 보낸 화동을 소재로도 글을 썼는데, 정작 쓰고 나니 가슴이 먹먹한 게 도무지 발표할 엄두가 나지 않았다. 결국 그 글은 어느 지면에도 발표되지 않았다. 글을 읽어준 사람은 있었다. 유일한 독자, 그는 바로 유진명이었다.

인사동 쪽에서 신작로를 가로지르면 바람만 불어도 쓰러질 성싶은 낡은 한옥 한 채가 보이고, 그 왼쪽으로 몇 걸음 옮기면 여학교가 나타난다. 당신은 그 앞에서 잠시 걸음을 멈춘다. 정문은 닫혀 있다. 그래도 당신은 힘들이지 않고 그 문을 통과한다. 유령처럼. 운동장 한구석 등나무 아래 벤치가 있다. 아직 보라색 꽃술이 달리지 않았지만 그늘은 충분하다. 당신은 거기 앉아 있는 당신을 본다. 책을 읽고 있는 당신. 어느 구라파 시인의 번역판 시선집이다. 『죽음의 무도회』 혹은 『해변의 묘지』. 당신은 언제부턴가 한없이 경쾌한 죽음에 대해 생각하고 있다. 어쩌면 아름다운 죽음일지도. 생각한다는 것뿐, 당신은 죽음과는 아무런 상관이 없다. 오히려 당신은 뭉게구름처럼 막 피어나는 생에 대해 고맙게 생각한다. 지금, 여기. 모든 게 황홀하다. 코끝에 와닿는 봄의 향훈을 맡아본 사람이면 말뜻을 알 것이다. 어디선가 재잘거리는 소리가 들려온다. 수업을 마친 동무들이다. 두엇이 다가올 것이다. 윤이 반질반질한 까만색 구두 위로 복사뼈를 살짝 가린 하얀 양말들이 눈부시리라. 얘, 넌 양호실에 간다더니 또…… 볼우물이 예쁜 벗이 눈을 흘기며 말한다. 대답 대신 당신은 기지개를 켜듯 어깨를 뒤로 젖히고 숨을 들이켠다. 코를 큼큼거린다. 살포시 눈을 감는다. 눈꺼풀 속으로 사랑이라는 단어가 새벽 물안개처럼 스며든다. 누가 말했던가. 사랑…… 절대적인 것. 유일한 것. 완전한 것. 그때 누군가가 당신의 어깨를 툭 친다. 어머, 미안해요. 현숙이인 줄 알고…… 체크무늬 교복을 입은 여학생이다. 키가 전봇대처럼 크다. 그제야 당신은 정문 바깥에 서 있는 당신을 본다. 당신이 빙그레 웃고, 여학생이 당신을 건드렸던 손으로 입을 가리며 약간은 멍청한 표정으로 따라 웃는다. 이제 당신은 골목으로 접어든다. 화동 골목이다. 당신은 동네 이름이 그저 좋았다. 정말 예쁘지? 당신은 또다른 당신에게 그렇게 말을 보탰다. 사실 그곳에서는 모든 게 다 예뻤다. 학교 담장, 다른 여학교의 평범한 정문, 같은 재단의 중고등학교를 이어주는 구름다리, 낮은 처마의 기와집, 분식집으로 개조한 한옥, 한쪽 벽 모퉁이에 유리 진열장을 낸 또다른 한옥, 그 안에 전시된 고운 세모시 저고리 한 벌. 그리고 '구름'이라는 이름이 더없이 잘 어울리는 자그마한 이층 찻집. 어디부터였을까, 당신의 걸음에 어쩐지 힘이 없다. 빨간 벽돌 찻집 이층 창가에 놓여 있는 앙증맞은 화분 때문일까. 흐린 날에도 햇볕을 스펀지처럼 빨아들일 것 같은 격자 창 때문일까. 이태리풍인가 불란서풍인가. 당신의 벗이 영국 에든버러라는 도시에서 보낸 그림엽서 속 어떤 고성의 창이 그랬던가. 모든 게 장난감 같다. 언젠가 당신은 말했다. 저런 창문으로 그대를 바라보고 싶어요. 가볍게 손을 흔들며, 저기 저만큼 외출에서 돌아오는 그대를 맞이하고 싶어요. 그때 그대 손에는 오다가 길섶에서 꺾은 들꽃 송이가 들려 있겠지요? 시간은 많은 것을 배반하지만 당신은 강한 사람이다. 흔들리는 것은 당신답지 않다. 어디선가 벚꽃 꽃잎 하나 포르르 나비처럼 날아온다. 그 여리디여린 꽃잎 하나에 당신의 그림자가 크게 흔들린다. 당신은 문득 발길을 멈춘다. 봄날 꿈처럼. 당신의 입속에 머릿속에 가슴속에 정확히 그 말이 있다. 갑자기 눈시울이 뜨거워진다. 당신은, 사랑은 절대적이고 유일하고 완전한 것이라고 말했던 당신은 울어서는 안 된다. 이제 곧 당신이 자주 들르던 서사(書舍)가 나타날 것이다. 거기서 기억과 꿈이 어떤 절정에 올라섰다. 그 순간, 당신은 원치 않는 방향으로 치닫는 혁명에 등 돌리듯 그 모든 시간을 떠나려 한다. 그래도 당신은 안다. 사라지는 것은 아무것도 없다. 시간의 강물이 출렁출렁 흘러갈 뿐.

유진명은 글을 다 읽고 난 뒤로도 입을 떼지 않았다.

"시간에 대해 생각하면 난 늘 그곳이 먼저 떠올라요. 이유는…… 모르겠어요. 꿈과 기억, 그리고 소중한 많은 것들이 언젠가는 덧없이 흘러가는 구름처럼 사라진다는 것. 아마 그것만이 진실이 아니겠는지……"

벌거벗은 마리가 벌거벗은 유진명의 몸을 쓸쓸히 더듬으며 말했을 때, 솔직히 그녀는 진작 후회하고 있었다. 유진숙에 관한

한 어떤 돌 부스러기 하나라도 오빠인 그에게 얼마나 큰 상처를 입힐지, 너무나 자명했으므로. 며칠 후, 유진명은 평소처럼 산에 간다며 자일 한 동을 꾸려 마리의 방을 나섰는데, 결국 그게 두 사람의 마지막이 되었다.

7

칠흑 같은 밤, 여자는 조산원을 나와 며칠째 숙지지 않은 거센 눈보라 속으로 사라졌다. 포대기 속 토끼가 포대기 밖으로 삐죽 내민 귀도 시야에서 사라졌다. 산파는 주름진 얼굴을 할퀴듯 내리치는 눈발을 피하지도 않은 채 모자가 사라진 어둠 속을 하염없이 지켜봤다. 운명도 참 모질다는 말, 기구하고 박복하다는 말, 산파는 자신이 살아오면서 수없이 들어온 그런 말들을 그때 그런 경우에 써먹을 줄은 꿈에도 생각하지 못했다.

생은 엄중한 것이다. 누가 대신 살아줄 수 없다는 의미에서는 더욱.

작은 토끼가 편히 쉴 곳은 오직 엄마 품밖에 없었다. 그런데 엄마는 정처가 없었다. 실은, 유진숙 스스로 그 길을 택한 것인지 모른다. 그녀는 청대문집으로도 마리한테로도 발길을 잡지 않았다. 왜 그랬을까. 저 자신, 여항과 저자의 이목과 관심 따위가 두렵지는 않았다. 유진숙은 제 몸에서 풍겨나오지만 참으로 참기 힘든 양잿물 냄새 속에서 새빨간 핏덩이를 처음 보았을 때, 이것이 운명이라면 피하지 않고 싸우겠다는 의지를 익히 다진 바 있었다. 하지만 의지만으로 당장 무엇을 어떻게 해볼 도리는 없었다. 무엇보다 추위와 주림이 문제였다. 그녀는 처음 어느 허름한 여인숙 굴뚝 곁에서 저고리 섶을 풀어 아기에게 젖을 물렸다. 다행히 눈처럼 하얀 토끼는 작디작은 입으로도 오물오물 젖을 잘 빨았다. 살을 에는 추위 속에서도 유진숙은 잠시 행복했고 오래도록 아득했다.

모자가 세상으로 나온 첫 밤과 그뒤로도 꽤 많은 날들을 어디서 보냈는지 아는 사람은 없다. 유진숙의 상태로 볼 때 스스로 그때 일을 제대로 기억하리라는 보장도 없다. 중요한 것은 어떻게든 그들 모자가 살아남았고, 그리하여 장차 또 다가올 파란만장한 운명의 끈을 끝끝내 붙들었다는 사실이다. 하지만 그때 이미 유진숙은 저 자신 시간의 정상적인 운행에 보조를 맞추며 살아내지는 못할 거라고 예감했던 것 같다. 그러지 않고서야 이렇게 쪽지를 써서 지니고 있었을 리 만무하잖은가.

—미안합니다. 만일의 경우, 하기 주소로 연락해주십사 간곡히 부탁드립니다.

면사무소 소재지라고는 해도 주변 군부대들을 상대로 하는 군장점 하나 없었고, 차부 역시 이름이 무색하게 오전 오후 겨우 한 차례씩 차가 설 뿐이었다. 대동건재는 차부에서도 제법 떨어진 한갓진 길가에 주변 논밭과 전혀 어울리지 않는 액자처럼 자리잡고 있었다. 가게 안주인이 좌판 밑에서 그들 모자를 발견한 것은 입춘이 지났어도 아직 맵찬 칼바람이 옷깃을 파고들던 어느 날이었다. 어미는 동태가 따로 없이 꽁꽁 얼어붙은 상태였지만, 포대기 속 아기는 여리지만 칭얼대는 것으로 확실히 살아 있음을 알렸다. 안주인은 난데없이 송장을 치우는가 싶었다가, 어미도 아직 숨이 붙어 있는 것을 보고 안채로 들여다 밤새 정성껏 녹여주었다. 어미가 어찌나 꼭 그러안고 있었는지 안주인은 아기가 토끼라는 사실조차 한참 뒤에야 깨달았다. 아기의 옷에는 이름표처럼 쪽지가 붙어 있었다. 아침이 오자 그녀는 봄방학이라 집에서 뒹구는 중학생 딸을 시켜 전보를 치게 했다. 또래 사내애들이 문어처럼 생겼다는 화성인이나 그때 막 만화에 등장하기 시작한 무쇠 인간에 지극한 관심을 보일 때, 보리쌀이든 원조 밀가루든 당장 해서 먹을 게 없어도 웃음을 잃지 않는 명랑 만화 『약동이와 영팔이』의 두 주인공 오빠들이나 아기 사슴 밤비를 더 좋아했던 딸은 토끼를 꼭 찍어 닮은 예쁜 아기에게 홀려 한 번만 더 보고, 하면서 늑장을 부리다가 방 빗자루로 엉덩이를 맞고서야 심부름을 하러 갔다. 이거 원, 전보가 닿는 동안만이라도 살아 있을지, 건재상회 안주인은 혀를 끌끌 차며 다시 또 미음을 끓였다.

8

사내는 곰처럼 우락부락하게 생긴 겉모습과 달리 매우 건실한 위인이었다. 그는 오자마자 건재상회 여염집 울타리 너머에 오래도록 방치되어 있던 적산 가옥을 곧바로 구입했다. 물론 거간을 선 건재상회 안주인은 그 집이 해방 전에 읍내 금융조합 일을 보던 얼금뱅이 일본인 니시무라 상이 조선인 첩 홍련이에게 장만해줬던 집이라는 말 같은 건 아예 입에 담지도 않았다. 계약은 쉽게 이루어졌다. 건재상회 안주인은 그게 목돈을 푼돈처럼 낼 만큼 여유가 있어서가 아니라 가련한 처자식에게 한시바삐 보금자리를 마련해주려는 가장의 간절한 소망 때문이라고 좋게 생각했다. 사내는 두 팔을 걷고 부지런히 몸을 놀렸다. 제일 먼저 봉두난발처럼 집을 덮은 담쟁이덩굴을 손보았는데, 전에 가끔 거기 머물던 홍련이가 곱게 분단장했을 때의 얼굴처럼 매끈한 모습이 쉽게 드러났다. 그다음에는 방방마다 다다미를 걷고 온돌을 앉혔으며, 이층으로 올라가는 나무 계단도 튼튼하게 손보았다. 사내는 톱으로 썰고 대패로 미레질을 하면서도 듣는 귀만 있다 치면 노래도 불렀다. 그 노래라는 게 휴전 협정이 발효된 지 벌써 몇 해나 지났는데도 여전히 사람들 귀에 이명처럼 쟁쟁 울리는 군가 일색이었다.

전우의 시체를 넘고 넘어 앞으로 앞으로

낙동강아 잘 있거라 우리는 전진한다.
원한이여 피에 맺힌 적군을 무찌르고서
꽃잎처럼 스러져간 전우야 잘 자라.

사내가 현역 군인인 것 같지는 않았다. 그러나 올 때마다 타고 다니는 검정색 지프나 항상 걸치고 있는 USA ARMY 야전 점퍼, 포마드를 발라 5 대 5로 정성껏 가르마를 탄 머리 등은 넉넉한 풍채와 더불어 그가 적어도 남에게 손 비비며 아쉬운 소리를 하면서 살지는 않을 거라는 인상을 심어주기에 충분했다. 당시 그런 자리는 흔한 게 아니어서, 건재상회 안주인은 딱히 어떤 구체적인 대가를 바라는 것은 아니더라도 미군부대 타자수나 통역사처럼 알아두어 결코 손해볼 일은 없을 것 같은 느낌을 받았고, 꼭 그래서만은 아니겠지만, 토끼네를 제 집처럼 부지런히 들락거리며 일을 거들었다.

아이에게도 당연히 이름이 있다. 그러나 그건 훨씬 훗날 아이가 국민학교에 들어갈 나이가 되어 어쩔 수 없이 호적에 올릴 때에나 얻게 되는 이름이다. 호주제가 폐기되기 이전 한국의 호적 제도를 접한 이들은 누구나 다 아는 상식이지만, 아이는 당연히 생모의 소생으로 호적에 오르지 않는다. 아이의 법률상 모는 강릉 김씨 영순이다. 어쨌거나 그때까지는 사내도 아이를 그저 토끼라고 불렀다. 건재상회 안주인은 눈치가 빠른 사람이라, 사내가 서너 번쯤 더 들락거린 후에는 이미 사내의 가계도에서 토끼네가 차지하는 위치에 대해 이웃에게 마치 제 눈으로 호적을 보기라도 한 양 자세히 설명해줄 만큼 자신이 붙었다. 그렇더라도 그녀는 여전히 사내에게 후한 점수를 주었다. 무엇보다 물질로 표현되는 애정이 끔찍했기 때문이다. 말로 백날 사랑하느니 옷 한 벌 해주고 하루 사랑하는 게 낫지 싶다는 게, 달랑 물 한 대접 떠놓고 혼인한 지 십오륙 년쯤 되어가는 그녀가 터득한 인생철학이었다. 그녀의 남편은 지나가는 방물장수를 불러세워서라도 박가분이며 동동구리무(크림) 하나 사준 적이 없었는데, 당연히 빈말일망정 사랑한다고 말해준 적도 없었다. 웬걸, 사랑한다고 말하면 살아서 남성의 생식기가 떨어지고 죽어서 조상님들 뵐 면목이 없어진다고 굳게 믿고 있을 터였다. 반면 사내는 올 때마다 아예 바깥출입 자체를 못 하는 여자를 위해서는 갖가지 옷이며 화장품 등을, 아이를 위해서는 별의별 장난감이며 초콜릿, 전지분유, 햄, 치즈, 소시지, 베이컨 등 귀한 먹을거리들을 바리바리 챙겨가지고 왔는데, 거의 다 미군부대에서 흘러나오는 이른바 양키 물건들이었다. 깡통을 따서 즉석에서 먹을 수 있는 식품만 해도 종류가 열 가지도 넘었다. 아직 인스턴트 식품이나 패스트푸드에 대한 개념조차 정립되어 있지 않았고, 통조림 같은 건 천년 만년 썩지도 않는다고 굳게 믿던 시절이었다. 덕분에 건재상회 식구들이 크게 입 호사를 할 수 있었는데, 토끼 모자가 그런 식품들에 대해서 알레르기 반응을 보인다는 사실은 잘 알지도 못했을 뿐더러 설사 알았더라도 쉽게 이해할 수 없었을 것이다.

오래지 않아 건재상회 안주인은 사내가 어떤 사람인지 알게 된다. 아무리 겉볼안이라지만, 유사 이래 인간은 그 안을 교묘히 꾸미는 데 도가 튼 족속이었다. 구약에도 나오듯, 인류 최초의 살인자 카인은 제 아우 아벨을 죽여 땅에 묻고서는 하나님이 물어도 어디 있는지 모른다고 시치미를 떼지 않던가. 어느 날 밤, 그녀는 담장 너머로 들려오는 소음 때문에 잠을 깼다. 평소 그 집에서는 토끼가 칭얼대거나 우는 소리, 그리고 이따금 유성기나 풍금 소리만이 들려올 뿐이었기에 그녀는 깊이 들었던 잠에서도 벌떡 깨어날 수 있었다. 그 바람에 자리끼마저 엎지르고 말았다. 알고보니 사내가 내지르는 고함 소리였다. 그것도 차마 입으로 옮기기에 끔찍한 온갖 욕설들. 사기그릇이며 유리창 깨지는 소리와 토끼가 놀라 자지러지는 소리도 섞여들었다. 그런 상황에서도 새댁은 울지도 비명을 지르지도 않았다. 모른 척할 수만은 없었다. 그래서 초저녁 왕대포에 곯아떨어진 남편을 간신히 깨워 함께 건너갔는데, 그들이 할 수 있었던 일은 조국이 분단된 상황에서 개인의 사생활이 국가가 지향하는 바의 가치와 충돌할 때 무엇이 우선할 수밖에 없는지 새삼 확인하는 일뿐이었다. 게다가 남편이 허우대는 멀쩡해도 총 한 번 잡아보지 못한 국민방위군 출신이어서 당대 한국 사회에서는 발언권 자체가 제한적일 수밖에 없었다.

"왜, 토끼네가 어떻게 사는지 그렇게 궁금하쇼, 들?"

"어, 궁금해서가 아니라 보다시피……"

"보다시피 뭐? 따순 밥 처잡수시고 이렇게나 할 짓거리가 없으쇼, 들?"

"아니, 듣자 듣자 하니 너무하시네. 오밤중에 곤히 자는 사람들 깨워놓은 게 누군데 참……"

"그러게 말이에요. 이거 여태 좋게만 생각해줬더니, 적반하장도 유분수지, 이런 대접을 받자고 참 나……"

"뭐라고? 내 집에서 내 마누라 내가 패는데, 지금 당신들 뭐 보태주기는커녕 크게 실수하는 거야. 그러니까 요지는, 당신들은 대한민국이 민주공화국이 아니라고 생각하시는 거다, 이런 말씀이야? 자유도 없는?"

그 말이 결정타였다. 건재상회 주인 내외는 사내의 입에서 아닌 밤중의 홍두깨처럼 튀어나온 그 말에 정신이 번쩍 들어 자동인형처럼 거의 동시에 차렷 자세를 취했다.

"무, 무슨 말씀을……"

"아니면? 민주공화국이 뭔지 모르셔, 들? 도대체 어디서 살다 온 거야, 엉? 댁네들 혹시……"

"아, 아니올시다. 저, 저희들은 사돈의 팔촌까지 뒤져봐도 그런 사람은 없습니다요."

"그런 사람? 어떤 사람?"

"그, 그러니까 그게 마, 말씀인즉슨……"

"어째서 더듬거려? 당신, 그리고 당신, 뭔가 찔리는 게 있다는 증거 아냐, 들?"

"아, 아닙니다요. 저희들은 절대로 그런 사람이 아니라……"

"아니, 국수만 처잡수셨어? 왜 자꾸 말꼬리를 말아, 말기는, 엉?"

"구, 국수라니요……"

"어라, 그것도 아주 요상한 데 국술 먹은 거 아냐? 육가원칙에 의거하여 한번 따져볼까?"

"요, 요상한 데라뇨? 천만에 만만에 말씀을 다 하십니다요."

"어쭈, 점점…… 그러니까 대동건재 당신들 지금 내 말을 우습게 안다 이거지? 악랄한 공산도배 빨갱이 오랑캐 새끼들과 온몸 바쳐 싸우며 피로써 죽음으로써 지켜낸 우리 조국, 아아 어찌 잊으랴, 우리 대한민국이 우습다 이거야, 뭐야?"

기겁한 안주인이 제 남편의 옆구리를 세게 쿡 찔렀다. 그 순간에도 그녀는 자신이 평소 남들보다 눈치 하나만큼은 빠르다고 자부했는데, 왜 그 눈치가 그토록 발동이 늦게 걸렸는지 그저 기막힐 따름이었다. 부부는 뒤도 안 돌아보고 달아났다. 그들은 끙끙거렸다. 담장 너머로는 무시무시한 말들이 백마고지 고사포 폭탄처럼 날아들었다. 흔히 야, 너, 거기, 이봐, 어이 따위로 부르지만 가끔은 편의상 제 마누라라고 주장하기도 하는 여자에 대해 퍼붓던 욕 화살이 이번에는 그들을 정면으로 겨냥하기도 했다. 육하원칙을 육가원칙이라고 태연하게 말하는 사내로부터 그 말 같지도 않은 말을 하도 많이 듣다보니, 차차 그런 말들이 전혀 근거가 없다고 말해도 혹시 무슨 화를 당할지 모른다는 두려움이 고개를 들었다. 아울러 근거가 있든 없든 그런 말을 들었다는 것 자체가 무엇인가 큰 문제를 불러일으킬지 모른다는 또다른 두려움마저 일었다. 나아가 주인 내외는 서로 상대방을 바라보며 혹시 자기 모르게 사돈의 팔촌에 무슨 문제가 있는 사람이 있는데 그걸 여태 숨겨온 것은 아닌지 하는 묘한 의구심을 갖게 되었다. 그래도 워낙 벌렁벌렁 가슴이 뛰는지라 당장 그런 부분까지 캐내서 서로 심장이 터져 죽을 일은 하지 말자는 식으로 보이지 않는 합의를 이룬 뒤에야 겨우 이불 속으로 기어들 수 있었다.

"그렇지. 저 작자 말마따나 대한민국은 민주공화국인데, 내가 왜……"

남편이 억울하다는 듯 신음을 반쯤 섞어 끙끙거리자, 아내가 얼른 몸을 돌려 그의 입을 막았다.

"제발! 살 떨리는 소린 그만하래니깐! 찌질이 국민방위군 주제에……"

그날 밤, 건재상회 주인 내외는 서로 등을 돌린 채 새벽 동이 훤히 터올 즈음에야 눈이라도 잠깐 붙일 수 있었다. 그래도 그들은 그날 밤의 교훈이 있어, 장차 더이상 국가 안보에 관한 한 큰 실수를 하지 않게 되었다는 점을 두고두고 작은 위안으로 삼게 된다.

겨울을 두 번인가 더 나고 난 후, 대동건재는 멀찌감치 읍내로 터를 옮기고 업종도 고물상으로 바꿨다. 이삿짐을 꾸리면서 내외는 절이 싫으면 중이 떠나는 게 순리라는 말을 몇 번이고 되뇌었다는 소문이 자자했다. 면민들도 한 칠팔 할은 그게 순리라고 생각했다.

9

1932년, 나치의 군홧발이 사방에서 도시를 옥죄어오자 유대인이자 허약한 지식인으로서 발터 벤야민은 마침내 결단을 내린다. 정든 도시 베를린을 떠나는 것. 그리고 무엇보다 망명지에서 진한 향수처럼 진한 향수를 불러일으킬 유년 시절의 이미지들을 의도적으로 챙기는 것. 『1900년경 베를린의 유년 시절』은 그렇게 해서 쓰이는데, 그는 그 책에서 지나간 과거를 개인사적으로 돌이킬 수 없는 우연의 소산으로 보는 것이 아니라, 사회적으로 돌이킬 수 없는 필연의 소산으로 통찰함으로써 자칫 동경에 빠질지도 모르는 감정이 자신의 정신을 지배하도록 놔두지 않았노라 밝힌 바 있다. 그게 가능한지, 그리고 성공했는지 여부는 쉽게 판단할 수 있는 일이 아닐 터. 하지만 먼 훗날 토끼는 자신의 생이 불행했다면 많은 부분 생의 첫 기억 때문이며, 무엇보다 인간의 소리, 그것도 남자 인간의 소리가 바로 그 첫 기억의 아우라를 거칠고 강렬하게 만들었기 때문이라고 생각하기도 한다.

첫 기억의 시절, 그때 그는 아직 사물을 분별할 어떤 지적인 훈련도 받지 못했으며 오직 본능에 따라 자신의 헐거운 육체를 지탱할 뿐이었다. 그런데도 그 소리는 워낙 독특하고 특별해서 그의 본능은 거의 자동적으로 방어기제를 작동시켰다. 한마디로 공포였다. 토끼는 합리적 이성이라는 정신의 한 도구에 기대어 남자 인간의 소리가 자신에게 강요하던 그 공포를 어떻게든 이해하려고 애써봤지만 번번이 실패했다. 그는 가끔 자신의 첫 기억이 남자 인간의 소리가 아니었다면 하고 생각해보았다. 부질없었다. 그가 아무리 풀잎을 스치는 온화한 봄바람 같은 소리를 떠올리려고 애를 써도 성난 폭풍처럼 기억의 평원을 때리는 된소리, 거친소리들을 빗겨갈 수 없었다.

바로 그 남자 인간의 소리가 수시로 사람들의 새로운 기억으로 각인되고 있었다.

한번은 참다못한 이웃 중 의협심 강한 누군가가 지서에 신고를 해서 늙은 차석이 자전거를 타고 온 적이 있었다. 한창 유행하던 〈산장의 여인〉과 〈청포도 사랑〉을 휘파람으로 불어대며 유유자적 마실 삼아 왔던 차석은 10분도 못 되어 신생 대한민국의 경찰로서 근무 기강이 매우 확실하게 정립된 채 바퀴가 보이지 않을 만큼 힘차게 페달을 밟고 사라졌다. 그 이튿날에는 벌써 신고자 아무개가 혹시 불순한 사상을 지닌 오열인지 모른다는 소문이, 주민 대부분이 변변한 송곳배미조차 거의 없어 산나물을 캐고 뱀을 잡고 벌을 쳐서 겨우 입에 풀칠이나 하며 사는 산

속 외진 마을까지 돌았다.

그런 판에 오히려 구타의 빈도가 줄어든 것이 울력 나온 마을 아낙네들 사이에서 잠시 입에 오른 적이 있었다. 아낙네들은 다른 이들은 보리밥 누룽지 같은 토끼풀도 되는 대로 따다주었을지 몰라도 자기는 꼭 쌀밥 같은 토끼풀만 뜯어다 어린 토끼에게 먹였다든지, 장에 가는 김에 토끼네 생각이 나서 고등어 한 손을 더 샀는데 그 집이 애건 어른이건 육식을 일절 안 한다는 걸 뒤늦게 깨닫고 할 수 없이 자기네가 먹고 말았다든지 하는 경험을 들어 저마다 자신 있게 논설을 내세웠던 것이다.

"사람이 그렇게도 달라질 수 있대?"

"흥, 저두 인두겁을 썼으면 지친 척 물러서야지, 안 그러면 그게 어디 사람이데?"

"자네들은 시방 토끼네 사정이 아니라 꼭 양짓말 고쿨이네 사정을 이바구하는 것 같구먼. 뭘 몰라도 한참 몰라."

"모르긴 뭘 몰라, 우리가? 말이야 바른 말이지, 그 집 사내가 요즘은 덜 때리는 게 사실 아녀?"

"흥, 그러니까 하는 말이지, 내 말도. 그게 사실은 사실이여. 헌데 그 사실이 왜 사실인지 알고나 말하는 거야?"

대개 낮부터 술에 취해 방구들 베고 누운 남정네들 대신 새벽 식전부터 허리 한 번 못 편 채 물 긷고 밥하고 설거지하고 빨래하고 김매고 나무하던 몸으로도 일복은 여전히 남아 다시 면장, 이장, 구장이 두서없이 시키는 대로 마을 보 물막이 공사에 동원되었던 아낙네들이 입을 모아 얻은 결론은 간단했다. 인간이 달라진 것은 하나 없다. 왜? 자고로 인간, 특히 그 잘난 고추 좀 달고 나왔다는 남자 인간이라는 종자는 어디 가지 않는 법이기 때문에. 만일 그 인간이 덜 팬다면 그건 그만큼 기회가 적었기 때문이다. 왜냐? 그 인간이 언제부턴가 배를 탔기 때문이다. 자연히 집에 올 기회도 줄었고, 따라서 팰 기회도 그만큼 줄어든 것이다, 이하 등등. 그런 가운데 호미 한 자루 들고서도 혼자 일 다 하는 척 높은 사람들 면전에서 시시덕거리며 희영수나 부리던 아낙네 하나가 뒤늦게 이야기판에 다가와 말참례를 해서 좌중을 성적으로 꽤 긴장시키기도 했다.

"배를 타다니? 무슨 배? 그 밴 작자가 올 때마다 맨날 타던 배 아니었어?"

10

건재상회가 이사 간 뒤로는 개건너집 몰랑이 할매가 오면가면 하루에도 몇 차례 토끼네 대문 안에 발을 들여놓았다. 팰 땐 패더라도 사람 구실 못 하는 모자만 남겨둔 채 오래 집을 비우는 게 가장으로서 마음에 걸렸는지, 가끔 밥이라도 좀 챙겨주라는 명목으로 제법 돈을 쥐여주며 부탁했을 터였다. 물론 당자는 돈은 무슨 돈, 고린 동전 한 푼 받은 것 없고 그저 토끼 저 어린것이 불쌍해서 스스로 택한 일이라며 큰며느리 앞에서도 펄쩍 뛰곤 했다. 마을 사람들은 투전판이 끝나갈 무렵 딴 놈은 없고 죄 잃었다는 소리만 구시렁거리는 이치와 크게 다르지 않다고 여겼지만, 어쨌든 강 건너 강서방네 일이었다. 시어머니와 열여섯 살밖에 차이가 나지 않는 큰며느리는 다달이 돈은커녕 뻰질나게 제사만 돌아오는 집안 살림을 수십 년 싫은 내색 한 번 없이 해서 바친 보람이 겨우 이거냐며 한 며칠 뒤란 울바자 곁에서 흐느꼈다. 쓰르라미도 따라 울었다. 양반도 아닌 주제에 손에 흙 한 번 제대로 묻힌 적 없이 툭 하면 읍내 나들이나 하다가는 어느 날 갑자기 대한독립운동을 한답시고 만주로 건너간, 가서는 진짜 독립운동을 했는지 아편운동을 했는지 남의 등에 업혀 앉은뱅이로 돌아온 남편은 툇마루에 걸터앉아 그저 한숨만 푹푹 내쉬었을 뿐이다. 그랬거나 말거나 어느 날 몰랑이 할매는 제 엄마 죽는다며 울며불며 깡총깡총 뛰쳐나온 토끼 때문에, 매일 들락거렸으면서도 조금도 눈치 채지 못한 상태에서 토끼 동생이 나오는 현장에 입회하게 되었다. 둘째는 귀가 아니라 하지감자만한 주먹부터 쑥 내밀어, 평생 제 배에서 열둘이나 되는 자식들을 뽑아내느라 있는 진 없는 진 다 뺐다는 몰랑이 할매마저 식겁하여 뒤로 나자빠지게 했다. 토끼는 아니었다. 물론 몰랑이 할매는 처음 그날의 무용담을 자랑스럽게 늘어놓을 때 "다행히도 이번 참에는" 하고 허두를 떼었던 것인데, 이내 제 말의 꼬리를 흐지부지 뭉개고 말았다. 때마침 저만큼 제 집 담장 밑에서 제 그림자를 벗 삼아 쓸쓸히 해바라기를 하던 토끼를 눈에 담았기 때문이다.

그 후 마을 아낙네들 사이에서 한동안 중요한 화제로 등장한 건 단연 둘째에 대한 것이었다.

"조곤조곤 말해. 토끼, 그 귀가 오죽 커? 아마 10리 밖 귓속말도 다 들을걸?"

"그래도 다행은 다행이지 뭐야. 또 토끼였으면 어쩔 뻔했어?"

"차라리 고출 내밀지, 주먹은 왜 내밀었대?"

"삼신할미한테 해찰을 하는 거지, 뭐. 어쩌자고 날 토끼 동생으로 태어나게 했냐고 말야."

"에고, 머릿속으로 그려만 봐도 끔찍해. 주먹이 거기 구멍 밖으로 쑥 빠져나왔다니! 장차 뭐가 될려고……"

솔직한 말로, 이야기에 참여했던 이들은 주먹부터 쑥 내밀고 태어난 토끼 동생의 미래에 대해서 거의 다 무엇인가 부정적인 그림을 떠올렸을 것이다. 왜 아니겠는가. 김기수 선수가 로마 올림픽 때 판정패를 당했던 이탈리아의 니노 벤베누티 선수와 다시 맞서 대한민국 최초로 세계 챔피언 벨트를 가져오려면, 그리하여 보릿고개에서 여전히 허덕이는 국민들을 잠시나마 위로하려면 아직 꽤 긴 시간이 필요했으니, 그 무렵 세인의 머릿속에 각인된 주먹의 용도라는 건 지극히 단순했다. 때마침 혁명정부에서는 사회의 그늘에서 기생충이나 거머리나 진드기처럼 남의 피를 빨아먹고 살아가던 깡패들을 일제 소탕하여 나라의 기강을 바로 세우는 대역사에 착수했다. 민주주의라는 이름하에 물에

물 탄 듯 술에 술 탄 듯 모든 게 미적지근하던 장면 내각하고는 달라도 아주 달랐으니, 과연 탱크를 앞세워 한강 다리를 건넌 군사혁명정부다웠다. 아낙네들이 세상 물정에 아무리 어둡다고는 하지만 그들 또한 이정재, 임화수, 유지광 등 이름만으로도 날던 새들을 떨어뜨릴 만큼 막강한 권력을 휘두르던 거물급 주먹들이 붙잡혀 가슴에 "나는 깡패입니다. 국민의 심판을 받겠습니다"라는 팻말을 단 채 줄줄이 거리 행진을 하며 조리돌림을 당했다는 모처럼의 통쾌한 소식을 모를 리 없었던 것이다.

아기 아버지는 그런 말추렴조차 악담으로 받아들이지 않았다. 그는 둘째가 태어난 지 백일도 훨씬 지나서 머리부터 발끝까지 전혀 마도로스 같지 않고 누가 보더라도 마카오 신사 같은 차림으로 집에 돌아왔는데, 누구한테 출산 비화를 들었는지는 몰라도 오히려 몹시 기뻐했다는 말까지 돌았다.

"허허, 그래 좋다. 네가 아주 구색을 맞춰주는구나. 형은 문, 너는 무! 이로써 우리 집안은 문무를 겸비하게 되는 거다."

그는 문무를 겸비하지 못한 조상들 때문에 포한이 진 사람처럼 실제로도 호적에 제 그런 심정을 고스란히 반영하게 된다.

11

형제의 친할머니는 당신이 천석꾼 집안의 고명딸인데 다른 천

석군 집안으로 시집 와서 떡두꺼비 같은 아들만 삼형제를 두었다. 그런데 첫째는 해방 이후 경성사범 교수로 있으면서 국대안 파동에 뛰어들었다가 기어이 월북했고, 둘째는 다른 사람들도 아니고 고누와 자치기를 하며 함께 자라다시피 한 머슴들에게 다른 사람도 아니고 제 형이 나눠준 형 몫의 농지를 우격다짐으로 되빼앗으려다가 원래 높은 제 혈압을 견디지 못하고 급사했다. 의원을 부르니 마니 다툴 시간조차 필요하지 않았다. 그런 까닭에 졸지에 달랑 하나 남게 된 자식은 신주단지보다 귀할 수밖에 없었다. 아직 군에 있을 때 서둘러 장가를 보낸 것도 그 때문이었는데, 펑퍼짐한 엉덩이만 보고 결혼시켰다는 주변의 농에도 굳이 부인하지 않았을 만큼 기대를 건 며느리는 3년이 지나도록 손자 보는 즐거움을 안겨주지 못했다. 그러던 중 그 막내가 용케 또 제 부친을 빼닮은 구석이 있었으니, 그건 가르쳐주지 않아도 이리저리 잘도 싸돌아다니다가 어찌어찌 여자를 잘도 '후려치는' 기술이었다. 학교 다닐 때부터 공부하고는 담 쌓고 사는 것이야 어미로서는 오히려 권장하고 싶었던 바였다. 일찍이 머리 영특한 아들을 두었다고 어깨에 힘주고 다닌 시절도 있었지만, 일본 교토로 유학까지 다녀온 첫째아들이 제 아비가 죽은 후 자기 명의 논밭들을 머슴들에게 홀랑 나눠준 것도 모자라, 어미에게 "불초 소생, 없는 셈 치십시오"라는 말 같지도 않은 말 한마디만 인편으로 남기고 부랴부랴 삼팔선 너머로 가버릴 줄이야 어찌 짐작이나 했겠는가. 욕심이 과하긴 했어도 결과적으로 그 첫째 때문에 둘째까지 제 명을 재촉한 꼴이었으니, 어미는 공부 같은 건 아예 패가망신의 지름길이라 굳게 여겼다. 그뒤 하나 남은 아들은 어미인 당신이 돈 보따리를 싸들고 돌아다니며 운동을 벌인 끝에 제대하자마자 경찰 쪽에 선을 대어, 뭔지는 정확히 몰라도 어쨌든 '특별'인가 '특수'인가 하는 글자가 들어가는 보직 자리를 골라 '취직'을 시켰다. 연좌제의 서슬이 시퍼런 형국에서도 재물은 역시 막강한 위력을 발휘했던 것이다. 그 아들이 다행히 '직장'—실제로도 정식 명칭 대신 삼일물산이라는 간판을 내걸었다—에서 남들보다 큰 신임을 받는다는 소리를 듣게 된 것만 해도 천지신명께 감사할 일이었다. 게다가 어느 촌구석에 소학교 선생 출신 색시를 들여앉혀놓고 생떼 같은 아들자식을, 그것도 둘이나 생산했다니, 더 큰 효도는 있을 리 없었다. 한 가지 좀 섭섭한 일이 있었다면, 말하자면 시앗을 본 게 저로서도 겸연쩍은지 내도록 입 벙긋도 하지 않다가 둘째까지 보고서야 머리를 긁적이며 싱겁게 발설한 사실 정도였다.

"실은 호적에 올려야 할 애들이 있어요."

그때 어미는 아들의 손을 부여잡고, "에구, 시앗이면 어떻고 첩년이면 어떠냐. 밭 같은 건 아무래도 상관없어, 얘야. 어떤 밭이든 밭에서 고추만 따낸다면야 호적이 아니라 호적 할애비에라도 올려야지." 하며 해방 때도 안 흘린 감격의 눈물을 주르륵 흘렸다. 물론 장손이 토끼라는 사실을 알고서는 잠시 마음의 갈등을 일으킨 것도 사실이었다. 하지만 뒤늦게 찾아가서 본 그 토끼가 크게 외탁 없이 제 아비를 빼닮은 얼굴로 "할머니, 안녕하셔요?" 하고 예의도 바르게 큰절을 하는 순간, 마음속에 남아 있던 아쉬움의 터럭들조차 깡그리 사라져버렸다.

"에구, 불쌍한 우리 토깽이."

할머니는 장손의 긴 귀를 쓰다듬을 때마다 습관처럼 그렇게 되뇌었다.

사실 그 장손이 불쌍하기는 했다. 가뜩이나 병약해서 어느 날 토사곽란에 걸려 다 죽다 살아난 일이 있었다. 소식을 전해 듣자, 그녀는 당장 용한 무당을 앞세워 먼 길을 다시 찾아갔다. 울긋불긋한 무복을 입은 무당은 칼을 든 채 덩실덩실 마당을 누비며 춤을 추었고, 대문 앞에서는 마치 전깃줄을 빨랫줄로 잘못 알고 만진 것처럼 온몸을 부르르 떨었다. 어이, 물렀거라! 명대로 못 죽은 귀신아, 물렀거라! 3자 8자 금 넘어갈 때 명줄 함께 넘어가고, 그게 또 네 명줄인 줄 배워도 너무 배운 네가 더 잘 알지 않느냐? 어이구, 하나만이 아니었네. 이건 또 어디서 나타난 왼빼(왼손잡이) 귀신인고? 너는 아직 올 때가 아닌데 뭐가 그리 급하다고 새벽 식전부터 먼 길 달려왔느냐? 썩 물러가지 못할까? 무당은 두 눈을 부릅뜬 채 허공을 향해 고래고래 소리쳤다. 그때마다 할머니는 두 손을 싹싹 비비면서 허리가 땅에 닿도록 절을 했다. 무당은 장손의 머리에 바가지를 씌웠다. 긴 두 귀는 당연히 바가지로도 가리지 못했다. 그러자 무당은 양손에 든 칼을 쟁강쟁강 비비면서 이상야릇하게 생긴 장손을 노려보았다. 할머니가 바가지 위에 콩인가 팥인가 소금인가를 뿌렸고, 무당은 덩실덩실 뛰면서 장손의 머리 위에서 칼을 놀렸다. 장손은 게거품을 물고 기절했다. 그 이후 그는 두 번 다시 토사곽란을 하지 않았다. 할머니는 당신이 정작 토사곽란으로 죽을 때까지 그게 그때의 굿 덕분이라고 주장했다.

12

빛바랜 흑백사진 한 장.

아우는 아직 학교에 들어가지 않은 아이들 사이에서 크게 유행했던 세일러복에 종이배를 닮은 하얀 수병 모자까지 제대로 갖춘 차림이고, 큰 키에 수수깡처럼 빼빼 마른 형은 잔뜩 찌푸린 얼굴로 아버지의 사진기를 노려보고 있다. 원래 학질약이되 어머니들이 흔히 아기 젖을 뗄 때 젖꼭지에 바를 만큼 쓰디쓴 금계랍이라도 먹은 표정이다. 쫑긋 솟은 두 귀는 실물감 대신 무엇인가 환영의 아스라한 느낌마저 안겨주었다.

"어머, 이거 아주버님 사진이잖아요? 사진이 한 장도 없다더니…… 근데 표정이 왜 이러시대요?"

아우는 제 아내에게 한 번도 형의 사진을 보여주지 않았다. 어머니 사진도, 아버지 사진도 마찬가지였다. 곡절은 이렇다. 그러니까 그는 이렇게도 해보고 저렇게도 해봤지만 스스로도 통

감당이 되지 않는 자기 자신에게 지친 것만큼이나 그런 자기를 어떻게 감당할 요량인지 죽어라고 쫓아다니는 여자에게도 그만 지친 터였다. 수밀도처럼 무르익어야 할 청춘의 호시절에 그는 이미 세상의 막장을 보고 온 사람 같았다.

"도대체 내가 어디가 그렇게 좋아? 나도 내가 싫어 미치겠는데……"

"아잉, 그걸 꼭 대답해야 해용?"

"손가락도 병신이고 직장도 없는 날건달인데?"

"아잉, 그래두 난 그냥 다……"

여자는 처음부터 끝까지 코맹맹이 소리를 했고, 처음에는 그럭저럭 사랑스럽게 들리던 그 소리를 듣는 데도 지친 아우가 "짐작했겠지만, 나는 고아야. 근본도 없다구. 그래도 하겠으면 하고." 정떨어지게 말했다가, "고아면 어때용? 난 이미 짐작하고 엄마 아빠한테도 다 각오하시라 말씀드린걸용" 하는 대답만 들었던 것이다. 둘은 서너 달 후 초고속으로 식을 올렸다. 알고 보니 여자는 남편의 가족사에 대해 제 손금 보듯 훤히 꿰고 있었다. 전국 단위로야 몰라도 지방에서는 내로라하는 토건회사의 상무인 아버지가 둘의 결혼을 내도록 반대하다가 고집이 똥고집인 고명딸이 한 움큼 수면제로 위협하고 나서자 어쩔 수 없이 승낙한 뒤에 이리저리 뒷조사를 해준 덕분이었다.

"새로 입은 남방셔츠가 마음에 안 든다는 뜻이야."

아우는 분명히 기억한다. 자기와 다섯 살 터울인 형은 좋아하는 건 손가락 수만큼 적고 싫어하는 건 머리숱만큼 많았다. 언제부터인지는 모르지만 한사코 남방을 입으려 하지 않았다. 특히 아버지가 사모아인가 피지인가에서 사온, 야자수가 그려진 남방은 그때 그 사진을 찍을 때가 처음이자 마지막이었다. 솔직히 그건 어린 아우의 눈에도 꽤나 유치해 보였다. 뽀빠이도 아니고, 그 시절 그렇게 튀는 옷을 입고 돌아다닐 아이는 없었다. 형은 단추도 싫어했다. 남방을 한사코 입지 않으려 했던 것도 단추 때문이었는지 모른다. 어쩌다 단추가 달린 옷을 입었을 때는, 어김없이 두드러기를 일으키곤 했다. 그날 사진을 찍고 나서도 형은 마치 볼거리를 앓는 것처럼 온몸에 시뻘건 열꽃을 피워내서 억지로 그 옷을 입힌 아버지를 기겁하게 만들었다.

그밖에도 형이 싫어하는 것은 지구별 안에 지천이었다.

환형, 연체, 편형, 극피, 강장 등 일체의 무척추동물, 특히 절지동물 중 살아서 꿈틀대는 다족류를 싫어했고, 죽어서 군데군데 비늘이 떨어져나간 물고기, 특히 아가미와 부레를 싫어했다. 당연히 낚시도 끔찍하게 싫어했다. 무릎이 드러나는 반바지를 싫어했고, 무릎 위까지 치켜 신는 긴 양말과 팬티스타킹을 싫어했다. 남자는 10리 밖에서도 퀴퀴한 담뱃진 냄새를 풍기는 노인부터 온종일 고추를 드러낸 채 강아지한테 똥이나 먹이는 갓난쟁이까지 대개 다 싫어했지만, 여자도 어지간히 싫어했다. 국민학교에 다닐 때에는 여자 짝과 손 잡는 것을 송충이라도 만지는 양 몹시 싫어했다. 운동회를 앞두고 매스게임 연습을 할 때처럼 어쩔 수 없는 경우에는 새끼손가락만 겨우 빌려주거나 나뭇가지 같은 걸 이용하곤 했다.

"뭐가 그리 싫어하는 게 많대요?"

"심지어 잠자는 것까지 싫어했는걸?"

아우는 그게 꿈 때문이었다고 기억한다. 꿈에서 형은 이따금 죽었으므로. 친구들이 있을 리 없었지만, 아우의 친구들이 집에 찾아오는 것마저 싫어했다. 자기를 그토록 애지중지했던 할머니 제사도 싫어했으며, 누구보다 아버지를 싫어했다. 아우가 태어날 무렵 아버지는 그동안 다니던 직장을 그만두고 배를 타기 시작했는데, 그가 자기 입으로 정직하게 그 이유를 밝힌 적은 없다. 국가기록원에 보관된 문서들 중 기밀이 해제된 것들로만 겨우 미루어볼 수 있을 뿐인데, 당시에는 혁명정부가 사무라이 같은 정신으로 강력히 금지했던 축첩이 사단이라는 설이 유력했다. 그가 아무리 대공 특수 업무에서 타의 추종을 불허할 만큼 혁혁한 공로를 이루었다고 해도, 세계사적으로 혁명의 초기에 의당 나타나기 마련인 그런 따위 내부를 겨눈 강력한 사정의 칼날을 피해 갈 수는 없었을 것이다. 사무라이는 만두를 먹지 않았는데도 만두를 훔쳐 먹었다고 우기는 만두가게 주인 앞에서 제일 먼저 제 아들의 배를 갈라 그것이 누명임을 밝혀낸다. 그 다음에는 당연히 허위 사실로 가문의 명예를 심히 훼손시킨 만두가게 주인의 목을 베고, 마지막으로 아들에게 속죄하고 제 이름을 지키기 위해 스스로 배를 가른다. 하물며 형제의 아버지는 축첩이라는 엄연한 허물이 있지 않은가. 이런 추론에도 혁명과 퇴직 사이에 약간의 시차가 나는 점을 간과한 문제점이 있다는 사실을 인정해야 한다.

사정이 어찌 되었든 그는 여전히 여기저기 줄이 많았다. 그 결과 뱃일을 해본 적도 없고 수산학교를 나오지 않았는데도 수월하게 선원수첩을 받고, 게다가 당시 막 시작되어 남들이 다 기를 쓰고 타려 하던 꿈의 원양어선에도 승선하게 되었던 것이다. 그때부터 그는 주로 남태평양에서 몇 항차를 끝내고 받은 휴가 때에나 집에 들르곤 했는데, 그날부터 다시 배를 타러 떠나는 날까지 쉴 새 없이 장남을 몰아붙였다.

"이게 다 국가를 위하고 또 너를 위하는 길이다. 게다가 넌 좀 특수하지 않니? 그런 만큼 남들보다 몇 배 더 열심히 하는 수밖에 없어. 나중에 다 이 아버지 덕분이라고 말하는 날이 올 거다."

좀 특수한 처지의 장남은 인천상륙작전을 지휘한 맥아더 장군처럼 파이프 담배를 피워대는 아버지 앞에서 풍금을 쳐 보여야 했으며, 일기장을 검사 받아야 했고, 의무적으로 읽어야 했던 책들에 대해서 당신이 직접 내는 퀴즈 문제를 90점 이상 맞춰야만 했다. 만일 그 어느 것 하나라도 소홀히 했을 때 장남은 자신이 무덤이라고 부르던 낡은 광으로 들어가야만 했다. 아우는 알고 있었다. 다른 누구라도 그렇게 할 수 없을 만큼 형은 아버지가 내준 숙제를 열심히 했는데, 그러느라 어떤 때는 코피까지 쏟았다. 하지만 중요한 것은 늘 과정이 아니라 결과였다. 과정 같은 건, 아버지의 인생에서 어떤 의미도 차지하지 못했다. 그는 형제의 어머니를 팰 때도 자신이 철석같이 믿는 세계관을 강조했다.

"도대체 애를 어떻게 가르친 거야? 그런 눈빛 짓는다고 봐줄 줄 알아? 열심히 하느라고 했으니 봐달라는 뜻이야? 천만에! 독립운동한답시고 자식새끼들 굶겨 죽인 놈들, 이제 그 꼬락서니 좀 보라지? 난 내 자식들만큼은 절대 그렇게 키우지 않을 거야."

그는 지나간 시절에 허명 대신 악착같이 땅마지기를 지켜낸 제 부친을 진심으로 존경했지만, 이순신 장군과 박정희 대통령은 자기 부친보다 훨씬 존경했다. 특히 사회적 기생충에 불과한 깡패들의 목을 단칼에 베어버린다든지, 갯지렁이부터 여자들 머리카락까지 팔 수 있는 건 모두 팔아 수출입국의 기반을 다진다든지, 심지어 국가적으로 해야 할 일이 산더미 같은데 그 잘난 민주주의만 입에 달고 살면서 매사에 불평불만만 터뜨리는 자들은 그들이 비록 헌법기관(국회의원)일지라도 한밤중에 눈 가리고 남산(중앙정보부)이든 필동(수도방위사령부)이든 데려다가 확실하게 정신교육을 시킴으로써 멸공통일과 조국 근대화의 역사적 소명을 언감생심 두 번 다시 농단하지 못하도록 한다든지 해서, 국정을 초지일관 5·16혁명의 정신으로 밀어붙인 박대통령에 대한 흠모는 거의 종교에 방불했다. 집을 수리한 뒤 제일 먼저 한 일도 마루 한복판에 박대통령의 사진을 걸어놓은 일이었다.

그는 자기가 돌아오기 보름 전쯤부터 장남의 얼굴에서 부쩍 핏기가 사라지기 시작하고, 한 일주일쯤 전부터는 지독한 악몽까지 꾼다는 사실을 몰랐다.

"넌 도대체 몇 번을 얘기해야 알아듣겠니? 윤똑똑이 네 외삼촌도 고약하게 왼손잡이더니…… 자, 확실히 해! 왼손은 빨갱이! 오른손은 바른손! 따라해봐!"

"왼손은 빨갱이! 오른손은 바른손!"

장남은 저로서는 근거조차 잘 이해할 수 없는 아버지의 교육철학을 이행하기 위해 그야말로 혼신의 힘을 다 쏟았는데, 아마 태어나기를 그렇게 태어나서 그런지 '바른손'으로 연필이며 숟가락을 쥐려고 아무리 애써봐야 도무지 잘되지 않았고, 그건 그대로 악몽으로 이어졌다.

13

생의 이면에 어떤 비의가 있는지 몰라도, 겉으로 볼 때 전대미문의 토끼 영장류 차상문의 일상은 나름대로 규칙적이었다. 아침 일찍 일어나서 밥상을 차리고, 물수건으로 어머니의 얼굴을 씻겨주고, 격자 창문 너머로 아침 햇살이 산들바람처럼 부드러울 때면 이따금 정신이 살짝 돌아오는 어머니와 함께 풍금을 치고, 『명심보감』이랑 『동몽선습』을 외고, 먹는 둥 마는 둥 점심을 때우고 나서는 영어로 된 소설책을 읽는다든지 하는 식. 책을 어찌나 좋아하는지 한번은 아우 차상무가 낮잠을 잘 때 베개 대신 괴고 자던 『단기 4292년도 경상북도 통계연감』(도대체 어떻게 해서 거기 있게 되었는지!)마저 빼앗아 읽으려다가 싸움이 날 뻔한 적도 있었다. 책 속에 길이 있다는 말을 듣고는 밤새도록 그 길을 찾아 헤매다가 끝내 길을 잃고 엉엉 우는 것, 그게 바로 차상문이었다. 물론 짬짬이 어떻게든 달아난 시간까지 붙잡아서 수열, 집합, 미적분, 함수 따위 자기가 좋아하는 수학 문제를 푸는 일에도 게으르지 않았다. 가끔 50 더하기 5가 왜 505가 아니라 55인지, 왜 0에서 1까지의 간격이 1에서 2까지의 간격하고 똑같이 취급되는지 통 모르겠다는 식으로 엉뚱한 구석은 있어도, 그가 동네가 생긴 이래로 가장 뛰어난 천재라는 건 어떤 나그네라도 동네를 두 번만 지나가면 쉽게 알게 되는 사실이었다. 항간에는 그의 아이큐가 200은 좋이 될 거라는 이야기까지 돌았다. 평화봉사단으로 와 있던 어떤 미국인 청년이 그를 만나 통역도 없이 영어로 이야기를 나누어보고는 서둘러 영재교육을 받는 게 좋겠다며 미국의 어떤 장학재단까지 소개해주었는데, 그 사실은 '우리 고장 소식'으로 작성되었고 '덮어놓고 낳다보면 거지꼴을 못 면한다!'는 가족계획 포스터와 함께 군청 정문 옆 공보게시판에도 한 며칠 붙어 있었다. 물론 당시 사람들은 미국의 그 장학재단이 궁극적으로 CIA의 제3세계 전략에 어떻게든 협조했을 거라는 훗날 일각의 비판 같은 것은 전혀 알 턱이 없었고, 그저 가난한 조국의 영재에 쏟아주는 관심을 자기네 아들 일인 양 고개 조아리며 고맙게만 생각했다.

2일, 7일 장이 설 때마다 빠지지 않고 찾아와서 불쌍한 면민들의 주머니를 홀쭉하게 만든 박보장기꾼이 있었는데, 지나가다 물끄러미 지켜보던 그가 얼굴이 시뻘게진 동네 아저씨들에게 몇 차례 슬쩍 수를 짚어주자 오히려 박보장기꾼이 시뻘겋게 달아오른 얼굴로 땄던 돈을 고스란히 게워낸 일도 있었다. 두어 번 그런 일이 있자 박보장기꾼은 물론, 무싯날에도 아무 데서고 간장종지 세 개와 주사위 한 개만 갖고서 면민들의 쌈짓돈을 홀랑 들어먹던 야바위꾼마저 덩달아 모습을 드러내지 않았다. 그런 그는 월반을 벌써 두 번이나 한 것도 모자라, 아예 학교를 그만둔 채 집에서 검정고시를 준비하고 있었다. 한번은 도에서 제일 좋다는 고등학교에서 사람을 보내 모종의 테스트를 하기도 했는데, 문제들이 갖고 있는 모종의 문제점들, 특히 상상할 수 있는 모든 가능한 전제 조건들을 고려하지 않은 문제점들을 일일이 지적해서 시험관을 오히려 당황스럽게 만들기도 했다. 예를 들어 삼각측량법을 사용하여 산의 높이를 재라는 문제에서 그는 이렇게 대답했다.

"실제라면 측량기사와 산 사이 대기 중에 아주 미세하게라도 빛의 굴절 현상이 있을 텐데요, 당연히 언제 재느냐, 즉 새벽에 재느냐 한낮에 재느냐 하는 시점에 따라서 변화가 생기겠지요. 산이 높으면 높을수록 더 큰 편차로 나타날 거예요. 그리고 측량기에 수직으로 매단 추의 선도 실제로는 산이 끌어당기는 힘,

즉 만유인력 같은 힘에 의해 때에 따라 편차가 생기게 될 거예요. 어떻게 할까요? 그밖에도 여러 변수들이 있겠지만, 그런 것들을 무시하고 주어진 조건으로만 단순하게 풀까요?"[2]

그런 식으로 따지다보니 시험 감독관은 머리가 핑핑 돌 지경이었는데, 그날 집에 돌아가서는 "소금은 짜지 않고, 설탕은 달지 않네. 산은 산이 아니오, 물은 물이 아니로다." 잠꼬대처럼 중얼거려 식구들의 간담을 서늘하게 만들기도 했다.

사람들이야 그런 점까지 시시콜콜 기억하지는 못했는데, 언젠가 머리만 밀었다뿐이지 앞에서 봐도 뒤에서 봐도 도무지 중처럼 생겨먹지 않은 한 땡추가 지나가다 마침 또 제 집 담벼락 밑에서 귀 큰 제 그림자하고 땅따먹기를 하던 그를 보고 했다는 말만큼은 아무도 직접 들은 사람이 없는데도 용케들 토씨 하나까지 기억하고 부지런히 말을 퍼날랐다.

"허, 그놈 참…… 토끼가 범을 두려워하지 않으니, 장차 천지를 들었다 놓을 관상일세. 이놈아, 부디 자중자애하시게. 만유에 다 제 뜻이 있는 것을……"

한 30년쯤 후에 마을 사람들 중 어떤 이가 모처럼 서울에 갔다가 방산동인가 회현동인가 하여간 어느 지하상가 입구에서 어딘가 묘하게 낯이 익은 백발노인을 보게 되는데, 알고보니 그 시절 절집 부처님에게 개금불사를 해드린답시고 부지런히 시주를 받아가서는 읍내 싸전 거리에 있는 미미미용실의 제 젊은 애인에게 고스란히 갖다바친 일이 들통 나 애인과 함께 거의 알몸이다시피 쫓겨난 땡추 바로 그자였더라나. 그런데 그자가 과연 또 기막힌 위인은 위인인지라, 지하상가를 정신없이 오가는 사람들 앞에 떡하니 들고 선 것이 성스러운 십자가요, 제 몸에 영화 포스터처럼 떡하니 써붙인 것이 '예수천당 불신지옥'이라 했으니, 30년 전 기억이 가물가물했던 이들도 토끼를 둘러싸고 돌았던 많은 소문들 중 그것 하나만큼은 새삼 쉽게 기억해내곤 했다.

14

차상문의 사타구니에 거웃이 돋자 아우 차상무가 그걸 좀 만지게 해달라고 환장을 하며 조르기 시작했고, 그때마다 얼굴을 붉히며 달아나기 바쁘던 차상문이 두 눈을 부라리며 달려드는 아우의 완력과 황소고집에 못 이겨 끝내 하루에 한 번씩 바지 혁대를 풀어 불두덩 거웃의 성장 여부를 확인시켜주어야 했던 무렵의 어느 날, 모처럼 집에 들른 아버지 차준수가 형제를 데리고 평소 안 하던 나들이에 나섰다. 차준수는 그저 배를 타기 전 업무차 알고 지냈던 지인을 찾아가는 거라고만 말했는데, 알고보니 집에서 그리 멀지 않은 산자락의 양계장이었다. 주인이 한 이태 전부터 축산 왕국 덴마크에서 도입한 새롭고 과학적인 사육법으로 닭을 꽤 친다고 했다. 차상문은 너른 마당에 바글바

글 돌아다니는 닭들을 떠올렸으나, 햇볕 좋은 마당에는 서너 마리 황구들만 오수를 즐기고 있었다. 실은 시커먼 루핑을 씌운 커다란 가건물이 계사였던 것이다. 차준수 가족의 방문에 주인은 꽤 당황한 표정을 지었으니, 지인은커녕 마치 빚을 져도 크게 빚을 지고 있는 이의 표정 같았다. 그럴수록 차준수는 한 며칠 날짜를 미루어준 채권자나 이리 보고 저리 봐도 무서울 수밖에 없는 세무서 직원처럼 당당하게 굴었고, 나중에는 주인보다 두어 발쯤은 앞서 계사로 다가가 턱짓으로 문을 가리키기에 이르렀다. 주인이 비굴하리만큼 쪼르르 달려가 문을 열자 엄청난 소리가 한꺼번에 쏟아졌다. 차상문은 폭포수 같은 그 굉음에도 깜짝 놀랐지만, 눈이 익숙해지자 다시 한번 기겁했다. 좌우 양쪽으로 몇 줄씩인지도 모르게 층층대를 만들어 수없이 칸을 나누어놓았는데, 몸도 뒤척거릴 수 없을 비좁은 그 칸칸마다 어김없이 한 마리씩 닭이 들어가 있었다. 닭들은 오직 철망의 작은 구멍으로 내민 머리만 간신히 움직일 수 있을 뿐이었다. 부리가 닿는 홈통에는 모이를 담아놓았고, 달걀은 또르르 굴러 또다른 홈통으로 모이게끔 되어 있었다. 그걸 어떻게 해서 과학이라는 이름으로 부를 수 있는 건지, 차상문은 제 눈으로 버젓이 목격하고도 믿을 수 없었다.

"최소한의 공간에서 최대한의 닭을 사육할 수 있는 구조인데, 이렇게 해놓으면 모이 주기도 수월하고 알 꺼내기도 아주 쉽지요. 그러니 일손을 크게 줄일 수 있어 이익은 그만큼 늘어나게 마련이겠지요."

"허, 굉장하이. 그래, 불은 하루 종일 켜놓나?"

"이놈들이 다 암탉인데, 불을 켜놓으면 낮인지 밤인지도 모르고 알을 자꾸 낳아요. 광선이 호르몬의 분비를 촉진시켜주니까요."

"야, 그거 참 생산적이네. 말하자면 이놈들도 단체로 국민정신교육을 받는 셈일세? 과거의 낡은 정신머리, 어쩌다 생각나면 하나씩 낳아주던 썩어빠진 버르장머리를 '요시, 잇교니(옳아, 단번에)' 고쳐버린 거구? 하하, 그래, 대한민국 땅에서 닭이라고 쉴 틈이 어딨나? 총력 증산 수출 건설인데…… 하하하."

견학 후 주인집에서는 손님들에게 닭볶음과 영계백숙을 대접했는데, 다들 땀을 뻘뻘 흘려가면서 워낙 맛있게 먹는지라 한 토끼가 계사 옆 그늘에서 우는지 굶는지 아무도 관심을 기울이지 않았다. 차상문은 자기가 마치 형무소 같은 그 양계장의 주인인 양 잠도 제대로 못 자고 죽어라 알만 낳는 닭들에게 한없이 미안했다.

"자네도 이제 진짜로 마음을 잡았군. 옛날 같으면 도무지 상상도 못할 일이지, 안 그런가?"

"그때야 뭐 어리기도 했고……"

"어리다고 자네들을 그냥 놔뒀으면? 흥, 내가 꼭 공치사를 하자는 게 아니라, 만일 그때 내 말을 안 들었으면 어떻게 되었겠나? 박영길이 그치 소식은 진작 들었지?"

"……"

"운명이란 게 그런 걸세. 한순간이라고…… 그렇게 당당하던 친구가 거기서 그렇게 목을 맬 줄이야 누가 알았겠나? 어쨌든 그자 박영길에 대해서만큼은…… 그래, 아무리 사상이 천지 차이라도 그 악착같은 점에 대해서만큼은 존경할 만해. 물론 자네 역시 존경하고말고. 마음을 돌려잡고 국가 시책에 발맞추어 이렇게 한 사업 튼튼하게 일궈냈으니…… 하하."

차상문은 아버지 차준수 앞에서 처음부터 끝까지 뭐라 정확히 표현하기 힘들 만큼 묘한 표정을 짓던 양계장 주인을 그뒤에도 이따금 기억하게 된다.

그날 밤, 그는 꿈을 꾸었다. 당연히 악몽이었다.

뒤에서 부스럭거리는 소리가 났다. 뭐지? 돌다리를 두들겨보고 나서도 선뜻 건너지 않을 만큼 선천적으로 겁이 많은 그는 그게 혹시 고양잇과 짐승일지 모른다고 생각했다. 그런 생각만으로도 점점 더 겁이 났다. 사각사각. 소리는 이제 무엇인가 날카로운 이빨로 나무 같은 것을 갉아대는 소리로 바뀌었다. 머리털이 쭈뼛 서고, 온몸에 소름이 돋았다. 보이지 않는 것이 주는 공포는 보이는 것이 주는 그것에 비할 바가 아니었다. 충치 걸린 이의 신경이 드러났을 때 자칫 혀라도 잘못 가닿으면 온몸이 짜르르 떨릴 만큼 시린 소름. 사각사각 스걱스걱. 그는 뒤를 보고 싶어 미칠 지경이 되었다. 그러나 고개를 돌릴 틈조차 없었다. 몸을 비틀 수도 없었다. 제 뒤에서 무슨 일이 벌어지고 있는지 보이냐고, 반대편 층층대에 갇힌 무리에게 묻고 싶었다. 하지만 말하는 입이 없는 그들이 어떻게 말을 해줄 텐가. 그들의 입은 오직 모이를 쪼는 데만 쓰는 부리였다. 실은, 그의 입 역시 마찬가지였다. 언제부턴가 입술이 점점 굳어지는가 싶더니, 어느 한순간에 부리로 바뀌고 말았던 것이다. 그의 눈에 무수한 부리들이 들어왔다. 그 부리들 뒤에 무엇인가 시커먼 물체들이 보였다. 그는 기겁했다. 그것들이 그들의 뒤꽁무니를 갉아먹고 있었다. 그래도 그들은 아무렇지도 않다는 듯 제 부리 앞에 놓인 모이를 쪼는 데에만 정신을 쏟고 있었다. 안 돼. 상황을 보라구. 도대체 무슨 일이 일어나는지 몰라? 그는 고함을 질렀다. 말소리는 한마디도 목구멍 밖으로 나가지 못했다. 그 순간, 그는 자기 또한 부리로 눈앞에 놓인 모이를 콕콕 쪼아대고 있다는 사실을 깨달았다. 뒤꽁무니에서는 무엇인가 사각사각 스걱스걱 쉬지 않고 갉아대는데…… 안 돼. 난 이런 식으로 살고 싶지 않아. 비루해. 그러면 그럴수록 모이는 너무 맛이 있었다. 주르륵, 눈물이 흘러내렸다. 맞은편 사람들도 모두 눈물을 흘리고 있었다. 눈물을 흘리면서 쉬지 않고 머리를 끄덕거리며 부리로 쪼아댔다. 콕, 콕, 콕. 나는 먹기 싫어. 맛있어. 나는 차라리 단식을 하겠어. 맛있어. 이건 사는 것도 아니야. 맛있어. 어떻게 이런 일이 일어날 수 있단 말이야. 맛있어. 위엄을 지켜야 해. 맛있어. 근데 너무 맛있어서 어떻게 할 수 없어. 사랑해. 맛있어. 미치도록 맛있어. 내 영혼을 팔아서라도 먹고 싶어. 맛있어. 행복해. 맛있어.

슬프도록 행복해 미치겠어. 맛있어. 아빠, 엄마를 때리지 마세요. 맛있어요. 엄마, 맞아도 울지 마세요. 맛있잖아요. 난 네가 부러워. 생각하지 않는 네가 부러워. 맛있어서 미치겠어. 맞은편 사람들도 한결같이 행복한 표정을 짓고 있었다. 그 또한 울면서, 주르륵 눈물을 흘리면서, 너무너무 행복해서, 너무너무 맛있어서 그 행복을 감당할 수 없었는데, 사각사각 스걱스걱 시커먼 물체들은 점점 커져서 맞은편 사람들의 뒤꽁무니를 이미 다 먹어치우고 이제 그 커다란 아가리를 더욱 크게 벌려 마지막 남은 부리들마저 집어삼키려고 확 달려드는데……

차상문은 비명을 질렀고, 잠시 후 흥건히 젖은 요 위에 시체처럼 누워 있는 자신을 발견할 수 있었다. 그 와중에도 그는 어찌 된 일인지 그날따라 아우가 거웃을 보자고 덤벼들지 않았다는 사실을 용케 기억해냈다.

그날 이후 차상문은 닭들을 한데 풀어놓고 키우다가 저녁이면 다 꼬부라진 허리에 뒤뚱뒤뚱 오리걸음으로 "에구, 이놈의 달구새끼들! 죽은 영감태기마냥 오지게들 말을 안 들어처먹네." 구시렁거리면서 팔팔한 닭들을 쫓아다니는 이웃 할머니를 보면 제가 괜히 고마워서 대신 닭몰이를 도와주기도 했다. 그러다보면 간혹 볏이 유난히 붉은 수탉이, 꿈에라도 나왔으면 싶게, 높은 횃대 위로 힘차게 날아오르는 장관을 목격하거나 하는 낙도 있었다. 줄에 묶인 온 동네 개들을 죄 풀어주었다가 혼이 난 적도 서너 번은 좋이 된다. 그뒤에는 감히 줄을 풀어주지는 못하고 그저 개집 앞에 쪼그리고 앉아 하염없이 바라보기만 할 뿐이었는데, 그게 실은 혼이 나서가 아니었다.

"풀어주면 뭐하니? 니 발로 걸어 도로 돌아올걸……"

개집에 묶인 채 반경 1미터밖에 안 되는 원주 안만을, 그것도 후방 약 90도 정도는 아예 포기한 채, 세상의 전부인 양 빙빙 돌다가 생을 마치게 되는 워리나 쫑이나 독구 같은 개들, 아무리 풀어줘도 자유의지로 제 앞의 생을 개척하지 못하고 기껏 반나절 동네 언저리를 쏘다니다가 밥때가 되었다 싶으면 언제 집을 나갔냐 싶게 도로 얌전히 제 집 앞에 쪼그려 앉아 있는 개들에 대해서 차상문으로서도 더이상 해줄 수 있는 일은 없었다. 슬펐다. 하지만 우주에 생명을 지닌 개체로 태어난 이상 차상문은 좋든 싫든 아직 한참 더 험한 꼴들을 봐야 할 운명이었다.

15

박정희 대통령이 내려다보는 토끼네 대청마루에는 언제부턴가 한 그루 두 그루 나무가 선을 보이기 시작하더니 나중에는 노간주나무, 때죽나무, 향나무, 적송, 해송, 모과나무 따위가 제법 무성하게 작은 숲을 이루어, 그러지 않아도 잘 들지 않던 햇볕마저 쉽게 가리게 되었다. 차상문이 보기에는 그에 따라 어머니의 우울증도 정도가 더욱 심해지는 것만 같았는데, 차준수는 거꾸로 자신이 새로 시작한 취미 생활이 그녀의 정신 건강에도 도움을 줄 거라고 굳게 믿었다. 물론 겉으로 보면 신기하기 이를 데 없었다. 뿌리도 제대로 뻗지 못하는 작은 화분에서 어떻게 저 큰 나무가 생장할 수 있는 건지, 차상문은 도무지 알 수 없었다. 물론 그런 식으로라도 기어이 나무를 키우겠다는 욕망과 의지는 더더욱 이해할 수 없었다. 아버지는 솥뚜껑만한 손으로 하나하나 가지를 다듬어 나무의 꼴을 만들어냈다. 그 손, 분재를 하는 아버지의 섬세한 그 손이 두 아들이 보는 앞에서건 마을 사람들이 죄 몰려든 데서건 어머니를 사정없이 두들겨 패던 바로 그 손이기도 했다. 존중받아야 할 사적인 기호와 도덕률 사이에서 갈등하던 차상문은 결국 일을 저지르고 말았다. 아버지가 특히 애지중지하는 소나무 분재 하나를 골라 시시때때 자연산 비료를 듬뿍 주었던 것이다. 아우 차상무는 무슨 뜻인지도 모른 채 곁에서 덩달아 일을 거들었으니, 독한 암모니아 성분 탓에 소나무는 시름시름 죽고 말았다. 돌아와 사태를 확인한 차준수는 초상이라도 난 듯 길길이 날뛰며 형제의 어머니부터 다그쳤다.

"복수야? 복수를 하겠다는 거냐고? 그래서 이 가여운 나무를 죽도록 내버려둔 거야? 요시, 어디 한번 해봐. 얼마나 복수를 잘하는지 솔직히 나도 꼭 보고 싶거든."

평소 차준수는 익힌 기술이 있어서 그런지 아무리 폭력을 써도 좀처럼 상처를 남기지 않았다. 하지만 그날, 차준수는 유진숙의 눈두덩에 기어이 시커먼 멍 자국을 내고야 말았다. 그런 다음 그 두 손으로 아직 살아 있는 다른 나무들을 더욱 정성껏 매만졌다.

동네에 이상한 소문이 돌기 시작한 것도 그 무렵이었다.

"아니 미친놈일세, 그놈. 똥꼬를 까려면 병아리 똥꼬나 까지, 애들 똥꼬는 어째서 까고 지랄이야, 지랄은?"

"병아리 똥꼬 까는 놈이니까 버릇이 돼서 그런 게지."

"그 버릇 그냥 뒀다간 동네 애들 똥꼬가 남아나질 않겠네, 흥."

차상문이 아버지를 따라 방문했던 예의 그 양계장에 일본 아오모리에서 교육까지 받고 온 병아리 감별사가 새로 왔다. 병아리 감별사란 병아리가 알에서 부화한 지 스물네 시간 안에 암수를 가려내는 것을 전문으로 하는 사람을 말하는데, 병아리의 생식기라는 게 워낙 조그맣기 때문에 빠르고 정확하게 가려내는 것 자체가 무척 힘이 들고 따라서 숙련된 기술과 타고난 감각을 요구한다고 했다. 그렇게 해서 수놈으로 판명된 병아리는 육계용으로 키울 놈들 일부를 제외하곤 즉시 폐기처분되는바, 나중에 커서 알도 낳지 못할 수놈들에게 비싼 사료를 먹일 필요가 없다는 게 이유였다.

감별 현장은 아이들에게 좋은 놀이터가 되곤 했다. 차상문도 딱 한 번 아이들을 따라가본 적이 있었다. 처음에 젊은 감별사는 귀찮을 법한데도 내색 한 번 하지 않았고, 오히려 입가에 묘한 미소까지 지으며 아이들을 바라보았다.

"이놈들아, 재밌냐?"

"네."

"뭐가 그리 재밌어?"

"병아리 똥꼬 까는 거요."

"수놈은 진짜 고추가 달렸어요?"

"고추 달린 놈들은 다 버리나요?"

"그렇게 버리면 금방 죽나요?"

얼굴이 꼭 멍게처럼 생긴 감별사는 아이들에게 제의를 했다. 똥꼬를 보여주는 아이들에게만 실제 감별 현장을 보여주겠다는 것이었다. 아이들은 주춤거렸다. 그러다가 차상무가 제일 먼저 나서 제의를 받아들였다.

"까짓 똥이나 싸는 똥꼬 한 번 보여주는 건데 뭐……"

차상무는 제 발로 걸어가서 제 손으로 직접 반바지를 까서 내렸다. 젊은 감별사는 흐뭇한 표정으로 차상무의 엉덩이를 바라보았는데, 그때부터는 머리에 기계충, 얼굴에 버짐이 핀 딴 아이들도 우르르 달려가서 너 나 할 것 없이 엉덩이를 까 보이기에 바빴다. 한순간에 냄새가 장난 아니었다. 뒤를 보고는 신문지나 호박잎 따위로 대충 닦아 버릇한 결과였다. 차상문은 미국 같은 나라에서는 귀엽다고 어린아이의 고추를 만져봐도 엄청난 죄가 된다는 사실을 들어 알고 있었다. 따라서 그런 따위 어딘가 비이성적이고 반문명적인 냄새를 짙게 풍기는 행위에 동참하지 않왔지만, 여자아이들과 달리 어려서부터 오히려 고추를 내놓는 게 자랑스러운 일인 양 양육되어온 사내아이들이 열심히 바지를 까 내린 덕분에 감별 현장을 직접 목격할 기회를 얻을 수는 있었다. 감별사는 놀랍도록 재빠른 솜씨로 병아리의 똥꼬를 까서 밝은 백열전구 불빛에 비춰본 다음 암수를 가려냈다. 더 정확하게 말하자면, 불빛에 똥꼬를 비추는 순간, 그의 가느다란 손가락이 슬쩍 똥꼬를 만지면서 암수를 탁탁 가려내는 것이었다. 무엇보다 큰 충격은 수놈으로 판명된 병아리들의 처리 방식이었다. 감별사는 수놈이면 두 번 고려도 없이 아무렇게나 휙 내던졌다. 그의 발 아래 커다란 상자에는 이미 그렇게 버려진 수놈 병아리들이 우글우글했다. 내던져진 충격에 정신을 못 차리고 아직도 비틀거리는 병아리들도 있었고, 다른 수놈들에게 깔려 눈꺼풀조차 뜨지 못한 채 가물가물 죽어가는 병아리들도 부지기수였다. 죽은 놈들은 나중에 다른 가축의 사료로 쓰이기도 한다는데, 똥꼬를 까 보이고 기회를 얻은 아이들은 그런 운명의 수놈들을 손가락으로 이리 치고 저리 치고 가지고 놀 자격도 얻었다. 차상무는 아예 두 팔을 쑥 집어넣어 우글우글 병아리들을 건져올리는 시늉을 해보이기도 했다.

"형, 형도 해봐. 디따 재밌어."

전에 한 번 봤던 양계장 주인이 달려와 야단을 치지 않았다면 차상문도 아우를 따라 그렇게 해봤을까. 천만에, 차상문은 그 전에 이미 자리를 뜨고 말았다. 그는 몇 걸음 옮기기도 전에 그날

아침에 먹은 속엣것을 다 게워내고 말았는데, 그 때문에 한동안 동네 아이들에게 겁쟁이에 계집애라는 놀림을 받게 되는 빌미를 제공한다.

10년쯤 후 차상문은 우연한 기회에 미국의 인류학자 로렌 아이슬리 교수의 강연을 듣게 된다. 그는 동물은 영원한 현재에 갇혀 있지만 인간은 거기서 벗어나 과거와 미래라는 시공으로 탈출하는 데 성공했노라 말했다. 차상문은 진화를 증명한 인간의 탈출이 얼마나 많은 생물 종의 희생 위에 이루어졌는지 묻고 싶었지만, 교수는 쏟아지는 청중의 질문을 뒤로한 채 다음 연구를 위해 바삐 발길을 옮겼다. 그의 연구 대상이란 게 대개 험준한 산악이나 황무지에 있었기 때문이다. 그때 차상문은 당연히 분재라는 명목하에 한 뼘도 안 되는 화분에 갇혀 이리저리 몸을 비트는 소나무와 과학 양계라는 이름 아래 형무소 같은 계사에서 대량으로 사육되는 닭, 감별사의 손끝에서 한순간에 내팽개쳐진 무수한 수컷 병아리들, 그리고 줄을 풀어줘도 도무지 달아날 생각조차 하지 않는 개들을 어제 일인 듯 생생하게 기억해냈을 것이다. 아이슬리 교수의 답은 그의 저서에서 쉽게 찾을 수 있었다. 그는 진화란 각각의 생물 종이 나름대로 독특한 상황에 적응하기 위해 선택한 우연의 결과일 뿐, 인간이 자연 세계에서 특별한 지위를 주장할 어떤 근거도 없노라 써놔 차상문을 크게 흥분시킨다.

"오늘 참 신기했지? 근데 형, 그거 알아?"

그날 집으로 돌아가는 길, 차상무가 저도 뭔가 찜찜한지 새삼스레 바지를 추켜 입으면서 형 차상문에게 물었다.

"뭘?"

"거기 한쪽에 모아놓은 달걀들 있잖아, 엄마 아빠가 떡도 안 치고 난 거래. 그거 알았어?"

달걀을 낳는데 뜬금없이 떡은 무슨 떡인지, 관심 없는 분야에 대해서는 거의 아는 바가 없는 차상문으로서는 당연히 알 턱이 없었다.

16

단체로 위문편지를 쓸 때 교장은 몇 번이고 강조했다.

"내가 아무리 말해도 너희 놈들 중 머리를 공으로 달고 다니는 아둔패기 놈들은 분명히 또 그렇게 쓸 거야. 국군 장병 아저씨, 그럼 명복을 빕니다, 이렇게. 각오해! 특히 3학년 2반 이달생이! 2학년 몇 반이냐, 아무튼 오장균이! 징균이던가? 아이고, 내가 네놈들 이름까지 다 기억해야 하다니…… 어쨌든 한 번 더 걸리면 어떻게 되는 줄 알지? 담임선생님들도 각오하시고요!"

담임선생님들이 각오하고 지도한 덕분인지 다행히 "명복을 빕니다"라고 마지막 인사말을 쓴 학생은 없는 모양이었고, 놀랍게도 서너 달 후에는 남자 학교인데도 답장까지 몇 통이 왔다.

검정고시를 통해 학교에 들어온 차상문도 답장을 받은 그 몇 명에 속했다. 그는 운동장 구석 등나무 그늘을 일부러 찾아갔다. 가슴이 두근거렸다. 태어나서 처음으로 받아보는 편지. 그것도 아득히 저 먼 바다를 건너온 것이었다. 겉봉에는 물소를 그린 조잡한 우표가 붙어 있었는데, 소인은 방금 눌러댄 듯 선명했다.

다낭에 주둔한 해병 제2여단, 이른바 귀신 잡는 해병 청룡부대의 이만용 하사는 만지기만 해도 똥 냄새가 난다는 열대 과일(둘이 먹다가 하나가 죽어도 모를 거야)과 보기 좋고 간편하긴 해도 된장국과 김치찌개에 길들여진 입에는 도무지 맞지 않는다는 씨레이션(너도 한 달 동안 카스테라, 스테이크, 과일 주스만 죽어라고 먹어보면 알 거야)과 전투수당을 모아 샀다는 소니 라디오(우리 엄마가 얼마나 좋아할지!)에 대해서 썼다. 마치 싸우러 간 게 아니라 일하러 간 듯 보일 정도였다.

그날 하굣길에 차상문은 골목에서 실습복을 입은 선배들에게 붙잡혔다. 경례를 하지 않았다는 이유 때문이었다. 사실 멀리서 그들을 보았을 때, 차상문은 잠시 주춤거렸다. 학교 규칙상 그들이 선배라면 당연히 경례를 해야 한다. 그러나 그들 모두 실습복을 입고 있어서 학년을 알 수 없었다. 나이야 훨씬 층하가 지지만, 그리고 얼마나 다닐지 모르지만, 차상문도 명색이 같은 고등학교 학생이었다.

"어쭈, 토끼야, 네가 아주 간땡이가 배때기 밖으로 출근을 하셨구나?"

"아니, 토끼와 자라에서 토끼가 그러잖아. 용왕님이 아플 때, 자기 간을 집에 두고 다닌다고. 꼬마야, 너도 그러니?"

그들은 차상문을 토끼 장난감인 듯 툭툭 쳐가며 몽니를 부렸다. 한 번도 경험하지 못한 상황이었지만, 차상문은 어떤 합리적인 말로도 그들을 막기 어려울 것을 직감했다. 그와 동시에 막연하나마 자신이 어딘가 더 넓은 세상으로 나아가는 과정에 있다는 느낌도 들었다.

"얘가 그렇게 천재라는데? 우리 오늘 천재는 우리하고 뭐가 다른지 어디 한번 알아볼까?"

여러 가지 테스트가 시작되었다. 처음에는 자기들이 아는 범위 내에서 이것저것 문제들을 냈는데, 솔직히 시골 종합고등학교 취업반에 다니는 본인들의 지적 수준을 고스란히 드러내는 문제들이었다. 그마저 쉽게 떨어지자, 하나같이 얼굴이 몹시 달아올라 결기를 부리기 시작했다. 차상문은 심지어 그들이 머리를 맞대고 낸 전문적인 문제들, 예를 들어 쟁기의 잡좆과 낫의 슴베가 각각 어느 부분을 가리키는지, 멍석과 덕석의 차이는 무엇인지 하는 따위 문제들에 대해서도 막힘없이 척척 대답했다. 감자에게 나타나는 병으로는 잎이 누렇게 떠서 말라비틀어져 죽는 잎마름병을 예로 들어 답하면서, 아일랜드에서는 1845년부터 1851년까지 그것 때문에 대기근이 일어나 8백만 인구 중 무려 백만 명이 죽고 백만 명이 고국을 등진 채 이민을 떠나야 했다고 친절히 설명을 덧붙이기도 했다. "다음 중 토끼 품종은 무엇입니까?"라는 질문에 대해서는 그들이 지문을 대기도 전에 4번 앙골라를 정확히 맞혔는데, 그때는 '출제위원'들의 성향이 확연해진 터라 약간의 예지력만으로도 쉽게 정답을 맞힐 수 있었던 것이다. 그 때문에 그들 사이에 잠시 내분이 일기도 했다.

"바보야, 3번 친칠라라고 하지 그랬어?"

"원래 4번은 홀스타인 아니었어?"

그들은 자신들의 전문성이 심히 훼손되는 데 대해 열불이 치솟았겠지만, 차상문이 오랜 기간 아버지에게 왕산악부터 비틀즈까지, 거루 혹은 매생이의 구조부터 대형 트롤 어선의 만재흘수까지, 플라톤의 이데아부터 칸트의 물자체(物自體)까지 고칠현삼(古七現三)의 비율로, 대개 당신조차 잘 모르는 별의별 난제들을 두루 포함하여 시험받았다는 사실을 알 턱은 없었다.

"이건 불공평해. 하나님도 너무하시지, 이 쬐끄만 토끼한테는 천재 머리를 주시고, 왜 우리한테는 돌멩이를 채워주셨을꼬."

"인마, 그것도 모르니까 네가 멍청하단 소릴 들어도 싼 거야."

"어째서?"

"돌멩이가 들었으니 우리가 군말 없이 더럽고 힘든, 남들 안 하는 일들을 맡아 할 거 아냐, 장차? 만일 우리 대갈통 속에 뭔가 생각할 줄 아는, 가령 뇌 같은 게 들었어봐. 나라도 당장 삽자루 팽개치고 앗싸, 가오리, 삐빠빠 룰라, 이쓰 마이 베이비, 지랄춤이나 추러 다니며 깔치들 후려치는 일만 하자고 덤벼들겠다. 그러면 이 나라 조국강토는 누가 지키고 누가 증산 수출 건설의 대열에서 뼈 빠지게 용을 쓰겠냐, 이 말씀이지."

"그럼 우리가 우리 수학 꼰대 말처럼 아무 짝에도 쓸모없는 똥걸레만은 아니라는 얘기네?"

"자부심을 가지라고. 야, 토끼야. 너, 영어도 좀 하겠네? 자부심이 잉글리시로 뭐냐?"

차상문은 당연히 대답했다. 그 대답은 스스로 학교는 물론 세상에서 버림받은 존재라고 인식하고 있던 그들의 좌절감을 심화시키는 데 한몫했다. 그러자 그들은 전혀 새로운 유형의 문제를 내기 시작했다. 그건 하나부터 열까지 육체를 사용해서 풀어야 하는 문제들이었다.

"오른발 내리고 왼손 들어. 어쭈, 그것밖에 못 해?"

"앞으로 취침, 뒤로 취침. 취침 중에 군가 한다. 군가는 〈진짜 사나이〉 실시!"

"하나 하면 경례하고 둘 하면 경례하다 말고 뒤로 자빠진다. 셋? 셋은 없어, 인마. 그땐 너 꼴리는 대로 해."

다리와 팔의 길이 비례가 현격히 차이 나는데다가 선천적으로 왼손 왼발에 비해 오른손 오른발을 제대로 사용하지 못하는 차상문의 육체적 특질은 그들로 하여금 곧 매우 큰 '프라이드'를 느끼게 만들었다. 차상문이 기를 쓰고 왼발과 오른발, 왼손과 오른손의 균형을 맞추려고 해도 도무지 문제가 풀릴 기미가 보이지 않자, 답답해진 그들은 솔선해서 자신들의 능력을 유감없이 펼쳐 보이기도 했다.

"허, 거참, 신앙심 없으면 보기가 영 그렇네. 봐, 임마! 이렇게 하란 말야. 이것도 못 하는 놈이 머리 좀 있다고 어디서 우쭐대기는……"

그들은 오른발 무릎을 90도로 꺾어든 채 왼손을 수직으로 치켜들었다가 순식간에 그 반대 형태로 자세를 바꾼다든지 하며 아주 능숙하게 시범을 보였다. 시범 뒤에는 당연히 실습이 이어졌다. 그건 불가능했고, 그때마다 폭소와 야유와 조롱이 터져나왔고, 끝내는 주먹이 날아왔다. 어머니를 그토록 패는 아버지도 어떤 신조 때문인지 아들 형제에게만큼은 결코 손을 대지 않았다. 그러므로 차상문은 난생처음으로 그렇게 불온한 의도가 개입된 주먹을 맞아보는 셈이었다. 차상문은 버텼다. 울지 않았다. 신음조차 내지르지 않으려고 애를 썼다. 엄마처럼. 영리한 그는 권력은 영원하지 않으며, 언젠가는 반드시 판도가 바뀐다는 사실을 예상하고 있었다. 어머니를 그토록 패면서 세월을 보낸 아버지도 그 얼마 전부터는 한참 패다가 종당에는 무릎을 꿇고 오히려 엉엉 울면서 용서를 구하는 때도 있다는 사실을 알고 있었기에 더욱. 그래도 아팠다. 아프면서 슬펐다. 차차 아픔보다 슬픔이 더 커졌다. 왜 이래야 하는 건지, 그는 도무지 이해할 수 없어 점점 더 슬퍼졌다. 한 하늘 아래 살면서 똑같이 산소를 들이마시고 이산화탄소를 내뱉는 처지에 왜, 왜, 왜? 한참 맞다보니 그들의 건장한 어깨너머로 남루한 입성의 사내들이 논두렁에 걸터앉아 퀭한 눈으로 먼 하늘을 쳐다보는 모습도 보였다. 큰물이 논틀밭틀 어디나 가리지 않고 깡그리 훑고 지나간 때문일까. 내일까지 월사금을 못 내면 학교에 안 가겠다고 징징 우는 막내놈 때문일까. 시집 간 지 석삼 년 명절 때 한 번 오지는 못하더라도 인편으로라도 소식조차 없는 큰딸 근심 때문일까. 소를 키우면 소끔이 떨어지고 헐값에 돼지를 내다 팔면 이튿날부터 돼지끔이 금값 되는, 지지리 복도 없는 팔자 때문일까. 문제는 폭력이 대개 시작은 있어도 어디가 끝인지 짐작하기 어렵다는 점이었다. 때리는 쪽조차 언제 그것을 멈추어야 할지 쉽게 결정짓지 못했다. 차상문은 자기가 정신적으로는 또 모르지만 육체적으로는 이제 겨우 유년기를 갓 벗어난 상태라는 사실을 들어 차라리 용서를 구할까도 생각했다. 그게 그 나이에 온당한 처세술이었다. 그러나 그 순간, 다행인지 불행인지 기어이 코피가 터지고 말았다. 폭력은 정확히 그 순간에 멈췄다.

"어!"

그들은 당황하기 시작했다. 그것은 그들과 차상문 사이에 그때껏 존재했던 권력의 시소가 기우듬해지면서 평형을 되찾는다는 걸 의미했다. 차상문은 욱신거리는 통증을 참으며 잠시 더 기다렸다. 단순한 뇌를 가진, 알고보면 착한, 기존의 사회 구조 속에서는 아무리 발버둥을 쳐봐야 결국 거대한 피라미드의 맨 밑바닥 자리를 차지할 수밖에 없는, 그리하여 젊은 시절 잠깐 오기와 객기로 버둥거려도 보지만 시간의 가차 없는 행보 속에서 어느새 속절없이 무너져서 자신들이 만드는 거름처럼 혹은 타작마당 괴꼴처럼 아무렇게나 흩뿌려지고 말 그들이었다. 물론 차상문은 아직 그런 식으로 멀리 내다보고 종합적으로 판단하는 능력이 없었지만, 어쨌든 상황이 제 편에 유리하게 달라졌다는 것만큼은 능히 짐작할 수 있었다.

"에이 짜식, 아프면 아프다고 말을 했어야지. 우리가 아무리 못된 양아치라도 그렇지, 네가 진작 울었어봐. 더 때렸겠어? 이래서 자고로 그 뭐냐, 속담도 있는 거잖아. 부뚜막의 백지장도 맞들어야 낫다. 안 그래?"

차상문의 옷에 묻은 피를 침까지 발라 얼추 닦아내준 뒤, 그들은 차상문의 둥근 등을 토닥거리면서 위로해주기 시작했다. 그들이 담배를 건넸다. 차상문은 정중히 사양했다.

"이 라이타, 때깔나지? 우리 삼촌이 월남 갔다가 돌아오면서 갖고 온 거거든."

"어, 그 쩐따 삼촌?"

"새꺄, 언어 순화 좀 하면 어디가 덧나냐? 자유대한을 지키러 갔다가 베트콩 놈들한테 부상을 당하신 분인데, 좋은 말 좀 해주라, 씨팔."

"아나, 좋은 말? 쩐 벌러 간다는 거 삼척동자도 다 아는데…… 어쨌든 이거 귀한 거네. 쩐따 네 삼촌이 다리하고 바꾼 거니까."

그들은 국가의 결단과 타인의 불행까지 열여덟 열아홉 살의 치기로 아주 단순하게 주관화했다. 실은, 그들 자신이 당장 징집 영장을 받으면 셋 중 하나는 필시 월남행을 자원할 터였다. 그때 그들도 자유대한을 지키러 간다고 말할 수 있을까. 그들은 단순 명쾌했고, 입은 거칠어도 알고보면 좋은 청소년들이었다. 단지 미래가 없을 뿐. 목덜미에 때에 전 파스를 붙이고 있는 한 명이 재주도 좋게 담배 연기로 갖가지 동물을 만들어 허공에 날렸다. 너구리, 사자, 쥐, 기린, 그리고 마침내 토끼까지. 그 토끼가 간절히 원하고 있었다. 나도 그렇게 살고 싶어. 나도 뇌 없이, 생각 없이 살고 싶어. 미래 같은 건 없어도 좋아. 메피스토펠레스에게 난 미래를 팔겠어. 산다는 건 이제까지 경험만으로도 충분히 의미가 없었으니까. 아니, 혼자만 의미가 없어도 이러지 않겠어. 존재는 그것이 어떤 존재라도 다른 존재에게 해가 될 뿐이야. 해가 아니라면 적어도 고통과 슬픔을 주지. 차상문은 누선이 짜르르해오며 참았던 눈물이 터지려는 걸 애써 참았다. 그러는 바람에 오히려 기침이 훨씬 심해졌다. 어느 순간, 그의 눈길이 햇살에 반짝거리는 지포 라이터에 가닿았다. 병장 C. W. 윌리엄스의 것이었다. 그는 자신의 모국어로 이렇게 썼다.

—나는 죽어 천당에 갈 것이다. 왜냐하면 살아서 지옥에 있었으니까.

"갖고 싶어? 안 돼. 넌 나중에도 담배 같은 건 피우지 마라. 몸에든 머리에든 좋을 게 한구석도 없이 나쁜 거니까. 넌 좋은 것만 해. 나쁜 건? 그래, 여기 우리 형님들이 다 맡아서 해버릴 테니까. 그럼 넌 자연히 좋은 것만 하게 되겠네, 그치?"

차상문은 그들의 확고부동한 신념과 일관적인 논리 전개에 기어이 미소를 머금고 말았다.

이제 네 명의 고등학생은 사이좋게 둘러앉아 이런저런 이야기를 더 나누었다. 화제라는 게 어쩌면 처음부터 끝까지 여학생 이야기였다. 예를 들어 읍내 여자상업고등학교 파스 클럽은 총 일곱 명인데, 그중에는 싸울 때 면도칼을 아작아작 씹었다가 확 내뱉어서 상대의 기부터 꺾는 여학생이 있다거나, 클럽 정관상 평상시에는 파스를 목 왼쪽에 붙이고 다니는데, 싸움이 예정된 날이나 기분이 꿀꿀하여 선생한테 대들기라도 해야 속이 풀릴 것 같은 날에는 오른쪽에 붙인다거나 하는 이야기. 여학생에 대해서든, 싸움에 대해서든, 하물며 파스에 대해서든 아는 게 거의 없는 차상문으로서는 딱히 대화에 참여할 기회조차 없었다. 그래서 콧구멍을 틀어막은 종이나 만지작거리면서 거의 듣기만 하는 쪽이었는데, 얼마간 시간이 흐르고 파스 클럽 여학생들 무용담도 더이상 들려줄 게 없게 되자, 이젠 무슨 말을 해도 때리지 않을 테니 아무 말이나 좀 해보라는 말을 들었다. 실은 늘 가슴 속에 담아두고는 있었지만, 누구에게도 쉽게 꺼내기 힘든 이야기가 있었다. 맞다가 정이 들었는지 차상문은 이상하게 제 앞의 선배들에게는 스스럼없이 그 이야기를 꺼내도 괜찮겠지 싶은 생각이 들었다.

"근데, 있잖아요, 형님들은 어떠셔요?"

"뭐가?"

"저는요, 이게 아직도 너무 힘들어서……"

"뭐가 힘든데? 누가 널 때려? 그런 놈 있으면 이제부턴 우릴 불러. 솜털 하나 건드리지 못하게 아작을 내줄 테니."

"아니, 그런 건 아니고요. 저…… 있잖아요, 극장 같은 데 가면 어떻게 하셔요, 형님들은?"

"응? 극장? 어떻게 하긴 어떻게 해? 들어가서 영화나 한 편 때려야지."

"아니, 돈 말이어요."

"아, 그거? 우리야 조상 대대로 무료입장이지. 다 수가 있거든, 하하."

"아니, 제 말은…… 그럼, 시외버스를 탄다고 쳐보셔요. 그때 매표구에서 어떻게 하는지……"

"그거야 우리가 뭐 버스 회사 사장 아들도 아니고…… 차장 깔치가 안 봐주면 당연히 돈 내고 타야지. 차순이들이 원래 좀 빡빡하거든."

"네, 바로 그 돈 낼 때 말이어요. 조금 불안하지 않으셔요? 저는요, 방금 분명히 돈을 건넸는데 그쪽에서 안 받았다고 할 수도 있잖아요. 표도 안 주고……"

"뭐?"

세 명의 선배가 거의 동시에 거의 같은 표정을 지었다. 무슨 말을 들었나 싶었을 것이다.

"전 그게 너무 불안해요. 시장에 가도 마찬가지여요. 그래서 꼭 물건을 먼저 받은 다음에야 셈을 치른답니다. 그런데 극장이

나 시외버스는 매표 창구 자체가 다르잖아요. 그쪽에서는 나를 보지만, 내 쪽에서는 그저 조그만 구멍으로 손만 겨우 보게 되어 있고……"

"어, 그러니까 네 말은…… 그쪽에서 네 돈만 홀랑 받아먹고 표를 안 줄 수도 있다, 이거지?"

"네."

"햐, 역시 넌 천재다, 천재! 세상에, 그럴 수도 있구나, 정말. 하지만 토끼야, 너 실제로 그런 적이 있니? 극장이나 차부에서?"

차상문은 고개를 저었다. 사실 그런 경우는 한 번도 없었기 때문이다.

"그래? 그렇지? 그럼 됐지, 뭐가 문제야?"

"그렇긴 하지만…… 그래도…… 나중에라도 만일 진짜 큰돈을 내야 할 때라면…… 아니면 이사 갈 때 집문서를 넘겨줄 경우…… 하나 둘 셋 하고 동시에 돈하고 표, 혹은 집문서를 맞바꿔야 하는데 0.01초 차이로도 문제가 생길 수 있잖아요. 전혀 없다고는 장담할 수 없는 일 아닌가요?"

세 선배는 아이큐가 200을 넘는다는 차상문이 셋을 다 합해서 겨우 그 정도 될까 말까 한 자기들 앞에서 농담이나 하는 체질은 아니라는 점을 진작 깨달은 뒤여서, 무어라 대꾸도 못 하고 그저 넋 나간 표정으로 점점 낯설어지는 토끼 영장류의 얼굴을 바라보기만 했다.

"그리고 이건 경우가 약간 다르긴 하지만, 가령 왕이 있다고 쳐보셔요. 근데 그 왕은 누군가가 자기를 죽일지도 몰라 칼 잘 쓰는 무사를 경호원으로 쓰죠. 다 그러잖아요, 역사상 모든 통치자들은…… 근데 그 경호원은 어떻게 믿죠? 그자가 만일 나쁜 마음을 먹으면요?"

"그, 그래, 그럴 수도 있구나. 그럼 그 경호원이 무슨 짓을 하는지 항상 지켜보는 또다른 경호원을 두지 뭐. 내가 돈 내는 것도 아닌데…… 하하."

"이런 멀대, 반거충이! 그럼 그 경호원을 지켜보는 경호원은 어떻게 할래? 그놈은 믿을 만하대? 그놈이 무슨 짓을 할지 또 지켜보는 경호원이 필요할 거 아냐?"

"맞아요. 제 말이 그거여요. 그렇게 자꾸 경호원을 지키는 경호원을 늘려가다보면 온 나라 백성이 다 경호원이 되어야 하지 않겠어요? 나중에는 왕도 편히 잠을 못 자고 자기를 지켜주는 경호원을 밤새 몰래 지켜봐야 할지도 모르죠."

이제 차상문의 세 선배는 아무 말 없이 다시 담배를 꺼내 물 뿐이었다. 사람 사는 세상에서는 그런 일도 가능하겠다는 생각이 들어, 그때껏 한 번도 그런 걱정 따위는 가슴에 담아두지 않았던 자신들이 진짜 무식한 건지 아니면 세상이 너무 야박한 건지 도무지 판단을 내릴 수 없었기 때문이다. 차상문은 차상문대로 역시 선배들로부터도 답을 구하기는 어렵겠구나 생각하게 되었다. 어쩌겠는가. 극장 매표소에 돈을 뜯겨본 적도 없고 태어날 때부터 경호원을 둘 처지도 아니었지만, 차상문은 거수경례를 안 했다고 얻어터진 일은 까마득히 잊어버리고, 스스로 문제를 풀어나가지 않는 이상 제 앞에 놓인 생, 싫든 좋든 수없이 많은 인간 영장류와 관계를 맺으며 꾸려가야 하는 생이 결코 홀홀하지 않으리라는 점만 새삼 또 확인하게 되는 것이었다.

17

아버지는 술에 취해 집에 돌아오자마자 소나무 분재 주변에 마사토가 왜 이리 많이 흘려 있냐며 어머니를 몰아세우더니 기어이 손찌검을 시작했다. 매번 겪는 일상이지만, 차상문은 겁이 나서 얼른 제 방으로 숨었다. 다행히 평소보다 폭력의 정도가 심한 것 같지는 않았다. 옷은 조금 찢어졌지만, 잘하면 따귀 몇 대 정도로 끝날 수도 있을 것 같았다. 어머니는 늘 그래왔듯이 한마디 비명조차 지르지 않았다. 자랑스러운 어머니! 차상문은 세상 모든 것을 배반해도 결코 어머니만큼은 배반하지 않겠노라, 어금니를 꽉 깨물면서 다짐했다. 그러던 어느 순간, 영리한 차상문은 갑자기 자신이 이 말도 안 되는 야만에 동조하고 있다는 생각이 들었다. 며칠 전에 읽은 아우슈비츠 수용소에 관한 책 때문이었을 것이다. 모처럼 읍내에 나갔다가 헌책방에서 우연히 발견한 책인데, 군데군데 들어 있는 끔찍한 사진들 때문에 처음에는 선뜻 손이 가지 않았다. 그건 한마디로 인간이란 존재가 보여줄 수 있는 가장 비인간적인 악의 박물관이었다. 부끄러운 부분을 제대로 가리지도 못한 채 공포에 질려 무엇인가 순서를 기다리는 빡빡머리 여자들, 엄청나게 커다란 구덩이에 마치 쓰레기인 양 함부로 내팽개쳐진 시체들, 끊임없이 연기를 뿜어내는 굴뚝들, 샤워를 한다는 말에 반신반의하면서 시키는 대로 벗어놓은 안경과 신발과 온갖 옷가지들, 산더미처럼 쌓아놓은 금붙이들—그 속엔 금니가 태반이었다. 아, 그 금니들을 어떻게 뽑았을까. 차상문은 그때 당장 토할 것만 같았는데, 놀랍게도 돌아오는 길 책가방 속에는 그 책이 들어 있었다.

책을 읽으면서 그는 유대인들의 비극이 당연히 독일 제3제국의 야만적 인종말살정책에서 비롯되었지만, 거기에 대해 목숨을 걸고 항거하지 않은 게 더 큰 비극일지 모른다고 생각했다. 물론 게토 시절에 유대인들은 목숨을 걸고 완강히 저항했다. 1943년 바르샤바 유대인 게토의 지도자 모르데하이 아니엘레비치는 "우리는 인간답게 죽을 준비가 되어 있다!"고 외치며 봉기를 이끌었다. 결과는 뻔한 일, 독일군은 28일간의 봉기 기간 중 무려 7천여 명의 유대인을 처형했다. 이후 수용소가 생겨나고 상황이 더 악화되면서 저항의 불길은 급속히 사그라졌다. 그리하여 아우슈비츠의 경우, 수감자들은 매일같이 죽음을 향하여 나아가는 행렬을 목격하고도 특별한 저항은 하지 못하는 지경까지 이른다. 거기서 요행 같은 건 있지도 않고 있을 수도 없다. 시간 차가 조금 날지언정, 어차피 모두 같은 운명을 겪게 마련이었다.

그런데도 그들은 무엇인가 기적 같은 행운이 자기들에게만큼은 찾아올지 모른다는 희망으로 하루 치 목숨을 구걸한다. 인간으로서 참을 수 없는 모욕 같은 건 없다. 진흙밭에 굴러떨어진 빵껍질을 주워먹는다고 육체가 비루해지지 않는다. 동족에 대한 배반과 밀고조차 거룩한 생의 이름으로 정당화된다. 하루라도, 아니 1분 1초라도 더 살아남는 게 유일한 목적이다. 거룩한 생의 명령! 그런 까닭에 아무도 동족의 죽음에 대해 항의하지 않는다. 죽음이 아무리 흔해도 자신의 죽음을 일부러 앞당길 필요가 없다고 생각하기 때문이다. 행여 탈출을 꿈꾸거나 아주 소극적이지만 저항을 기도하는 것조차 다른 이들을 위험에 빠뜨릴 수 있기 때문에 엄격히 금지된다. 당연히 그럴 수 있었다. 종전 직후 소련군이 해방자의 자격으로 제일 먼저 수용소를 찾았을 때, 결과적으로 그렇게 해서 살아남은 이들이 적지 않았다. 하지만 그렇게 살아남은 이들의 제2의 생은 어떤가. 그들은 공포로 인한 트라우마는 물론, 다른 사람들이 죽고 자기는 살아남았다는 죄책감이나 자기모멸 속에서 여생을 보내야 했다. 그럴진대 산다는 건, 살아남는다는 건 대체 무슨 의미가 있겠는가.

살아남은 지금, 살아남아서 햇빛을 다시 보게 된 지금, 나는 살아남았다는, 살아남아서 햇빛을 다시 보게 되었다는 바로 그 사실 때문에 미칠 것 같다.

차상문은 어떤 변명을 하더라도 자기 자신이 그들과 크게 다르지 않다고 생각했다. 발끝부터 귀 끝까지 지독한 부끄러움이 번져나갔다. 생각하지 말자. 어떤 결과가 벌어질지 따지지 말자. 우선 행동하고 나중에 생각하자. 그는 한 30분쯤 그렇게 생각에 생각을 거듭한 다음, 마침내 두 눈을 질끈 감은 채 방문을 활짝 열어젖혔다. 마루에 있는 줄 알았던 부모님이 보이지 않았다. 안방에서도 익숙한 폭력의 어떤 익숙한 소음도 들려오지 않았다. 설핏 이상한 느낌이 들었지만, 그는 행여 자신의 결심이 흐트러질까봐 그게 오히려 겁이 났다. 안방 문손잡이를 슬쩍 돌렸다. 잠겨 있었다. 엄마! 그는 엄마를 불렀다. 당연히 대답이 없었다. 조금 더 용기를 내서 아버지를 불렀다. 아버지! 당장 대답이 돌아오지 않았다. 대신 무언가 바스락거리는 소리가 예민한 그의 두 귀에 전해졌다. 그는 긴 귀를 방문에 좀더 바짝 갖다댔다. 쉬잇! 움직이지 마. 어, 그러지 말라니까. 애들이 들어. 안 된다니까, 자꾸. 그만, 그만…… 아 참, 되게 밝히네. 하잘 땐 그렇게 빼고 난리를 치더니…… 그걸 대화라고 한다면, 그런 식의 대화가 어떤 상황에서 가능한지 차상문은 가늠할 수 없었다. 같은 열여섯 살이라도 그는 자기만의 세계를 벗어나 타인과 더불어 꾸려가는 모둠살이의 여러 '이벤트'들에 대해서 동갑내기들에 비겨 아는 바가 현저히 적은 책상물림이었다. 당황스러웠다. 무엇을 어떻게 해야 할지 판단이 쉽게 서지 않았다. 그러나 바로 다음 순간, 그는 자신이 일껏 용기를 내어 간직했던 저항의 불씨가 난데없이 물대포를 맞은 듯 한꺼번에 피시식 소진되어버리는 것을 똑똑히 느낄 수 있었다. 또다른 부끄러움이 몰아닥쳤다. 그 길로 그는 자기 방으로 달려가 의자를 방 한가운데 갖다놓은 뒤 주저없이 올라섰다. 끈이 필요했다. 마침 책장 옆에 줄넘기 줄이 보였다. 얼른 그것을 주워든 다음 다시 의자에 올라섰다. 그런데 어디 묶을 데가 없었다. 천장에는 백열전구 한 개만 달랑 달려 있을 뿐, 그럴 때를 위하여 줄을 걸 만한 고리 같은 것은 아예 보이지도 않았다. 그는 자못 난감한 표정으로 서 있을 수밖에 없었다. 때마침 방문이 조금 열리면서 아버지가 부스스한 머리에 위아래 내복 차림으로 슬쩍 고개를 디밀었다.

"너, 좀 전에 아버지 불렀니?"

"아, 아뇨. 잘못 들으셨을 거여요."

차상문은 당황해서 이렇게 말했다.

"그래? 아님 됐구. 근데 너 의자 위에서 줄넘기를 하려구? 무슨 놈의 체육 선생이 그런 줄넘기까지 시킨다니? 다친다. 어서 내려와라. 그런 줄넘기 숙제는 안 해도 돼."

차상문은 주저하지 않고 의자에서 내려섰다. 그런 다음 방바닥에서 훌짝 뛰며 줄넘기를 하기 시작했다. 왼발과 오른발, 왼팔과 오른팔의 균형이 잘 맞지 않아서 제대로 뛰기 힘들었다.

"역시 전 잘 안 돼요."

"이리 줘봐라. 네가 요령을 몰라서 그래."

아버지가 줄넘기를 시작했다. 체육 선생만큼 능숙했다. 나중에는 깨금발로도 콩콩 뛰며 미소까지 지어 보였다. 차상문도 그 놀라운 솜씨에 박수를 보낼 수밖에 없었다.

이튿날, 차상문은 전날 있었던 일을 아우 상무에게 들려주었다. 물론 자살하려 했다는 이야기 따위는 하지 않았다. 제 생각에, 상무는 아직 죽음도 스스로 선택할 수 있다는 것을 이해할 수도 없고 이해해서도 안 되는 나이라고 판단했기 때문이다. 어쨌든 어린 아우가 딱히 귀 기울일 만한 대답을 들려줄 수 있을 거라고는 기대하지 않았다. 상무는 고작 열한 살이었고, 프로이트가 말한바, 거세 불안에 시달리던 남근기를 벗어나기는 했지만 아직 그의 주요 관심사는 뽑기, 빼앗기, 찢기, 접기, 치기, 그리기, 훼방놓기, 건드리기, 찌르기, 우기기 따위 지극히 일차원적인 범주를 크게 벗어나지 않았기 때문이다.

"정말? 정말 그렇게 들었어?"

"응. 너도 알잖아. 내가 얼마나 잘 듣는지……"

"그렇다면…… 에이 근데 형, 정말 몰라서 묻는 거야?"

"뭐, 너한테 답을 듣자는 것도 아냐."

"세상에! 형 진짜 모르는구나?"

아우는 얼굴 가득히 묘한 웃음을 띠며 형의 귀를 잡아당겨 소곤소곤 이야기를 하기 시작했다. 처음 뭐가 뭔지 어리둥절하기만 하던 차상문이 갑자기 무언가를 깨달은 듯 크게 놀라는 표정을 지었다. 그 표정은 단순한 놀람을 넘어서서 이내 경악으로 꼴을 바꾸었고, 마침내는 얼굴이 새빨개질 만큼의 분노로 돌변

했다. 그럴 수는 없어! 그래서도 안 돼! 어머니는 어떤 경우라도 당신이 엊그제까지 보여왔던 태도를 바꿔서는 안 되었다. 왜? 그게 바로 어머니라는 존재였기 때문에! 차상문의 심장은 새마을운동 때문에 마을에 하나 들어온 딸딸이(경운기)에 발동이 걸릴 때처럼 타다다다 거칠게 뛰기 시작했다. 입 안 가득히 비릿한 감정이 번졌다. 정확히 그건 배반감이었다. 아니다. 생각하지 말자. 정말 더이상 아무것도 생각하지 말자. 그는 조금도 진정되지 않는 심장을 애써 달래려 하지도 않은 채 한 30분쯤 그렇게 생각에 생각을 거듭했다.

"형, 괜찮아?"

아우가 방 한가운데 멍하니 서 있는 형을 흔들어 깨웠다. 그제야 차상문은 자기가 쉽게 내리지 못한 결론에 아주 쉽게 도달했다. 그 길로 방을 뛰쳐나갔다. 아우 상무가 그런 형을 도무지 이해할 수 없다는 표정으로 슬쩍 바라보더니, 이내 덤덤한 표정으로 돌아가 다시 딱지를 접기 시작했다.

서너 시간이 지났을까 싶었을 때, 호떡집 아저씨가 토끼네 대문 문턱을 넘어왔다. 그는 덤덤한 표정으로 등에 업고 온 차상문을 마루에 내려놓았다.

"뭐예요, 아저씨?"

"보면 모르냐? 네 형이지."

"형이 왜요?"

"양잿물을 먹었단다. 그것도 한 바가지나."

"그래서요?"

"그래서는 뭐…… 빨래터 여자들이 빨래할 게 산더미 같다며 바가지를 도로 빼앗았지."

"그래서요?"

"앗따, 고놈 쥐방울만한 게 궁금한 것도 참 많다."

"맞아요. 제가 원래 그래요."

"근데도 네 형이 악착같이 바가지를 움켜쥐고 여자들 다 보는 앞에서 한 바가지를 홀랑 털어넣었단다."

"입에다가요?"

"그럼 입이지 어디겠니? 넌 똥구멍으로 밥 먹니?"

"에이, 드럽게…… 어쨌든 그래서요?"

"너도 알다시피 우리 동네 여자들이 워낙 극성이어야지. 우물물을 얼른 길어 한 열 바가지는 퍼먹였다는구나."

"그래서요?"

"그래서는 뭘, 눈 껌뻑거리면서 고대 깨어났지. 마침 지나가던 날 부른 건 그다음이고. 지금은 그냥 지쳐서 자는 거란다. 한데, 네 형이 별종이라 그런지 양잿물도 영 맥을 못 쓰는 거겠지?"

"하, 그거…… 우리집 핏줄이 원래 그런가보죠?"

일은 그렇게 종결되었다. 나중에 잠에서 깨어난 차상문은 자기가 무슨 짓을 했는지 제대로 기억하지도 못했다.

18

차상문이 태어난 해, 알프스 바이스호른 빙하의 얼음 속에서 시체 한 구가 발견되었다. 확인 결과, 그는 단독 등반으로 명성이 높았던 독일의 게오르크 빈클러였다. 빈클러는 1887년 돌로미테의 바이올렛타워를 혼자서 오른 전설적인 등반가였다. 그런 그가 이듬해 바이스호른을 오르기 위해 길을 떠난 후 소식이 끊어졌다. 결국 근 70년 만에 생사가 확인된 그는 여전히 열아홉 살 앳된 얼굴의 소년이었다.

유진명은 시인으로서보다는 한국 암벽등반사의 유년기를 활주한 이들 중 한 명으로, 또한 후대 바위꾼들 사이에서 종종 회자되는 안타깝지만 희귀한 전설로 이름을 더 크게 얻었다. 그날 유진명은 설악산 적벽의 수직벽 중간에서 한 피치 상단의 오버행 바위를 쳐다보면서 곧장 추락했다. 하중 때문에 다섯 개의 피톤이 줄줄이 터져버리면서 거의 30미터를 수직으로 떨어졌다. 함께 자일을 묶은 후등자도 손쓸 수 없는 추락이었지만, 문제는 그의 확보 상태 역시 지극히 불안했다는 점이다. 때마침 그는 손가락에 걸리는 돌기 하나 없이 매끄러운 슬랩 구간에서 확보중이었는데, 그 역시 직상 크랙에 임시로 박아넣은 앵글이 언제 터질지 모르는 절박한 상황까지 치달았다. 떨어지는 과정에서 다리와 팔이 부러지는 중상을 입은 유진명은 뒤늦게 정신을 차리고 상황을 파악했다. 날씨마저 그들 편이 아니었다. 처음

등반을 시작할 때는 꽃샘추위로 약간 쌀쌀하기는 해도 구름 한 점 없이 맑기만 한 하늘이었는데, 두 사람이 세번째 피치 험한 크럭스 구간을 오를 무렵에는 거센 진눈깨비와 더불어 강풍마저 몰아쳤다. 유진명은 미팔군에서 얻어온 군용 자일에 대롱대롱 매달린 채 마치 펜듈럼을 시도하듯 이리저리 몸을 날리고 있었다. 어떤 소리를 들었을까.

"형, 괜찮아요?"

유진명은 그렇게 묻는 후배의 목소리가 차가운 진눈깨비 속에 마구 떨리고 있다고 느꼈을 것이다. 어떤 경우든 시간이 충분치 않다는 사실 하나만큼은 분명했다. 마침내 그는 명료한 의식으로 결심한다. 곱은 손으로 간신히 호주머니를 뒤졌다. 마리가 영국에서 올 때 선물로 사다준 스위스제 주머니칼이 잡혔다. 고맙다. 네가 있어줘서…… 그는 마지막으로 위를 올려다본다. 직각으로 쑥 튀어나온 오버행 구간이 시커먼 웅자로 시야를 가로막는다. 아름답다. 분명히 그렇게 생각했으리라. 유진명과 함께 루트를 개척하기 위해 바위에 올랐던 후배 클라이머는 사고 발생 예닐곱 시간 만에 구출되었다. 당시 그는 거의 빠져나오기 직전의 하켄에만 의지하고 있었는데, 두 손은 날카로운 날에 베어 온통 피칠갑 상태였다. 나중에 그는 마리에게 이렇게 말한다.

"미소를 지었던 것 같아요. 아니, 그랬어요. 정말…… 아마 내가 아니라 오버행 바위의 어두운 실루엣을 봤을지도 모르지요. 언제고 그곳을 꼭 한번 맨손으로 달라붙어보고 싶다고 했으니까요. 사람의 힘으로는 불가능하지만, 이제 형에게는 가능해졌을지 몰라요."

유진명은 양잿물 사건 이후로 집을 나간 동생 유진숙을 한 번도 찾지 않았다. 그래서 차상문은 아버지한테 야단맞을 때 가끔 들은 대로 왼손잡이 삼촌으로만 기억에 담아두고 있었는데, 유학 준비로 바쁜 어느 날, 명함에 Mary Han이라고 이름을 박은 여교수가 찾아와 그의 존재를 조금 더 밝혀주었다.

"시인이자 클라이머이셨어. 산을 잘 타셨고, 아주 좋은 분이셨지. 너를 그토록 보고 싶어했는데……"

차상문은 약간 놀라기는 했지만 그 이상의 어떤 감정도 표출할 수 없었다. 그는 다만 지금 이렇게 소통이 가능한데 그동안에는 왜 아무런 소식이 없었는지 궁금했다. 시인이 왜 위험이 뻔히 내다보이는 암벽등반에 몰두했을까 하는 것도 궁금했는데, 한 20년쯤 후라면 수전 손택 식의 어법으로 '우울한 열정' 때문이라고 생각했을지도 모르지만 그때는 아직 거기에 대해서도 물어볼 엄두를 내지 못했다.

여교수는 외삼촌 유진명의 유품이라며 두툼한 봉투 하나를 건네주었다.

"네 외삼촌이 남긴 일기 같은 거야. 우연히 내가 간직하게 되었지. 고인의 허락도 없이 내가 읽어봤어. 동생, 그러니까 네 엄마한테 건네주는 게 좋을 것 같다고 판단했어. 하지만 지금 상황은 그렇잖아? 우선은 네가 대신 가지고 있어. 미래는 알 수 없는 거잖아. 어머니에게도 언제든 기회가 찾아오면 그때…… 내도록 연락도 없다가 불쑥 이렇게 나타나는 게 네게도 어쩜 곤혹스럽겠지만, 넌 충분히 이해할 수 있겠지? 나도 오랫동안 유학을 갔다 와서 겨우 자리를 잡았고, 얼마 전에야 가까스로 이렇게 행방을 알게 된 거란다. 다 하나님의 은혜지. 참, 너 교회 한번 생각해봐라. 미국에 가면 교회에 다니는 게 여러모로 네게도 도움이 될 거야. 독생자 예수 그리스도께서……"

유품만 전해주고 금세 갈 것 같던 여교수는 땅거미가 내려앉은 뒤에야 자리에서 일어났다. 그동안 차상문은 눈앞에 보이지 않는 존재에 은혜를 돌리는 마음이 어떻게 가능한지 곰곰이 생각해보았다. 그는 아직 어렸다. 육체적으로. 그러나 그는 이제 추상적인 것과 구체적인 것, 논리적인 것과 그렇지 못한 것, 합리적인 것과 비합리적인 것을 나름대로 충분히 가늠해낼 수 있을 만큼 자신이 지적으로 성숙했다는 사실 또한 인식하고 있었다. 아이비리그를 포함하여 미국의 10여 개 대학에서도 자신의 그런 능력과 그것을 또 영어로 조리 있게 표현하는 능력을 인정해주어 입학을 허락한다는 회신을 보내왔다. 하지만 하루가 다르게 지적 능력이 성장한다는 느낌을 받으면 받을수록, 다른 한편에서는 이성적인 판단 너머에 존재하거나 존재하지 않는 것, 혹은 그 접점에 아슬아슬 걸려 있는 그 무엇인가에 대해 무한한 동경심 혹은 정반대로 공포의 감정이 마구 솟아나는 것 또한 분명히 느낄 수 있었다.

"난 하나님의 역사하심을 의심하지 않아. 잘될 거야, 모든 게."

여교수는 눈물이 그렁그렁한 채 옛 벗을 한참 동안 끌어안은 다음 떠났다. 잘되는 게 구체적으로 어떤 상황인지는 알려주지 않았다. 옛 벗의 표정은 여교수를 처음 맞이할 때와 조금도 달라지지 않은 상태였다. 한마디로 소 닭 보듯 무심한 표정이었다. 차상문은 문득 그런 어머니가 가증스럽다는 생각을 떠올렸는데, 바로 다음 순간, 자신이 어떤 이유로든 그렇게 불온한 생각을 했다는 사실 자체에 대해 소스라치게 놀라 금세 울음을 터뜨리며 달려가 어머니를 꼭 끌어안았다.

그날, 그 어머니는 빙하에 묻힌 게오르크 빈클러처럼 뒤늦게 열아홉 살로 돌아갔다.

"누가 왔던 것 같은데…… 진숙이였을까? 화동 서점에서 본 것도 같고……"

물론 그녀가 방 안에서 혼자 넋두리처럼 중얼거리며 입 밖으로 잠깐 내놓은 그 말을 들은 이는 아무도 없었다.

19

마침내 그날이 왔다. 먼 훗날, 차상문이 자신의 존재 이유를 걸고 바야흐로 역사적 소명을 실천에 옮기려 할 때, 장엄한 역사 이면에 지극히 사적이고 감정적인 시원이 존재할 수 있다는 사실도 깨닫는다. 그건 바로 어머니였다. 꿈, 기억, 사랑, 희생, 분노, 증오…… 모든 것이 비롯된 곳, 어머니. 이제 그는 태어나 처음으로 그 어머니와 떨어지게 될 터였다.

당시 촌에서는 국내선 비행기만 타도 3박 4일 동안 큰 화제를 몰고 왔다. 하물며 다른 나라, 그것도 아름다울 미, 바로 미국이라니! 달나라에 아폴로 우주선까지 보내 방아를 찧는 옥토끼 같은 건 없다는 사실을 확인시켜준 것도 미국이었으니, 한반도 남쪽 땅의 사람들에게 미국은 곧 지상천국, 젖과 꿀이 흐르는 신세계였다. 의정부 고산동 캠프 스탠리, 파주 용주골, 오산 쑥고개, 평택 안정리, 부산 하야리아 부대, 광주 송정리, 군산 아메리카타운, 왜관 캠프 캐럴 등 전국의 수많은 미군 부대 주변에 다 쓴 콘돔이나 생리대처럼 버려지다시피 한 혼혈아들이 뒤늦게나마 회개한 아버지 덕에 아주 드물게 꿈같은 기회를 잡았을 뿐, 20세기 말에는 출신 국가별 순위에서 세계 최상위를 기록하게 되는 유학생조차 많지 않던 시절이었다. 차상문이 이제 그 미국으로 가는 국제선 항공기 탑승객 명단에 당당히 이름을 올리게 된다는 사실이 알려지자, 이웃들은 자기네 자식을 떠나보내는 것처럼 흥분했다.

"있잖아, 미국에선 하다못해 거지도 영얼 쓴다는구먼."

처음 누가 꺼낸 싱거운 농담인지 모르지만 한동안 미국 거지

시리즈가 마을을 돌고 돌아 대충 이런 식으로 한 매듭을 짓기도 했다.

"왜, 아침이면 지에무씨(GMC) 도라꾸 끌고 나가 동냥을 한다 그러지, 흥."

당사자인 차상문은 정작 여권을 발급받는 과정에서 왼손잡이 외삼촌은 물론 생전 있었다는 얘기 한 번 들어보지 못한 친가 쪽 삼촌마저 난데없이 거론되어서 꽤 곤욕을 치르기도 했지만, 그때마다 아버지의 옛 동료라는 분들이 자기들 일처럼 나서서 산뜻하게 마무리를 지어주었다.

"공불 꽤 잘하셨겠지. 교수씩이나 하셨으니…… 하기사 그래서 문제였는지도 모르지. 그러니 너도 공부만 잘한다고 인간이 되는 건 아니라는 점을 명심해야 한다."

차상문은 인간이 될 리도 없거니와, 그들이 말하는 인간이 생물학적 인간 이상으로 무엇을 뜻하는지도 잘 모르면서 어쨌든 충고를 가슴에 새기려고 노력했다.

그는 여권과 비행기 티켓, 입학 허가증, 그리고 어떻게 무슨 인연이 있는 건지는 잘 몰라도 이간난 생명존중 산파주식회사의 이간난 명예회장과 대구 명의병원 강만수 원장이 각기 우편환으로 보내온 제법 많은 액수의 돈, 이웃들이 특별히 논 한 마지기(그곳에서는 200평)당 얼마 꼴로 바심을 해 모아 보낸 마을 장학금, 언젠가 실습복을 입고 차상문을 팼다가 나중에는 담배를 권하며 은근슬쩍 자기들의 곤란해진 상황을 모면하려 했던 선배들 중 자기 실력이 어느 정도 되는 줄도 모른 채 조국의 바다를 지키겠다는 일념으로 해군사관학교에 지원했지만 오촌 당숙의 처가 쪽에 조봉암의 진보당 사건으로 구속된 사람이 있어 말하자면 연좌제 때문에 떨어진 뒤 그냥 일반병으로 입대할 날만 손꼽아 기다리던 한 명이 뒤늦게 소식을 듣고 부랴부랴 집까지 찾아와 건넨 볼펜 한 다스 등등을 다른 준비물들과 함께 읍내 고물상에서 부부 명의로 보낸 여행용 가방에 꼭꼭 숨겨 담은 뒤, 드디어 차라리 건너뛰었으면 했던 순간에 이르렀다.

어머니는 여전히 시계 밖에서 초점 없는 눈으로 먼산바라기를 하고 있었다. 차상문은 어머니가 앉아 있는 흔들의자를 조금 흔들어주었다. 흔들흔들. 이해할 수 있든 없든, 이해하고 싶든 아니든, 어머니라는 존재가 그렇게 자식의 마음을 흔들고 있는 것이어서, 차상문은 벌써부터 누선이 짜르르 달아오르는 것을 애써 참았다.

"어머니, 가야 해요."

마침내 그녀의 장남이 흙바닥에 그냥 엎드리며 큰절을 올렸다. 곁에 서 있던 차남이 조금은 물기에 젖은 듯한 목소리로 "에이, 후딱 갈 것이지, 계집애같이!" 하고 말하며 얼른 고개를 돌렸다. 형은 아우의 무람없는 말버릇조차 마지막이라고 생각하니 가슴이 미어질 것만 같았다. 차라리 서둘러 가는 게 나을 성싶었다. 차상문이 붉어진 눈시울을 들키지 않으려고 고개를 돌린 채 막 걸음을 떼려던 참이었다. 누군가가 그의 발길을 붙들었다.

"이제 정말 가는구나."

차상문은 자기 귀를 의심했다. 그건 아우 차상무 또한 마찬가지였다. 굵직한 저음의 남자 어른 목소리였다. 차상문이 몸을 돌렸다. 그런 이는 당연히 없었다. 집안에 남자 어른이라면 한 사람뿐인데, 그 순간 아버지는 남태평양에서 참치를 쫓고 있을 터였으므로.

"부디 건강하여라."

목소리를 내는 것은 다른 누구도 아닌 어머니였다. 형제는 깜짝 놀라 뒤로 자빠질 뻔했다. 둘 다 난생처음이었다. 어머니가 말을 하다니! 형제는 보고도 못 믿을 그 엄청난 사건 앞에서 한편으로 몸을 벌벌 떨 정도로 크게 놀랐고, 다른 한편으로 태어나 처음 듣는 어머니의 목소리가 남자 어른의 그것 같다는 사실에 약간의 실망감을 느꼈다. 한 번 입을 열자 어머니는 그동안 침묵의 세계에서 살던 당신의 슬픈 과거를 한꺼번에 보상받기라도 하겠다는 듯 속사포처럼 말을 토해냈다. 그런데 그 말의 내용이 어딘가 이상했다. 무엇보다 주어와 술어의 의미 호응관계가 다소 애매했다. 차상문은 시간이 없었다. 그는 쉬지 않고 말을 쏟아내는 어머니의 입을 손바닥으로 가리면서 마지막 인사를 올렸다.

"몸은 멀리 있어도 마음만은 언제나 엄마하고 같이 있을 거예요. 약속해요."

며칠 전부터 마지막 인사는 예술적으로 해야지 하며 책도 보며 이것저것 궁리를 했으나, 결국 차상문은 독고성이나 이대엽이나 신영균이 도금봉이나 최은희나 엄앵란 등과 함께 나오는 영화에서 흔히 그랬던 것처럼 지극히 상투적인 인사말로 어머니에게 작별을 고했다. 마루 벽에서는 그때 이미 한가족처럼 지내던 박대통령이 도대체 웃을 때 작동하는 최소한의 안면 근육마저 아예 없는 건지 지극히 근엄한 표정으로 내려다보고 있었다.

차상문은 일본 도쿄를 거쳐 마침내 미국 LA행 보잉 747기에 몸을 실었다. 새로 지은 김포공항에서 신생 민영 항공사의 DC-9 제트 추진 여객기에 올랐을 때부터 조종사와 관제사가 서로 미터법과 마일법 단위를 깜빡 착각하고 교신을 주고받을 확률이라든지 길 잃은 철새가 엔진에 빨려들어갈 확률을 상정하는 게 수학적으로 아주 무의미하지만은 않을 거라는 점 따위에 무지 신경을 쓴 때문에, 태평양 상공에 이르러서는 손가락 하나 까딱할 수 없을 만큼 지쳐버렸다. 그 덕분에 눈을 감자마자 단 10초 만에 까무룩 한없이 깊은 바닷속으로 가라앉는 듯한 잠에 빠져들 수 있었다. 그러다가 비행기가 태평양 상공에서 지금 막 날짜변경선을 지난다는 사실을 스튜어디스가 기내 방송을 통해 알려주었을 때, 차상문은 자신이 마치 날짜를 잘못 알고 있었다는 듯, 그러니까 자기가 원래 타야 할 비행기가 그 비행기가 아니라는 듯 벌떡 잠에서 깨어났다.

실은, 어머니가 그를 깨웠던 것이다.

“나는 너를 믿는다. 어련히 잘하겠느냐. 하지만 한 가지, 이것만큼은 꼭 당부하고 싶구나. 매사에 강해져야 한다. 무엇이 강한 것인지는 스스로 알게 된다. 다만 네 어머니처럼 차라리 침묵을 지키는 게, 그러니까 무작정 참는 게 강하다고 생각해서는 안 돼. 참을 때가 있고, 그러지 않아야 할 때가 있는 법이란다. 그걸 어찌 가려내느냐고? 저절로! 그래, 네 스스로 그때를 알게 된단다. 그러니까 너는 절대 네 어머니처럼 해선 안 된다. 참을 수 없을 때는 결코 참지 마라. 알겠지? 꼭, 꼭!"

차상문은 영리했다. 그는 집을 떠나던 마지막 순간에 느닷없이 들었던 그 말의 주인공이 어머니가 아니라는 사실을 깨달았다. 주어와 술어의 의미 호응관계가 어쩐지 아귀가 맞지 않는다는 느낌이 든 것도 그 때문이었다. 그리고 얼마간의 추론 끝에, 차상문은 마침내 그 기막힌 웅변의 주어가 한 번도 보지 못한 외삼촌 유진명이라는 결론을 이끌어낼 수 있었다.

20

한 대의 보잉 747 최신형 점보 여객기가 한 명의 전혀 새로운 종의 영장류와 이제껏 지구별의 운명을 지배해왔고 앞으로도 그럴 것이라고 당연히 믿어 의심치 않을 187명의 인간 영장류를 태운 채, 인위적으로 다시 한번 반복되는 하루를 향해 날짜변경선을 넘어갈 무렵, 까마득히 2만 2천 피트 아래, 서경 171도 남위 12도 부근 남태평양 한복판에서는 한영 301호가 참치 떼를 쫓고 있었다. 선망 선단과는 별도로 연승어업을 하는 독항선이었다. 선장은 차준수, 바로 전혀 새로운 종의 영장류 차상문에게 유전학적 특질들을 제공한 아버지였다. 다시 말해 차상문은 차준수가 그의 큼지막한 두 개의 고환에서 생성한 정충이 일정하게 외화된 육체적 지적 생명체였다. 어쨌든 비행기 안에서 이제 곧 눈앞의 현실로 닥쳐올 낯선 풍경을 그리며 벌써부터 겁을 집어먹기 시작한 차상문은 그 정도 고도차 아래의 풍경을 짐작할 여유도 없었거니와, 설사 그렇다 하더라도 선장인 아버지가 평소와 전혀 다른 모습으로, 그러니까 무엇인가 불안한 듯 잠을 제대로 이루지 못한 채 오래 뒤척이고 있다는 사실은 만일 그와 통화해서 직접 제 두 귀로 들었다 해도 쉽게 믿지 않았을 터였다.

실은 그랬다.

선장 차준수는 수온약층과 플랑크톤의 변화를 따져 근자에는 새벽 4시경 주낙 투승을 확인하고 잠에 들어 11시경 양승 때 일어나 다음 날 새벽 2시경까지 조업을 지켜보았지만, 이날은 조업이 없어 일찍 잠자리에 들었던 것인데, 마침내 잠자기를 포기하고 선미 갑판으로 나오고 말았다. 그에게 몸길이가 최대 3미터까지 나가며 흔히 참치라고 불리는 농어목 고등엇과의 참다랑어를 얼마나 더 많이 더 빨리 잡는가 하는 것은 이미 관심 밖의 일이었다. 상태를 말하자면, 그는 떨고 있었다. 파이프 담배에 불을 단번에 붙이지도 못했는데, 당연히 그 때문이었다. 있을 수 없는 일이었다. 떨다니! 한때 양지를 지향하며 음지에서 분투한다고 자처하던 그를 기억하는 이들이라면, 더더욱 믿지 못했을 것이다. 그는 그런 좀팽이 같은 위인이 절대 아니었다. 그의 몸 유전자 염기 서열의 어떤 부분도 그러도록 획정되어 있지 않았을 터. 군림과 지배, 결정과 명령, 박탈과 여유 같은 것만이 그의 유전자 속에 배당된 정보였다. 어떤 것도, 심지어 세월조차 그런 그를 변화시키지 못할 것이라고, 당시 눈앞에 보이는 현실의 또다른 이름이었던 지하 세계에서 온몸을 발가벗기고 꽁꽁 묶인 채 그로부터 무자비한 폭행과 그보다 더 참혹한 인간적 능멸을 당해본 사람들은 하나같이 입을 모아 말할 터였다. 그들은 개처럼 기라고 해서 차가운 시멘트 바닥을 왈왈 짖으면서 기었고, 돼지처럼 처먹으라고 해서 군홧발로 걷어차여 아무 데로나 흩어진 식은 밥 알갱이들을 두 손을 뒤로 고정시킨 채 턱을 바닥에 대고 꿀꿀거리며 주워 처먹었으며, 개구리처럼 뛰라고 해서 발가벗은 채 자기와 똑같이 발가벗겨진 아내나 연인이나 후배나 여자 동지 앞에서 폴짝폴짝 뛰면서 가장이나 남편이나 선배나 동지로서 체통도 없이, 아니, 더 근본적으로 도대체 인간으로서 한 터럭 자존감도 없이 울며불며 제발 살려달라고, 살려만 주면 치밀한 염탐과 정기적 보고를 포함해 어떤 일이라도 하겠노라 간절히 애원했다. 자비? 그런 건 단 한 순간도 없었다. 자비를 구하는 상대에게, 그는 언제나 두 배 세 배 더 심한 모멸과 조소를 보탰으며, 교묘하게 낙인을 찍어 행여 있을지도 모르는 보복의 아주 작은 기미조차 짓이겨버렸다.

그런 그가 떨다니! 그러나 분명 사실이었다. 몸보다도 마음이 먼저 떨고 있었다.

그 어처구니없는 상황은 배가 사모아에 기항한 그날 시작되었다. 마침 아피아 항구에는 조선민주주의인민공화국, 쉽게 말해 '북괴'의 시뻘건 국기를 내건 2천 톤급 화물선 칠보산호가 먼저 닻을 내리고 있었다. 그 사실을 파악한 순간, 선장으로서 그의 임무에 한 가지, 무엇보다도 훨씬 중요한 것이 추가되었고, 그 점에서 그의 신경세포는 한 치의 어긋남이 있을 리 없었다. 그는 하선하는 선원들에게 강력하고 아주 구체적으로 주의를 주었다.

"……그러니까 아예 눈도 부딪치지 마. 무조건 피하라구. 그건 절대로 비겁한 게 아냐. 똥을 왜 피해? 더러워서 피하지? 그렇게 생각하라구. 그게 싫음, 차라리 처음부터 구멍이나 파러 가는 게 훨씬 속 편해."

하지만 그날 저녁, 아피아 항구의 한 술집에서 기어이 사단이 일어나고 말았다. 나중에 징계위원회에서 그는 자신이 목격한 바를 상술했다. 2기사 김갑철과 갑판원 이영수, 박동우 등 세 명의 젊은 선원들이 북한 선원들과 한자리에서 술을 마시고 심지어 무엇인가에 대해서 건배까지 했다는 것. 나아가 당장 귀선할 것을 명령하자, 오히려 선장을 조롱하며 함께 동참할 것을 권유한 것. 마지막으로 가까스로 귀선하여 사건에 대해 책임을 추궁

하자 집단적으로 반발하고 항명한 것 등. 물론 세 선원의 해명은 전혀 달랐다.

"말도 안 되는 소립니다. 우린 그 새끼들과 한 테이블에 앉은 적이 없어요. 건배요? 말도 안 됩니다. 우리가 귀 뚫린 날부터 이날 입때까지 배운 게 뭔데요? 호로자식보다도 살인범보다도 나쁜 게 빨갱이 아닙니까? 우린 야, 빨갱이들아, 술 처먹고 빨랑 좀 뒈져다오! 이렇게 오히려 약을 올렸던 거예요. 더군다나 우리가 선장님을 조롱하다니요? 세상에! 우리 배 선원 중 어느 누가 감히 그런 짓을 하겠어요? 아마 선장님이 취하셔서 잘못 들으셨겠지요."

이쯤에서 비록 선장 면허를 딴 지는 2년밖에 안 되었어도 차준수 선장이 평소 드러낸 성격을 아는 이라면, 징계 절차를 밟기 전에, 그러니까 배로 돌아오자마자 그가 해당 선원들을 어떻게 다루었는지 익히 짐작할 것이다. 2기사 김갑철은 이미 지난 항차에서 당직을 서면서 연료 필터를 교환해주지 않아 650마력짜리 엔진을 멈추게 한 큰 실수까지 저지른 바 있었다. 그런 김갑철을 포함해서 셋이 모두 술에서 덜 깬 채 해롱해롱하는 것도 못 봐주겠는데, 하는 말마다 톡톡 나서며 아니라고 반박하니 그가 달리 어떻게 하겠는가. 그는 당연히 평소대로 피새부터 냈다. 그런데 일이 엉뚱하게 꼬이려니까 각목에 한 5센티미터가량 되는 대못이 박혀 있다는 사실을 알지 못했다. 그 탓에 제일 먼저 갑판 난간을 붙잡고 엉덩이를 내민 선원 이영수가 비명을 지르며 나가떨어졌다. 단 한 방이었다. 선장은 그가 엄살을 부린다고 달려가 다시 내리쳤다. 이영수는 당장이라도 숨이 끊어질 것 같은 비명을 내지르다 못해 아예 펄쩍펄쩍 뛰면서 달아나기 시작했다. 선장은 더욱 화가 날 수밖에 없어 달려가 더욱 세게 후려쳤다. 그제야 무엇인가 손아귀에 전달되는 감이 다르다는 것을 느꼈다. 살펴보니 대못이었고, 거기에는 이미 피까지 묻어 있었다. 그렇다 한들 어쩌겠는가. 뭍의 법보다 엄한 게 배의 법이었고, 그 법은 선장에게 사실상 거의 모든 걸 위임하고 있는 것을. 피를 본 그는 자신의 정당한 처벌을 스스로밖에는 제지하지 못한다는 사실을 잘 알고 있었고, 그게 어지간해서는 불가능하다는 사실도 아주 잘 알고 있었다. 그때부터는 바로 그 며칠 뒤에 다가올 어떤 결정적 순간에 스스로 돌이켜봐도 끔찍한 몰풍경뿐이었다. 세 선원 모두 부상을 입고 끝내 병원에 가서 응급처치까지 받아야 했는데, 그중에서도 이영수는 정도가 심해 나중에는 파상풍 때문에 무릎 아래로 다리 하나를 잘라낼 수밖에 없었다.

한바탕 회오리가 지나간 뒤, 선장은 징계위원회를 소집했다. 결과는? 1항사와 1기사, 갑판장이 모두 더이상의 징계가 불필요함과 부당함을 주장했다. 선장은 그 결과를 받아들이는 대신, 본사에 사태의 전말을 타전하고 만선 후 아피아에 다시 기항할 때 직권으로 처리하겠다는 뜻을 밝혔다. 듣는 이에 따라선 퇴선 조처를 하겠다는 뜻으로 해석될 여지가 있는 발언이었다. 그때부터 상황은 곪아버릴 대로 곪아 이제는 선장이 상황을 물리자고 해도 이미 불가능한 상태가 되어버렸다. 물론 선장이 달라진 배의 공기를 눈치 채지 못할 리 없었다. 당시 뱃사람이라는 직업은 뭍에서 견디다 견디다 못해, 그러니까 더 참고 살다가는 자기든 누구든 꼭 엄청난 화를 입겠거니 싶어서 피하듯 마지막으로 선택하는 경우가 많았다. 그런 만큼 그들은 저마다 가슴속에 언제라도 빵 하고 터질 수 있는 시한폭탄을 갖고 있는 경우가 대부분이었다. 남들이 부러워하는 외항 선원이라고 해도 사실 그런 점에서만큼은 크게 다를 리 없었다.

"누구 배때기에는 철판을 깔아 사시미 칼이 안 들어가나보지?"

선원 시절 선장 자신이 제 입으로 그랬으므로, 그것이 언제 어떤 식으로 터진다는 것도 알고 있었다. 물론 그것 때문에 그가 구체적으로 어떤 두려움을 느낀 것은 아니었다. 그가 떠는 것은, 두려움보다는 차라리 외로움 때문이라고 해야 옳을 터였다. 그 사건을 통해 확연하게 드러났듯이 그에게는 편을 들어주는 사람이 한 명도 없었다. 철저히 혼자였다. 혼자서 그 큰 배에 내던져진 셈이었다. 그런 기분 자체가 그에게는 무척 낯설었다. 차라리 선원들이 당장이라도 달려와 맞장을 뜨자고 덤벼들면 좋겠다는 생각마저 들 정도였다. 그는 망망대해에 떠 있는 일엽편주처럼 전에는 느껴볼 새도 없었던 외로움의 공포 때문에 잠을 통 이룰 수 없었던 것이다. 스스로 말도 안 되는 상황이라고 자조하면서도, 그는 문득 그 외로움이 비단 그 사건으로 인해 비롯된 것만은 아닐지 모른다는 데까지 생각을 이어나갔다.

그래, 이랬어. 처음부터!

밤바다 저 멀리 칠흑 같은 어둠 속에 샛별처럼 갑자기 한 얼굴이 나타났다. 여자였다. 평생 입을 걸어잠그겠노라 스스로 선택한 여자, 독한 여자. 그리고 오직 참는 것으로서 남은 생의 목적을 삼겠다고 결심한 여자, 독한 여자.

그 여자는 아내도 첩도 아니고, 막 나무에 물이 오르던 그해 봄, 일부러 찾아간 바다가 내려다보이는 언덕 위 국민학교에서, 일요일 오전이라 운동장에서 시계불알이나 다방구 놀이를 하는 아이들조차 하나 없었는데, 때마침 햇살 좋은 창가에 화분을 내놓다가 처음 보자마자 "안녕하세요? 날씨 참 좋죠?" 하고 꾀꼬리 같은 목소리로 인사를 건네던 스물세 살 꽃다운 나이의 바로 그 젊은 선생님이었다. 이름이…… 선장은 당황했다. 갑자기 유라는 성 이외에는 쉽게 떠오르지 않았기 때문이다. 그래도 솔직한 심정을 말한다면, 그리웠다. 한없이, 한없이…… 시계를 거꾸로 돌려 그때로 돌아갈 수만 있다면…… 선장은 억만금을 주고서도 돌이킬 수 없는 시간 속의 그 여자가 바로 이 모든 일, 이 모든 말도 안 되는 운명의 시작이라는 것을 절감했고, 그러면 그럴수록 뼛속 깊이 사무치게 그리웠다.

21

능히 예상할 수 있듯이, 미국 고등교육제도에 발을 들여놓은 차상문에게 충격을 준 것은 한두 가지가 아니었다. 넓고 깨끗하고 아름다운 캠퍼스에 첫발을 디딘 순간부터 채 며칠이 지나지 않아 그는 활기, 에너지, 자유, 열정, 탄력, 다양성, 포용력, 상상력, 건강함, 깊이, 원칙 등 자기가 떠나온 땅에서는 오히려 부정되거나 은폐되거나 심지어 금기로 여겨지던 가치와 덕목들이 대학의 일상 속에 자연스레 녹아들어가 있다는 사실을 발견했다.

한반도에 사는 남녀노소 누구나 단군의 자손으로 배달겨레, 단일민족이라는 사실을 세계 어디 가서도 자랑스럽게 여기라고 배워온 차상문은 기실 저는 도대체 그 단일민족에 속하는 건지 아닌지 줄곧 고민할 수밖에 없었고, 단일민족이라면 그게 어째서 자랑할 만한 것인지 쉽게 이해할 수도 없었다. 한민족의 원류가 예맥이라 하더라도 말갈, 흉노, 선비, 돌궐, 토번, 거란, 여진, 월, 왜 등 주변 민족과 부단히 혹은 교섭하고 혹은 맞서 싸운 역사를 볼 때, 단일민족설에는 곳곳에 커다란 구멍이 나 있는 게 분명했다. 나아가 본디 네덜란드 선원으로 1628년 일본 나가사키로 항해하던 중 태풍 때문에 제주도 해안에 표류했다가 결국 귀화해서 조선 여자와 결혼도 하고 훈련도감에서 일한 얀 야너스 벨테브레이, 즉 박연이나, 역시 네덜란드 선원으로 1653년 제주도에 표류한 하멜의 경우—36명의 표류 선원 중 일부는 조선 여자와 결혼해서 강진 병영에서 산다—에서 보듯, 한민족의 핏속에는 심지어 색목인의 그것조차 섞여들어간 게 사실이지 않은가.

어쨌거나 미국은 달라도 아주 달랐다. 무엇보다 하얗고 까맣고 노란 여러 인종들이 한데 어울려 자신들이 소중하게 생각하는 가치와 덕목을 구현하고 있는 게 인상적이었다. 그렇다고 예컨대 하얗고 까맣고 노란 여러 인종들이 한데 어울려 고등교육을 받는다는 사실이 생각만큼 자명한 것은 아니었다. 불과 얼마 전만 해도 흑인들이 백인들과 함께 같은 버스를 타지 못한 게 바로 미국이라는 나라였다. 피아노를 치며 노래하는 레이 찰스마저 흑인은 앉아서 공연하지 못한다는 관례 때문에 공연을 포기해야 했고, 흑인에게 음식을 팔지 않는 식당에 흑인과 함께 가서 앉아 있는 백인들조차 배반자라며 술과 소금을 뒤집어써야 했다. 그러다 "나에게는 꿈이 있다"고 외친 마틴 루터 킹 목사 이후, 여전히 인종적 편견이 사회 곳곳에 산재해 있지만, 적어도 큰 물줄기만큼은 바뀌게 된 터였다.

차상문이 받은 가장 큰 충격은 예를 들어 석탄처럼 새카만 흑인 여학생이 하얗다 못해 붉은빛까지 나는 백인 남학생과 껴안고 공공장소에서 공공연히 키스하는 장면을 목격한 데 있지 않았다. 그 정도는 버클리가 미국 내에서도 진보주의 색채가 가장 강한 대학으로 정평이 나 있다는 사실을 이해하면 그리 놀랄 일이 아닐지 모른다. 1964년 FSM(Free Speech Movement), 즉 자유언론운동을 처음 조직한 것도, 그때 수천 명의 경찰과 맞서 800여 명이 체포당하고 학교 본부 건물을 장악한 채 맞섰던 것도 버클리였다. 그러나 아무리 그 버클리라도 이제 차상문으로 하여금 전혀, 꿈에서조차 생각하지 못할 충격을 경험하도록 준비하고 있었을 줄은 몰랐다.

이름하여 '미래 지구의 종다양성을 위한 고등교육 프로그램(Higher Educational Program for the Biodiversity of the Future Earth)', 약칭 B.P.

서둘러 밝히자면, 차상문은 버클리에서 유일한 영장류 토끼가 아니었다. 그때, 그런 사실을 난생처음으로 확인하게 되었을 때, 그러니까 처음 학교를 찾은 날 겉으로는 태연한 척했지만 자기를 흥선대원군 시절 강화도 앞바다에 나타난 이양선인 양 바라볼 학생들의 부담스러운 눈길을 예상하며 정문 안으로 들어섰는데 정작 아무도 큰 관심을 보내지 않았을뿐더러 따스한 햇살이 내리쬐는 넓고 깨끗하고 아름다운 캠퍼스 여기저기를 하얗고 까맣고 노란 여러 인종들과 자연스럽게 어울려 돌아다니는 딴 여러 영장류 토끼들을 목격하게 되었을 때, 차상문이 받은 충격이 어떠했겠는가. 이게 꿈인가. 내가 지금 무엇을 보고 있는가. 내가 혹시 비행기를 잘못 타고 다른 행성에 온 게 아닌가. 노란색 짧은 스커트를 입고 막 도서관 건물을 빠져나오는 예쁜 여자 토끼, 손과 발이 짝짝이인데도 여러 인종 동료들과 고구마처럼 생긴 공을 용케 주고받는 새까만 남자 토끼, 지나가다 차상문을 보자마자 "올라, 아미고!(Hola, amigo!)" 하고 인사를 건네는 히스패닉계 친칠라 토끼…… 그건 엄연한 현실이었다.

차상문도 곧 알게 되는바, 토끼 영장류들은 거의 대부분 B.P.의 장학금을 받고 세계 각국에서 온 유학생들이었고, 그 수도 백여 명은 족히 되어 보였다. 그 때문에 차상문은 유학 생활 첫날부터 흥분하여 잠을 쉽게 이루지 못했다. 하지만 자기와 같은 존재가 지구상에 또 있다는 사실을 확인한 것만으로도 평생 불면에 시달리더라도 상관없을 것 같았다.

22

CBS의 앵커 월터 크롱카이트는 이미 오래전 테트(구정) 대공세 이후로 저녁 뉴스 시간마다 이런 질문을 던진 바 있다.

"도대체 이해할 수 없는 일들이 벌어지고 있어요. 세계 최강이라는 우리 군대가, 그것도 무려 50만 명씩이나 파견해놓고서, 어째서 아시아의 저 가난한 농업 국가 빨갱이들을 단번에 섬멸하지 못하는 걸까요? B-52는 무얼 하고 있으며, 수많은 건십들은 어디서 또 무얼 하고 있는가요? 도대체 우리가 세금을 내서 보내주는 그 많은 군수물자와 원조 물품들은 다 어디로 갔단 말입니까? 혹시, 혹시 말입니다. 우리가 누군가에게 속고 있는 것은 아닐까요?"

누군가에게 속고 있다는 생각.

부고를 받았을 때, 차상문은 엉뚱하게도 미국의 전쟁을 떠올렸다. 병사, 무기, 씨레이션, 하다못해 플레이보이 쇼 위문단에 이르기까지 모든 것을 어마어마하게 투입하여 치르는 전쟁. 그 어마어마한 물량이 어디로 흘러들어가는지 모르는 사람이 없는 전쟁. 그러면서도 단 하루라도 그 물량 공급을 중단할 때 어떤 결과가 나올지 뻔한 전쟁. 말하자면 그건 처음부터 늪이었다. 발을 뺄 수도 그렇다고 애써 걸음을 옮길 수도 없는 늪과 같은 전쟁. 그 늪은 게걸스러운 아귀처럼 모든 것을 꿀꺽꿀꺽 받아먹기만 할 뿐, 도무지 무엇 하나 뱉어내는 법이 없었다. 결국 속았다는 걸 알면서도 도로 무르자고 할 수도 없게 되어버린 전쟁이었다.

차상문에게는 아버지의 죽음도 크게 다르지 않았다.

그것은 그와 보이지 않게 벌여온 힘겨운 전쟁도 비로소 끝났음을 의미했다. 그러나 정말 모든 것이 끝나버리는 것인가. 차상문은 인정할 수 없었다. 무엇보다 아버지 스스로 해명했어야 할, 오직 당신만이 그 해명의 자격을 지니는 온갖 문제들은 이제 어떻게 한단 말인가. 때문에 차상문은 아버지가 마지막 순간까지 자기를 속인 셈이라고 여겼고, 이를 악물어 눈물을 참으려 애썼다. 그래도 착잡했고, 또 궁금했다.

죽음의 순간, 아버지는 어땠을까. 평소처럼 그렇게 당당했을까. 천만에. 그 역시 죽음 앞에서는 한낱 초라한 인간이었으리라. 삶을 아무리 훌륭하게 산 사람이라도 죽음마저 그렇게 맞이

하리란 보장은 없다. 하물며 그는 이런저런 것을 두루 배려할 만한 품성도 지니지 못한 사람이었다. 충성과 복종, 규율과 집단, 지배와 권력 따위. 그는 평생 그런 가치들 이상을 필요로 하지 않았다. 설사 부족한 것이 있다면, 처음에는 한 여자가, 나중에는 두 아들이 대신 메워줄 수 있다고 생각했으므로. 그런 당신에게 당신의 그 말도 안 되는 가족은 처음부터 끝까지 요긴할 때 꺼내 쓰는 적금 통장과 같은 존재였다. 통장의 주인으로서 당신은 당연히 가족을 소유했다. 그런데 정작 마지막 가는 길, 당신은 당신이 소유했다고 철석같이 믿었던 가족 어느 누구도 곁에 두지 못했다. 당신이 누구보다도 확실하게 소유했다고 믿었던 한 사람, 당신이 필요에 따라 아내라고 부르기도 하던 한 여자조차도. 심지어 죽음에 이르러 당신은 당신이 그토록 자부심을 느끼던 자신의 육체조차 온전히 소유하지 못했다. 여자는 당신의 주검도 없이 다만 한 장의 전통으로 당신의 죽음을 확인해야 했다. 그러나 알다시피 그 여자는 시계 바깥에 존재하는 사람이었다. 설사 정신이 온전하다 해도 실감할 수 없었을 죽음. 산맥처럼 거대하던 당신의 육체가 더이상 존재하지 않는다는 사실을 어떻게 믿으라고 할 수 있었겠는지.

남태평양 푸르디푸른 바닷속에 잠들었다고?

마치 애거사 크리스티의 추리소설에 나오는 한 장면처럼, 열두 명의 성난 선원들이 돌아가며 한 번씩 찔러 생긴 깊은 자상의 흔적만 안은 채 사라졌다고?

처음, 여자는 설사 정신이 온전했다 해도 아마 당신의 죽음을 쉽게 받아들이지 못했을 것이다. 육체도 없는 죽음. 그걸 여자더러 어떻게 믿으라고 하겠는가. 왜냐하면 당신은 오직 육체로만 존재했고 육체로만 살았으니까. 어쨌든 시간이 흘러 당신의 배는 돌아왔다. 당신 없이. 그제야 당신의 차남은 어머니를 대신해 부둣가에 서서 당신의 부재를 인정할 수 있었으리라. 그 순간은 동시에 한 여자가 타인의 소유로부터 해방된 순간이기도 했다. 기뻤을까. 설사 그런 감정을 표현할 능력이 있었다고 하더라도, 여자는 눈물 한 방울 흘리지 않았으리라. 부두에서 당신의 부재를 확인한 차남은 곧바로 전신전화국으로 갔고, 거기서 이역만리 떠난 형에게 전보를 쳐서 당신의 부재를 알렸다.

차상문은 다시 한번 그 부고를 들여다보았다. 혼자 남아 어머니를 돌봐야 하는 아우는 어린 나이에도 집안의 경제까지 늘 신경 쓰던 버릇이 몸에 밴 나머지, 전보조차 매우 간결하게 적어 보냈다.

—아버지 승천. 내일 장례식. 못 오지? 끝.

아우의 너무하다 싶은 절약 정신에도 불구하고, 당시 차상문이 어느 정도 사태를 파악할 수 있었던 것은 미주판 한국 신문들을 구해 볼 수 있었기 때문이다. 실제로 외항선 한영 301호의 선장 차준수 피살 사건은 한동안 세간의 큰 화제를 모았다. 사건의 발단이 '북괴'와 관련이 있다는 점과 범행 방식의 엽기성, 선원들이 범행 후 바로 자수 의사를 타전한 사실 따위만 하더라도 이미 저널리즘의 입맛을 당기기에 충분했다. 그에 더하여 차준수가 토끼 영장류 차상문의 부친이라는 사실까지 드러나면서, 시골 그의 집은 마치 한 30년쯤 후에 각 지방자치체마다 앞다투어 만들게 되는 인기 드라마 촬영장처럼 한동안 유명 관광지가 되기도 했다. 그 때문에 고 차준수의 차남은 시도 때도 없이 대문 안을 기웃거리는 관광객들과 담장 너머로 카메라를 들이대는 기자들에게 종주먹질을 해 보였는데, 그 장면은 황색 언론 중에서도 둘째가라면 서러워할 『먼데이 서울』에 '부전자전'이라는 제하로 실렸다. 당대 한국 사회가 사회적 약자의 인권보다는 특정한 강자의 이권을 보호하는 데 혈안이었다는 점을 감안해볼 때, 『먼데이 서울』이 언론윤리규정에 따라 민법상 미성년자인 차상무의 두 눈을 까만 테이프로 처리한 사실은 그나마 다행이었다.

23

창밖으로 하얀 벚꽃이 어지러웠다. 화사하게 꽃망울을 터뜨린 나무 그늘 아래 장발에 청바지나 나팔바지 차림의 남학생들과 미니스커트가 아슬아슬하기만 한 여학생들이 여기저기 자리를 잡고 눕거나 앉아 있었다. 더러는 책을 읽고 있기도 했다.

차상문은 어제 학교 신문에서 본 에드거 앨런 포의 시 한 편을 쉽게 외웠다.

사랑이여, 그대는
내 영혼이 애타게 갈망하는 모든 것—
사랑이여, 그대는
바다 복판 녹색의 섬,
아름다운 열매와 꽃들이 화환처럼 장식된
샘이자 성소(聖所),
그 모든 꽃들은 나의 것.

아, 너무도 선명하여 지속되지 못하는 꿈![3]

Thou wast all that to me, love,
For which my soul did pine—
A green isle in the sea, love,
A fountain and a shrine,
All wreathed with fairy fruits and flowers,
And all the flowers were mine.

Ah, dream too bright to last!

—「To One in Paradise」에서

수학의 언어는 정해진 규칙에 따라 사용되어야 하며 어떤 경우에도 철저히 절제되어야 한다고 배워온 그는 가령 위상수학의 기본적인 연속성, 즉 투입을 조금만 변화시키면 배출도 조금만 변화한다는 함수관계가 과연 어디까지 공고한지, 그것이 깨지는 현상, 즉 불연속성은 어떻게 설명되는지 하는 점에도 적지 않은 관심을 갖고 있었다. 그런 점에서 언어를 자의적으로 비틀거나 생략하는 시적 상상력이 푸앵카레나 티호노프와 같은 수학자들이 펼친 상상력과 어떻게 같고 다른지 종종 견주어보기도 했다. 당장은 "너무도 선명하여 지속되지 못하는 꿈!"이라는 구절이 특히 인상적이었다. 그는 자기에게도 그런 꿈이 있을까, 있다면 과연 무엇일까 가만히 곱씹어보았다. 도대체 선명한 건 하나도 없었다. 그 사실만이 너무나 선명했다. 지나온 과거가 앞으로 다가올 미래를 눈곱만큼도 설명해주지 못했다. 자신이 몸담고 있는 현재 역시 어떤 시간의 궤도를 타넘고 있는 건지 캄캄하기만 했다. 시간은 그를 배제한 채 흘러왔고 또 흘러갈 터였다. 다시금 머리가 어지러웠다. 아버지의 얼굴이 떠올랐다. 겁이 났다. 어머니의 얼굴이 떠올랐다. 막막했다. 차상문은 헛된 꿈을 지우듯 두 눈을 감아버렸다.

"문, 기껏 여기 있었구나."

차상문과 한방을 쓰는 밥(본명 밥 니호프)이었다. 그도 차상문의 이름을 제대로 발음하는 걸 버거워해서 다른 이들처럼 이름 끝자만 따서 '문'이라고 불렀다. 차상문은 망막 속에 아직 창밖의 잔상을 담고서 밥을 쳐다보았다. 농구대만큼 큰 키. 붉은색이 약간 감도는 노란 머리. 파란 눈동자. 가끔, 차상문은 그저 밥이 자기 앞에 서 있는 것만으로도 위축감을 느낄 때가 있었다. 미국이라는 나라가 시도 때도 없이 그렇듯이.

"너 여자애 안 만나볼래?"

"뜬금없이 무슨……?"

"볼수록 괜찮다 싶은 애가 있어서 말이야. 그래서 내가 한번 중간에 서볼까 해. 실은, 너도 한 번 봤지. 엊그제 그 여학생 기억나?"

"그 여학생?"

누군지 모를 까닭이 없었다. 차상문이 수업을 받기 위해 밥과 함께 막 기숙사를 빠져나가던 참이었다. 차상문처럼 토끼 영장류인 한 여학생이 출입구 계단을 가로막고 서서 노란색 전단지를 나눠주고 있었다.

"닉슨은 미봉책으로 시간을 끌어선 안 됩니다. 내일이라도 당장 베트남에서 손을 떼야 합니다. 더이상 청년들을 의미 없는 전장으로 내몰아서는 안 됩니다. 오늘 밤, 우리 반전학생연합 주최로 무조건적 전면 철군을 촉구하는 토론회가 열립니다. 장소는……"

록 음악 파티처럼 흔한 반전 캠페인 안내였는데, 차상문은 그때 왜 갑자기 가슴이 덜컹하고 내려앉았는지 몰랐다. 맑은 얼굴, 새카만 머리, 샛별처럼 반짝거리던 눈. 무엇보다 볼이 발그스름해서 마치 첫서리 맞은 국광 사과를 보는 듯싶었다. 그녀는 차상문을 보자 싱긋 미소까지 지어 보였는데, 가지런히 튀어나온 두 개의 큰 앞니도 꽤 인상적이었다. 어디서 왔을까. 구라파는 물론 아니고, 아프리카나 라틴아메리카가 아닌 것도 분명하고, 동양 쪽이라면 설마 베트남에서? 그러나 아무리 통 큰 미국이라도 교전 상대국의 유학생까지 받아들였으리라고는 믿기 어려웠다.

"누군지도 모르는데 왜 만나?"

"그게 무슨 말이야? 누군 처음부터 알고 만나나? 왜는 또 무슨 왜? 나 같으면 여자애 만난다면 만사 젖혀두고 나가겠다."

"그럼 너나 만나지?"

"이런, 기껏 널 생각해서 꺼낸 말인데…… 너처럼 목석같은 녀석은 처음 본다, 처음 봐. 알다시피 난 취향이 좀 독특해서, 흐. 걔가 헤퍼 보이진 않지? 어쨌든 너랑은 어울릴 것 같아. 어때, 한번 만나볼래?"

"도대체 왜 자꾸…… 근데 어디 애야?"

"너처럼 B.P.로 온 거, 정력적인 활동가라는 거…… 근데 어디지? 하하, 실은 나도 아는 게 별로 없구나."

"싱겁긴…… 그러면서 나더러 무작정 만나라구?"

"사실은 그 여자애보다도 캠페인 말이야. 이제 너도 한번 나설 때가 되지 않았어? 동기야 어떻든 한국도 이 비열한 전쟁에 연합군으로 참전한 이상, 무언가 해명을 할 게 있다면 이 기회에……"

"잠깐! 그럼 넌 지금 내가 한국군 파병에 대해 책임을 지라는 소리야? 말도 안 돼. 이 전쟁에 대해 내가 관련이 있다면, 위문 편지를 보낸 것뿐이야. 난 그 편지 한 장 때문에 선량한 베트남 사람이 한 사람이라도 더 죽었다고 생각하지 않아. 어떤 개연성도 없다구. 게다가 한국군은 이미 철군하고 있잖아."

"흥분하지 마. 그런 말은 아니잖아. 너답잖게 논리적이지도 않고……"

"네가 뭘 오해한 것 같아서 하는 말인데, 어쨌든 난 한국이라는 나라를 대표할 자격이 없어. 그런 자격으로 여기 온 것도 아니고, 그럴 의향도 전혀 없어. 전쟁도 싫지만, 난 내가 감당할 능력이나 의사도 없는 제도나 가치를 위해 시간을 쪼개고 싶지 않아. 게다가 난 토끼야, 보다시피."

"어휴, 오늘따라 우리 문이 왜 이렇게 까칠하지? 이러니까 더 보기 좋은데? 맨날 애늙은이처럼 근엄한 얼굴로 하루 종일 기숙사 골방에 처박혀 책만 들여다보는 것보다야 훨씬 낫네."

"농담하지 마."

"아이고, 미안. 하지만……"

"난 아직 여러 모로 미숙해. 나이도 어리고…… 스스로 판단할 수 있을 때까진 그냥 놔뒀으면 좋겠어. 적어도 히피들처럼 철없이 굴고 싶진 않다는 뜻이야."

"뭐, 히피가 철없다고? 정말이야, 문? 네 눈엔 그렇게 보여?"

"의식을 확장시킨다는 명목으로 합성제나 복용하는, 그래, 너는 저기 누워 있는 이른바 꽃의 아이들, 하루 종일 몽롱한 눈으로 하늘만 쳐다보는 저들에게 의식이 똑바로 박혀 있다고 생각해?"

차상문은 창밖 나무 그늘 아래 여전히 누워 있는 학생들을 가리키며 말했다. 꽃의 아이들. 그들은 하버드대의 심리학 교수 티머시 리어리가 주창하는 이른바 정신해방운동의 맹렬한 추종자들이었다. 티머시 교수는 스위스의 화학자 알베르트 호프만이 우연히 발견해낸 합성 마약 LSD 25를 실험용으로 사용했다. 그것이 불과 수년 전. 그로부터 인간 영장류의 역사상 유례를 볼 수 없었던, 전혀 새로운 세대가 대거 태어났다.

"문, 억지 부리지 마. 너답지 않게 자꾸 왜 이래? 저 애들은 그저 햇볕이 좋아 누워 있는 것뿐이잖아."

밥이 씩 웃으며 말하자, 차상문은 오히려 대답이 궁해지는 것을 느꼈다.

"참, 오늘 밤에 일찍 돌아와서 래비티시 의논하기로 한 약속 잊지 마."

"알았어. 그러지 않아도 내가 아쉬운 대로 문법 체계를 구상해놨어."

래비티시(rabbitish)란 말 그대로 '토끼'와 '영어'의 합성어로, 둘 사이에 암호처럼 쓰기로 하고 구상중인 언어였다. J.R.R. 톨킨이 『반지의 제왕』에서 라틴어와 핀란드어를 기본으로 하여 만든 인공어 퀘냐(quenya)는 엘프들이 사용하는 언어로 고유한 철자와 문법 체계까지 제법 잘 갖추고 있지만, 차상문과 밥은 래비티시를 그 정도 수준으로 완성시키고자 하는 의도 같은 건 아예 없었다. 알고보니 기숙사에서는 그룹에 따라 오래전부터 그런저런 인공어를 암호나 은어처럼 만들어 쓰는 전통도 있다고 해서, 그저 재미 삼아 만들어보려 한 것이다.

"문, 나 어려운 건 딱 질색인 거, 알지? 그러니 내 수준에 맞추라고!"

"걱정 마. 바벨탑을 세우려는 건 아니니까."

밥은 마르쿠제와 사르트르 등 전공하고는 무관한 책 몇 권을 챙긴 다음 도로 나갔다.

어디선가 찌지직거리는 마이크 소리가 들려오기 시작했다. 곧 이어 요란한 박수 소리가 터져나왔다. 집회가 다시 시작되는 것이다. 이미 1968년 테트 대공세 이후 염전 분위기는 바람을 만난 들불처럼 걷잡을 수 없이 번져나갔다. 한때 무려 50만 명까지 증강되었지만, 평균연령 열아홉 살의 미국 병사들은 비로소 자신들이 '똥덩어리(gooks)'라고 경멸하던 적들을 두려워하기 시작했다. 도시 바깥으로 한 발짝만 나가면 온통 적의 천지였다. 아니, 도시 한복판에서도 누가 남베트남민족해방전선이고 누가 민간인인지 알 수 없는 상황이 끝없이 이어졌다. 병사들은 막사 안에서 안전했지만, 그것은 바다에 떠 있는 외딴섬과 같은 고립감의 다른 표현에 지나지 않았다. 더욱 두려운 것은 날이 갈수록 바다 건너 까마득히 먼 조국으로부터 점점 더 단절된다는 느낌이었다. 거의 매일처럼 벌어지는 반전시위는 한 가닥 끈에 의

지하여 위태위태하게 지탱해오던 미국인들의 마지막 애국심마저 흔들어놓았다. 워싱턴에 무려 50만 명이 몰려들어 백악관을 포위한 적도 있었다. 부유한 WASP(백인 앵글로색슨계 프로테스탄트)의 자식들이 후방에서 편히 군 생활을 하거나 대체 복무를 할 때, 전장에서 돌아온 노동계급의 자식들은 부모에게 이렇게 말했다.

"그곳에서 존경할 만한 사람들은 베트콩이나 월맹 정규군밖엔 없었어요."

병사들이 마약을 하고, 명령을 거부하고, 심지어 프래깅(fragging)에 가담하는 경우까지 있다는 것 또한 공공연한 비밀이었다. 조국애와 투철한 군인 정신을 강조하는 상관들일수록 밀림에서는 늘 자기 뒤통수를 조심해야 했다. 호치민이 급사한 후에도 북베트남 정부와 남베트남민족해방전선은 한 치의 흔들림이 없었다. 오히려 그들은 더욱 분발하여 남녀노소 가릴 것 없이 그들 모두가 '호 아저씨'라고 부르는 한 위대한 동지의 영전에 승리의 꽃다발을 바치리라 기세를 올리고 있었다. 사실 베트남 공산당의 중앙위원회 위원들은 거의 전부가 지난 시절 프랑스와 벌인 전쟁에 참가했으며 또 대부분이 체포되거나 투옥된 경험이 있었다. 그런 반면 미국 정부의 매파들이 집 나간 아우인 양 뒤를 봐주는 남베트남 정부의 지도자들은 거의 대부분 프랑스 식민치하에서 관리를 지냈거나 경찰 혹은 통역 같은 일을 맡았던 이들로서 북베트남과 전쟁이 벌어진 이후에도 부패, 무능, 독직, 횡령, 사기, 내분 따위로 하루하루를 보낼 뿐이었다. 30달러만 주면 총의 임자가 쉽게 바뀌었고, 셈만 맞는다면 심지어 탱크나 헬리콥터까지 건네받을 수 있다고 했다. 휘하 부대를 동원하여 국유지인 황무지를 대충 개간한 다음 그걸 엄청난 가격에 미군 군사시설 용지로 팔아넘긴 장군도 있었다. 미군 피엑스의 냉장고는 다섯 배 가격으로 되팔려 결국에는 베트남군 장성의 애인 집에 놓이게 되었다. 떤선녓 공항에서 미군에게 달러 대신 지급되는 군표 수백만 달러어치를 실은 컨테이너가 통째로 사라지는 일까지 있었다. 사이공 정부의 고위 관리나 군 장성이 개입되지 않으면 불가능한 일이었다. 이런 형국이니 결국 닉슨도 재선을 위해서는 전쟁에서 손을 떼는 수밖에 없다는 쪽으로 마음을 돌려먹기에 이르렀다.

그날 오후 내내 차상문은 반전시위의 소음뿐만 아니라 국광 사과 같은 여자 토끼의 얼굴이 난데없는 변수처럼 뛰어들어서라도 수업을 제대로 받을 수 없었다.

24

문, 즉 차상문이 그녀의 이름을 아직 모르니까 일단 '썬'이라고 하자.

문밖에 그 썬의 모습이 나타났다. 문은 시간이 어떻게 흘렀는지조차 알 수 없었다. 가슴속을 가득 메우고 있던 불안과 초조의 감정은 눈 녹듯이 사라졌다. 문은 자기 자신에게 그런 감정의 소용돌이가 일어났다는 사실을 스스로 믿기 어려웠고, 자신이 은하계 너머 어디 먼 우주에서 우주선을 타고 온 다른 존재인 것만 같았다. 어정쩡한 자세로 일어섰을 때, 썬은 벌써 눈앞에 와 있었다. 까만색 티셔츠가 오히려 눈부실 정도였다. 거기에는 별 하나가 그려진 빵떡모자를 쓰고 시가를 멋지게 꼬나문, 구레나룻이 인상적인 한 사내의 얼굴이 박혀 있었다. 체 게바라였다.

"미안해요. 많이 기다렸죠?"

썬이 유창한 발음으로 인사를 했다.

"아니. 괜찮아요."

"B.P. 크로니클 봤죠? 기사 문제로 편집장하고 크게 다퉜어요. 요즘엔 늘 그래요. 어딜 가나 당연히 베트남하고 캄보디아, 워터게이트가 문제지요. 우리 신문 성격상 정치적인 문제는 가급적 축소하자는 게 편집장 생각이고, 난 말도 안 된다고 했죠. 아침에 일어나서 밥 먹고 밤늦게 잠자리에 들 때까지 정치 아닌 게 어디 있어요? 우리 일상조차 매 순간 정치적 선택이라구요. 여기 사람들의 경우, 가령 아침에 A사 제품 시리얼을 먹는다고 쳐봐요. 그런데 그 A사는 선거에서 늘 공화당에 막대한 기부금을 내죠. 그러면 결국 A사 제품을 먹을 때마다 자기도 모르게 공화당을 지지하게 되는 셈이지요. 그렇게 아침 먹으면서 신문을 봐요. 뉴욕 타임스를 보든 워싱턴 포스트를 보든 아니면 월스트리트 저널을 보든, 그 각각은 또한 정치적 선택이죠. 아닌가요? 사정이 이런데 정치적인 건 지양하자고? 우리의 가장 사소한 일상에도 엄연히 존재하는 권력관계를 인정하지 않는다면 어쩌자는 거죠? 무균처리된 연구실에서 한 발짝도 떼지 않겠다는 건가요? 보이는 걸 못 봤다고 해서, 도대체 무얼 얻을 수 있죠? 난 이해할 수 없다고 했죠. 당신 같은 사람이 어떻게 B.P.를 대변하는 B.P. 크로니클의 편집을 책임지게 되었는지 모르겠다고. 그 사람은 물론 사람이에요, 말 그대로. 우리처럼 레푸스 사피엔스가 아니고요. 어쨌든 만일 이게 학교 당국의 의사가 반영된 거라면 B.P. 자체에 대해서도 심각하게 고려해볼 수밖에 없겠다고, 그렇게 쏘아붙였죠. 안 그런가요? 겉으로는 지극히 진보적인 프로젝트를 전개하는 것처럼 선전해놓고, 정작 안에서는 무서워 벌벌 떨고…… 물론 지금 상황이 꼭 그렇다는 건 아니에요. B.P.가 지금까지 미국 고등교육제도 중에서 가장 훌륭한 사업이라는 거, 나도 인정하고 그래서 여기 오게 된 거죠. 참, B.P.에 대해서 이거 알고 계세요? 아시죠? 참가자들 전원이 이른바 저개발국 출신들이라는 거?"

자리에 앉자마자 숨 돌릴 새 없이 속사포처럼 말을 토해내던 썬이 또 불쑥 질문을 던졌을 때, 문은 몹시 당황해서 두 볼이 그녀보다 훨씬 더 불그스레해졌다.

"네? 아, 그거요…… 교육 여건이 상대적으로 안 좋은 나라들 출신만 뽑은 거 아닌가요?"

"천만에요. 나도 처음엔 그런 줄 알았어요. 그런데 알고보니 놀라운 사실은, 이른바 선진국, 아니, 이런 말은 마땅히 위험하고 부정확한 용어이니 가능하면 쓰지 말아야죠. 그래요, 더 정확히 말해 과거 제국주의 침략으로 오늘의 부를 축적한 나라들에서는 아예 우리 같은 종족이 태어나지도 않았어요. 이게 무슨 말인지 알겠어요?"

문은 거듭되는 충격에 신음조차 쉽게 흘릴 수 없었다.

"사실이었어요. 그들은 바로 그래서 충격을 받은 거지요. 아마 NSA나 CIA, 심지어 FBI 뭐 그런 데서 다 개입했겠지만, 영국 왕립생물학회와 합동 연구 조사 끝에 국립생물학회가 그 사실을 밝혀내고 보고서를 제출하자 겉으로 드러내지는 못했지만 발칵 뒤집어진 거죠. 십수 년 전부터 전 세계적으로 호모 사피엔스 부모 밑에서 레푸스 사피엔스, 즉 토끼 영장목이 하나둘 태어났다는 보고가 있어서 처음에는 단순히 생물학적 관심으로 조사를 시작했다가, 결국 그런 사실을 밝혀내게 된 거죠. 그때부터는 생물학적 관심보다 당연히 철학적 사회학적 인류학적 의미를 탐구하게 된 거구요. 도대체 이건 새로운 종의 탄생인가 유전학적 변이인가. 어찌 되었든 이들의 출현은 무슨 징후인가. 도대체 뭘 의미하는가. 아마 종말론을 떠올린 치들도 없지 않았을 거예요. 더 솔직히 말해볼까요? 자칫 우리는, 우리 종은 쥐도 새도 모르게, SF 영화 속에서 이 지구를 찾아왔던 우주인들처럼 사라질 수도 있었겠지요. 왜? 그들은 자신들이 모르는 건 위험하다고 생각하죠. 기본적으로. 왜냐하면 모르면 통제가 불가능하니까. 통제하지 못하는 권력은 이미 권력이 아닌 거구요. 다행히 우리에겐 버클리가 있었어요. 철학 교수 P. C. 스콧 박사님, 아시죠? 『존재와 미래』의 저자이며, 자유언론운동 시절부터 철두철미 진보적 가치들을 제시하고 옹호했던…… 그분이 아니었다면, 정말이지 어떻게 됐을지 모르는 일이었지요."

"아, 그분, 알고 있어요. 그런데 정말 과거 제국주의 국가 출신은 하나도 없나요? 미국, 영국, 프랑스, 독일, 스페인, 포르투갈, 네덜란드, 벨기에, 일본……"

"네, 없어요. 심지어 소비에트러시아도 중화인민공화국도 없어요. 처음엔 나도 이상하다고 생각했지만, 지금은 안 그래요. 그게 정당한 사실이지요. 나는 종교엔 관심도 없고 문외한이지만, 이런 경우 섭리라고 하나? 그런 말을 써도 괜찮을 거 같아요. 어쨌든 그 사실을 확인했을 때, 내가 얼마나 기뻤는지 아세요? 난생처음으로 태어난 게 억울하지 않을 정도여서 엉엉 울었어요. 물론 조국이 여러 가지 어려운 여건에서도 내게 B.P.에 참가해 이 사실을 확인할 기회를 준 것도 새삼 감격스러웠구요."

썬의 눈이 촉촉이 젖어들었다. 문은 당황한 가운데서도 예의 바르게 얼른 손수건을 꺼내 건네주었다. 썬이 눈물을 닦는 동안, 문은 비로소 속으로나마 한숨을 돌릴 수 있었다. 짧은 시간 동안 도대체 얼마나 어마어마한 이야기를 들은 것인지, 머리가 멍

멍할 지경이었다. 그러는 통에 다행인지 불행인지 썬에 대한 성적 관심은 자연스럽게 뒷전으로 물러났다. 사실, 문은 우연히 다시 만난 썬에게 밥의 중개도 없이 제 쪽에서 먼저 다가가 만남을 청하는 놀라운 용기를 보였으면서도, 한편으로는 여자를 만나 좋아하게 되면 언제가 되었든 교미를 해야 한다는 언젠가 밥에게 들은 이야기 때문에 그 점에서는 무척 주저한 구석이 있었던 것이다. 문은 가령 교미를 하면 꼭 엉덩이를 서로 맞붙이고 해야 하는 건지, 그렇게 하면 도무지 무엇이 어떻게 작용을 해서 교미가 완성되는 건지 하나부터 열까지 모르는 것투성이였다. 그렇다고 그런 문제를 고등학교 때 이미 교미(물론 그는 그걸 '사랑'이라고 말했지만)의 경험이 있었다는 밥에게 대놓고 물어볼 수도 없었다.

"아 참, 내가 이래…… 기가 막히죠? 오자마자 실컷 내 말만 하고…… 놀랍게도 우린 서로 이름도 모르잖아요? 어디 출신인지도 모르고……"

사실이었다. 문과 썬은 그제야 그 어처구니없는 상황에서 사뭇 커다랗게 웃음을 나누었다. 조심해야 하는 법. 운명은 바로 그런 순간 예고도 없이 도둑처럼 찾아들기 때문이다.

"우리나라 속담에 이런 게 있어요. 이게 속담인가? 어쨌든 우리처럼 엉뚱한 사람을 보고 하는 말인데, 초상집에 가서 밤새도록 울다가 뜬금없이 누가 죽었느냐고……"

문이 거기까지 말했을 때, 썬이 크게 놀라며 얼른 말을 받았다.

"어, 우리나라에도 똑같은 게 있는데……"

"그럼 베트남어로는 뭐라고 하나요?"

"네? 베트남?"

"아니, 내 말은…… 저, 베트남 출신 아니었어요, 거기?"

"아, 아니에요. 천만에요. 하하, 내가 매일 반전 집회에 나가니까 베트남 출신인 줄 알았구나. 난 이름이…… 신…… 애란이고 국적은 DPRK, 그러니까……"

썬이 신애란이라고 스스로 정체를 밝히는 순간, 신애란 자신도 무엇인가 묘한 기분이 들어 국적을 말할 때는 부쩍 소리를 낮추었는데, 그 짧은 찰나에도 두 토끼는 이미 서로 간에 만리장성보다 길고 엠파이어스테이트빌딩보다 높고 히말라야보다 험한 장벽이 가로놓여버렸다는 사실을 명백히 인식해버렸다.

음식을 주문받으러 왔던 웨이터는 아주 넋이 나간 듯 멍하니 앉아 있는 두 토끼 영장류를 보고는 자기도 할 말을 잠시 잊고 덩달아 멍하니 있다가 한 5분쯤 지나서야 겨우 정신을 차리고 제 직업 정신을 발휘할 수 있었다.

"저, 이제 뭣 좀 시키셔야죠?"

상황을 정리할 필요가 있겠다.

어쩔 수 없이 서로 이름과 국적을 말하고 들은 다음, 두 토끼는 숨소리조차 숨긴 채 한마디 말도 더 나누지 않았다. 음식 주문은 손가락으로 짚어가며 했고, 먹을 때는 그저 자기 앞의 접시

들만 말없이 비웠고, 돈을 지불할 때에는 문, 아니, 차상문이 말없이 먼저 가서 지갑을 열었다. 팁은 썬, 아니, 신애란이 미합중국 제16대 대통령 링컨이 새겨진 동전까지 계산해 정확히 15퍼센트를 주었다. 차상문은 잠시 신애란이 가난한 유학생일 텐데 걱정이 되었고, 신애란은 신애란대로 차상문이 가난한 유학생일 텐데 걱정이 되긴 했다. 그래도 두 토끼는 아무 말 없이 음식점을 빠져나왔다.

무엇을 어떻게 더 할 수 있고 할 게 있을까.

두 토끼 모두 그런 경험이 없었지만 그런 경험을 하게 되었을 때 어떻게 해야 하는지 아주 잘 알았다. 그들은 말없이 밤길을 걸었다. 말없이 어두운 거리 저편을 보았고, 거기 짙은 어둠밖에는 아무것도 없다는 걸 깨달았다. 말없이 더 걸었다. 드문드문 가로등이 그들의 그림자를 길게 드리웠다. 이따금 지나가는 차들이 있어 그 그림자들을 뭉개곤 했는데, 그림자들은 꾸역꾸역 다시 살아나 말없이 그들을 따라 자꾸 걸어갔다. 별과 달, 많은 사람들의 꿈과 잠이 밤안개처럼 내려앉던 마지막 구간에서, 두 토끼는 잠시 걸음을 멈추고 슬쩍 마주보았다. 설명할 수 없을 때는 설명하려 하지 마세요. 그들은 비로소 눈빛으로나마 서로 그렇게 말하고 있었다. 모처럼 공통의 모국어를 써서 말을 나누어도 똑같은 내용이었을 것이다. 그럼…… 처음부터 몰랐다는 듯이…… 마치 이 세상에 존재하지 않았다는 듯이…… 안녕히…… 영원히…… 누가 먼저 자리를 떴는지는 확실치 않다.

그래도 둘의 그림자는 그들보다 조금 더 오래 남아 슬쩍 서로 몸을 더듬었다.

25

막배를 기억하시리라. 후레자식. 언젠가 막걸리 사발로 이마를 맞춘 제 아버지에게 장독 뚜껑을 날린 인간 말종. 바다가 내려다보이는 언덕 마을 사람들은 전설처럼 그 이야기를 기억하는데, 어른들이 입단속을 한다고 했는데도 막배가 아버지가 있던 방을 향해 날린 장독 뚜껑은 이미 아버지의 이마를 정확히 겨냥하고 표창을 날렸다느니 바로 코앞에서 쌍절곤을 휘둘렀다느니 하는 수준으로 발전해버렸다. 정작 전설 같은 이야기의 주인공은 그때를 기억할 때마다 온몸에서 기운이란 기운이, 심지어 콧김을 내뿜을 기운조차 싸그리 빠져나가며 정신마저 아뜩해지곤 했다. 막배는 작업장에서 그라인더를 돌리다가도, 방에 돌아와 '국제기드온협회 증' 도장이 찍힌 파란색 표지의 신약성서를 펼쳐들다가도, 변비 때문에 변소에 쭈그리고 앉아 하염없이 시간을 보내다가도 퍼뜩 그런 저 자신을 발견하곤 했는데, 아버지는 이미 흙으로 돌아간 지 오래이건만 오히려 그런 졸경은 점점 잦아지는 것이었다. 좌장으로서 그가 엊그제 막 들어온 신입에게 물었다.

"너 속절없다는 말이 뭔 소린지 아니?"

"네, 형님. 소, 속절없다라고 하셨습니까, 형님?"

신입은 조직이 뒤를 봐주는 시장 정육점 주인이 식품위생법 위반으로 고발된 사건을 틀림없이 빼주겠다고 장담했다가 결국 중간에서 몇 차례 거금만 가로채고 만 변호사 사무장의 6번과 7번 늑골 사이에 30센티미터 길이의 회칼을 깊숙이 찔러넣은 신용산파 해결사답지 않게 겁을 잔뜩 먹고 당장 무릎을 꿇고 앉는다.

"그랑께, 속절없다는 말."

"네, 형님. 그, 그거…… 소, 속이 없다는 말 아닙니까?"

"속, 그랑께 소갈머리가 없다고야?"

막배가 크 짧게 웃는다. 방 안에 있는 모든 죄수들이 그제야 마음을 좀 편히 가지며 따라 키득거린다. 신입은 얼굴이 벌겋게 바뀌며 잔뜩 긴장한다.

"혀, 형님. 제가 무슨 실수라도……"

"아, 아니. 소갈머리가 읎다라…… 그려, 그 말도 맞는 거 같어야. 소갈머리 같은 기 있을 나와바리가 없겄쟈. 근디 너 월매 받았다고 혔냐?"

"네, 형님. 크게 한 바퀴…… 10년입니다."

막배는 그 대답에 다시 한번 속절없다는 말을 떠올린다. 눈 한 번 감았다 떴을 뿐인데, 스물다섯 살짜리가 서른다섯 살이 되어버리는 것. 그새 변호사 사무장은 강남에 빌딩을 두 채나

사들이고 골프채도 구입하는 것. 그새 늙으신 어머니는 치매에 걸려 막내를 알아보지도 못하고, 큰형은 간경화를 선고받고, 하나 있는 누이는 시집이라고 가서 여태 매일같이 두들겨맞고 징징 짜는 것. 에이 드런 놈의 매형, 알아 처먹도록 그렇게 얘길 했건만…… 그렇게, 달리 어쩔 수 없는 것. 언년이가 시름시름 앓다 제 언니 따라 죽었듯이, 언년이 동생 종말이도 청계천 평화시장은커녕 상행선 열차 한 번 못 타고 내도록 선창가만 빙빙 맴돌았는데 무슨 내림병인 양 콜록콜록 또 그 길로 나아간다는 것. 참, 그때 나무꾼에게 옷을 빼앗겨 하늘로 올라가지 못한 선녀 같던 유선생님은 어떻게 되셨는지…… 그때 낳았다는 토끼도 살아 있다면 벌써 몇 살인가. 세월이라는 것. 그저 속절없이 흘러가버리는 것. 달리 어쩔 수 없이. 장독 뚜껑이 아니라 돌확이나 연자매로 맞아도 좋으니 제발 한 번만이라도, 아부지 제발…… 공주교도소 4사 하 16방 좌장 막배는 차마 크게 한 바퀴 10년을 선고받고 이감 온 청년 칼잡이를 똑바로 보지 못하고 고개를 돌리고 만다.

바다 건너 미국에서도 사정이 다르지 않았다.

세월은 속절없이 흐르게 마련이다. 하루 이틀 사흘, 한 달 두 달 석 달, 그리하여 다시 원래의 계절이 돌아왔을 때, 문득 세월아 너 여태 그대로 있었느냐 묻고 싶은 기분이 들기도 하는 법이다. 겉으로 볼 때 달라진 건 아무것도 없다. 날 풀리면 벚꽃은 다시 피고, 겨우내 얼어 죽은 줄 알았던 담쟁이도 슬금슬금 건물 외벽을 타고 오르며, 무엇보다 어제 못 보고 오늘 눈에 들어온 잔디색이 푸릇푸릇해 지난해 이맘때의 봄을 고스란히 되보여주니, 깜빡하면 시간이 전혀 흐르지 않았다는 착각에 빠질 만도 하다. 그게 바로 속절없다는 것. 어떻게든 해보려고 했는데 어떻게도 되지 않았고, 어떻게도 할 수 없었다는 것. 그리고 그런 사실을 새삼 깨닫는 것. 버클리 수학과의 천재토끼 차상문이 죽어라고 공부에 매진했는데도 어느 순간 보면 결국 '그 자리'로 다시 돌아오고 마는 허망한 운명의 장난에 그만 손을 들어버린 것도 그렇게 해석할 수 있을 것이다.

물론 그동안 아무것도 변하지 않은 것만은 아니었다. 무엇보다 그의 수학적 능력에 상당한 진전이 있었다. 그는 이미 4학년 수업도 일부 듣고 있었는데, 거기서도 이따금 동료들의 찬탄을 받고 심지어 필즈상 수상자 라이트 교수로부터도 제법 인정을 받은 바 있었다. 특히 '쾨니히스베르크의 다리 건너기' 문제에서 발전된 위상수학 분야에서 그의 능력이 두드러졌으니, 훗날 파국 이론과 카오스 이론의 한 정점에 서게 되는 그의 모습이 그쯤에서 서서히 선명해지기 시작하는 것이다. 그 역시 자신의 성취에 만족했고, 나름대로 한 명의 수학도로서 미래의 계획을 세울 시간이 다가오고 있음도 느꼈다. 한 사람, 물리학과의 퍼티 교수만큼은 이따금 면담 시간마다 노골적이지는 않지만 은근히 비판적인 조언을 해주곤 했다.

"『파우스트』는 다 읽었지?"

"네…… 실은, 어렸을 때 다이제스트 판으로……"

"허, 그건 차라리 읽지 않으니만 못할 것 같은데……"

차상문은 얼굴을 붉혔고, 면담을 마치는 즉시 도서관으로 달려가 케케묵은 서가에서 『파우스트』를 꺼내들었다. 교수의 지적이 정당하다는 건 두어 페이지를 넘기자 곧 드러났다. 어린 시절 그가 읽은 건 유감스럽게도 전혀 괴테의 작품이 아니었다. 돈벌이를 위해 어쩔 수 없이 요약본 『파우스트』를 만들어낸 출판사에, 어느 영혼 없는 삼류 소설가가 제 이름을 팔아 쓴, 그것도 편집부 직원이 상당 부분 대신 써주었을 한 편의 전혀 다른 작품에 불과했다. 거기서 '발푸르기스의 밤' 같은 막간극 장면은 아예 생략되고, 천사들의 장엄한 합창을 포함해 많은 합창 부분은 "천사들이 합창을 했다." 혹은 "(마을 사람들의 합창)"과 같은 식으로 간단히 정리되었다. 무엇보다 죽음이 멀지 않았음을 직감한 늙은 괴테의 마지막 들끓는 감정의 소용돌이는 어떤 등장인물을 통해서도 느낄 수 없었다.

"어쨌든 내가 말하고 싶은 건, 글쎄, 아마 이런 거겠지. 우리는 흔히 과학이 오직 이성에 의거, 어둠에서 빛으로 한 치의 오차도 없이 나아간다고 생각하지. 그런데 그럴까? 그렇기만 할까? 아닐 거야. 누구더라, 이름은 잊었는데 책에서 읽었어.[4] 그 저자가 말했듯이, 그건 다만 낮의 과학일 뿐이야. 밤의 과학은 전혀 달라. 밤의 과학이라고 하니까 자칫 무슨 알 카포네의 과학을 떠올릴지 모르겠는데, 그런 건 전혀 아니고…… 밤의 과학이란 그래, 낮의 과학과 달라서 맹목적으로 방황하지. 주저하고, 비틀거리고, 심지어 퇴보하고, 진땀을 빼거나 때로 소스라쳐 놀라 눈을 퍼뜩 뜨기도 한다는 거야. 말하자면 모든 것을 의심하지. 달빛 아래서. 한낮의 태양 아래서는 그토록 명징하고 명백하게 보였던 것조차, 달빛을 받으면 어딘가 빈구석이 드러나고 낮과는 또다른 그림자를 드리우게 마련이거든. 그런데 바로 그런 빈구석과 그림자 없이 과연 낮의 과학이 성립할까?"

차상문은 숨죽인 채 교수의 말을 경청했다.

"그래, 어쩌면 간단한 거야. 낮과 밤의 과학이 별개가 아니라는 것. 이렇게도 말할 수 있겠지. 수학을 잘하려면, 물론 물리학도 마찬가지지만, 아마 다른 것도 두루 잘해야 할 거라는 것. 가령 뉴욕 메트로폴리탄 미술관에 전시중인 이른바 팝아트 작가들의 그림을 보고 감동하든 말든 자기 감정을 제대로 표현할 줄도 알아야 하고, 음악회에 가면 몇 소절쯤 귀로 짐작할 수 있어야 하고, 가령 지휘자마다 연주자마다 왜 그 부분에서 차이가 나는지 같은 거 말야. 당연히 문학에 대해서는 긴 말이 더 필요 없겠고…… 참, 제임스 조이스는? 특히 『율리시즈』와 『피네간의 경야』 같은 것…… 언젠가 나는 그 책들을 다 읽은 뒤 갑자기 생각이 떠올라 그동안 도무지 마무리를 짓지 못하던 논문 하나를 끝낼 수 있었다네. 그걸 우연의 소산이라고 할 수도 있겠지만, 자네도 알지 않는가? 우연조차 필연의 법칙과 공식으로 풀어내도록 애써야 하는 게 우리의 세계이지만, 그럴수록 오히려 숱한 우연에 과감히 몸을 맡겨야 한다는 걸……"

우연이 곧 상상력이었다. 연산, 분석, 이해, 정리하는 따위의 능력은 어느 수학자에게나 필요한 덕목이겠지만, 탁월한 수학자라면 반드시 눈앞에 보이는 것의 배후를 의심하고, 꿰뚫어보고, 또 때로는 실패까지 능히 받아들일 수 있는 밤의 상상력이 필요하다는 것—매번 짝짝이로 양말을 신고, 비 올 때마다 우산을 잃어버려 허둥대고, 강의실을 잘못 찾아가기 일쑤인 데다가, 무심코 집어든 커피 잔이 알고보니 잉크병인 경우가 열에 서너 번은 되고, 집 전화번호를 잊어버려 오히려 다른 사람에게 물어봐야 하는, 그렇다고 그런저런 것들을 메모해두면 그 종이를 어디다 붙여놨는지 또 한참 헤매야 하는 교수는 새파랗게 젊은 수학도 차상문에게 결국 그렇게 말하는 셈이었다.

하지만 적어도 북조선 여자 토끼에 관한 한 차상문의 상상력은 한계가 명백했다. 밤이고 낮이고 안 된다는 것. 빈구석이고 그림자고 아예 없다는 것. 처음부터 끝까지 불가능하다는 것. 그러면서도 아무 때고 불쑥 나타난다는 것. 나타나서는 싱긋 그 예쁜 두 개의 앞니를 드러내며 웃는다는 것. 그렇게 웃으면 온몸에 짜르르 전류가 흐른다는 것. 불면과 식욕 상실, 자기 비하, 우울 따위. 그렇다고 무얼 어쩌자는 것 같은 것도 없었다. 그 무얼 어찌할 수 없다는 걸, 제 몸 안 모든 세포들이 먼저 알고 먼저 나자빠지는데, 도대체 무얼 어찌할 수 있단 말인가. 그저 속절없이 당하는 것. 흐르는 시간 앞에, 바뀌는 계절 앞에, 가만히 있어도 흐르는 눈물, 흐르도록 내버려두고 그저 무릎꿇는 것. 심지어 사랑이라는 말조차 사치라는 것—왜냐하면 천상천하에 오직 조선민주주의인민공화국이기 때문에!

보다 못한 밥이 나선 적이 있었다. 보는 눈 듣는 귀가 있어서인지 언뜻 할렘의 슬랭이나 자메이카식 영어처럼 들리기도 하는 래비티시를 사용했는데, 이런 뜻이었다.

"내가 무얼 해주면 좋겠니?"

"꺼져! 그냥 다 사라져버려!"

그대로 놔두었다가는 크리스마스 파티 대신 송장을 치울 것 같아서 며칠 후 밥이 또 나섰다.

"울고 싶어?"

"응."

"무언가 억울해?"

"응."

"할 수 없지, 어쩌겠니? 차라리 수학 문제를 풀어보는 건 어때?"

"수학 문제? 아, 그거 좋지. 어떤 거?"

버클리 대학 수학과 학생들이 한 해 동안 하루에 한 열 개씩 온갖 종류의 수학 문제를 푸는 차상문을 보게 된 것도 그 때문이었다. 나중에는 문제가 모자라, 착한 동급생들은 차상문에게 낼 문제를 만드느라 별도의 스터디 그룹을 구성하여 적어도 일주일에 한 번은 꼭 머리를 맞대기도 했다. 훗날 그 스터디 그룹에서 한 명의 노벨상 수상자(물리학상이었다!)와 한 명의 필즈상 수상자가 나온다. 아울러 그때의 절박했던 순간들을 중세 한 수도원을 중심으로 비밀리에 결성된 수학 결사의 극단적 행보로 재구성한 소설 한 편이 나오는데, 그 소설에서는 사랑에 실패하고 수사가 된 한 단원의 복수를 위해 결사가 비밀리에 나서서 치밀한 수학적 방식으로 연인이었던 여자의 부친이 운영하는 포도주 제조회사가 부도가 나도록 만드는 데 성공한다. 물론 그렇게 해서 사랑이 다시 복원되지는 않았고, 실제 책 판매도 처참하리만치 실패했다.

한편 그 사랑의 경험은 차상문으로 하여금 역설적으로 스스로 생이 곤고하다고 느낄 때마다 어딘가에는 반드시 문이 있으며, 그 문만 잘 찾아내면 그때까지 감내해야 했던 고통에 대한 보답이 따를 거라는 낙관론도 잠시나마 품게 했다. 마치 폭풍설에 갇혀 며칠째 오도 가도 못 하는 극지 탐험가나 고산 등반가가 밤마다 텐트 문만 열고 나가면 따뜻한 김이 모락모락 피어오르는 잘 차려진 식탁을 만나는 꿈을 꾸듯이. 그러나 대개의 경우 문을 열려고 손잡이를 잡는 순간 잠에서 깨어나게 마련이라는 사실을 그때 그는 알지도 못했을 뿐만 아니라 설사 알았더라도 선뜻 인정하고 싶지 않았을 것이다.

26

한국에서 학생들의 반미, 반정부 시위가 격렬하게 전개되던 1985년 여름, 모 대공 부서에서는 아직 수사중이지만 국립 서울대학교 교수가 포함된 전대미문의 대규모 미국 유학파 간첩단 사건을 언론에 미리 흘린다. 비슷한 시기 경쟁관계에 있는 다른 공안 부서에서 '한 건' 대단한 '작품'을 기획중이라는 정보가 있었기 때문이다. 작전은 적중한다. 9시만 땡 치면 첫머리에 늘 당시 대통령의 동정으로 뉴스를 시작하던 한 텔레비전 방송은 특집 방송을 편성하여 아직 기소조차 되지 않은 사건을 마치 판결이 확정되기라도 한 듯 대대적으로 보도한다. 화면에는 첫 장면부터 시뻘건 잉크가 팍팍 뿌려지고, 남한에서는 사용하지 않는 그래픽 글씨체, 즉 북한의 이른바 '태양체' 글꼴을 사용하여 만든 제목을 띄우고, 듣기만 해도 월하의 공동묘지가 떠오를 만큼 소름끼치는 음악이 배경으로 깔리고, 죽죽 줄을 그어 지시·포섭·은닉·연관관계를 일목요연하게 표시한 조직표를 무려 5초 동안 고정된 상태로 내보내고, 성우는 5·16 이후 사반세기 동안 〈김삿갓 북한방랑기〉, 〈대공수사실록〉 등 반공물을 두루 누빈 방송 경력을 바탕으로 매우 흥미진진하게 사건의 '실체'를 '폭로'하여 국민들의 대공 경각심을 일깨운다. 하지만 대학생들의 시위가 어느 정도 소강상태를 보인 뒤 사건은 처음보다 훨씬 축소된 상태로 정리되고, 결국 신문에는 그 무렵 하도 많아서 국민들의 관심을 크게 끌지 못하는 그렇고 그런 조직 사건의 하나 정도로 보도된다. 물론 최종 발표 당시에는 "용의선상에 올라 함께 조사를 받은 국립 모 대학교 모 교수는 수사 결과 특별한 혐의점을 찾을 수 없어 무혐의 처리했다"는 사실도 함께 밝힌다.

그 모 교수에 대해 더이상의 언급은 없었지만, 여러 정황으로 미루어볼 때, 젊은 나이에 벌써 『미국수학학회지』를 비롯한 유수한 학술지에 수차례 인상적인 논문을 발표하고, 20대 후반에는 수학계의 노벨상이라 불리는 필즈상에 가장 유력한 후보로 오르기도 한 수학자 Moon Cha, 즉 차상문이 거의 확실했다. 물론 그는 많은 이들의 예상에도 불구하고 끝내 수상에는 실패한다. 그 점에 대해서, 수상자 선정에 보이지 않는 조직적 편견이 작용했다고 신랄한 비판이 일었다. 그 근거로 차상문처럼 토끼영장류로서 B.P. 장학금을 받고 버클리에서 공부한 아프리카 적도기니공화국 출신의 아니세토 박사 역시 "모순 없는 형식 체계는 완전하지 않다"는 괴델의 불완전성 정리를 n장의 카드를 정렬하는 문제에서 확인한 성과에도 불구하고 후보군에조차 오르지 못한 사실이 거론되기도 했다. 물론 아니세토 박사의 경우에는 그가 일찍이 커밍아웃을 한 동성애자라는 사실, 그것도 상대가 인간 영장류라는 사실이 더 큰 이유로 작용했다는 풍문도 돌았다.

차상문이 용의선상에 올랐던 이유는 간단했다. 버클리에서 "북괴가 파견한 여자 토끼 간첩 용의자 신애란과 비밀리에 접촉하고 회합을 가졌다"는 것인데, 그보다 더 훗날 국가인권위원회에서 재조사를 벌인 결과에 따르면, 미국 유학파 간첩단 사건에 연루된 피의자들 중 버클리 출신 한 철학 강사가 언젠가(날짜 미상) 누군가 선배로부터(신원 불명) 한국 출신 천재토끼 차상문이 학교 근처 어디선가(장소 미상) 여자 토끼를 만나는 장면을 목격했다는 사실을 전해들었다고 자백했기 때문인데, 그 자백 자체가 증거로서 기본적인 육하원칙조차 제대로 구성하고 있지 못할 뿐만 아니라 고문으로 인한 불안정한 심리상태에서 진술한 자백임이 드러났다는 것이다. 강사는 취조 당시 외부와 완전히 차단된 상태에서 갖가지 혹독한 고문을 당했다. 구타와 인격모독, 잠 안 재우기는 물론이고 관절 뽑기, 통닭구이, 칠성판, 물고문, 전기고문 등을 두루 받았고, 그 때문에 그는 국가보안법 위반 혐의로 7년 복역 후에도 여전히 끔찍한 고문 후유증에 시달리다가 봉천동 옥탑방에서 목욕탕 창문을 꽉 막은 채 전기 순간온수기를 장시간 사용한 끝에 숨지고 말았다. 경찰은 그의 사인을 과실로 발표했으나, 가족들은 궁극적으로 국가기관의 고문에 의한 타살이라고 주장했다.

차상문은 북조선 여자 토끼를 만난 사실을 부인하지 않았다. 그러나 그 이상 그가 수사기관에 밝힌 내용 중 수사학적으로 볼 때 의미 있는 진술은 없었다. 차상문은 수사받는 내내 신애란이라는 이름의 신 자만 나와도 지레 훌쩍이기 시작했고, 수사관들로부터 아무리 인격적 모욕을 당해도 인격이 없는 토끼이므로 전혀 개의치 않았고, 수사관들이 오로지 수사의 필요상 구타를 하려고 해도 도무지 때릴 데가 없어서 고작 따귀나 두어 차례 때렸을 뿐인데도 혼절을 해버려 그들을 당혹하게 만들었고, 무엇보다 계속 붙잡고 있다가는 없는 토끼풀을 구해 바치느라 수사기관의 가용 인력 중 절반을 야산으로 내보내야 할 것 같은 기막힌 사연이 이어졌으므로, 결국 고위층의 지시 한마디로 그에 대한 수사는 일찍 종결되고 말았다. 그를 내보내면서 한 수사관은 짧은 시간이지만 그래도 정이 들었다면서 언젠가 좋은 세상이 오면 자기 아들딸들 수학 과외도 좀 해주면 좋겠다고 슬쩍 부탁하기도 했는데, 그런 일은 당연히 없었다. 좋은 세상이 어떤 세상인지 둘의 생각은 당연히 달라도 한참 달랐는데, 어느 쪽에 좋은 세상이든 그 좋은 세상이 쉽게 올 리 만무했을뿐더러, 불과 2년 후 여전히 고문자로서 제 생체 권력에 대한 미련을 못 버린 그는 부서 이동 신청도 하지 않은 채 하던 일을 계속하다가 기어이 서울대 언어학과 학생 박종철 군 고문치사 사건 때 물고문을 한 혐의로 구속되었기 때문이다. 그가 교도소 생활에 익숙해질 무렵, 미국문화원에 불을 지르려다가 일회용 라이터가 고장 나 결국 붙잡혀 들어온 한 학생 수감자하고 고무공으로 손탁구를 치던 중 들려준 이야기가 차상문과 북조선 여자 토끼의 사랑에 관해서 현재까지 알려진 가장 신빙성 있는 진술이다.

"아따, 토끼가 겁 많은 줄은 알았지만 그래도 그 정도일 줄이야. 수사할 때 아예 크게 소리조차 못 질렀다니까. 이건 뭐, 마치 독직 혐의로 들어온 상관을 수사하는 것 같은 상황이었대두."

"NK 여자 토끼는 어떻게 됐어요? 어, 지금 공, 금 밖으로 나간 거예요."

"무슨 소리! 정확히 안쪽 맞고 튕겼다구. 그리고…… 어떻게 되긴 뭘 어떻게 돼? 만나자마자 헤어졌다지."

"우기는 덴 역시 천재셔, 천재! 어쨌든…… 그럼 딱 한 번 그때 본 게 전부네요?"

"하룻밤에도 만리장성을 쌓는다잖아."

"예? 그럼 둘이 만리장성을 쌓았단 말이에요?"

"차라리 쌓았으면 싶더란 게 당시 일선에 있는 우리의 하나 같은 마음이었다니까. 뭐, 토끼가 해봐야 몇 초나 할까마는…… 어쨌든 야, 그 토끼의 사랑 대단하데. 이렇게 말하더라구. 그땐 아무것도 몰라서 민족이라는 상황 앞에서 겁부터 집어먹고 속수무책으로 무릎을 꿇고 말았지만, 그건 자기 생에서 가장 어리석고 치욕스러운 일이며, 그리고 만일 다시 그런 기회가 찾아오면 그때는 절대로 민족을 사랑보다 우선시하는 미련한 짓은 하지 않을 거라고, 그렇게 말하면서 질질 짜더라니까."

"어, 그럼 그거 국가보안법에 걸리는 거 아닌가?"

"당연하지. 11점, 게임 끝! 내 방으로 사식 보내는 거 잊지 마?"

함께 손 탁구를 친 학생운동가는 훗날 180도 개심하여 리얼라이트라는 보수단체를 만든다. 리얼라이트는 과거사 문제에서 특히 언론의 주목을 받게 되는바, 그들은 한국 근대화의 뿌리가 일본의 식민지 경영전략과 결코 무관하지 않다는 사실을 인정하는 것이 민족 혹은 민족주의를 내세운 감정적 담론에서 벗어나 역사를 있는 그대로 바라보는 '객관적' 사관의 출발점이라고 주장한다. 쉽게 말해 일본이 토지 조사와 경지 정리를 해주고 다리를 놔주고 길도 닦아준 점, 그런 식으로 해서 봉건제적 생산양식에서 벗어나 원시 자본이 축적되고 나아가 생산력이 비약적으로 증대했음을 부정할 수 없다는 것이다. 김구나 안중근, 신채호를 포함해 수많은 독립운동가들을 테러리스트로 새롭게 규정하는 일 또한 그런 논리의 연장선상에서는 얼마든지 가능하게 된다.

27

신애란과의 이루어질 수 없는 사랑—그렇게 믿었다—이후, 대학을 우등으로 졸업할 때까지 차상문의 신상에 특기할 만한 일은 없었다. 물론 여자 알레르기는 한동안 훨씬 심해져서, 같은 과 여학생들이 로션도 바르지 않고 가급적 무릎 위로 20센티미터가 넘는 미니스커트는 자제하기로 결의한 적이 있을 정도였다. 차상문은 미국 사회에서조차 여자가 여전히 완고한 편견으로부터 완전히 자유롭지 못하다는 사실을 알고 있었고, 그 때문에 태생적 소수자의 처지에서 당연히 여자에 대해서는 상대적으로 동지적 감정을 느꼈다. 만일 어떤 계기로든 세계가 다시 한 번 창조된다면, 그때는 하나님이 아담의 갈비뼈를 뜯어내지 마시기를, 아니면 아예 단성 체제나 무성 체제 혹은 자웅동체로 만들어주십사 기도할 정도였다. 세상의 모든 악은 고환으로부터 나온다는 게, 그의 머릿속에 증명할 필요 없이 올바르다고 인정되는 공리처럼 자리잡고 있는 생각이었다. 여자들만 존재하는 세상. 그런 세상에서는 당연히 폭력 같은 건 없을 것이기 때문이다. 물론 결혼해서 40년 동안 남편에게 죽도록 맞고 살다가 남편이 예순다섯 살 무렵부터 돈도 다 떨어지고 젊은 애인에게 당연히 버림받고 여러 가지 힘마저 현격히 쇠약해지자 그때부터는 기다렸다는 듯이 사사건건 트집을 잡아 남편을 때리고 집 밖으로 쫓아내고 울며 돌아오면 냅다 빗자루나 부지깽이부터 집어던지는 등 매우 과격한 행동을 보인 읍내 사진관의 윤씨 아줌마 같은 여자가 없는 건 아니겠지만, 그 경우는 사실 남자가 맞아도 싸기 때문에 맞은 것이며, 그걸 굳이 폭력이라고 이름붙일 필요는 없다는 게 중론이었다. 세계관이 이런 만큼 차상문에게 여자 알레르기는 꽤 곤혹스러운 문제 중 하나였다. 동지에게 쉽게 다가서지도 못하면서 무얼 어떻게 한단 말인가. 다행히 기숙사 방을 같이 쓰는 밥이 자위라는 비법을 가르쳐준 이후 차상문의 여자 알레르기 증세는 꽤 호전되는 계기를 맞는다. 처음 토끼 모자를 쓴『플레이보이』지 핀업 걸 사진을 벽에 붙여놓고 매우 쑥스러운 표정으로 차근차근 밥을 따라하던 차상문은 초여름 밤꽃 향기처럼 온몸에 가득 밴 냄새를 샤워로 씻어내고 나와 길게 한숨까지 내쉬며, 여전히 약간은 괴란쩍은 표정으로, 자위야말로 아무것도 배울 게 없는 인간 영장류에게 다른 영장류들이 배워야 할 천상의 예술이라고 조심조심 말했다.

"사실 그렇지?"

"응. 이렇게 평화적인 방법이 있는데…… 아마 전쟁을 일으키기 전 국제법상 교전 당사국의 대표단이 나란히 앉아서 이걸 한 번씩만 하면 싸우고 싶은 욕심이 꽤 사라질 텐데 말이야."

"문제는, 어떤 인간들은 이걸 하고 나서는 오히려 더 욕망이 들끓어오른다는 점이지. 마치 예술가에게 예술적 창조 열망이 끝도 없는 것처럼 말야."

차상문은 기가 막혔다. 그때 그것으로도 그렇게 좋은데, 더 좋은 경지가 있다는 걸 도무지 짐작할 수 없었다. 그러면서도 은근히 그런 경지에 대한 욕심이 일긴 일었는데, 그래도 차상문은 어느새 개인적 욕망보다는 사회 공동체의 이익을 위해서라면 그 좋은 것도 자제할 줄 알아야 한다고, 대한민국 출신의 지성적인 존재답게 생각할 수 있었다. 물론 차상문의 이런 생각에 대해 밥은 사실 그런 식으로 자꾸 개인의 욕망을 나쁜 것처럼 혹은 윤리적으로 문제가 있는 양 몰아붙이기만 하면 도대체 개인은 왜 사는지 허무하지 않겠느냐고 반문했다. 그 순간 차상문의 머릿속에는 다시금 예의 북조선 여자 토끼가 들어차는바, 그는 갑자기 눈물을 흩뿌리면서 "아나, 민족? 아나, 조국?" 해서 그때 막 에너지가 흘러넘쳐 또 한 장 휴지를 뜯어내던 밥을 놀라게 했다.

그 밥이 처음부터 반전평화주의자였던 것은 아니다.

1970년 4월 30일, 닉슨은 전국 텔레비전 연설을 통해 캄보디아 침공을 전격 발표했다. 캄보디아 영토를 보호막으로 삼고 있는 베트콩들을 공격한다는 명분이었다. 소문으로 돌던 일이 사실로 판명된 것인데, 정국은 그 즉시 소용돌이치기 시작했다. 전쟁을 조기에 끝내겠다는 명분을 내걸고 대통령에 당선된 닉슨이 스스로 거짓말쟁이라는 사실을 드러낸 셈이기 때문이다. 전국 곳곳에서 시위가 벌어졌다. 켄트 주립대학도 예외가 아니었다. 전통적으로 다양한 형태의 시위가 자주 벌어지던 커먼 광장 잔디밭에서 대규모 시위가 벌어졌고, 헌법을 땅에 묻는 상징적인 행사도 열렸다. 그때까지만 해도 큰 충돌은 없었다. 그날 밤, 시내 선술집에서 학생들과 경찰들 사이에 사소한 충돌이 벌어졌다. 화가 난 학생들은 거리로 나서서 경찰차에 돌을 던져 창문을 깨뜨렸다. 경찰은 최루탄을 발사했고 거리는 난장판이 되었다. 학생들은 경찰에 밀려 학교로 돌아갔다. 그 이후 주지사의 명령으로 대학 구내에 주방위군이 전격적으로 진주했다. 방독면을 쓰고 총까지 든 그들의 모습은 대학 캠퍼스하고는 전혀 어울리지 않았다. 한 장교가 지프에 올라타서 확성기로 해산을 종용했다. 학생들 쪽에서 누군가 돌을 던졌다. 그러자 장교를 태운 지프가 쏜살같이 그 학생을 향해 질주했다. 당황한 학생들은 금세 달아나기 시작했다. 나지막한 언덕이 학생들로 가득 찼다. 방위군의 추격은 끝나지 않았다. 그들은 학생들을 프렌티스 홀 쪽으로 밀어붙였다. 최루탄이 터졌다. 학생들은 고함을 내질렀다. 그리고 방위군의 집총자세가 무언가 심상찮다는 느낌을 받은 순간, 갑자기 날카로운 금속성 굉음이 학생들의 고막을 때렸다.

그게 끝이었다.

네 학생이 사망했는데, 그 속에 바로 밥의 친형도 포함되어 있었다. 시위에 적극 참여하지도 않고 주로 구경만 하는 쪽이었던 그는 달아나다 등뒤에 관통상을 입고 현장에서 즉사했다. 미국 전체가 경악했다. 남부의 목화 농장주 가문의 후손으로서 밥에게 가보처럼 전해내려오던 완고한 보수주의도 그때부터 급속히 방향을 틀기 시작했던 것이다.

어쨌든 파리에서 휴전협정이 체결됨으로써 마침내 길고 긴 전쟁은 끝났다. 그로써 미국은 역사상 처음으로 자신들이 참가한 전쟁에서 패배하는 수모를 감내해야 했다. 캠퍼스에도 새봄이 찾아왔다. 밥은 학교에 나오지 않았다. 한방을 쓰는 차상문에게도 아무런 연락이 없었다. 그러다가 여름이 훌쩍 가고 교정을 노랗게 물들인 은행나무 잎이 스치듯 지나가는 바람에도 후드득 뭉텅이로 떨어질 무렵, 키가 2미터 가까이 되어 보이는 한 사내가 배기량 1,450cc짜리 할리 데이비슨을 몰고 도서관 앞에 나타났다. 탱크 소리 같은 굉음도 그렇거니와 그는 쉴 새 없이 클랙

슨마저 울려 책에 코를 박고 있던 차상문까지 무슨 일인가 싶어 뛰쳐나오게 만들었다. 처음에는 당연히 장발에 덥수룩한 구레나룻, 그리고 머리에 야릇한 수건까지 뒤집어쓴 그가 밥인 줄 가려낼 턱이 없었다.

"문! 여기야, 여기!"

수많은 학생들이 쳐다보는 가운데, 밥이 먼저 차상문을 향해 손을 크게 흔들었다. 차상문은 그제야 그게 밥인 줄 알았다.

"하하, 기숙사에 없으니 당연히 여기 있는 줄 알았지. 그래, 여전하구나?"

수위들이 땀을 비 오듯 쏟으며 거의 다 쫓아온 참이었다.

"타!"

차상문은 무엇이 어떻게 되는 건지 어리둥절하기만 한 가운데 밥의 그 엄청나게 큰 할리 데이비슨 뒷자리에 가까스로 올라탔다. 수위들이 막 그들을 잡으려는 순간, 할리 데이비슨은 기막힌 솜씨로 도서관 앞 광장을 빠져나갔다. 브라보! 요란한 함성과 함께 박수가 터져나왔고, 차상문이 흘낏 돌아보니 나팔바지나 미니스커트를 입은 많은 여학생들이 부러운 눈초리로 바라보고 있었다. 토끼 귀도 서너 짝 보였으되, 국광 사과 같은 얼굴은 보이지 않았다.

얼마 후 생애 처음으로 두 바퀴 탈것에 앉아 있는 자신을 발견한 차상문은 눈을 질끈 감은 채 네 바퀴 탈것이 얼마나 안정감이 있을지 거듭 비교해보면서도, 나름대로는 의연함을 잃지 않으려고 무진 애를 썼다. 물론 그때마다 밥은 그의 속내를 들여다보는 것처럼 씽씽 달리는 자동차들 사이를 요리조리 후비듯 파고들며 씽씽 더욱 속도를 올려 내달렸다.

28

"너희들이 자유가 뭔지 알아?"

"안다, 꼰대야. 너 같은 노땅들이 사라지는 세상!"

"이, 이놈들이…… 이 빨갱이 같은 놈들!"

"당신이 지금 무슨 짓을 하는 건지 알기나 하는 거야?"

"안다, 새끼야. 니가 평생 했던 바람 나도 한 번 피우는 거다. 왜, 꼽니?"

"이년이 미쳤나?"

"너희 연놈들이 조국이 뭔지 알아?"

"안다, 짜샤. 베트남이 내 조국이다. 쿠바가 내 조국이다. 중국이 내 조국이다."

"이 매국노 새끼!"

"이 티우 같은 놈! 바티스타 같은 놈! 장제스 같은 놈!"

놀이는 끊이지 않고 이어졌다.

이 제국주의 파쇼 늑대 같은 놈들아. 이 언제나 자기들만 옳고 무조건 따라오라고 개폼이나 잡는 놈들아. 이 겉으로 근엄하고 속으로 호박씨나 까는 한심한 도서관장 같은 놈들아. 머리끝부터 발끝까지 구역질 나도록 천박스러운 속물들아! 염치도 예의도 모르며 평생 졸부의 똥구멍이나 핥고 살 놈들아! 매카시 향수에 젖어 입만 열면 반공을 부르짖는 거지발싸개 같은 놈들아. 잠깐, 매카시야 지지고 볶아도 괜찮지만, 거지발싸개는 가난하고 추운 길거리 거지 동지들에게 없어서는 안 되는 필수품이 잖을까? 오, 동지. 맞다! 나는 내 편견과 잘못된 관습적 언어 구사에 진심으로 사과하는 바이오. 그거 빼고, 전쟁광들아! 호전, 호색광들아! 호색은 잠시 유보하는 게 어때? 히히, 그래그래. 이 남근주의자들아! 이 KKK 놈들아! 식민주의자들아! 인종주의자들아! 교조주의자들아! 나치의 2중대야! 비만한 자본가야! 독점 자본의 노예들아!

"워터게이트 같은 건 난 모르쇠 잡아떼는 이 추잡한 닉슨 패거리들아!"

차상문이 신이 나서 외쳤다.

"흥, 신이 나서 육갑 떠는 너는 어떻고? 이 변화를 두려워하는 꼴통 보수야!"

주디였다.

"내가 어째서 꼴통 보수야?"

"응? 그래, 바로 이런 말 한마디에 발끈하니까 꼴통 보수지. 안 그래, 얘들아?"

"올라잇! 문은 꼴통 보수다."

"주디의 상상력에 권력을!"

"리얼리스트가 되자. 그러나 불가능한 것을 꿈꾸자!"

"모든 금지하는 것을 금지하라는 명제를 이해하지 못하는 자, 그대는 꼴통 보수이리니."

밥이 1968년 학생과 노동자들이 파리 소르본 대학을 점거한 채 바리케이드를 쌓고 경찰과 대치한 것을 시작으로 전 세계로 거세게 번져나간 이른바 5월 혁명의 구호를 꺼내자, 차상문은 조금 더 화가 났다. 그러나 그때뿐, 자기들이 무슨 말을 하고 있는지도 모르는 친구들이 중구난방으로 떠드는 모습을 보면서 자신도 거기에 휩쓸리기 위해 의도적으로 애썼다.

"나는 지구가 둥근 게 싫어! 돌고 돌아도 결국 제자리로 돌아오는 건 참을 수 없는 일이야."

"너 잘났다."

"옳지, 나는 해마다 왜 새해가 오는지 이해할 수 없어. 고로 나는 새해를 거부한다."

"너도 잘났고."

"네게브 사막 지하 벙커에 숨겨둔 외계 생명체를 공개하라!"

"그건 진짜야."

"버뮤다 삼각지대는 냉전을 유지해야 먹고사는 호전적 매파의 음모임을 인정하라! 거기서 사라진 숱한 사람들이 신병기 개발의 희생자가 되었을 줄 누가 알겠는가."

"아, 다들 잘났다, 우리는!"

간격은 점점 벌어졌다. 말은 이미 본래의 의미를 잃고 그저 단순한 유희가 되어버렸다. 어쩌면 말의 본래 의미가 그런 것인지도 몰랐다. 의미가 말의 잔등에서 미끈둥 미끄러지는 게 보였다. 한 번 낙마한 말의 의미는 쉽게 다시 말의 잔등에 올라타지 못했다. 아무도 그런 데 신경을 쓰지 않았다. 출입이 엄격히 제한되는 자연과학동 C-1 구역에 몰래 기어들어가 동물실험실 일부를 박살내고 실험용 동물들을 대량으로 '해방'시킨 그들의 '혁명' 역시 그런 것인지도 몰랐다. 사실 동물실험의 비효율성은 양심적인 자연과학자들도 알고 있을 터였다. 동물실험의 결과가 인간에게 그대로 적용되는 확률은 낮으면 5퍼센트, 높아야 25퍼센트에 지나지 않는다. 그 정도 확률이라면 연필을 굴려도 동전을 던져도 쉽게 얻어낼 수 있는 확률이 아닌가. 그런데도 악착같이 동물실험을 유지하고 선호하는 이유는 무엇인가. 그건 바로 거미줄처럼 얽힌 카르텔과 커넥션 때문이다. 제약회사와 실험용 동물을 사육하고 공급하는 업자들, 실험 기자재 제조업체, 각종 화학약품 제조업자들이 자신들의 생존과 번영을 위해 애꿎은 동물들을 과학의 이름으로 도살하는 것이다. 그리하여 멀쩡한 모르모트의 척수에 치명적 암세포를 일부러 주입하고, 침팬지의 두개골을 열어젖힌 채 몇십 암페어 전류를 통과시키고, 허락도 없이 초파리의 염색체를 마구 뒤섞거나 끊어버리는 만행을 서슴없이 저지른다. C-1 구역에서 보았듯이 말이 좋아 환경제어 사육장치였지, 그건 바로 스프라그-돌리 쥐와 ICR 쥐의 집단 처형장에 다름 아니었다. 밥은 펑펑 눈물을 쏟으면서, 오르골처럼 한순간도 쉬지 않고 제자리에서 뱅뱅 맴을 도는 쥐, 유난히 오른쪽 두 다리만 바르르 떠는 너구리, 극도로 흥분해서 철창에 제 머리를 마구 짓찧어댈 만큼 분노를 표출하던 원숭이, 모든 감각기관을 제거당한 듯 그 요란한 와중에도 아무런 생리적 반응을 보이지 않던 침팬지, 목구멍에 빨대를 꽂고 파르르 떠는 다람쥐, 그리고 그 모든 광경을 두 눈 가득히 눈물을 매단 채 사과나무 앞에 선 스피노자와 같은 표정으로 지켜보던 치와와를 해방시켜주었다. 곁에서 주디는 자신이 마치 실험용 모르모트인 양 경련을 일으킬 정도로 마구 몸을 떨었다.

"이러고도 인간이야? 더러운 도살자들의 생명을 연장시키기 위해 여기 이 동물 동반자들이 희생되어야 한다구? 이건 학살이야. 아니, 학살보다 더 끔찍한 야만이야. 이들은 자기들이 무슨 일을 당하는지조차 모르잖아."

주디의 말은 반은 사실이고 반은 사실이 아니다. 대개의 동물들은 자기들이 당하는 실험이 무엇에 쓰이고 어떻게 진행될 것인지 알지는 못할 것이다. 그러나 자기들이 당한다는 사실만큼은 분명히 안다. 어쨌든 거기 토끼가 없었던 건 차상문에게도 다른 '전사'들에게도 그나마 다행이었다.

그로부터 불과 서너 시간 뒤, 차상문은 주디의 거대한 저택에서 아무 일도 없었다는 듯 이렇게 즐기고 있는 그들과 저 자신을 발견했다. 비프스테이크와 훈제 연어, 철갑상어 알, 상어 지

느러미, 양고기 스프 등으로 아주 맛있게 저녁을 먹고, 집에서 기르는 그 많은 페르시아고양이들에게 정체도 불분명한 동물성 사료를 듬뿍 안겨주고, 분명히 그 연구와 제조 과정에도 설치류를 포함해 수많은 종류의 동물들이 목숨을 바쳤을 화장품을 장난 삼아 덕지덕지 바르고…… 비록 식사 시간에 동물성 음식을 악착같이 피하고자 노력했던 차상문이지만, 그 역시 할 말이 없었다. 이제는 무엇이 옳고 그른 것인지, 옳다면 무엇을 어떻게 해야 하는 건지 도무지 알 수 없었고, 설사 안다 해도 감당해나갈 힘이 없었다. 콜록콜록. 매캐한 연기가 숨을 쉴 수도 없을 정도였다. 차라리 부러웠다. 어떻게든 저들 속으로 들어가고 싶었다. 과도하게 사회화된 미국의 좌파에겐 늘 도피처가 존재했다. 그러나 바다 건너 대한민국에서는 조금이라도 사회화된 좌파를 기다리는 건 오직 감옥뿐이었다. 집주인 주디가 판을 바꾸었다. 일어선 채 눈을 감고 천천히 몸을 흔들기 시작했다. 나를 울리지 말아요. 그때마다 슬쩍슬쩍 어깨의 하얀 곡선이 드러났다. 풍선처럼 큰 가슴이 출렁거렸다. 그건 진실하지 못한 거예요. 내가 거짓말쟁이가 되는 셈이구요. 내가 당신에게 말을 했더라면 그런 황홀함을 느끼지 못했을 거예요. 어서 나의 불길을 당겨주오. 어서 나의 불길을 당겨주오. 이 밤을 활활 타오르게 해주오. 짐 모리슨의 보컬이, 레이 맨자렉의 키보드가, 존 덴스모어의 드럼이, 로비 크리거의 기타가 넓은 실내를 천천히 휘몰아간다. 서서히 어둠이 내려앉고, 밥, 주디, 애니, 척, 그리고 이름조차 모르는 누구 누구 누구. 머뭇거릴 때는 지났어요. 수렁에서 허우적거릴 시간도 없어요. 이제 우리 단념하고 화장터의 장작처럼 사랑을 불태워요. 우우우, 장발의 밥이 일어선다. 눈의 초점이 다 풀려 있다. 주디가 자연스럽게 그의 곁으로 다가간다. 애니가 척의 곁으로 다가선다. 고개를 소파 뒤로 젖힌 척이 그녀의 금발을 한 손으로 휘감는다. 애니가 자연스럽게 척의 무릎 위에 머리를 올리는 형국이 된다. 입을 맞춘다. 척과 애니가, 그리고 밥과 주디가. 우우, 어서 나의 불길을 당겨주오. 어서 나의 불길을 당겨주오. 이 밤을 활활 타오르게 해주오. 차상문은 거리가 점점 더 멀어지는 것을 확인한다. 갑갑하다. 덥다. 아니, 춥다. 운동장만큼 큰 실내가 빙글빙글 돌며 은하수 밖으로 밀려난다. 속도는 속도를 배반하고 중력은 중력을 배반한다. 행성은 외롭다. 외로운 행성……

비벌리힐스에 낯선 밤이 찾아왔다.

29

읍내에 하나밖에 없는 공중목욕탕인 황금탕에서는 여탕의 들창을 아예 시멘트로 발라버렸는데, 전적으로 차상무 때문이었다. 아직 어렸을 때 몰랑이 할매가 이따금 차상무를 데리고 목욕탕에 다닌 적이 있다. 처음에는 물론 형 차상문도 함께 데리고 갔는데, 그는 여탕 안에 들어서자마자 심각한 여자 알레르기 증세를 보여 결국 입실조차 포기했다. 차상문은 여자들 벗은 몸이 그토록 쭈글쭈글하고 엉성하며 앙상하고 심지어 털도 듬성듬성해 추하다는 사실에 큰 충격을 받았다. 때가 좋지 않았다. 그때 마침 동네 노인정에서 할머니들이 무려 열한 명이나 우르르 몰려왔던 것이니, 차상문의 여체관만 뭐라 탓할 수만도 없을 터. 반면 여탕에 한 번 다녀온 이후 차상무는 틈만 나면 쪼르르 그곳으로 달려가곤 했다. 영특한 그는 갖가지 재주를 총동원하여 매번 입실에 성공했다.

"엄마 찾으러 왔어요."

"누나한테 꼭 전해줄 물건이 있어요."

"엄마가 반지를 빠뜨렸대요. 그거 못 찾으면 아빠한테 죽는대요."

"아르키메데스 원리를 실험해야 해요."

나중에야 물론 혼자 오면 어떤 이유를 대도 문턱도 넘지 못하고 쫓겨나는 비애를 맛보지만, 뜻이 있는 곳에 길이 있는 법, 차상무는 출입 금지령에 굴하지 않고 자신의 왕성한 탐구열을 어떻게든 실천해나갔다. 깨복장이 친구들인 재천이, 진수의 목말을 타고 탕 안을 훔쳐보는 것은 기본이고, 잠망경이나 망원경 등 여러 인체 탐구용 도구들을 적절히 이용하기도 했다. 예쁘기로 소문난 호떡집 큰딸 영미 누나가 목욕탕에 가는 날이면 아예 동네 아이들에게 돈을 받고 특수 제작된 잠망경을 빌려주는 임대 사업도 실시했다. 목욕탕 주인은 차상무와 그의 동료 조무래기들을 쫓아내다 지쳐 아예 창문 원천 봉쇄라는 극약 처방을 쓰게 되는 것이다. 목욕탕 일화만으로도, 성적 본능의 에너지인 리비도가 펄펄 끓어넘치는 차상무의 향후 '성생활'이 어떻게 전개될지 능히 예상할 수 있으리라. 그 차상무는 국민학교 입학식 날 밤 꿈속에서 짝꿍 미자가 삼삼해서 첫 몽정을 했노라 제 입으로 밝힌 바도 있다.

버클리에 갈 때까지 자위조차 한 번 해본 경험이 없던 차상문에게 성은 지극히 불결한 것이었다. 그는 밥이 가르쳐주기 전까지는 자신의 생식기를 배뇨 이외의 다른 용도로 사용하는 것을 꿈에도 생각하지 못했다. 섹스가 애정의 다른 표현일 수 있음을 공공연히 보여주는 온갖 정보가 지천인 미국에 와서도 그는 섹스는 곧 교미라는 기왕의 인식을 쉽게 바꾸지 못했던 것이다.

교미(交尾): 〔명사〕 〈동물〉 생식을 하기 위하여 동물의 암컷과 수컷이 성적(性的)인 관계를 맺는 일. ≒ 교접(交接) · 흘레.

교미는 원래 꼬리를 서로 나눈다는 말이 아닌가. 훤한 대로변이건 추수 끝낸 빈 들판이건 아무 데서나 타자의 시선을 의식하지 않은 채 동네 개들이 혀를 길게 내밀어 헐떡거리면서 서로 꼬리를 맞대는 묘한 자세를 떠올려보라. 그게 얼마나 몰염치한 짓인지는 그때마다 아이들이 돌멩이를 던지고 아낙네들이 뜨거운 바가지 물을 내끼얹는 것으로도 충분히 입증된 바 있었다.

이따금 차상문은 지독한 향수병에 걸려 당장이라도 돌아가고 싶은 충동을 느끼곤 했는데, 묘하게도 그때마다 한 번도 보지 못한 어머니의 벗은 몸이 눈앞에 그려지고 언젠가 한 번 들은 이상야릇한 교성을 다시 또 듣기라도 한 듯싶어 끝내는 향수병을 이겨낼 만큼의 독한 혐오감을 키워내곤 했다. 하지만 평생 독신으로 지내게 되는 차상문도 모든 종류의 교미에 대해 처음부터 끝까지 부정적으로 생각했던 것만은 아니다. 그 스스로 어떻게 해석해야 할지 난감해한 경우도 없지 않았으니, 가령 이런 경우가 그럴 것이다.

때는 1979년, 18년 철권통치를 이어가던 박정희 대통령이 자신이 제일 신임하던 수하가 '유신의 심장을 겨누는 심정으로' 쐈다는 총탄에 맞고 쓰러지던 해. 마침 아우 차상무가 군 입대를 앞둔 시점이고 학술대회 참석차 일본에 온 김에 차상문도 잠깐 귀국했던 참이라, 형제는 처음이자 마지막으로 함께 여행을 떠난다. 그리하여 우연히 들르게 된 어느 바닷가 마을. 작은 포구가 있고, 바다가 잘 내려다보이는 언덕이 있고, 거기 폐교처럼 보이는 국민학교가 있다. 아우는 기억한다. 형제는 버스를 타고 무작정 남쪽으로 내려가던 중이었는데, 그 마을을 지날 때 형이 갑자기 운전기사에게 부탁하여 차를 세웠다. 도무지 볼 만한 게 있을 턱이 없는, 그나마 몇 척 닻을 내린 어선들마저 쇠락의 기미만 잔뜩 보태주는 마을이었다. 그래도 여인숙을 겸한 횟집이 있어 한때 누렸을 소박한 영화를 짐작할 수는 있었다. 형제는 거기서 사흘을 묵는다. 아우는 좀이 쑤셔 거의 매순간 미칠 지경인데, 형은 함께 찾은 다른 어떤 곳보다 마음에 들어했다.

"언젠가 꿈에서 언뜻 본 것만 같은 마을이지 싶어. 아니라면, 그래, 언제고 꼭 한 번은 내 꿈속에 나타날 것만 같은 마을이야. 운명처럼……"

형은 매일같이 언덕 위 운동장에 올라가 찬바람 속에서도 하염없이 바다를 내려다보곤 했다. 길가에 있는 코딱지만한 별정우체국도 마음에 든 모양이었는데, 그래서 어디다 뭣 좀 써서 보냈냐고 물으면 묻는 사람 오히려 김빠지게 피식 미소만 지을 뿐이었다. 사흘째 되던 날에는 너울이 유독 심했다. 한낮인데도 수평선이 짙은 먹구름에 가려 제대로 분간조차 되지 않았고, 바다 전체가 마치 통 속에 든 술처럼 출렁출렁 요동쳤다. 파도는 잘 훈련된 계엄군같이 해변을 향해 거침없이 몰려왔다. 하얀 포말이 작은 모래사장에 닿기도 전에 튕겨올랐고, 겁이 났는지 괭이갈매기들조차 바다 위를 날지 않았다. 금바다 횟집 붉은 천막 지붕도 당장 찢겨나갈 듯 들썩거렸다.

아우는 심심해서 작은 해변 오른쪽 돌무더기들 옆으로 난 작은 둔덕으로 가보려 했는데, 금세 철조망이 나타나고 갑자기 초병이 나와 불쑥 총을 들이대는 바람에 질겁하고 돌아나오는 수밖에 없었다. 속으로 '나도 내일모레 군대만 가봐라. 총만 잡으면……' 하고 툴툴거렸지만, 당장 할 일은 바다를 향해 오줌을

찍 내갈기는 것뿐이었다. 천상 할 일은 하나밖에 없었다. 실컷 잔 잠, 또 자는 것. 그때 물론 은근한 욕심이 없던 것도 아니었는지 종심이(가명) 누나를 떠올리게 되고, 그러자 입가에 실실 미소가 흘렀다. 술김에 슬쩍 한 번 만져본 젖통이 겉보기보다 꽤나 탱탱했지. 게다가 오관 패를 뗄 때 치마 사이로 슬쩍 내비친 허연 허벅지 때문에 화장실에 가서 기어이 손을 쓰기도 했지. 그래, 오늘은 마지막인데 어떻게 잘해서…… 그 순간 아우는 언덕에 서 있는 형을 본다. 망부석이 따로 없었다. 에이 참, 못 봐주겠네. 무슨 청승으로 만날 저런다지 싶고, 불쌍하다는 생각이 꼬리를 물었다. 그러자 영특한 아우의 머릿속에 퍼뜩 훌륭하고 기특한 생각 하나가 떠올랐다. 그래, 그래야겠다. 잘만 설득하면 어떻게 될지도 모른다. 아우는 서둘러 금바다 횟집으로 달려가 종심이 누나를 찾았다.

그날 밤, 형제는 종심이 누나와 함께 절절 끓는 방에서 술을 마신다. 이별 파티다. 물론 형은 술이라고는 한 방울만 마셔도 기절해버리기 때문에 사이다만 자꾸 마신다. 술상을 어느 정도 물린 뒤 화투판을 벌인다. 형에게는 민화투조차 일일이 가르쳐줘야 판이 성립한다. 영리한 형은 수학 교수답게 금세 화투의 원리를 파악하고 이기는 재미에 발싸심을 보인다. 영특한 동생은 그쯤에서 내기를 제안한다. 옷 벗기 내기. 형은 놀라 꽁무니를 빼지만, 이미 술이 오를 만큼 오른 남녀 두 사람은 막무가내로 판을 몰아간다. 할 수 없이 내기가 시작되고, 형은 옷을 벗지 않으려고 악착같이 이긴다. 대여섯 판 만에 이미 종심이 누나가 브래지어가 훤히 비치는 속옷 차림이 된다. 싸구려 화장품 냄새가 코끝에 진하게 묻어난다. 그쯤에서 아우는 화장실에 간다. 형은 불안한 눈초리로 따라나서지만, 아우는 벌써 어디론가 사라져버린다. 화장실에는 없다. 혼자 돌아온다. 문을 여는 손이 떨린다. 캄캄하다. 무슨 일일까. 겁이 나서 문턱을 넘지 못하고 주춤하는데, 방 한쪽에서 종심이 누나가 코맹맹이 소리로 말한다. 들어와, 안 잡아먹어. 어쩔 수 없이 방 안으로 들어서지만, 선뜻 소리 나는 쪽으로 가지는 못한다. 아메리카 물도 먹었다매 겁은 왜 이리 많누? 내가 뭐 호랑이야? 일루 와. 그 말에 토끼도 더는 빼고 말고 할 옴나위조차 없다. 이불 속에서 손이 나와 토끼 발목을 낚아챈다. 선천적으로 두 다리의 균형이 잘 맞지 않는 토끼가 엉거주춤 앉는다. 누나가 토끼의 흰 무릎에 이불을 덮어준다. 그때 슬쩍 닿는 여자 살의 느낌에 토끼가 흠칫 놀라 몸을 빼려 한다. 불쌍한 토끼. 어유 그래, 한 번도 못 먹어봤져? 에구, 불쌍해라. 괜찮아. 누나 것도 아직 먹을 만할 거야. 누나가 얼굴을 드는가 싶더니 술 냄새가 확 끼친다. 그 바람에 토끼는 정신이 아득해진다. 돌연 누나의 손이 토끼의 사타구니 속으로 쑥 쳐들어온다. 어구구, 그려두 있을 건 다 있넴? 토끼는 벌컥 화가 치민다. 모욕을 참을 수 없다. 외삼촌이 엄마의 입을 빌려 말한 적이 있다. 참을 수 없을 때는 참지 마라. 그때가 지금이다. 토끼는 누나를 확 밀친다. 어둠 속에서도 하얀 알몸이 빛난다. 금방이라도 물이 뚝뚝 떨어질 것만 같은 복숭아 냄새가 코를 찌른다. 토끼는 갑자기 자신이 전혀 다른 의미로 참을 수 없는 지경에 이르렀음을 깨닫는다. 누나가 이미 다 알고 있다는 듯 그런 토끼를 가만히 잡아끈다. 토끼가 아무 저항도 하지 못하고 하얀 알몸 위로 고스란히 포개진다. 요와 이불처럼. 아유, 귀여워. 꼴에 또 승질은 있다고. 그 말에 토끼의 아랫도리가 불끈 일어선다. 정말이지 제대로 화가 난 것이다. 그런데 정확히 다음 순간, 누나가 갑자기 달라진 목소리로 말한다. 널 처음 본 순간 어쩐 일인지…… 아냐, 다 부질없지. 다만…… 있잖아, 슬퍼도 슬퍼하지 마. 때론 어쩔 수 없는 때가 있는 거거든. 슬픈 것도 때론 힘이 되기도 한단다. 알았지? 밑도 끝도 없이 그렇게 들었을 뿐인데, 토끼는 제 몸속 모든 세포가 한꺼번에 우르르 앞다투어 빠져 달아나는 것을 느끼며, 감당할 수 없이, 무너져내린다.

이튿날, 아침 차로 떠나는데 형은 무엇인가 귀중한 것을 두고 떠나는 사람처럼 선선히 발걸음을 옮기지 못했다, 고 아우는 기억한다. 하지만 아우는 여행 끝 날까지 후회에 후회를 거듭한다. 형은 분명히 상처를 입었고, 그 상처는 그것이 정확히 무엇이든 곁에서 지켜보기 안쓰러울 정도로 심했기 때문이다.

"구멍은 그냥 구멍일 뿐이야, 형. 거기에 무슨 도덕이니 뭐니 그런 걸 갖다붙이려 하지 마. 코 풀듯 그냥 한 코 잘했다 생각하고 지나가라구."

물론 아우는 그 말을 실제 하지는 않았다. 처음에는 그럴싸한 조언이 되겠지 싶었는데, 한 2분쯤 지나자 스스로 말 같지도 않은 말이라는 생각이 들었기 때문이다.

30

주디로부터 만나자는 전화를 받은 것은 밥 패거리와 함께 얼결에 동물해방운동에 동참하고 바로 이어 비벌리힐스 그녀의 집에서 열린 파티에 다녀온 뒤 달포쯤 지난 뒤였다. 차상문으로서는 전혀 뜻밖이었다. 그때쯤 밥과 애니, 척 등 한데 어울리는 패와 동부를 향해 가고 있는 줄로만 알았기 때문이다. 어디 음악축제에 갈 거라고 했다. 또한 무엇보다 주디가 굳이 만나자는 연락을 해올 어떤 계기 같은 게 있을까 싶기도 해서, 차상문은 잠시 당황스러웠지만 곧 약속을 받아들이고 말았다. 여자 알레르기 같은 건 이미 고려의 대상이 아닌 것이 그날 주디의 집에서 차상문은 한 번도 그 증상을 느끼지 못했기 때문이다. 물론 주디며 그 친구들이 낯선 건 어쩔 수 없었다. 시골 촌닭이 난생처음 서울 구경을 간 셈이었다. 버클리 도서관에만 있던 초라한 유학생에게 비벌리힐스 최상류층 거주지는 놀라움을 넘어 당연히 낯선 이물감마저 떠밀듯 안겨주었다. 밝은 햇살이 쪼개지는 한적한 언덕. 최상의 드라이브 코스. 곳곳에 서 있는 무장 경비원들. 무수한 감시 카메라. 자동으로 열리는 정문. 차상문이 살던 동네를 고스란히 들어다 옮겨놓아도 될 만큼 큰 집터. 새파란 잔디 정원. 멋진 수영장. 군데군데 빅토리아풍을 가미한 저택. 은은한 조명. 거대한 샹들리에. 도서관만한 서재. 버클리 수학과의 전체 학생들이 다 모여 무도회를 열 수 있을 만큼 큰 홀. 셀 수 없이 많은 방들. 고급스러운 가구들. 수많은 대리석 조각상과 유화 액자들, 예쁜 애완용 고양이 떼…… 그 모든 장면을 눈에 담을 때마다 차상문은 어쩔 수 없이 조국의 남루와 꾀죄죄한 풍경 또한 떠올리곤 했다. 하나같이 장발에 나팔바지를 입고 나타난 히피들 역시 그 모든 것들과 전혀 어울리지 않았지만, 파티가 시작되자 그들은 마치 기다렸다는 듯이 그 모든 것들에 너무나도 자연스럽게 녹아들어갔다. 그리고 시종일관 흐느적거리던 록 음악과 마리화나. 그리고 질투—차상문은 밥에게 그런 기분을 느끼리라곤 전혀 상상도 못 했던 것이다.

주문을 하고 식사가 올 때까지 차상문은 줄곧 주디의 이야기를 듣기만 하는 쪽이었다. 주로 대학 시절 치어걸로 하던 응원 연습과 축구팀에 관한 이야기였다. 솔직히 말해 동부로 떠난 여행이 어땠는지, 밥과는 어떤지 궁금했지만 거기에 대해서는 한마디도 꺼내지 않았다. 언제 시합에서 누가 몇 야드를 달려가서 터치다운을 성공시켰느니, 패스는 누가 블로킹은 누가 잘하고 못하느니, 떡 벌어진 어깨가 우람하기로는 쿼터백 누가 제일이라느니 하는 등등. 차상문으로서는 도무지 관심 밖의 화제였다. 솔직히 두어 번 미식축구 경기를 구경하긴 했지만 그는 아직도 기본적인 규칙조차 알지 못했다.

"무슨 생각해요?"

4인조 실내악단이 연주하는 음악이 바뀌었다.

"아니, 그냥……"

"사실 망설였어요. 다른 데라면 몰라도 하필이면 이런 곳이라…… 난 이런 분위기가 썩 내키지는 않거든요."

"그래요? 그럼 처음부터 그렇다고 말하지 그랬어요? 난 달리 아는 데도 별로 없지만, 이래야 하는 건 줄 알았거든요."

"하하, 그랬어요? 고마워라. 하지만 잘됐어요. 만일 내 스타일대로 장소를 잡았으면 문이 꽤 불편했을걸요? '검은 고양이'나 '1953' 같은 데 가실 수 있겠어요?"

주디가 빙그레 웃으며 말했다. 차상문은 대답을 할 수 없었다. 그곳들이 어떤 덴지 들어서 알고 있었기 때문이다. 하나는 반전운동의 아지트 격으로 쓰이는 카페였고, 다른 하나는 이른바 온갖 종류의 '사회적 일탈자'들이 한데 모이기로 유명한 카페였다. 마약 상습 복용자, 레즈비언, 게이, 양성애자, 마조히스트, 사디스트, 흑인, 히스패닉, 알코올 중독자, 헤비메탈 그룹, 무정부주의자, 복장도착증 환자, 전투적 동물애호주의자, 관음증 환자 등등.

"금 안에 들어가는 일, 전 이제 흥미 없거든요."

"금? 어디까지가 금이지요?"

"대답해야 하나요?"

주디가 또 웃었다. 눈가에 살짝 묻어 있는 주근깨가 유난히 눈에 들어왔다. 그것조차 매력적이었다.

"가령 제가 레즈비언이라면 어떻게 생각하시겠어요?"

"네?"

차상문은 순간 무엇인가 둔탁한 쇳덩어리로 뒤통수를 얻어맞은 느낌이었다. 골이 윙윙거렸다.

"가령 내가 이성에게선 즐거움을 느끼지 못한다면…… 그렇지만 동성에게선 사랑을 느낀다면 말이에요."

"그, 그건……"

차상문은 말을 더듬었다. 거짓말이다. 그럴 리 없다. 저도 몰래 얼굴이 달아올랐다.

"100년 전에는 여자가 절정에서도 소리를 내면 안 되었지요. 아니, 지금도 중국이나 인도, 유교적 도덕관이 지배적인 동아시아의 여러 나라에서는 그럴 거예요. 참, 한국도 그런가요?"

"그, 그게……"

"하하, 대답 안 하셔도 돼요. 어쨌거나 그건, 왜 소리를 내면 안 되는가 하면…… 여자니까. 이유는 단지 그거뿐이에요. 남자들은 여자들이 좀더 기교를 부려주었으면 하고 요구하지만, 마지막 순간에, 그 기교의 정점에서는 여자들 스스로 여자라는 자기 존재 자체에 대해 엄격하게 인식하기를 동시에 바라지요. 어쩌면 그렇게 참아내는 것을 또 하나의, 말하자면 방중술의 가장 고난도 기교라고 생각하는지도 모르지요. 따라서 소리를 내는 여자는 지는 겁니다. 패자일 수밖에 없어요. 소리를 내면 기교가 부족하거나 마음속에 음욕이 너무 강한 것이거나……"

"주디!"

차상문은 얼굴이 화끈거려 말허리를 끊지 않을 수 없었다.

"하하, 걱정하지 마세요. 음담을 늘어놓자고 나온 건 아니니까요. 게다가 전 레즈비언도 아니구요. 성에 관한 한 지극히 정상적이지요. 그래요, 정상적…… 하지만 정상적이라는 게 도대체 뭐죠? 내가 그 금을 벗어나면 안 되는 이유는 무엇이구요? 누가 그 금을 그었을까요? 내가? 하나님이? 미합중국 수정헌법이? 주 법률이? 아니면 CIA가?"

"주디, 그날 내가 한데 잘 어울리지 못했다고 이러는군요. 하지만 솔직히 내 입장에선……"

"네? 그렇게 생각했어요? 어, 그건 아니에요. 천만에요. 그날은…… 모르겠어요, 하나도. 생각이 안 나요. 그리고 이미 지나갔고요. 난 다만 내 얘길 했던 것이에요. 나는 그렇다는 거……"

"금 안에 들어가기 싫다는 말?"

"네."

"누구에게나 어느 정도 그런 속성은 있지 않을까요?"

"그렇겠죠. 문제는 그 정도의 차이를 어느 정도까지 받아들일 수 있는가 하는 점이겠구요. 인간의 역사는, 그리고 문명의 역사, 이성의 역사는 아주 조금씩이지만 점점 그 금을 넓혀온 역사라고 할 수도 있겠지요. 그래서 이젠 아무도 여자가 투표를 하면 안 된다고 말하지 않아요."

"그게 꼭 발전일까요?"

"네? 그럼 문은 여자가 투표를 하면 안 된다는 거예요?"

"아니, 천만에요. 내 말은 약간 다른 차원입니다. 현재까지 인간의 이성이, 인간들이 기대고 의지해온 근대적 문명의 합리성이 과연 진정한 의미에서 발전을 보장해주었다고 볼 수 있을까요? 다시 말해서, 우리가 역사 속에서 부단한 투쟁을 통해 이만큼이나 넓혀왔다고 보는 가시적 성과들이 과연 진정한 발전의 모습일 수 있을까요? 그렇게 자신할 수 있을까요?"

"다른 예는 금세 생각나지 않아요. 하지만 성에 국한해서만 말한다면, 인간의 합리적 이성은 결국 오늘 우리가 보는 것처럼 과거의 말도 안 되는 무수한 금기들을 깨뜨리는 데 어느 정도는 성공했다고 말할 수 있지요. 물론 아직도 말도 안 되는 편견들이 무수히 존재하지만, 이성의 역사는 그러한 금기의 영역들조차 언젠가는 깨질 수 있다는 사실을 보여주고 있는 거지요. 우리가 우리 삶에 희망을 거는 건 바로 그 때문이죠."

"그 말은 결국 인류 문명에 거는 일반적인 희망이나 기대와 크게 다른 것같이 들리지 않네요. 말하자면 계몽이론이나 진화론 교과서 같아요, 오히려."

"하, 그렇게 생각하는 것도 가능하네요, 문!"

"내가 지난번에 본 주디 같지가 않아요, 전혀. 기성의 모든 가치를 부정하고 깨부수려 하던 주디 말이에요. 그러니 방금 내가 딴 사람하고 이야기한 것만 같아요."

그렇게 말하면서도 차상문의 얼굴은 또 붉어졌다. 주디가 아예 두 손을 깍지 낀 채 턱을 괴고 자기를 뚫어져라 바라보고 있었기 때문이다. 입가에는 가벼운 미소까지 띤 채. 물론 그저 장난기로 그러는 것 같아 보이지는 않았다. 나비넥타이를 맨 나이 지긋한 웨이터가 와서 와인을 따라주었다. 차상문은 주디와 잔을 마주치며 건배했다. 아름다운 베토벤 바이올린 선율이 어떤 보이지 않는 금을 차분하게 넘어서는 듯 들려왔다.

어떻게 해서 그렇게 되었는지 차상문은 정확히 기억하지 못한다. 밤늦게 레스토랑을 나온 그는 주디가 모는 스포츠카를 타고 다시 비벌리힐스로 갔다. 그리고 출렁거리는 커다란 침대. 주디가 하얀 가루를 건넸다. 차상문은 고개를 저었다. 자기에게는 아무런 효과가 없다는 걸, 지난번 경험으로 잘 알고 있었기 때문이다.

"그것도, 또 수산화나트륨도 내겐 별로 맥을 못 춰."

"응? 무슨 말이야?"

"그런 게 있어. 아마 유전일 거야."

주디가 불을 껐다. 작은 스탠드의 붉은 불빛만 은은히 번졌다. 주디가 옷을 벗기 시작했고, 이윽고 실오라기 하나 걸치지 않은 하얀 알몸으로 차상문에게 다가왔다. 차상문은 꿀꺽 침을 삼키며 굳게 결심했다. 그래, 교미를 하자! 차상문은 조국을 떠나오기 전 읍내 오일장에서 산 싸구려 팬티 때문에 잠시 망설였는데, 그래도 동네에 가끔 나타나는 '미친년'의 입성처럼 미국이 무상으로 원조해준, 겉면에 악수하는 손 그림이 특히 인상적인 밀가루 포대로 만든 게 아니라는 점을 위안으로 삼으며 과감히 벗어던졌다. 그런 다음 말뚝박기 놀이를 할 때 술래 말처럼 엎드린 자세로 엉덩이를 쑥 내밀었다. 주디가 깜짝 놀라 물었다.

"응, 이게 무슨 뜻이야, 자기?"

"교미!"

"뭐?"

주디가 자지러지게 웃으며 차상문의 빈약한 엉덩이를 찰싹 손바닥으로 쳤다.

"오케이, 우리 문이 보통이 아닌데? 교미라! 야, 이토록 신선한 말이 있었네? 좋았어, 자기. 우리 한번 진하게 해보는 거야. 그럼 원하는 대로 먼저……"

그날 차상문은 생물학적 성년의 관문을 아주 어렵게 통과하는 바, 차마 말로 묘사할 수 없는 갖가지 자세로 셀 수도 없이 교미를 해야 했던 것이다. 그 과정에서 주디는 지구를 몇 번이고 초토화시킬 수 있을 수백 수천 기의 원자폭탄, 수소폭탄, 대륙 간 탄도탄은 물론이고 움직일 때마다 엄청난 양의 배기가스를 배출하는 무려 1억 대 이상의 자동차와 30억 배럴 이상의 석유, 그게 어느 정도의 양인지 상상도 안 가는 1조 7천억 톤 이상의 석탄 매장량을 보유하고 있으며, 그밖에도 가령 콩, 목화, 포도, 귤, 파인애플, 사과, 펄프 등의 세계 1위 생산국이며, 전 세계 옥수수 생산량의 절반, 전 세계 쇠고기, 돼지고기, 양고기 생산량의 5분의 1 이상을 차지하고, 하다못해 전기가 남아돌아 집집마다 대낮에도 환하게 방방마다 쓸데없이 불을 밝혀도 끄떡없을 나라의 국민답게 언제나 화끈하게 명령을 내렸고, 차상문은 석유라곤 단 한 방울도 나지 않는데다가 전력 사정마저 아주 좋지 않아 집 밖에 변소가 있는 집 아이들은 유년의 기억 속에 어쩔 수 없이 주로 변소 같은 곳을 골라 자주 출몰한다는 달걀귀신과 처녀귀신의 집단적 트라우마를 지니게 되는 나라, 1인당 국민소득이 그때 겨우 한 300달러쯤 되는, 그리하여 미국의 국부에는 차마 견줘보자고 말을 꺼내기조차 미안한 나라 출신답게 고통을 호소할 새도 없이 부지런히 자세를 바꾸어야 했다. 돌아서! 누워! 엎드려! 뻗어! 입어! 다시 벗어! 내던져! 엎어져! 자빠져! 차렷! 열중 쉬엇! 한 다리 들엇! 두 다리 다 들엇! 소리쳐! 울어! 더 크게! 킁킁! 핥아! 털어! 기어! 올라타! 깊숙이! 애개? 더! 더! 더!…… 새벽이 오긴 왔다. 1인당 국민소득과 에너지 소비량에서 워낙 차이가 크게 나 아무리 악을 쓰고 용을 써도 도무지 버틸 수가 없게 된 차상문은 화장실에 간다며 몰래 옷을 꿰어 입고 집을 빠져나와, 당연히 차도 없이 그 넓은 비벌리힐스를 헤매고 헤매다가 하마터면 히스패닉계 경비원들에게 집단 총격을 받을 뻔했다. 탐조등 불빛에 포위된 그는 에누리 없이 미국민의 사유재산을 훔치러 온 한 마리 황색 토끼였다. 가까스로 한 언덕마루에 이르렀을 때, 저 아래 도시를 배경으로 붉은 해가 둥두렷 떠오르기 시작했다. 차상문은 코피를 닦고 그제야 깊은 한숨을 내쉴 수 있었다. 그래도 가슴은 거칠게 두방망이질 쳤다. 주디가 더위에 지친 개처럼 헐떡거리는 신음과 함께 자신의 큰 귀에 속삭였던 말이 여전히 생생했기 때문이다.

"오, 자기! 사랑해. 사랑해. 사랑해……"

31

주디는 회화과 강사로, 학교에 나오는 날이 썩 많지는 않다고 했다. 그럴 때는 대개 작업실에서 그림을 그리거나, 화랑에 가서 작품 감상을 하거나(가끔 작품을 사고), 도서관에서 강의 준비를 한다고 했다. 얼핏 들으면 매우 평범한 생활인데, 차상문이 그녀를 학교 도서관에서 본 적은 한 번도 없었다. 아마 시립 도서관이나 뭐 그런 데 가는 모양이라고 생각했다. 어쩌다 들려오는 소문에는 최근 들어 주디가 때마침 유행하기 시작한 이른바 행위예술에 푹 빠졌는데, '예술'보다는 '행위'에 더 관심이 많은 것 같다는 말도 있었다. 차상문은 주디의 그처럼 열린 예술가 정신을 높이 평가했다. 미술이 평면에 갇혀 있어야만 하거나 질료에 구속되어야만 할 이유는 없는 것이고, 이젤을 팽개치고 확장된 공간에서 오브제를 직접 대하는 것은 자유로운 예술 발전을 위해 매우 뜻깊은 일일 수 있다고 생각했다. 다만 언젠가 한 번 본 그 행위예술이라는 것이 만인이 주시하는 가운데 홀라당 옷을 벗은 한 남자 예술가가 하체의 그 부분만 캐나다 국기에 나오는 단풍잎으로 가린 채 마치 발정기에 든 짐승이 교미를 하고 싶어 환장한 듯한 포즈를 취하면, 역시 벌거벗은 채 위와 아래 민감한 부분만 색종이를 하트 모양으로 오려 가린 여자 예술가가 손에 든 채찍으로 사정없이 내리치는 듯한 태도를 취하는 것이어서, 보는 저가 도리어 낯이 붉어지기는 했다. 그때 또 호루라기 소리가 요란하게 들리면서 경찰들이 달려왔는데, 그들은 한눈에도 예술이라고는 '예' 자도 모르는, 오직 실용적 공공적 잣대로만 '행위'를 판단하려는 이들로 보였다. 결국 그날 행위예술은 두 사람의 예술가가 수갑이 채워진 채 경찰차에 올라타는 것으로 막을 내렸다. 관객들은 그런 모욕에도 불구하고 끝까지 예술혼을 잃지 않고 여유 있게 손을 흔드는 그 두 나체 예술가에게 아낌없는 박수를 보내주었다.

솔직히 말하면, 차상문은 제정신이 좀 아니었다. 비벌리힐스의 그날 밤 사건 이후, 그는 평정심을 상실하고 예전에 북조선 여자 토끼를 그리워할 때와 거의 유사한, 아니, 이번에는 그보다 육체적 강도가 훨씬 강한 그리움에 젖어들었다. 몹시 고통스럽기는 했지만 지내놓고보니 묘한 매력이 있었던 것이다. 물론 다시 그런 기회가 오더라도 절대로 교미는 하지 않을 작정이었다. 주디 역시 거대한 미합중국의 국민답게 생체 에너지가 흘러넘치는데다가 그것을 또 운동 에너지로 전환시키는 속도마저 무척 빨랐으니, 굳이 1인당 국민소득을 비교하지 않더라도 평소 김치와 짠지, 싱건지, 토끼풀 같은 것만 상식해온 가난한 나라의 유학생이 감당하기에는 참으로 버거웠다. 사실 그들은 소비를 하면 할수록 국부가 차곡차곡 증가하는 반면, 차상문의 조국은 여전히 증산하고 수출하고 건설해야 하는 처지였던 것이다. 그런 점에서 교미는 가뜩이나 부족한 생체 에너지마저 턱없이 고갈시키는, 말하자면 지극히 소모적인 이벤트였다. 차상문은 대신 정신적 교미를 통해 서로에 대해 좀더 넉넉히 알아가고 자신들의 세계와 우주를 얼마든지 나눌 수 있잖을까 생각했다. 주디 또한 훌륭한 지성인이요 자유로운 영혼을 지닌 예술가이기 때문에 자신의 그런 제의를 충분히 수용하리라 믿어 의심치 않았다.

그런데 그게 아마 존재마다 조금 다르기도 한 모양이었다. 인간 영장류와 토끼 영장류가 조금 다른 것인지도 몰랐다. 어느 날, 차상문은 학교에서 모처럼 주디를 찾아냈다. 유난히 짧아 보이는 미니스커트를 입었는데, 차상문은 여자 알레르기를 전혀 느끼지 않았다. 그만큼 둘이 가까워졌다는 뜻이어서 차상문은 보자마자 반가운 인사를 건넸다.

"하이!"

"하이!"

주디는 〈로마의 휴일〉에 나오는 오드리 헵번처럼 아주 해맑은 미소로 인사를 받았다. 그리고…… 그뿐이었다. 차상문은 무언가 더 말을 건네려 했는데, 때마침 주디와 함께 있던 거구의 백인 남학생들이 주디의 허리를 껴안으며 자리를 뜨기 시작했다. 차상문은 주디가 무척 바쁘다고 생각했고, 그래서 그냥 헤어지는 인사를 건넸다.

"바이!"

"바이!"

며칠 후, 차상문은 도무지 견딜 수 없어서 주디에게 전화를 걸었다. 마침 주디가 받았다. 거의 깜깜한 밤이었는데도 조깅이라도 하고 돌아왔는지 숨소리가 조금 거칠었다.

"주디, 나야."

"오, 나 누구?"

"나, 토끼."

"오, 토끼, 어떤 토끼?"

"교미!"

차상문이 그렇게 말하자 주디는 아주 반갑다는 목소리로 말했다.

"와우, 교미! 문! 어디 있어? 지금 뭐해?"

"편미분방정식하고 선형대수학에 대해 잠깐 책들 좀 들여다보다가, 네 생각이 나서 전화하는 거야."

"그렇게 어려운 거 말고, 우리 쉽고 재미있는 거 할까?"

"어렵지 않은데…… 그래도 뭐?"

"교미!"

"아, 주디! 제발! 그러지 않아도 그 얘기를 하려고 했어. 우리 앞으로 교미는 하지 말고……"

주디가 얼른 말을 끊었다.

"교미를 안 하면 뭘 하지?"

"뭐, 말하자면 정신적이고 예술적인 교미 같은 게 있지 않을까?"

"뭐? 정신적이고 예술적인? 오…… 나 지금 공부해야 하거든. 바빠서 그럼 이만. 바이 바이."

차상문은 어리둥절한 채로 한동안 전화기를 내려놓지 못했다. 그의 탁월한 청력은 주디의 곁에서 누군가가 "빨리 끊어, 허니."라고 낸 소리도 놓치지 않았다. 남동생이 있었나? 그렇지만 차상문은 정신적이고 예술적인 교미에 대해서 자기 자신도 좀더 구체적으로 연구해보지 않고 무작정 추상적으로 상대방에게 제시한 잘못이 무척 크다고 후회했다. 그날 이후 차상문은 그 부분에 대해서 열심히 궁구했는데, 생의 경험이 많지 않아서 그런지 독서, 시 창작, 대화, 스무고개, 끝말잇기, 음악 감상, 참선, 산책 같은 것들밖에는 생각해내지 못했다. 그나마 그는 그런 정신적 예술적 교미의 몇 가지 행위들조차 주디와 함께 나눌 기회를 찾기가 아주 어려웠다. 주디는 매번 아주 바빴고, 『워싱턴포스트』 지의 칼 번스타인과 로버트 우드워드 기자는 징그러울 정도로 닉슨을 물고 늘어졌고, 바다 건너 한국에서는 그 지난해 연말에 듣도 보도 못한 유신헌법이라는 게 발효되어 교민들과 유학생들이 당혹감을 감추지 못하고 뒤숭숭해하기에 차상문도 뒤늦게나마 그들과 마찬가지로 그것이 자기 생에 어떤 영향을 미칠 수 있는지 곰곰이 헌법 전문을 뜯어봐야 했기 때문이다.

> 유구한 역사와 전통에 빛나는 우리 대한민국은 3·1운동의 숭고한 독립정신과 4·19의거 및 5·16혁명의 이념을 계승하고 조국의 평화적 통일의 역사적 사명에 입각하여 자유민주적 기본 질서를 더욱 공고히 하는 새로운 민주공화국을 건설함에 있어서 정치·경제·사회·문화의 모든 영역에 있어서 각인의 기회를 균등히 하고 능력을 최고도로 발휘하게 하며 책임과 의무를 완수하게 하여, 안으로는 국민생활의 균등한 향상을 기하고 밖으로는 항구적인 세계평화에 이바지함으로써 우리들과 우리들의 자손의 안전과 자유와 행복을 영원히 확보할 것을 다짐하면서, 1948년 7월 12일에 제정되고 1962년 12월 26일에 개정된 헌법을 이제 국민투표에 의하여 개정한다.

차상문은 국민투표 결과 92.2퍼센트의 찬성으로 성립한 새 헌법의 전문을 몇 번씩 뜯어봐도 자유 민주적이고 세계 평화적이라는 생각밖에는 들지 않았다. 나중에 그는 자신이 전문만 읽었다는 걸 깨닫게 되는데, 어쨌든 그때 이미 한국에서는 위수령, 계엄령, 포고령, 통행금지, 국민교육헌장, 삼선 개헌, 국회해산 등 후진국 정치학 교과서에 나올 만한 건 다 나온 줄 알았더니

'대통령 긴급조치'라는 더 이상한 것마저 아주 긴급하게 나와 이역만리 떨어져 있으면서도 뭐가 뭔지 정신이 하나도 없었다. 유학생들 중에는 만날 그렇게 긴급하게 국민들의 입을 막고 눈을 가리고 정권을 연장할 요량이라면, 차라리 정권만 남기고 국민을 모두 딴 나라로 이민 보내든지 아예 해산시키는 게 훨씬 합리적이지 않겠느냐고 냉소하는 사람도 없지 않았다. 물론 미국에도 그 못지않게 생경한 법들이 수두룩했으니, 곰을 총으로 쏘는 것은 합법이지만 사진을 찍을 목적으로 잠자는 곰을 깨우면 안 되고(알래스카), 자전거를 타고 시속 65마일(약 시속 104킬로미터) 이상으로 달리면 안 되고(코네티컷), 몸에 단 1달러도 없으면 방랑자로 규정되어 구류 처분을 받을 수 있고(일리노이), 그밖에도 물총으로 은행을 터는 것(루이지애나), 비행 도중 비행기 바깥으로 나가는 것(메인), 신발을 신고 잠자는 것(노스다코타), 어린애가 양파 냄새를 풍기면서 학교에 가는 것(웨스트버지니아) 등이 위법이라고 했다. 와이오밍 주에서는 놀랍게도 토끼에 관한 법률까지 있었으니, 6월에 토끼 사진을 찍는 건 위법이라고 했다. 그뿐인가. 2초마다 한 건의 소송이 벌어지고 전체 GDP의 2.2퍼센트가 소송비용으로 쓰인다는 법치국가 미국에서는 기업들이 소송을 당하지 않으려고 온갖 노력을 다 기울이는데, 상품 포장에 "세탁기에 사람(특히 미성년자)을 넣고 돌리지 마세요" "비에 젖은 전화기를 가스 오븐에 넣어 말리지 마세요" "화가 난다고 담배를 연거푸 일곱 갑 이상 피우지 마세요" 같은 괴상한 문구가 나오는 것도 그 때문이라고 했다. 그러고 보면 법이 꼭 이상적인 사회의 대들보요 공동체의 질서와 평화를 유지하는 데 절대적인 조건인 양 주장하는 것도 어딘가 좀 문제가 있는 것 같았지만, 어쨌거나 그 와중에도 차상문은 주디를 향한 사랑을 거리를 두고 언제나 그리움에 젖는 한 차원 높은 사랑으로 승화시킬 수밖에 없다고 결심했으며, 그러자 걷잡을 수 없이 눈물이 치솟아 대학원 수업 시간에 봐야 하는 비싼 교재를 다 적시고 말았다.

차상문은 그런 제 뜻을 전하기 위해 마지막으로 전화를 걸었다.

"주디, 나야."

"오, 나 누구?"

"나, 토끼."

"오, 토끼, 어떤 토끼?"

"교미!"

차상문이 그렇게 말하자 주디는 조금 낯선 목소리로 말했다.

"교미할 거야, 말 거야? 할 거면 하고 말 거면 말고."

전화를 끝내고 돌아서는데, 핑 도는 눈물을 어쩔 새도 없이, 성이 박가이며 철학과라는 것만 알고 있고 평소 어쩌다 한번 지나가다 볼 뿐인 한국인 유학생이 아주 진지한 표정으로 다가오더니, 남들이 볼까 무척 꺼리는 자세로 주위를 돌아보면서, 차상문의 가방에 무엇인가를 슬쩍 집어넣었다. 차상문은 기분도 좀 꿀꿀했지만, 그 한국인 유학생처럼 아주 진지한 표정으로, 남들이 볼까 무척 꺼리는 자세로 주위를 돌아보면서 조심조심 기숙사로 돌아와 가방 속의 것을 꺼냈다. 종이에는 정희성이라고 생전 처음 들어보는 시인의 시 「유신헌법」이 전문 그대로 적혀 있을 뿐이었다. 나중에 알게 되는 사실이지만, 그 시는 1991년에야 발표된다. 그럼에도 불구하고 어떻게 그때 그 철학과 유학생의 수중에 있었는지, 차상문으로서는 유신헌법을 만든 자의 심리 상태만큼이나 도무지 감을 잡을 수 없는, 참으로 희한한 일이었다. 희한한 세상엔 희한한 일도 벌어지는구나 할 뿐이었다. 아니면, 이 모두가 차상문의 착각이거나. 어쨌거나 아주 짧은 시였다.

> 대한민국은 민주공화국이다.
> 그러므로
> 대한민국의 국민 되는 요건은 민주공화당이 정한다.

32

1979년 잠시 고국에 다니러 왔을 때, 차상문은 제가 아는 상식으로는 이해하기 어려운 일을 당한다. 도 경계선에 접어들었을 때 차가 멈춰 서더니 경찰과 군인이 함께 올라왔다.

"잠시 검문이 있겠습니다. 협조 부탁드립니다."

차상문은 다른 승객들과 마찬가지로 그런 검문에 얼마든지 협조할 자세를 금세 취했다. 차상문의 머릿속에는 수시로 해안선 철조망을 넘나드는 남파 무장 공비와 특히 바로 그 얼마 전 치른 박대통령의 국장이 떠올라서 꽤 경건한 태도로 검문에 임했다. 하지만 군인과 경찰의 관심은 전혀 엉뚱한 데 있었다.

"어, 이것들 봐라? 머리 꼴이 이게 뭐야?"

그들은 '이것들'의 머리 꼴에 지극한 관심을 표했다. 경찰이 얼른 내려가더니 가위를 가지고 다시 올라왔다. 그 가위는 모처럼 고국을 방문한 차상문이 뭐가 뭔지 김장 무 밭에 달랑 한 포기 떨어진 얼갈이배추처럼 얼이 빠져 있는 사이 옆머리를 싹둑 잘라버렸다. 일부러건 실수로건 귀를 안 자른 게 다행일 만큼 거친 손놀림이었다. 옆 좌석에서 한참 잠에 빠져 있던 아우 차상무도 그런 졸경으로부터 자유롭지 못했다.

"협조해주셔서 감사함다."

군인과 경찰은 거수경례를 한 다음 킥킥거리며 내려갔다. 많지 않은 승객들도 멍한 표정으로 앉아 있는 형제를 애처로운 눈빛으로 바라보았다. 차상무는 뒤늦게 툴툴거렸다.

"나쁜 놈들, 잘라놔도 꼭 이렇게 할 건 뭐람? 아예 다 밀어버리든지……"

차상문은 아우와 좀 달라서, 그들이 깎아놓은 머리의 꼴에 대해서는 그다지 불만이 없었다. 그러나 도대체 그 상황 자체가 요령부득이었다. 마치 미술관 밖에서 전시회를 보고 갈까 말까 망설이고 있는데 어느 순간 갑자기 살바도르 달리나 르네 마그리트가 그린 초현실주의 그림 속으로 쑥 빨려들어간 듯한 느낌이었다. 시계가 엿가락처럼 휘고, 하늘에서 남자들이 비처럼 내리는.

차상문이 만일 병역을 필한 한국 남자라면 전혀 달랐을 것이다. 그는 엊그제 군에서 제대했다. 집에서 편히 쉬는데, 갑자기 헌병들이 들이닥친다. 충성! 함께 가시죠. 네? 무슨……? 충성! 재소집 대상입니다. 네? 재소집이라니! 무슨 소리를 들었나 싶었는데, 눈앞이 먼저 아득해진다. 지난 3년 세월이 한순간 주마등처럼 스친다. 사내들의 땀 냄새, 발 냄새, 코골이, 일석점호, 복명복창, 짬밥, 줄서기, 고문관, 피나고(P) 알 배기고(R) 이 갈리는(I) 사격술 예비 훈련(PRI), 전진 무의탁, 유격(특히 PT), 자대 배치, 주보(매점), 총기 수입, 당직 사관, 얼차려, 야간 행군, 혹한기 훈련, 구보, 또 구보, 대대 ATT(대대 전술훈련), 진작 고무신을 거꾸로 신은 애인, 고장 난 국방부 시계, 무엇보다 겨우내 끝없이 반복되던 제설 작업, 눈, 눈, 눈…… 숨이 막힌다. 말도 안 돼! 뭔가 잘못됐소. 난 신성한 국방의 의무를 마친, 그것도 단 하루도 빼먹지 않고 만기제대한 일빵빵 보병 주특기 예비역이란 말이오. 여기 이렇게 전역증도 있잖소. 충성! 헌병들은 들은 척도 하지 않는다. 할 말이 있으면 가서 하시오. 깜깜절벽이다. 어떻게 이런 일이! 군인 복무규정에 더없이 충실한 헌병들이 양쪽에서 그의 겨드랑이를 껴안는다. 안 돼! 이럴 순 없어! 그는 발버둥을 친다. 그리고…… 꿈에서 깬다. 식은땀이 흥건하다. 바로 그런 것. 상식적으로 이해할 수 없는 일이 언제든 일어날 수 있다는 걸, 꿈꿀 때조차 걱정해야 하는 게 바로 대한민국이라는 현실을 아주 잘 이해했을 터. 그리고 그런 악몽은 제대한 뒤 한 10년은 끈질기게 따라붙는다는 사실도 또한.

"이, 이게 뭐지? 도무지 무슨 일인지……"

"풍기문란!"

"풍기문란? 내 머리가 어때서?"

"나라가 마음에 안 든다는 거잖아. 장발이라서……"

아우 차상무가 연신 깎인 부분을 침 바른 손으로 매만지면서 대답했다.

"뭐? 남이야 머리를 지지든 볶든 홀랑 밀어버리든 말든 왜 신경을 써?"

"나라니까."

아우는 간단명료하게 대답했다. 차상문은 조국 방문을 마치고 미국으로 돌아갈 때까지도 그 대답 또한 납득할 수 없었다. 나라가 모든 가치에 우선하는 나라라니!

그리고 다시 1983년, 차상문은 공교롭게도 영화배우 출신 미국 대통령 레이건과 같은 날 한국에 들어왔다. 물론 무슨 '빽'이 있어서 미 공군 1호기를 함께 탄 것은 전혀 아니었다. 김포공항에 내려 차상문은 국빈 경호를 담당한 양국의 수많은 관계자들 때문에 떠밀리듯 출국장을 빠져나와야 했고, 그 바람에 어머니와 동생에게 줄 미제 라디오와 양말 따위가 든 손가방을 잃어버리고 말았다. 차상문은 나중에 레이건 대통령의 방한이 일부 한국인들에게 어떤 의미였는지, 학생 식당과는 메뉴 자체가 다른 교수 식당에서 우연히 식사를 같이 하게 된 사회학과의 한 젊은 교수로부터 들어 깨닫게 된다.

"하필이면 그 레이건하고…… 어휴, 말도 마세요."

"왜요?"

"미국 대통령은 말하자면 세계의 대통령 아닙니까?"

"그런가요?"

"아마 우리나라 대통령 같으면 열을 줘도 안 바꾸려 할걸요? 우리 또한 미리 알아서 기었고……"

"어떻게요?"

"방한이 결정나고부터 이 나라에 무슨 일이 있었는지 아세요? 아이고, 내가 그 때문에……"

당시 전국에는 반정부 운동을 벌이다가 수배중인 대학생들이 최소한 114명은 있었다. 그들은 지하 셋방, 옥탑방, 마찌꼬바, 공장 기숙사, 사찰, 암자, 전도관, 가톨릭 신부 사택, 교회 안 어디, 산장, 하숙집 등에 자기가 아닌 척 변성명에 변장을 하고 숨어 있었는데, 심지어 땅굴을 파고 아예 긴 겨울잠에 들어간 수배자도 있었다. 총기 소지가 원천적으로 금지된 나라인 만큼 무어 대단한 테러가 가능할 리 없고, 기껏해야 삐라나 뿌리고 몇십 명 모여 시위를 하는 게 고작일 터였다. 물론 국민소득이 어느 정도 수준에 올라간 이상, 혹 달걀을 던진다든지 페인트를 뿌린다든지 하는 이른바 '선진국형' 시위를 모방할 가능성도 완전히 배제할 수는 없었다. 어쨌든 당국은 레이건 미국 대통령의 방한을 앞두고 수배자 문제가 제일 골칫거리였다. 그래서 일제 소탕 작전을 벌이기 시작하는데, 차상문에게 그 이야기를 들려준 교수가 하필이면 가장 많은 수배자들을 배출한 학교 출신이었다. 하다 하다 안 되니까, 당국은 마침내 그 착하고 교수 임용 시 신원 조회를 통과해 신분이 확실한 국립대학 교수까지 찾아오게 되는 것이다.

"돈이 사단이었어요. 누군가 먼저 잡혀온 후배가 나한테서 돈을 받아 요긴하게 썼노라 자백했다더군요."

"줬나요? 얼마나요?"

"질문하시는 게 꼭 그때 수사관들 같네요, 허. 내가 미련했지, 그때……"

"왜요?"

교수는 적게 주었다고 얘기하면 착하다고 할 줄 알고 딱 한 번, 제자의 행동에는 동의하기 어렵지만 그래도 선생 된 처지에서 피골이 상접한 제자가 안쓰러워서, 국밥이라도 사먹으라고 만 원만 주었다고 말했다. 수사관은 흡족한 표정으로 방을 나갔다가 10분쯤 후 지인의 부고라도 받은 듯 꽤 슬픈 얼굴로 돌아왔다.

"교수님, 그것도 국립 서울대학교 교수님에 최고 지성인이시라 믿었는데, 슬프네요, 씨발! 딱 한 번 1만 원만 주셨다고요,

네? 이 개뼈다귀만도 못한!"

결국 교수는 17만 원을 주었다고 정직하게 자백할 때까지 17차례에 걸쳐 흠씬 두들겨맞아야 했다. 차상문은 자기가 수에 대해서 객관적으로 접근하는 수학자라서가 아니라 자기라면 처음부터 정직하게 17만 원을 주었노라 말했을 것이라고 생각했다.

"그렇게 이틀 48시간을 한잠도 못 잔 채 꼬박 조사를 받고 그 빙고호텔(서빙고 보안사) 육중한 철대문을 빠져나오는데, 깜깜했지요. 인구 천만이 넘는 수도 서울 한복판에 그렇게 깜깜한 동네가 다 있나 싶더라구요. 근데 깜깜한 건 깜깜한 거고, 주머니를 뒤져보니 마침 돈이 한 푼도 없는 거였어요. 워낙 황망중에 당한 일이라 깜빡 양복 겉옷도 챙기지 못한 채 끌려간 거지요. 어떡해요? 엉덩이는 욱신욱신 쑤시지, 움직일 때마다 꼬리뼈가 덜거덕거리는 것 같지, 너무 아파서 한 걸음도 떼지 못할 정도였다니까요. 게다가 무엇보다 치욕스럽고 해서…… 어쨌든 그새 사무치도록 그리워진 집에는 돌아가야겠기에 조금 비굴하기는 하지만, 보초 서는 어린 병사한테 말했죠. 물론 사복이죠, 거긴 다. 저, 혹시 차비나 전화라도 걸게 좀…… 이랬더니, 아, 그때 생각만 해도 눈물이 나네, 원…… 그 병사가 가만히 내 얼굴을 쳐다보더니 호주머니를 뒤져 가만히 100원짜리 동전 두 개를 건네주더라구요. 미안해요. 이것밖에 없어요, 김아무개 교수님. 어? 깜짝 놀라 봤죠. 그 어린 병사는 저가 더 슬픈 표정을 지으며 가만히 고개만 끄덕거리더니 이내 문을 닫더라구요. 결에 보는 눈들이 있었던 거죠."

"누구였나요, 그 병사가?"

"나중에 알고보니 내 제자였어요. 입대해서 묘하게 거기로 배치를 받은 거였지요."

"운명적이군요."

"그런 운명…… 한국 땅에는 쌔고 쌨어요. 차차 겪어보세요. 어쨌든 그렇게 해서 겨우 깜깜한 한남동 뒷길로 빠져나오는데……"

그날, 교수는 같은 하늘 아래 같은 땅을 밟고 살면서도 알지 못했던 많은 것들을 한꺼번에 깨닫는다. 밤은 지친 사람들의 가슴에서 시작되고, 그들이 어떤 계기로든 생의 의미를 한 번쯤 되짚어볼 때 밤은 이미 준비하고 있던 가장 슬픈 어둠을 휘장처럼 드리운다. 커튼을 열어라. 그러면 거기 주한 미팔군 병사들이 한국 여자들과 함께 즐겨 이용한다는 어느 멋진 호텔의 네온사인 불빛이 번쩍번쩍 돌아가고, 막차를 놓친 가장과 돌아갈 가정을 빼앗긴 여자와 발 딛는 곳 어디든 낯설기는 마찬가지인 고아 출신의 한 소년이 버스정류장 앞에서 만나고, 로스케(소련) 놈들을 때려눕힌 뒤 어머니한테 작별 인사조차 건네지 못한 채 삼팔선을 넘은 예기방장한 청년은 이제 호호백발 노인이 되어 아무도 없는 공원에서 홀로 눈물을 찍고, 셀 수도 없이 많은 교회의 셀 수도 없이 많은 십자가와 셀 수도 없이 많은 장급 여관의 셀 수도 없이 많은 네온 간판이 도시를 온통 붉은빛으로 물들이고, 자취하는 집 옥상에 올라 고향 쪽 하늘을 바라보던 앳된 얼굴의 견습공은 갑자기 치미는 욕지기에 입을 틀어막은 채 주저앉고, 그녀의 주름치마 밑단이 바람에 살랑 휘날리고, 옥상 바로 밑 단칸방에서는 여관에서 허드렛일을 하다 허리 디스크로 그마저 그만둔 나이 쉰 줄의 여자가 일본이 있는 동쪽을 향해 손바닥을 비비며 끝없이 "남묘효렝객교"를 외고, 버스는 여전히 오지 않고, 택시는 빨간 신호를 무시한 채 총알처럼 내달리고, 비틀비틀 걷다가 하마터면 치일 뻔한 취객은 허공에 대고 삿대질을 하고, 그러다가 몇 걸음 못 옮기고 어느 카페 입구에 엎어져 사정없이 토해내고, 지나가던 미군 군속들이 "퍽 큐" 하고 소리치고, 남자가 되고 싶은 여자와 여자가 되고 싶은 남자가 한데 어울려 한없이 술에 젖는 이태원 뒷골목에도 어느새 새벽 찬 이슬이 내리고, 나라에 하나밖에 없는 이슬람 성원에는 코란을 읊는 독경 소리조차 희미하고, 그때쯤 전쟁 같은 야근을 마치고 퇴근하는 국졸 여공과 사법고시를 준비하는 그녀의 대졸 남동생이 카바이드 불빛마저 까무룩 잦아드는 어느 허름한 포장마차에서 만나 떡볶이를 시켜먹는데, 누나는 지난 밤 절단기에 손가락을 잘린 포장부 이씨 이야기 같은 건 아예 하지도 않고 동생은 꼭 사봐야 할 문제집이 있다는 이야기를 꺼낼까 말까 열 번은 망설이다가 끝내 꺼내지 못하는데, 힘겹게 걸음을 떼는 교수의 귀에 어디선가 들릴락말락 노랫소리가 들려온다.

나뭇잎이 푸르던 날에
뭉게구름 피어나듯 사랑이 일고
끝없이 퍼져나간 젊은 꿈이 아름다워

"처음 들어요, 이 노래."

"원래 안다성이 불렀는데 배우 최무룡이 영화에서 불러 히트를 친 노래예요. 알고보니 저만큼 가로수에 기대서서 한 취객이 이리 비틀 저리 비틀 비틀거리면서 부르던 거였어요. 거의 울 것 같은 목소리였지요. 고개를 수그리고 있어서 정확히 보지는 못했지만, 얼핏 한 마흔다섯에서 쉰까지로, 이를테면 꿈을 꾸는 날보다 꿈을 지우는 날이 한참 더 많은 나이인 것만큼은 분명해 보였는데, 언제부턴가 그 노래만 계속 부르는 거였어요. 부르고 또 부르고…… 귀뚜라미 지새 울고 낙엽 흩어지는 가을에, 아아 꿈은 사라지고 꿈은 사라지고…… 평생 그처럼 슬픈 노래는 처음이었어요. 보안사에서 두들겨맞은 일 따위, 다 잊어버릴 정도로 말입니다. 내 그림자가 그쪽으로 뻗어갔을까요? 나도 모르게 눈물 콧물이 주르륵 흘러내리고…… 생각해봤지요. 저 사내의 꿈은 대체 무엇이었을까. 그러다가 갑자기 또 울컥 화가 치밀었어요. 다른 누구에게가 아니라, 바로 나 자신한테 말입니다. 너, 소위 국립 서울대 교수라는 작자야, 참으로 초라하구나! 순간의 고통을 피하려고 그 말도 안 되는 폭력에 참으로 비굴하게 무릎을 꿇고 만 너…… 그게 스스로 꾸었던 꿈을 부정하는 일인 줄 모를 리 없었을 텐데도……"

그는 차마 말을 잇지 못한 채 고개를 돌리고 말았는데, 차상문은 그때 벌써 그 교수에 앞서 커다란 두 눈에 굵은 눈물방울을 그렁그렁 매달고 있었다.

33

쫓기듯 김포공항을 빠져나오는 차상문 앞에서 한 웅장한 조형물이 또 발길을 붙잡았다. 이름하여 '조국에 드리는 탑'. 1971년 한미동포재단 이사장이 기증하여 만든 탑으로, 비록 해외에 살아도 조국을 늘 잊지 못하는 마음을 담아낸 것이라 했다. 차상문은 얼굴이 화끈거려 얼른 그 탑을 지나쳤다. 수구초심, 여우도 죽을 때 머리를 제 고향 쪽으로 둔다는데, 도대체 자기는 조국에 뭐라도 '드릴 것'을 가져오지 못했을 뿐만 아니라, 더욱 창피한 것은 10년 넘게 떠나 있는 동안에 조국에 뭘 드릴 게 없나 생각이라도 해본 적조차 없었다는 사실이다. 솔직히 말하면, 조국을 위하기는커녕 어쩌다 조국을 떠올려도 대개 부정적인 쪽으로 툴툴거리기만 한 것 같았다. 특히 북조선 여자 토끼와의 사랑이 좌절된 후, 유학생 모임에서 그는 이렇게 말한 적도 있었다.

"아나, 조국? 그 조국이 내게 뭘 해줬는데요?"

비록 사랑이 깨졌다 해도, 어찌 그걸 조국의 탓으로만 돌릴 수 있을 텐가. 그런 근시안적 시야가 먹을 것 못 먹고 입을 것 못 입고 허리띠를 졸라맨 채, 새벽별 떠서부터 밤 이슥토록 새마을운동에 일로매진한 조국 동포들에 대한 얼마나 큰 모욕일 수 있는지, 차상문은 김포공항에 내려서야 비로소 아차 하고 생각해보게 되는 것이었다. 그런 눈물겨운 노력 끝에 떠날 때 1인당 국민소득이 100달러를 겨우 넘겼던 조국은 이미 1인당 2천 달러 국민소득에 총 수출 2백억 달러까지 넘어서고 있지 않은가. 어디 그뿐인가. 수만 명의 젊은이들이 생면부지 인도차이나 반도까지 건너가서 혹은 하나밖에 없는 목숨을 혹은 팔다리를 바쳐 분투한 결과, 오늘 서울과 부산을 씽씽 오가는 국토의 대동맥 저 자랑스러운 경부고속도로를 건설하게 되지 않았는가. 그러나 조국에 딱히 드릴 것도 없고, 수출 2백억 달러를 달성하고 경부고속도로를 건설하는 데 피 한 방울, 땀 한 방울, 머리카락 한 올 보탠 바도 없으며, 국방의 의무는 물론 납세의 의무조차 제대로 수행했는지 기억조차 없는 차상문은 조국을 떠나던 날 읍내 고물상 부부가 준 그 낡은 트렁크 하나만 달랑 도로 들고 택시를 기다리면서 당연히 우울한 마음이 들 수밖에 없었다. 실은, 조국은 조국이고, 당장 선물 가방을 잃어버렸다는 게 훨씬 마음에 걸리기도 했을 것이다.

"어디서 오시는 길입니까?"

"미국에서요."

"아, 미국 좋죠. 그래, 여행 갔다가 오시나요?"

"아니, 유학 갔다가 오는 길이에요."

"오! 그래, 얼마 동안이나 계셨어요?"

"10년……"

"하하, 그래 어떻습니까?"

"뭐가요?"

"조국이 말입니다. 그렇게 오래 떨어져 계셨으니까…… 달라졌지요?"

"아, 네. 그게…… 무엇보다 제가 떠날 때는 하늘에서 보니까 온통 민둥산 천지였는데……"

"그렇죠? 그동안 고 박정희 대통령 각하께서 그린벨트를 지정하고 또 너무하신다 싶으실 정도로 얼마나 줄기차게 나무심기 운동을 벌이셨는데요. 뒷동산 아카시아 나무 한 그루 함부로 베지 못하게 했으니까……"

"그랬군요. 그래서 이번에 비행기에서 내려다보니까 무척 푸르러 보였어요. 근데 땔감으로 나무를 때지 못하게 했다면 무얼로?"

"십구공탄! 돈이 있든 없든 무조건 연탄을 때게 했지요. 물론 연탄가스 때문에 사람도 꽤나 많이 죽었지만, 지내놓고보니 그게 다 우리 박대통령께서 국운을 걸고 내리신 과감한 용단이었던 거죠."

"아, 그런 일이 있었겠군요. 연소 과정에서 당연히 일산화탄소가 나올 테니까."

"그럼요, 많이 죽었죠. 우리 동네에서도 연전에 전라도 정읍에서 올라온 자매가, 그 애들이 대방동 농심라면에 다녔는데, 어느 날 깜빡 잊고 창문을 열어놓지 않고 자다가 그만 자매가 꼬르륵 가버리고 말았지요. 너무 피곤해서 그랬겠지만, 그날따라 언니까지 무슨 마가 꼈는지 매일 하던 확인을 안 했던 모양이에요. 게다가 자매가 죽은 날이 마침 엄마 환갑이라 했으니…… 걔네들뿐인가, 어디? 아마 서울 시내 골목마다 그런 비극이 없는 데가 없을 거요. 하지만 국가 발전에 조그만 희생은 불가피한 법이죠. 보세요, 자. 그 결과 얼마나 발전했는지……"

만일 택시기사에게 잘못이 있다면, 그렇게 말한 것밖에 없었다. 그런데 그게 바로 문제가 되었던 것이다. 차상문은 물론 박정희 대통령의 업적 중 그린벨트 지정과 철저한 벌목 금지 정책에 대해서는 훗날에도 결코 평가에 인색하지 않았지만, 그날 많이 발전했다는 기사의 말에는 선뜻 동의하지 않았다. 오히려 겉으로 보이는 발전 이면에 얼마나 많은 폐허가 숨어 있는지 보려하지 않으면 발전이란 한낱 빛 좋은 개살구요 오히려 감당 못할 재앙의 씨앗일 수 있다고 찬찬히 얘기했다. 그렇게 말하면서 차상문은 자기 어투가 누군가의 그것을 닮았다는 생각을 얼핏 했는데, 바로 떠오른 것은 몬태나 숲속의 한 풍경이었다. 밤새 쉬지 않고 흐른 개울물이 새벽안개 속에서 서서히 모습을 드러낼 때, 잠도 꼭 자기들 몸집만큼만 잘 것 같은 재바른 딱새들이 이슬 머금은 나뭇잎들을 흔들며 이리저리 부산하게 움직이고,

하늘을 향해 곧추서서 제 키를 뽐내는 침엽수들 가지 사이로 하루의 첫 햇살이 5월의 신부처럼 눈부신 광휘를 선사하면, 그때쯤 잠에서 깨어난 풀이며 꽃도 코를 킁킁거리지 않아도 세포 가득히 파고들 신선한 공기를 내어주는데…… 그러나 이제 가게보다 커 보이는 간판을 단 가게들 사이사이로 정작 그의 눈에 들어오는 나무라고는 누렇게 말라버린 가로수들뿐이었다. 도대체 엽록소라는 것조차 있을 턱이 없어 보이는 그런 나무들이 광합성 작용을 통해 물과 산소를 생산해내리라고는 믿기 힘들었다. 차상문은 퍼뜩 정신을 차리고 얼른 창문을 닫았다. 길을 덮은 자동차들이 쉬지 않고 내뿜는 매연 때문에 골이 윙윙 쑤실 정도였다. 어쨌든 기사는 그런 식의 대화에 익숙하지 않았다. 처음에는 솔직히 손님의 말이 무슨 뜻인지 잘 몰라 그저 허허 사람 좋은 웃음으로 위기를 모면하려고 했는데, 차상문은 단도직입적으로 "지금 웃을 때가 아닌 것 같네요. 너무 심각하잖아요." 하고 무엇보다 자동차 매연 및 그 순간에도 성층권에서 오존 분자와 반응하여 열심히 지구 오존층을 파괴하고 있을 프레온가스, 즉 1928년 듀퐁사가 발명한 이래 냉각제, 분무제, 세정제 및 발포제로 널리 이용되어온 CFC류 염소 물질에 대한 자신의 근심 어린 의견을 덧붙였다. 물론 그때만 해도 아직 온실효과와 그에 따라 발생하는 라니냐, 엘니뇨 등의 이상기후 현상이 대중적으로 널리 알려져 있지 않았기에 기사로서는 조금 당혹스럽기도 했을 것이다. 어쨌든 기사와 승객은 김포공항 앞에서 창경궁을 지나 혜화동 로터리 어름까지 서로 초점이 안 맞는 대화를 주고받았다. 그러다가 결국 애국심이 투철하고 조국 근대화에 대한 자부심이 대단한, 게다가 맹호부대 용사로서 베트남까지 갔다온, 그러나 거기서 뭔지는 잘 모르지만 미군 비행기가 낮게 날면서 뿌려주는 가루를 미제니까 당연히 몸에 좋을 거라고 해서 온 소대원과 함께 무작정 뒤집어쓴 탓인지 이름도 모를 고약한 병을 얻어 이따금 영업도 못 할 정도로 삭신이 쑤시고 통증이 심한 참전용사로서 택시기사는 꺼내는 말마다 허무하고 비관적이고 심지어 부정적인 승객을 로터리 파출소로 끌고 가게 되는 것이다.

큰 소란은 없었다.

기사와 승객은 한 시간쯤 파출소에 있으면서 나이 지긋한 파출소장 주재하에 이런저런 이야기를 더 나누었는데, 파출소장은 제가 듣기에 승객이 좀 맥살 없는 게 문제지 딱히 국가안보나 국법질서 확립, 총력경제건설체제 구축 따위에 직접적으로 위해를 끼칠 만한 발언은 하지 않았다는 걸 확인한 뒤, 승객더러는 기사분이 시도 때도 없는 대학생 놈들 데모질 때문에 경제도 어려운 시국에 힘 빠지는 소리를 해서 이러신 거라 생각하고 이해해주시라, 사람 좋게 웃으며 말을 건넸다. 그래서 승객은 토끼답게 웃으면서 이해한다고 말했지만, 택시만큼은 다른 택시를 잡아타고 가겠다고 말했다. 기사가 미워서가 아니라, 택시의 청결 상태가 전혀 미쁘지 않았기 때문이다. 물론 굳이 그런 말을 하지는 않았다.

"그러슈. 그리고 여기 대한민국에서 택실 타실 때는 국가 발전에 도움은 못 줄망정 애써서 훼방이나 놓는 그런 대거리는 제발 하지 좀 마슈. 나라 있고 나 있지, 나부터 생각하다간 나라가 어디로 가겠소?"

토끼에게 무슨 나라가 있겠느냐고 반문하는 대신 택시기사의 그런 충고를 귀담아들은 뒤, 차상문은 혜화동 파출소 앞에서 딴 택시를 기다렸다. 차상문은 자신이 조국의 현실과 너무 동떨어진 삶을 살아온 게 아닌가, 반성을 해보기도 했다. 하지만 유학기간 동안, 특히 지난 몇 년 동안 몬태나 시골에서 지내는 동안 자신이 얻은 소중한 생의 경험 혹은 교훈을 포기하거나 배반할 생각은 추호도 없었다. 그런 심정으로 고개를 들어 다시금 서울의 하늘을 보니 매연이 너무 심해, 서울시 당국이 도대체 탄소화합물 배출 문제를 조금이라도 고려하고 있는 건지 심히 우려되었다. 차상문은 10년 전 시골을 떠나 이사 왔다는 미아리 집에 도착해서 짐을 풀자마자 큰어머니 김영순 여사에게 그런 자기 소회를 털어놓았는데, 마음씨 좋은 큰어머니는 그저 사람 좋게만 웃어 보일 뿐, 딱히 차상문의 의견에 마음 깊이 동감을 표하는 눈치는 아니었다. 서울은 여전히 개발과 속도와 성장이 우선이지 환경 같은 건 아예 고려 대상도 아닌 게 분명했다.

어머니는 전혀 달라진 게 없었다. 차상문이 도착한 날은 마침 여고 시절로 돌아간 모양으로 흔들의자에 앉아 차분하게 바이런을 읽고 있었다. 아무 말 없이. 마루 한복판에서는 떠날 때와 마찬가지로, 물론 그때는 이미 고인이 된, 박정희 대통령의 사진이 그런 그녀를 가만히 지켜보고 있었다.

저녁상을 물린 후, 큰어머니는 차상문에게 조용히 말을 건넸다.

"피곤하지? 얼마나 피곤하겠니. 오늘은 푹 쉬어라. 그리고…… 시차도 좀 적응하고 나면, 내일 모레쯤 절에 한번 같이 가보자꾸나. 네 아버지를 모신……"

"아니요."

차상문은 단호하게 대답했다.

"그, 그게 무슨 말이니?"

"절대 안 갈 겁니다."

차상문은 아버지가 돌아가신 후 큰어머니, 즉 호적상의 모가 시골집으로 들어와 그동안 식구들에게 얼마나 큰 도움을 주었는지, 그 고마움을 결코 모르지 않았다. 아우로부터 그런 이야기를 들었을 때부터 만일 은혜를 갚을 방법이 있다면 뼈가 부서지는 한이 있더라도 갚아야 한다고 다짐하기도 했다. 그런데 지금 차상문은 그 착한 큰어머니의 가슴에 대못을 박는 말을 아주 태연히 하는 자기 자신에게 스스로 놀랐지만, 그 문제에 관한 한 어쩔 수 없다고 거듭 분명히 자기 뜻을 밝혔다.

"제게는 아버지가 없었어요. 처음부터요."

34

몬태나, 거기가 어디며 무슨 일이 있었던 것일까.

아쉽게도 그 시절의 차상문에 대해서는 알려진 정보가 극히 적다. 그가 처음 그곳을 찾기 전, 그는 버클리에서 최연소 교수 자격을 획득해서 이미 강의를 맡고 있던 중이었다. 학생들은 자기들하고 나이가 비슷하거나 더 어린 교수한테, 그것도 토끼한테 강의를 듣는다는 사실에 처음에는 볼이 부어 툴툴거렸지만, 그 토끼가 내주는 가장 쉬운 문제조차 제대로 풀지 못하는 경우를 두어 번 겪고 나면 대개 매일같이 샴푸로 감고 무스도 바르고 해서 교재보다 소중하게 다루는 머리를 강의실 책상에 함부로 들이박기 일쑤였다. 한 3분의 1쯤의 학생들은 아예 문제조차 이해하지 못해 그냥 대충 "정답=1"이라고 쓰곤 했는데, 머리를 써가며 푸는 경우보다도 신기하게 적중하는 경우가 많았다. 나중에 그들은 나름대로 논리적으로 그 현상을 분석해보기도 한다. 수학에서 1이라는 수는 처음, 완벽, 절대, 수렴, 회귀, 유일 등 아주 중요한 의미를 두루 지니기 때문이라는 결론이었다(물론 0은 그보다 훨씬 중요했으니, 1이 지닌 그 모든 의미조차 아무 때건 소멸시켜버릴수 있기 때문이다). 그러거나 말거나 교수 차상문은 차상문대로 번번이 정답이 1로 나오는 문제를 냈다. 물론 정답을 맞혀도 문제 풀이 과정이 틀리거나 아예 없으면 점수를 주지 않는 건 상식이었다.

그런 그가 어느 날 갑자기 학교를 떠나겠다고 말했을 때, 학과장은 조교를 시켜 당장 봉급명세표부터 가져와보라고 했고, 조교가 부리나케 대학 본부로 달려가는 동안 손수 커피까지 끓여주며 좀 야릇하게 생긴 젊은 교수를 달래기 시작했다.

"이 커피가 그래도 에티오피아산이야. 가격도 싸고…… 괜찮지?"

"글쎄요, 싸다니까 말씀드리는데, 이게 그곳 주민들의 노동에 합당한 가격인지는 잘 모르겠네요. 이글거리는 열대의 태양 아래 하루 종일 원두를 따게 하는 노동 착취도 그렇고, 유럽 몇 나라가 지구 전체 면적의 최대 85프로까지 소유했던 제국주의 시대부터 플랜테이션 농업이 갖고 있는 문제점은 아직도 해결되지 않고 있는데 말입니다."

"어, 내가 참 깜박했네. 차교수가 홍차를 더 즐기지?"

그러나 젊은 교수 차상문의 문제는 월급봉투도, 에티오피아의 커피 단작 재배도, 어차피 그것 역시 식민지 농업의 유산일 수밖에 없는 실론산 홍차도 아니었다.

"그럼 도대체 뭣 때문에 이 난린가, 응?"

"그저…… 지금이 바로 그때라는 생각이 들어서요."

"그때라니?"

"내가 나 자신을 찾을 때요."

"응? 찾았잖아. 버클리 사상 최연소 전임교수 자리가 아무에게나 돌아가는 건 아니잖은가."

“저는 지금 제 존재 이유에 대해서 말씀드리는 거예요. 내가 왜 이 세상에 태어났나…… 그것도 하필이면 왜 토끼 영장류로 태어났나…… 인간도 아니고 토끼도 아니고……”

그 정도라면 학과장으로서도 더이상 어찌해볼 도리가 없었을 것이다. 한 존재가 자기의 존재 이유에 대해서 급진적인, 그리하여 마르크스가 『헤겔 법철학 비판』에서 말했듯 사물을 그 뿌리에 이르기까지 파악하려 한다는 의미에서 근본적일 수밖에 없는 의문을 제기할 때, 그것은 그 존재로서 살아보지 못한 제삼자가 이래라저래라 개입할 여지가 없는 문제이다. 그때 아마 학과장은 끝없는 방황의 연속이었던 자신의 청년기를 돌이켜보았을지도 모른다. 자고 나면 가슴속에서 거세게 들끓어오르던 삶에 대한 회의라든지 미래에 대해 스스로 선택지를 좁혀놓고서 혹독하게 자기 자신을 몰아붙이던 오만 따위. 그것은 처음 부모의 이혼에서 비롯되었다. 각기 새 애인이 생긴 아버지와 어머니는 새로운 사랑을 하기에 바빠 누구도 어린 그를 맡으려 하지 않았다. 결국 법원의 명령으로, 입양을 신청한 옆집 아주머니가 그를 맡았다가 그 아주머니가 다시 새 남자를 만나는 바람에 그는 전혀 낯선 그 새 가정의 일원이 되었다. 그러나 그것으로 끝이었으면…… 초등학교에 들어갈 무렵, 그는 어찌어찌 돌고 돌아서 다시 이혼당한 이웃집 남자에게 돌아왔고, 스물한 살밖에 안 되는, 하루 종일 추잉검을 딱딱 씹고 줄칼로 손톱 발톱 소제만 하는 여자를 엄마라고 불러야 했다. 그러다가 차차 나이를 먹으면서 알고보니 그 어린 엄마도 불쌍하기 이를 데 없는 어린 시절을 보냈고, 겉으로는 멀쩡해 보이는 의붓아버지의 동생에게 성폭행을 당해서는 결국…… 아, 그 모든 인간들의 시시콜콜한 미시사를 어찌 다 털어놓을 수 있단 말인가. 알고보면, 알고보면, 누군들 슬프지 않고, 누군들 달을 보고 꺼이꺼이 울고 별을 보고 소리없이 눈물짓고 싶지 않겠는가. 그 미시사야말로 그들 각각에게는 세계대전이나 혁명보다 더 엄중한 거시사인 것을!—하지만 그날 학과장은 끝내 제 그런 과거를 솔직하게 털어놓지 못했다. 그러면서 어쩌면 어린 토끼에게는 이것이 도약을 위한 하나의 기회일지 모른다고 마음을 돌려먹으며 학교 정문까지 나가 배웅하는 친절을 베풀었다. 어쨌든 그것은 그 몇 해 전 하버드 출신의 한 젊은 천재 교수가 스스로 교수직을 그만둔 이후 비슷한 방식으로 발생하는 두번째 유사 사건으로서, 학과장은 자기하고 똘똘한 젊은 교수들하고는 무언가 연때가 안 맞는 거라고 우울하게 생각할 수밖에 없었다.

실은, 그 바로 얼마 전 차상문은 몬태나 주 모 카운티 우체국의 소인이 찍힌 한 통의 편지를 받았던 것이다. 발신인은 한 은둔자. 그는 이렇게 쓰고 있었다.

B.P.에 대해서 알고 있소. 그것이 현 상황에서 나름대로 의미를 지닌다는 것도 인정하오. 그러나 확실한 건 B.P.가 결코 근본적이고 최종적인 답은 아니라는 사실이오. 당신은 지금 그 자리

에 있는 것만으로도 충분히 당신의 역할을 하고 있다고 볼 수 있겠소. 그러나 바로 당신이기 때문에, 거기 머물러서는 안 된다고 생각하오. 왜냐하면 당신은 과거도 현재도 아닌, 바로 미래 그 자체이기 때문이오. 우리의 미래, 인간과 토끼, 지구상에 존재하는 모든 사물과 한때 존재했던 기억들과 이 땅을 아름답게 빛냈던 순수한 영혼들과 앞으로 다가올 생에 대한 가슴 벅찬 꿈들 전체의 미래 말이오. 그것을 위해 이제 서서히 준비를 해야 할 시간이라고 생각하오.

다시 한번 묻소.

"당신은 왜 태어났소?"

"게다가 하필이면 왜 토끼 영장류로 태어났소?"

'몬태나'는 라틴어로 '산악 지방'이라는 뜻이다. 주 이름만으로도 알 수 있듯이 로키 산맥을 포함해 험준한 산악이 많고, 동부에는 밀을 대규모로 경작하는 그레이트플레인스가 자리잡고 있다. 원주민은 당연히 인디언들이었는데, 그 무렵에는 샤이엔족과 크로우족을 포함해 약 3만 명의 인디언들이 보호구역에서 살고 있었다. 그런 까닭에 차상문은 은둔자가 혹시 인디언일 가능성이 있다고 생각해보기도 했지만, 그가 인디언에 대해서 한 마디도 하지 않은 이상 그건 어디까지나 혼자 짐작일 뿐이었다. 어쨌든 그가 편지 말미에 적은 그 두 개의 질문은 차상문이 그때까지 살아오면서 늘 가슴속 어딘가에 품고 있던, 그러면서도 어떤 이유에서든—무엇보다 겁이 나서였을 것인데—쉽게 제기하지 못했던 바로 그것들이었다. 성숙한 존재 누구에게나 한 번씩 다가오는 그 자문의 순간, 차상문은 그것이 바로 '지금'이라고 생각했고, 두 번 생각하지도 않고 몬태나 행을 결심했던 것이다.

그는 여러모로 알아본 후 한 대학에 서류를 보냈다. 다행히 금세 연락이 왔다. 몬태나의 주도 헬레나의 한 자그마한 사립대학은 필즈상 후보로까지 공공연히 거론되는가 하면 박사 학위 논문이 그해의 최우수 논문으로 선정된 한 젊은 수학자의 난데없는 청탁을 거절할 까닭이 없었을 것이다. 원한다면 주 경계선까지 승차감이 좋은 학교 관용차를 보내주겠다고도 했지만, 그 점에 대해서 차상문은 호의는 고맙지만 번거로움을 피하고 싶다며 완곡하게 거절의 뜻을 표시했다.

35

한 개체가 우연히 선택한 길이 때로 역사가 된다. 예를 들어 부에노스아이레스에서 산파블로까지 에르네스토 체 게바라가 알베르토 그라나도와 함께 500cc 포데로사II를 타고 간 길은 훗날 치욕의 라틴아메리카를 존엄한 대륙으로 새롭게 인식시키는 길이 된다. 물론 의미는 부여하기 나름이다. 그 길을 라틴아메리카 지도의 색깔을 빨갛게 물들인 '악의 여정'으로 간주하는 이들도 허다하니까.

버클리에서 몬태나까지 차상문이 택한 여로에 대해서는 알려진 바도 드물고, 더군다나 의미나 가치 따위를 부여하는 이들은 거의 없다. 사실 그때 차상문은 시가를 멋지게 문 체 게바라를 비틀즈나 짐 모리슨이나 밥 말리와 유사한 의미의 문화적 아이콘 정도로 생각했고, 그가 모터사이클로 여행을 했는지조차 잘 몰랐다. 그러나 차를 갈아타고 점점 더 미지의 몬태나에 가까이 다가설 때마다 자신의 선택이 어떤 우주적 필연성과 연관 있지 않은가 막연하나마 생각을 품게 되었다. 그것은 적어도 자신의 유적 본질, 즉 토끼 영장류의 출생이 지니는 발생학적 의미에 대해서 두려움을 벗어던지고 난생처음 정면으로 맞부딪쳐보자고 마음먹은 바이기도 했다. 모든 존재는 태어난 이유가 있지 않겠는가. 하필이면 그렇게 태어난 이유. 차상문은 스스로 풀도 아니고 꽃도 아니고 박테리아도 아니고 촌충도 아니고 토끼목의 토끼도 아니고 그렇다고 인간도 아닌, 바로 '그런' 존재로 태어난 이유가 반드시 있으리라 따지기 시작한 것이다. 그러나 그는 아직 모든 존재가 그런 자문을 하며 사는 건 아니라는 사실을 깨닫지는 못하고 있었다. 대개의 경우 자신에게 던지는 그런 질문 자체가 어떤 해답도 없으며, 때로는 아주 고약할 정도로 불편하다는 사실도. 하지만 버클리 시외버스 정류장에서 출발해 네바다의 레노와 엘코, 거기서 다시 93번 국도를 타고 북행하여 아이다호의 보이스, 이어 다시 주 경계를 넘어 몬태나에 이를 때까지 그의 머릿속을 실제로 지배했던 것은 훨씬 구체적인 질문이었다.

이런 것이었다. 시외버스에 올라탈 때부터 그는 이미 몬태나에서 자기가 탈 것으로 자전거를 정해놓고 있었다. 그것이 새로운 출발을 하는 제게 가장 어울리는 교통수단이라고 여겼던 것인데, 밥의 할리 데이비슨은 그 스스로 말하듯 가장 미국적인 자유의 상징이지만 1,500cc 배기량의 자유를 누리려면 그만큼 많은 기름이 필요하고 그 때문에 또 많은 노동자가 피땀을 흘려야 한다, 고 생각했기 때문이다. 게다가 미국식 자유는 차상문에게 너무 버거웠다. 60킬로그램쯤 되는 주디조차 제대로 견뎌내지 못한 그의 육체는 무지막지한 할리 데이비슨을 단 10초도 감당해내지 못할 터였다. 따라서 선택은 당연히 무동력 자전거였고, 그것이 은자의 편지를 받고 떠나는 자신에게도 가장 어울리는 결정이라고 생각했다. 그런데 차창 밖으로 지나가는 여러 가지 탈것을 보면서 의문이 일었다.

가령 1,500cc 할리 데이비슨과 두 발 자전거 중 과연 어떤 것이 지구를 덜 파괴하고 어떤 것이 더 인도주의적인가.

자전거를 타고 가는 이들 중에는 더운 날씨에 땀을 비 오듯 쏟는 이들이 적지 않았다. 그것은 곧 운동에너지를 그만큼 많이 소모한다는 뜻이고, 그걸 보충하려면 평소보다 많은 열량이 필요하다. 정확한 칼로리는 각 개인의 몸무게나 얼마나 빨리 주어진 거리를 달리는가 하는 데 따라서 달라지겠지만, 동력 오토바이를 몰 때 필요한 열량보다는 어쨌든 더 많을 게 확실하다. 그런데 열량은 단순히 햄버거 한 조각 감자튀김 한 봉지가 아니다. 그것은 소를 키우고 운송하고 도축하고 썰고 다지고 밀을 경작하고 감자를 심고 캐고 모으고 나르고 지지고 볶고 튀기고 하는 무수한 노동이 수반되는 열량이다. 그뿐만 아니다. 변수는 얼마든지 더 있다. 국제 곡물 시세에 따라 후진국 농업이 휘청거릴 수도 있고, 그 경우 국내 정치에도 영향을 미쳐 식민지로부터 이제 갓 독립한 나라의 수반이 자신이 비록 과거엔 목숨을 걸고 지난한 민족해방투쟁을 이끈 전사였다고 하더라도 단기간에 빠른 가시적 경제성장을 원하는 국민들의 요구에 내몰린 나머지 식민 본국으로부터 배운 무력 통치의 기술을 강압적으로 적용할 수도 있다. 나무를 베듯 정적의 목을 베는 것. 실제로 아시아, 아프리카의 허다한 신생 독립국들이 그런 전철을 밟지 않았던가. 이런 식으로 따지면 더운 날 땀을 뻘뻘 흘리며 자전거를 타고 가는 게 과연 과학의 이름으로 진정 친환경적 행위라고 주장해도 되는지 의문이 들 수밖에 없다. 환경이란 자연과 인간과 사회를 두루 아우르는 개념이기 때문이다(토끼는? 일단 빼자). 또한 순수히 과학적인 차원에서 이산화탄소 발생량만 하더라도 가쁜 숨을 몰아쉴 때 마구 토해내는 양하고 1,500cc 배기량 할리 데이비슨을 후딱 몰아 정해진 거리를 내달려서 배출하는 양하고 어느 게 많은지 진지하게 비교 분석해볼 필요도 있을 것이다. 물론 인도주의라는 관점 자체도 여러 가지로 해석할 수 있다. 가령 일자리를 유지시켜 그 혹은 그녀가 가족과 더불어 (동시에 환경을 파괴하며) 살아갈 수 있게 하는 게 인도주의적인지, 아니면 제국주의적 혹은 신제국주의적 경제 제도 위에 건설된 제1세계 선진국들의 경제 운용 시스템 자체가 붕괴되는 게 더 인도주의적인지 쉽게 판단 내리기도 어려운 노릇이 아닌가.

차상문은 아이다호 주에서 몬태나 주로 넘어갈 때 주 경계선에서 여유롭게 사진을 찍고 있다가 갑자기 모터사이클의 시동을 걸며 버스를 추월하는 한떼의 히피들을 보았다. 그들은 아무 이유 없이 버스를 향해 가운뎃손가락을 들어 보였으며, 운전기사가 화가 나서 속력을 내 쫓아가려 하자 마구 경적을 울리며 약을 올렸다. 그때 차상문은 자신의 계산에 미처 포함시키지 못한 변수를 떠올렸으니, 그건 바로 주변이었다. 주변, 즉 자연. 경적이 울릴 때마다 도로변 숲속 어디선가 평화롭게 풀을 뜯던 양이나 소나 아니면 토끼목 토끼가 놀라 소화불량이 걸릴 수 있다는 사실을 전혀 고려하지 않았기 때문이다. 그리고 비단 동물만이 존재의 이유를 지닌다고 생각할 권리가 어디에 있는가. 풀과 바위는, 때마침 사슴의 목덜미에 가볍게 살랑이던 바람은 난데없는 평화의 순간을 침해받은 데 대해 항의할 권리도 없단 말인가. 자연이 주변이라는 것도 어디까지나 차 안에서 바라본 그의 관점일 뿐이었다. 인간은 자신들이 우주의 중심이라고 생각한다. 동물은 식물에 대해서, 생물은 또 무생물에 대해서 권리를 주장한다. 이 권리 주장의 순환 고리가 과연 얼마나 정당한지 누가 판단할 수 있단 말인가. 법정은 어디에 있고, 판관은 무엇을 하고 있단 말인가. 누군가는 책임을 져야 하지 않겠는가. 이 엄청난 횡포와 책임 유기에 대해서…… 어쨌든 멋진 할리 데이비슨을 타고 달아난 히피들은 물질 만능주의에 뼛속 깊이 빠져든 미국의 사회 작동 시스템으로부터 잠시나마 벗어나 자신들의 자유를 만끽했을지 몰라도, 버스 승객들과 운전기사에게, 그리고 그들이 각기 꾸려가는 생의 총량과 특히 질에 대해서 전혀 인도주의적이지 않았으며, 나아가 타 생물체와 사물들에 대해서도 지극히 폭력적이었던 게 분명했다.

차상문은 그 모든 것을 알기 쉽게 수치로 만들어 풀어보고 싶었다. 예를 들어 지구를 파괴하는 정도를 나타내는 지수를 Di라고 할 때, 그것은 한 개체가 소비하는 총 열량(C)에 비례하고 그 개체가 껌을 씹고 나서 종이에 싸서 버리는 행동(GP)에 반비례하는 게 분명하므로,

$$Di = K + C/GP$$

(K는 상수)

라는 식으로 표시할 수 있지 않을까 생각하는 이도 있겠지만, 아무리 천재적인 머리를 굴려봐도 수량화하기 힘든 변수들이 너무 많아 도무지 불가능에 가깝다는 게 몬태나 주의 주도 헬레나시 시외버스 터미널에 가까스로 도착한 차상문의 결론이었다.

그때 그는 자신이 무려 2박 3일 걸려서 온갖 정신적 육체적 에너지를 소모하며 온 그 길을 예의 그 히피들은 단 하루 만에 주파했다면, 과연 누가 지구를 더 많이 생각한 것이고 누가 더 억조창생에 애호적인지 새로운 의문마저 떠올렸다. 길 옆에서 한가로이 풀을 뜯던 반추동물들이 되새김질을 통해 음식물을 분해하고 발효시키는 과정에서, 그리고 그들의 분뇨를 처리하는 과정에서 온실가스가 발생한다는 사실에 대해 알게 된 것은 훨씬 후의 일이다. 가령 젖소 한 마리가 연간 배출하는 온실가스의 양은 소형차 한 대가 2만 킬로미터를 운행하며 발생시키는 양과 맞먹는다는 것. 그렇다면 지구를 살리기 위해 소들의 트림과 방귀, 똥까지 일일이 쫓아다니며 적극적으로 막아야 한다는 것인데…… 몬태나에 도착할 무렵 차상문이 미처 그 사실까지, 그러니까 소의 우물처럼 깊고 슬픈 눈동자 속에 그토록 무시무시한 반지구적(?) 비밀이 숨어 있으리라고 생각하지 못했던 것은 차라리 다행이라 하겠다.

36

학생들의 눈빛은 아주 초롱초롱했고 스펀지처럼 무엇이든 빨아들이려는 열의가 그득해 보였다. 국립 서울대학교 최초의 토끼 영장류 교수 차상문은 자기가 김포공항 앞에서 본 '조국에 드리는 탑'처럼 거대한 선물을 조국에 드릴 수는 없을지언정 혹시 제 머릿속의 작은 지식이나마 필요하다면 기꺼이 드릴 수 있게 되기를 기대하며 즐거운 마음으로 수업을 시작했다. 그러나 그런 기대는 불과 20분도 넘기지 못한 채 산산조각이 나고 말았다.

쨍!

멀지 않은 곳에서 유리창 깨지는 소리가 들렸다.

"학우여!"

이어 들린 소리는 성능이 썩 좋지 않은 확성기 소음 속에서도 분명히 그 말이었다. 차상문은 잠시 움찔했는데, 그 순간에도 학생들의 눈빛이 확연히 달라졌다는 걸 느낄 수 있었다. 밖의 소란은 일분 일초가 다르게 커졌다. 호루라기 소리, 와아 하는 함성, 많은 사람들이 이리저리 몰려가며 내는 발소리, 그리고 곧 그 모든 소리를 압도하며 들려오는 노랫소리……

와서 모여 함께 하나가 되자.
와서 모여 함께 하나가 되자.
물가에 심어진 나무같이 흔들리잖게.

수업을 받는 학생들 중 3분의 1쯤은 교재 위에다 머리를 박을 듯이 고개를 푹 수그렸다. 다른 3분의 1쯤은 무엇인가에 쫓기 듯 안절부절못하는 눈빛으로 고개를 이리저리 돌렸고, 나머지 3분의 1쯤은 초롱초롱하던 눈빛을 갑자기 비장한 눈빛으로 바꾼 채 강단에 선 차상문을 뚫어져라 쳐다봤다. 그 마지막 3분의 1이 문제였다. 차상문이 잠시 당황하던 태도에서 벗어나 수업을 계속해나가자, 잠시 후 그들 중 하나가 벌떡 일어섰다.

"교수님! 나가는 것을 허락해주십시오."

학생의 목소리는 사뭇 떨리기까지 했다. 마치 결전을 앞둔 장수의 그것 같았다.

"무슨 뜻이지요?"

"아시지 않습니까? 학우들이 우리를 부르고 있습니다."

"왜요?"

"저들은 지금 우리 학우들이 앞장서서 떨쳐일어나 조국의 암울한 현실을……"

"그게 지금 우리 수업하고 무슨 상관인데요?"

"네? 어째서 상관이 없습니까? 온 나라 민중이 저 악독한 군부 파쇼 세력의 총칼 아래 쓰러지고 할 말이 있어도 차마 못 하고……"

"그래서요?"

"지금 나가서 저 학우들과 함께하는 것이 우리의 의무라고 생각합니다."

차상문은 잠시 생각했다. 그리고 결심한 듯 말을 이었다.

"무슨 이유를 대고 나가든 나가는 건 여러분의 자유입니다. 그걸 막지 않겠습니다. 막을 필요도 없구요. 자유는 소중하니까요. 하지만 여기는 교실이고, 나는 여러분을 가르치는 교수입니다. 나는 가르칠 자유가 있습니다. 다만 한 명이라도 남아서 내 수업을 듣는 학생이 있다면, 나는 여기 있을 것입니다. 그때는 나간 학생들은 스스로 자신들이 선택한 자유에 대해서 책임을 져야 할 겁니다."

학생들 사이에서 동요하는 기색이 역력했다. 일어설까 말까 하던 학생들이 '책임'이라는 말에 주저하는 듯도 보였다. 동료 학생들의 눈빛을 피해 교재에 고개를 파묻는 학생들의 수가 점점 늘어갔다. 일어선 학생은 오히려 외로운 처지였다. 그는 유난히 붉은 입술을 질끈 깨물더니 다시 말을 이었다.

"이 엄혹한 조국의 현실 앞에서 아무것도 하지 않는다는 것은 결국 범죄입니다."

"논리적 비약이지요. 그건 또다른 형태의 폭력일 수 있습니다. 우리가 왜 아무것도 안 하나요? 우리는 수업을 하던 중이었습니다. 앞으로도 수업을 계속할 거구요. 그러니 조국의 현실을 걱정한다면 나가십시오. 나는 나대로 남아 있는 학생들과 더불어 조국의 미래를 위해서라도 수업을 계속하겠습니다. 적어도 이 교실 안에서, 내 수업 시간에는, 우리가 몸을 기댈 조국이란…… 오직 하나, 진리뿐입니다."

그리 멀지 않은 미래에 차상문은 자신이 첫 수업 시간에 했던 그 말에 대해 뼈저리게 후회를 하게 된다. 그러나 그때, 그는 자신이 결코 양보할 수 없는 권리 앞에 있다고 확신하고 있었다. 그것은 바로 진리였다.

그날, 세 명의 학생이 수업 도중에 뛰쳐나갔고, 열여덟 명의 학생이 남아서 신임 교수 차상문과 함께 수업을 이어나갔다. 그런데 그 학생들 중 남은 수업 시간 내내 고개를 들고 수업을 받은 학생들은 한 명도 없었다. 차상문이 칠판에 판서를 해도 마찬가지였다.

"아, 그거요…… 그 정도면 양호한 편이죠."

차상문은 수업이 끝나고 만난 같은 과 교수에게 그 이야기를 들려주었다.

"네?"

"학년이 올라갈수록 정도가 더 심하죠. 그 애들은…… 사실, 공부를 더 하고 싶어도 못 해요. 유학을 떠나고 대학원에 가는 건, 말하자면 반동이죠. 시대의 아픔을 외면한 채 저 혼자만 잘 먹고 잘살겠다는 뜻으로 받아들여지니까요."

"어떻게 그런 일이…… 그건 개인의 자유를 억압하는……"

"폭력이라구요? 일종의 반달리즘이라구요? 우리 과 4학년생 중 몇 명이 남아 있는 줄 아세요? 다들 줄을 서서 차곡차곡 사라졌어요. 덕분에 내가 경찰서로 구치소로 면회를 간 것만 해도 몇 번인지 몰라요. 한 학생은 남영동 대공분실로 잡혀갔는데, 글쎄 기막히게도 거기 방이 없다나요? 남는 방이 말입니다. 그래서 결국 그 옆 가야호텔로 가서 조살 받았다 합디다. 이런 판이니, 어쩌면 우리가 차라리 그런 데 가서 가르쳐야 하는 게 아닌지 모르겠어요. 한 여학생은 아버지가 이름만 대면 다 아는 중진

국회의원, 그것도 집권 여당의 국회의원이고, 한 남학생은 아버지가 부산지검 공안부 검사요 당사자는 들어올 때 과 수석에 그동안 지켜본 바로는 장차 꽤 이름을 떨칠 만하다 싶은 수재인데, 이거야 원…… 휴, 관둡시다. 어쨌든 우리가 이럴진대 다른 과, 가령 인문사회과학 학생들은 어떻겠어요? 아마 우리하고 반대이겠죠. 남는 학생 서넛에 뛰쳐나가는 학생 열여덟…… 앞으로 점점 더 심해질 거구요. 그러니 적당히 하세요, 적당히."

역시 미국에서 박사 학위를 따가지고 돌아온 동료 교수는 힘없이 웃으면서 그렇게 말했다. 차상문은 비록 한국 대학 교육의 현실에 대해 아는 게 거의 없었지만, 동료 교수의 그 "적당히"라는 말이 무엇을 뜻하는지는 능히 짐작할 수 있었다. 그러나 그는 '꼴통 토끼' 소리를 들으면서도 재임 기간 동안 임의로 휴강을 하거나 수업을 도중에 그만둔 적은 한 번도 없었다.

37

제수가 집에서 처음 담가본 갓김치가 생각보다 잘된 것 같다며 약탕기만한 항아리에 넣어가지고 찾아왔을 때, 차상문은 마침 어머니에게 또 『모래 군의 열두 달』을 읽어주고 있던 참이었다.

"메추라기 합창을 한 번 듣기 위해 여섯 번쯤 어두운 새벽에 일어난다고 해도 충분한 가치가 있다. 그렇겠지요, 어머니?"

"학의 소리를 들을 때 단순히 새소리를 듣는 것이 아니라 진화의 오케스트라에서 트럼펫 소리를 듣는다, 고 생각했대요."

장남 생각에, 어머니는 신기하게도 그 책을 읽어주기만 하면 기분이 무척 좋아지는 것 같았다. 그래도 공기중 이산화탄소 배출량과 하천 속 유기물이 혐기성 분해를 통해 발생시키는 황화수소와 암모니아 비율이 전국 최고인 서울 한복판에서 그런 책을 읽어드린다는 게 오히려 아들로서 몹쓸 짓을 하는 것 같은 느낌이 들 때도 있었는데, 그럴 때면 "언제고 어머니를 그곳에 모시고 갈게요. 꼭 약속해요" 하는 말을 잊지 않았다. '그곳'이 어디일까. 알도 레오폴드가 살던 곳? 헨리 데이비드 소로가 살던 곳? 몬태나 주의 그 그림처럼 아름답던 시골 읍내? 거기에서도 길 없는 길을 따라 한없이 더 들어가야 겨우 만나는 은둔자의 숲속? 아니면 자기가 어린 시절을 보낸 시골 마을? 그 점에 대해 차상문도 더는 자신 있게 말할 처지가 아니었다. 솔직히 그때 차상문은 자신이 말하는 그곳이 구체적으로 어떤 지역을 말하는지조차 스스로 알지 못했기 때문이다.

차상문의 예상대로, 제수는 형인 그로서도 어찌할 수 없는 부분에 대해 그저 하소연을 하기 위해 다시 찾아온 것이었다.

"차라리 집에 틀어박혀서 나만 팬다면 좋겠다는 생각마저 들어요. 그럼 나도 하루 종일 맞아줄 수도 있을 거 같아요. 마음도 편하구요. 그게 그이가 원하는 일이라면 무언들 못 하겠어요. 우리 부모님께는 억장이 무너지는 소리겠지만, 어차피 여자라는 인간은 그런 꼴 당하려고 태어났다 마음먹으면 그 무지막지한 주먹도 생각만큼 아프진 않아요. 이가 흔들거리고, 골이 탱탱 울리고, 늑골이 부러졌나 욱신거리고, 허리, 다리, 배, 가슴, 그리고 속의 것들…… 괜찮아요. 시간이 지나면 멍도 다 아물고, 보다시피 겉으로 보기엔 멀쩡해지니까요. 하지만 무엇이 그토록 그이를 참을 수 없게 만드는 걸까요? 왜 하루 한날 한시라도 진득하게 앉아 있질 못하는 걸까요? 역마살 때문에 그렇다고요? 만일 그렇다면 도대체 그 살은 어디서 비롯된 걸까요? 그것도 다 5월 광주, 그놈의 '화려한 외출' 때문일까요?"

'화려한 외출'은 1980년 5월의 광주를 피로 물들인 진압 작전의 작전명이었다.

그 광주도 광주지만, 차상문이 보기에는 제수의 사랑이 더 문제였다. 적당히 사랑하면 그만큼 덜 아플 텐데, 제수는 눈에 띄기만 해도 맞으면서 악착같이 남편을 사랑했다. 어떤 때는 침대에 묶어놓고 가죽으로 된 허리띠로 철썩철썩 때린다고도 했다. 차상문은 비록 자신이 결혼도 하지 않았고, 앞으로도 인간 영장류의 그 잘난 혼인 제도 속에 자기 존재를 편입시킬 의향도 전혀 없었지만, 짧은 만남 끝의 긴 이별, 즉 북조선 여자 토끼와 미국 국적의 인간 영장류 주디에 대한 여전히 계속되는 자신의 사랑이라는 경험에 비추어서 해결책은 단 하나, 사랑을 잊거나 덜 사랑하면 된다는 것쯤은 잘 알고 있었다. 그러나 시아주버니 되는 처지에서 자신도 정작 실천하지 못하는 것을 답이라고 들려줄 수는 없는 노릇이어서, 그저 어머니처럼 침묵을 지킬 수밖에 없었다. 그러면 그때쯤 큰어머니 김영순 여사가 대신 나서게 마련이었는데, 그녀는 서러운 눈물을 펑펑 터뜨리는 법률상 며느리를 눈밭에 갇혀 오도 가도 못 하는 작은 토끼인 양 당신의 넉넉한 품으로 넉넉하게 안아주었다. 그러다가 얼마쯤 또 시간이 흐르면, 워낙 이야기를 좋아하는 이야기보따리 김영순 여사는 은근슬쩍 또 이런저런 이야기를 들려주곤 했는데, 대개의 경우 그 이야기들이란 게 천재 수학자 차상문이 이해하기에는 상당히 비합리적인 내용들뿐이었지만, 그때쯤이면 이미 사랑하는 그이가 혹시 집에 왔을지도 모른다는 조바심에 어서 집에 가봐야겠다는 생각만 자꾸 드는 며느리는 그저 이야기를 빨리 끝내려는 목적에서 고개를 연신 끄떡거리고 이따금 호호호 웃기까지 하는 것이었다.

"……그래서 우리 할머니는 늘 그러셨단다. 얘야, 땅을 그렇게 쿵쿵거리며 딛지 마라, 이렇게……"

그새를 못 참고 책을 보려던 차상문이 문득 궁금해서 끼어들었다.

"왜요?"

"왜긴, 땅이 놀란다는 거셨지."

그 순간, 차상문을 덮친 충격을 어떻게 표현할 수 있을까. 그것은 1866년 독일의 생물학자이자 철학자인 에른스트 헤켈이 선언한 저 유명한 "개체발생이 계통발생을 반복한다"는 학설만큼이나 차상문의 전두엽을 세게 때렸다. 생물 발생에 관한 그 학설을 처음 알게 되었을 때, 차상문은 수정란이나 단위 발생란, 또는 무성생식으로 생긴 싹과 포자 등이 성체로 변화하는 과정이 선조의 진화 단계를 거친다는 것이 사실이라면, 도대체 토끼영장류는 무엇인지 아무나 붙잡고 물어보고 싶을 정도였다. 그냥 돌연변이라고 말하면 그뿐이란 말인가. 무책임하게? 큰어머니가 그저 우는 며느리를 달래려고 들려준 이야기 속에서, 차상문은 그때 못지않은 충격을 받은 것인데, 그때는 자기 자신도 그 까닭을 쉽게 알 수 없었다.

"근데…… 할머니는 어떤 분이셨나요?"

"어떤 분? 뭐, 할머니야 그냥 할머니셨지. 굳이 더 말하자면야……"

큰어머니는 굳이 더 말을 이었다. 물론 그 굳이 더 덧붙인 이야기 속에서도 당신의 할머니는 신사임당이나 잔 다르크나 헬렌켈러와 같이 대단한 위인은 아니었다. 그냥 할머니. 열여섯에 시집이라고 와보니 듣던 소문하고 정반대로 부엌에 숟가락 하나 제대로 없는 살림이었다. 초야를 지내고 이튿날 새벽같이 일어나 뭐가 뭔지 멍한 정신으로 그래도 들은 말은 있어서 밥은 해야겠다고 부엌에 나가 캄캄한 어둠 속에 아궁이 불을 지피려는데 갑자기 사흘 굶은 생쥐 한 마리가 부뚜막을 냅다 가로질러 가는 것이었고, 에구머니나 깜짝 놀라 살강을 쳐서 그만 사기 밥그릇 한 개를 깨뜨리고 말았는데, 귀 어둡다는 시어머니가 용케도 그 소리를 듣고 한걸음에 달려와서는 배라먹을 년 식전부터 남의 집 살림은 왜 거덜내냐고 될성부른 싹은 떡잎부터 알아본댔는데 내가 이거 집안 말아먹을 년을 들여놨구나 역정에 역정을 어찌나 크게 내시던지 그 자리에선 차마 울지도 못하다가, 어찌어찌 동이 틀 무렵 옷 속을 파고드는 찬바람을 헤치고 동네 우물에 가서 물을 길어와 가마솥에 쌀을 앉혀놓고 겨우 한숨을 쉬려는데 열린 문으로 동은 이미 훤히 터왔지만 앞을 보면 캄캄하고 뒤를 보면 컴컴하니 에구 어머니 내가 어찌 살아가요, 어제 떠나온 집 생각이 절로 나서 저고리 고름에다 막 눈물을 찍어대는데, 여보, 그래두 다 살아갈 방도가 있지 않겠소, 하며 슬며시 한 그림자 나타나서 말이라도 붙여주니 그게 바로 서방이라, 이제 겨우 눈에 담는 얼굴은 곰보처럼 얽었고 몸은 비실비실하고 당장이라도 쓰러질 듯 해소 기침을 연신 해대는데, 고맙고 고마워서 내가 평생 서방님을 위해서라면 목숨인들 못 바치겠소, 속으로 위안을 삼으며…… 그런데 큰어머니는 할머니의 그 서방님이 없는 살림에도 용케 시앗을 얻었다가 할머니의 시아버지처럼 기어이 복상사의 전통을 이어갔다는 전설 같은 이야기로 아퀴를 짓는 것이었다.

물론 차상문은 복상사가 무엇인지 잘 몰랐지만 그렇다고 그걸 굳이 큰어머니에게 물어보지는 않았다.

쿵! 쿵! 쿵!

그날 밤, 침대에 누웠어도 차상문은 제 큰 귀의 달팽이관을 끊임없이 쿵쿵 울리는 발소리 때문에 쉽게 잠을 이룰 수 없었다. 그래도 잤고, 심지어 꿈도 꾸었다. 꿈속에서 그는 놀랍게도 총을 든 병사였다. 이건 내가 아니라고 고개를 저었지만, 대열은 그의 일탈을 용납하지 않았다. 저벅, 저벅, 저벅. 쿵! 쿵! 쿵! 그가 아닌 그가 앞으로 앞으로 나아가고 있었다. 저 앞에 적들이 보였다. 그들이 우리는 적이 아니라고 외쳤다. 외치다가 신이 나서 춤을 추기도 하고 즐겁게 노래를 부르기도 했다. 어찌나 즐거워 보이는지 그는 따라 부르고 싶었고, 따라 춤추고 싶었다. 그런데 대열이었다. 대열이 일탈을 용납하지 않았다. 대열 앞으로! 명령이 내려왔다. 명령은 그것이 명령이므로 거역할 수 없는 것이었다. 쿵! 쿵! 쿵! 명령을 받은 그는 울면서 총구를 앞으로 향했다. 앞에는 적들이 있었다. 적이 아니라고 말하는, 적이 아니라고 말하면서 즐겁게 춤을 추고 노래하는 적들이 있었다. 왁자지껄 사투리가 마치 외국어 같았다. 어지간한 외국어는 다 알아듣는 그도 그 사투리는 영 알아듣기 힘들었다. 괜히 화가 났다. 알아듣게 말하라고 소리치고 싶었다. 왜 당신들의 의사를 문교부 고시 '표준어 규정'에 맞춰서 표현하지 못하냐고 묻고 싶었다. 워찌 그런당가요. 포도시 지나가면 안 되겠어라. 허구메, 징혀라. 쪼깨 참자구 혀두 말이어잉. 참말 거시기가 거시기허네. 도대체 그런 말이 어디 있는가. 언어는 소통을 위한 도구라는 걸 왜 모르냐고 묻고 싶었다. 소통. 대열은 바로 그 소통을 위한 의무에 복무중이었다. 이제 그도 그 의무를 인정할 수 있었다. 쿵! 쿵! 쿵! 총구를 정면으로 향한 채, 방아쇠에 손가락을 넣었다. 그래도 설마 그러리라고는 생각하지 않았다. 이건 꿈이고 이건 장난이라고 여겼다. 그런데 갑자기 손가락이 저절로 움직였다. 분명히 말해두고 싶다. 그가 아니라, 손가락이었다. 만일 책임이 있다면 그 손가락이라고, 그는 쿵! 쿵! 쿵! 요란한 금속음 속에 픽픽 쓰러지는 적들에게 그 점만큼은 분명히 따지고 싶었다.

1980년 5월 당시 '폭도'들이 장악한 도청을 탈환하라는 임무를 부여받은 공수여단 소속 말단 소총수였던 아우 차상무에게 잘못을 물을 수는 없다. 문제는 본인의 의지와 상관없이 방아쇠를 당긴 손가락인데, 하물며 차상무에게는 지금 그 손가락마저 없지 않은가. 꿈에서 깨어난 차상문은, 짙은 어둠 속에서도 방아쇠를 당긴 제 손가락 하나를 스스로 잘라버린 아우를 변호했다. 사실, 손가락을 자르지 않았다 해도 그는 아우에게 오직 미안할 뿐이었다. 그가 유학을 떠난 이후 어린 아우가 어떤 고생을 하며 집과 어머니를 지켰는지, 그는 입이 열 개라도 할 말이 없었다.

그래도 쿵! 쿵! 쿵! 울리는 소리는 한동안 더 끊이지 않았다.

한 번도 기억에 담지는 않았지만 평생 한 천 번은 봤을 것 같은 한 할머니 인간의 목소리가 들려왔다.

"애야, 땅이 놀란다."

38

아우 차상무는 형 차상문이 모든 면에서 꼭 이기적이라고 생각하지는 않았다. 물론 그도 특히 아버지가 돌아가신 뒤에는 천방지축 어린 나이임에도 이따금 제게 지워진 생의 무게 때문에 무척 힘들어했고 가당찮게 유학을 떠난 형에 대해 불편한 심정을 품었던 게 사실이다. 그렇지만 그때마다 형과 함께 보낸 어린 시절의 특별한 기억 하나가 제법 의연하게 제 앞의 생을 감당해야 한다고 스스로 다짐도 하게끔 만들곤 했다.

봄부터 비 한 방울 내리지 않는 가뭄이 근 석 달 계속되고 있었다. 벼는 누렇다 못해 빨갛게 타버렸으며, 새벽녘에 잠깐 파란빛을 내보이던 하늘은 해가 뜨기 무섭게 뽀얀 먼지 속에 사라졌다. 국숫집 욕쟁이 영감보다 몇 배나 오래 살았을 동네 어귀의 느티나무도 까맣게 타들어갔다. 나뭇가지들은 건드리기만 해도 뚝뚝 부러질 것만 같아, 그 아래 진을 치고 앉았던 노인들은 아예 조무래기들의 접근을 막았다. 30년 넘게 밥 대신 술지게미만 먹었다는 미나리꽝 성배 할아버지가 보리밭 한가운데서 쓰러진 것도 그 무렵이었다. 어른들은 술이 사람을 먹었다고 말들을 해서 아이들은 한동안 술이 아가리도 없이 어떻게 사람을 잡아먹는지 궁금해 미칠 지경이었다.

동네 사내아이들 중에는 그런 여름을 즐기는 방법까지 아는 패도 있었다. 차상무와 한재천, 그리고 말더듬이 방진수. 그들은 학교에 들어가기 전부터 '반공삼총사'로 유명했는데, 산으로 들로 놀러 다니다가 휴전선을 넘어온 대남 선전용 삐라를 줍는 데 남다른 능력을 발휘했기 때문이다. 셋은 삐라를 무지막지하게 주워서 경찰서장 표창까지 받은 적도 있었다. 어느 해인가 이른 봄날, 논두렁을 태우다가 제 바지까지 태운 한 동네 어른이 홧김에 앞산 어귀에 서 있는 양철 입간판을 발길로 냅다 내질렀다가 지서까지 가는 곤욕을 치른 것도 그들 반공삼총사의 투철한 신고 정신 때문이었다.

간판에는 이렇게 씌어 있었다.

—저기 가는 저 등산객 첩인가 다시 보자.

물론 '첩'은 본디 '간첩'이었다. 아이들이 장난으로 한 글자를 지워놓았던 것이다.

차상문은 나무꾼은 몰라도 등산객은 별로 본 적도 없었으니 등산객 속에서 간첩을 가려낼 능력도 없었고 더군다나 잡을 용기 같은 것은 있을 턱도 없는데다가 그 흔한 삐라마저 한 번 주워본 적이 없었으니, 당연히 그 패에 들어갈 자격 같은 것도 없었다. 그런 까닭에 글방도련님 차상문은 때때로 좋은 놀잇감이 되기도 했다. 재천이가 말을 꺼냈다.

"참, 애늙은이는 뭐하지?"

"응? 지금쯤 기하 공부하고 있을걸?"

"기하? 그게 뭐야?"

"나도 몰라. 산수 같은 건가봐. 어제부턴 부쩍 쫄더라. 우리

대빵 올 날이 며칠 안 남았거든."

"그, 그래? 너, 너희 꼬, 꼰대가 와? 또, 또 한바탕 나, 난리가 나겠구나. 너, 너는 또 과, 광에 드, 드갈 거니?"

진수는 당연한 말을 힘들게 물었고, 상무는 그의 힘든 질문에 쉽게 대답했다.

"그럼."

"무, 무섭지 아, 않니?"

"아니, 까짓 것."

"햐, 너, 넌 굉장하다."

"흥, 좀팽이 토끼나 그런 걸 겁내겠지."

재천이가 상무의 말을 가로챘다. 그러나 상무의 생각까지 가로챈 건 아니었다. 형 차상문이 겁쟁이라는 건 순전히 재천이의 편견이었다.

"마, 맞아. 네 혀, 형은 거, 겁쟁이야. 저, 접때는 벼, 병아리 똥꼬도 못 만졌잖아."

"함부로 말하지 마. 우리 형은 너희들 생각만큼 겁쟁이가 아냐."

"흥? 장담할 수 있어? 그럼 우리 내기하자."

"무슨 내기?"

"그거야 네 형이 겁쟁이가 아니라는 걸 증명하는 거지. 나한테 좋은 생각이 있어."

재천이는 진작 얼굴이 시뻘게진 상무에게 하나의 제안을 내놓았다. 그건 끔찍한 것이지만, 동시에 쉽게 거절할 성질의 것도 아니었다. 상무는 재천이의 그 제안을 하나의 기회로 받아들이기로 했다. 말하자면 그건 어디까지나 형을 위한 선택이었다. 차상문을 불러내는 일은 진수가 맡았다. 제 바짓단에 풀잎이 스쳐 바스락거리기만 해도 뱀이 나타나나 범이 나타나나 가던 길을 멈출 만큼 조심성 많은 그를 끌어들이기 위해서는 당장이라도 숨이 넘어갈 듯한 연기력이 필요했는데, 말더듬이 진수는 그런 일에 거의 신영균 급이었다.

여우골 뒤편 골짜기에는 동굴이 하나 있었다. 한때 금을 캐던 곳이라고도 했는데, 그런가 하고 물으면 어른들은 하나같이 애매하게 대답했다.

"글쎄, 금광이 있었다면 있고 없었다면 없고……"

어른들이란 자신들이 감당하기 어려운 문제에 대해선 대개 그런 식으로 얼버무리게 마련이었지만, 그건 또 중요하지 않았다. 사실 그 동굴이 육이오 때 보도연맹원들이 집단으로 처형당한 현장인 동시에 나중에는 거꾸로 퇴각하는 인민군이 지주와 경찰 가족을 집단으로 학살한 현장이기도 하다는 사실을 아이들이 알 리도 없었지만, 어른들 또한 그런 사실을 알고도 감히 아는 척을 할 처지는 아니었다. 좌우를 떠나, 사변 때 총 들고 싸우다 죽은 인원 못지않게 말 한마디 잘못했다가 죽은 인원도 허다하다는 걸 다들 알고 있었기 때문이다. 그렇지만 아무리 말을 흐려도 동굴에서 무언가 죽음의 그림자를 떠올리고 오래된 송장

냄새를 맡는 것 또한 누구든 마찬가지였다. 무성한 숲 덤불 사이로 언뜻언뜻 드러나는 입구부터가 무시무시했다. 담력이 좋은 아이들이라도 아직 그곳에 들어간 적은 없었다. 그 지난해 큰물이 지고 난 뒤 여우골 어름에서 꼭 강아지 뼈처럼 작달막하고 하얀 어린애 정강이뼈를 주워온 재천이조차 그곳만큼은 예외였다.

"겁날 건 없었지. 난 다만 애장터 위를 떠다니는 애들 영혼을 방해할까봐 그게 걱정이었다니까."

동굴이 바라보이는 근처의 너럭바위 쪽으로 걸어가면서 재천이가 굳이 그때 일을 꺼내 은근히 또 자랑했다. 그건 동시에 자신이 동굴 속에 들어가지 않더라도 겁쟁이는 아니라고 미리 명토를 박는 일이기도 했다.

"영혼이 뭐야?"

"젤리처럼 말랑말랑하대. 사람이 죽으면 그게 몸속에서 제일 먼저 빠져나와 하늘로 올라가는데, 억울하게 죽은 사람은 영혼도 하늘에 올라가지 못하는 거야."

"그러면?"

"할 수 없이 자기가 죽은 곳에서 빙빙 맴도는 거지. 썩어가는 제 몸뚱이와 뼈를 보면서……"

"왜?"

"모르지, 그건. 바보야, 산 사람이 죽은 사람 일을 어떻게 다 아냐?"

재천이는 어깨를 으쓱해 보였고, 상무는 하마터면 "토끼는?"

하고 물을 뻔한 것을 용케 참을 수 있었다. 그 영혼이란 게 사람에게만 있는 건가. 기분이 묘했다. 살아오면서 그런 기분은 한 번도 느껴보지 못했던 것 같았다. 바위 뒤에 숨어 기다린 지 얼마나 시간이 흘렀을까. 진수가 나타났고, 곧바로 차상문의 쫑긋 솟은 두 귀가 보였다.

"저, 저기."

진수는 손가락으로 숲 덤불에 가린 동굴 입구를 가리켰다. 겁에 질린 표정을 짓느라고 했을 텐데 두 눈을 동전만큼 크게 뜨고 손은 손대로 벌벌 떠는 모습이 오히려 웃음을 자아냈다. 상무와 재천이는 터져나오려는 웃음을 꾹 참고 그 둘을 지켜보았다.

"지, 지금쯤 주, 죽었을지도 모, 몰라. 사, 상무가 피, 피를 마, 많이……"

짧은 순간 차상문은 진수가 가리키는 동굴 쪽을 응시하더니, 채 그의 말이 끝나기도 전에 훌쩍 몸을 움직이면서 소리쳤다.

"넌 가서 사람들을 불러와. 빨리!"

차상문은 서둘러 동굴 쪽을 향했다. 하지만 그는 자신이 토끼라는 사실을 미처 감안하지 않은 실수를 범했다. 다리가 팔보다 두 배나 길기 때문에 내리막길에서는 토끼뜀 자세가 크게 불편할 수밖에 없었다. 차상문은 여기저기 돌에 부딪치고 비탈을 구르면서 험하게 길을 내달려갔다. 모든 게 순식간의 일이었다. 진수는 그 자리에 멍청하게 서 있었고, 재천이와 상무는 어른들의 등에 가려 약장수가 데려온 원숭이의 묘기를 보지 못했을 때처럼 두 눈을 댕그랗게 뜬 채 서로 얼굴만 마주보았다. 그때부터는 남은 아이들 모두에게 시간이 아주 이상하게 흘러갔다. 어떤 순간에는 고무줄을 잡아당긴 것처럼 무척 길게 느껴지다가도, 또 어떤 순간에는 마치 초침이 째깍째깍 평소보다 두 배 세 배는 빠르게 움직이는 것 같았다.

"금방 나올 거야, 불에 덴 토끼처럼."

모처럼 재천이가 말을 꺼내기는 했지만, 그 말에도 평소와 같은 자신감은 묻어나지 않았다.

언제부턴가 아이들은 바위 위로 올라가 동굴 쪽을 굽어보고 있었다. 상무는 목이 몹시 말라 견디기 힘들었다. 애써 마른침을 넘겨보았지만 그럴수록 목구멍은 더 바짝바짝 타들어갈 뿐이었다. 눈앞이 빙글빙글 돌기 시작했다. 나뭇가지 사이로 쏟아져내리는 햇살이 한 가닥 한 가닥 바늘인 듯 따가웠다. 파란 나뭇잎들 위로 뿌연 먼지가 수북하게 내려앉는 게 보였다. 높다란 미루나무 가지 끝에도 바람 한점 걸리지 않았다. 물기라곤 어디에도 없었다. 허공중 아무 데나 대고 성냥을 당기면 확하고 당장 불이 붙을 것만 같았다.

여우야 여우야 뭐 하니?

밥 먹는다.

무슨 반찬?

개구리 반찬.

살았니 죽었니?

상무의 귀에 형이 이따금 흥얼거리던 노랫소리가 들려왔다. 형이 웃길 때는 그 노래를 부를 때뿐이었다. 물론 그게 진짜 우스웠던 건 아니었다. "살았니 죽었니?" 다음에 "살았다!" 하면서 자기에게 달려드는 형의 표정이 어이가 없어서 싱겁게 웃어준 것일 뿐. 그 노래가 왜 갑자기 떠올랐는지 몰랐다. 그렇지만 상무는 형이 "살았다!" 하면서 자기에게 달려들기를 바라고 있었다. 그러면 이번만큼은 넉넉히 속아넘어가줄 텐데…… 상무는 형의 용기와 우애를 시험한다는 생각 같은 건 버린 지 오래였다. 대신 형이 불에 덴 토끼처럼 튀어나오기를 기다렸다. 당연히 그래야 했다. 상무는 그런 형을 더이상 놀려대면 재천이든 진수든 제 큼지막한 주먹으로 흠씬 두들겨팰 작정이었다. 그렇지만 숲 덤불 너머로 시커멓게 아가리를 벌린 동굴에서는 박쥐 한 마리 튀어나오지 않았다.

태양은 제 아래 모든 것을 구워버리기로 작정한 듯 이글거리는 불화살을 토해냈다. 상무는 빨갛게 변해가는 숲 덤불 위로 무엇인가 솟아오르는 것을 보았다. 한눈에도 아주 말랑말랑한, 마치 갓 뽑아낸 젤리처럼 말랑말랑한 그것이 컴컴한 동굴에서 빠져나와 느릿느릿 하늘로 올라가는 중이었다. 아아, 그건 바로 형 차상문의 영혼이었다.

"형!"

마침내 상무는 벌떡 몸을 일으키며 소리쳤다. 그 목소리가 어떻게 바짝 마를 대로 말라버린 목구멍을 뚫고 나왔는지 자신도 모를 정도였다. 진수가 달려가서 어른들을 불러온 뒤, 그런 다음에도 한참 더 시간이 흐른 뒤에야 상무는 형을 다시 볼 수 있었다. 호떡집 아저씨가 얼굴이 풀 먹인 이불잇처럼 새하얗게 바래버린 차상문을 들쳐업고 나왔다. 이마에는 시커먼 멍이 나 있었고, 옷은 여러 군데가 찢겨나가 긁히거나 팬 상처를 고스란히 드러냈다. 누군가 피멍까지 든 차상문의 무릎 상처를 옷소매로 눌러주었는데, 그때까지도 그는 돌팔매 한 방에 죽어 나자빠진 토끼처럼 꼼짝도 하지 않았다.

"워낙 굴이 깊어야지."

"그러게. 나도 그렇게 깊을 줄은 몰랐네, 참. 큰일 날 뻔했지 뭐야."

"그래도 저만하기 다행이야. 그 안에 바위들이 좀 미끄러워야지……"

뒤늦게 소식을 듣고 온 어른들의 근심 속에 날은 금세 어둑해졌다. 산 능선 위로는 까마중 열매를 으깬 듯 짙은 땅거미가 스멀스멀 번져나갔다.

며칠 후 형제의 아버지 차준수가 예정보다 일찍 집으로 돌아와서 다리에 깁스를 한 채 아직 누워 있는 장남을 보았다. 상무는 조마조마 떨리는 가슴으로 형의 입에서 나올 말을 기다렸다.

"새집을 꺼내려다가 그만……"

"허, 그새 우리 맏상주 나리가 사내대장부가 다 됐나? 그래, 사내자식이라면 모름지기 터지고 깨지고 그러면서 크는 거야."

상무는 아버지가 형에게 그렇게 흐뭇해하는 것을 그때 거의 처음 보는 셈이었다.

39

차상문이 언제부턴가 제 귓속을 울리기 시작한 이른바 '쿵! 쿵! 쿵!' 이명에 시달리는 동안에도, 학생들은 끊임없이 유리창을 깼고, 밧줄을 탔고, 또 떨어졌다. 삐라는 운동장 가득히 낙엽처럼 쌓였고, 「황조가」를 읊조리는 국문학과 학생이나 워즈워스를 배우는 영문학과 학생이나 『파우스트』를 읽는 독문학과 학생이나 바슐라르에 심취한 불문학과 학생이나 이것저것 골치 아프다고 짐작되는 책들은 죽어라 안 읽지만 스포츠 신문의 연재만화나 오늘의 운세는 하루도 빠짐없이 보려고 애쓰는 학생들이나 누구나 할 것 없이 그 낙엽처럼 쌓인 삐라를 밟으며 앞이 보이지 않는 미래를 향해 걸어갔다.

나는 온몸에 햇살을 받고
푸른 하늘 푸른 들이 맞붙은 곳으로
가르마 같은 논길 따라 꿈속을 가듯……

곧 그 삐라는 학교 운동장을 벗어나 거리로, 교회로, 들녘으로, 공장으로 퍼져 날아갔다. 수업을 듣는 학생들 숫자도 눈에 띄게 줄어들었다. 수업에 나오지 않는 학생들을 굳이 만나려면 현저동 독립문 옆 서울구치소를 비롯해서 영등포, 성동, 대전, 장흥, 목포, 의정부, 안양, 대구, 김천, 전주, 청주, 군산, 강릉, 공주, 춘천, 수원 등 전국 각지에 산재한 크고 작은 구치소나 교도소들, 남산(안기부)이나 석관동(안기부 분실)이나 옥인동 혹은 남영동(치안본부 분실)이나 서빙고(보안사)나 무수한 경찰서들, 그도 아니면 구로동이나 가리봉동, 성수동, 부평, 부천, 안양 등 공장 밀집 지대로 가야 했다. 하지만 차상문은 남은 학생들 데리고 수업하기도 바쁜데다가 솔직히 무엇보다 겁이 나서 그런 데는 언감생심 가볼 생각도 하지 못했는데, 어느 날 갑자기 검정색 세단이 학교 안까지 그를 데리러 왔고, 그래서 난생처음으로 그런 데 중 한 곳을 방문하게 되는 것이다. 물론 차상문은 현행범이 아니었다. 문제가 있었다면 다만 기억뿐인데, 용케도 그는 단 한 번밖에 만나지 않은 북조선 여자 토끼에 대해서 수사관들도 쉽게 알 수 있도록 아주 생생하게 묘사해 들려주었던 것이다. 그런데 문제가 된 기억은 비단 북조선 여자 토끼 신애란만이 아니었으니, 그건 바로 언제 죽었는지도 가물가물한 외삼촌 유진명에 관한 것이었고, 그들은 친절하게도 그때까지 차상문이 모르고 있던 꽤 많은 정보를 알려주었다.

"이래서 피는 못 속인다는 거야. 경성제대 독문과 재학중 국대안 반대투쟁에 가담하여 제적당한 후 남로당 비서 이주하, 김상룡 등과 수차례 접선 시도. 훗날 빨치산 남부군 총사령관을 지내는 이현상과도 서울 시내 단성사 옆 모처에서 우연히 만난 적 있음. 우연을 가장했지만 모종의 비밀 임무를 띠고 접근한 것으로 사료됨. 육이오 사변 당시 보도연맹 가입. 구사일생으로 살아난 뒤에도 적색 사상을 청산하지 못하고 지하에서 은인자중하며 암약중 단기 4289년 국방경비대법을 위반하고 수감 생활을 하고 출소한 옛 대학 동문이자 남로당 세포였던 박맹선(35세, 주거 부정)을 만나 시국에 대해 토론하던 중 소위 이승만 괴뢰 도당의 북진 통일 정책을 반대하고 소위 자주적 평화통일을 획책하는 문건(별첨 자료 20109-2 참조)을 열람하고 난 뒤 서울 시내 모 서점에서 공산주의 사상을 담은 불온 도서 3종(별첨 자료 20109-3 참조)을 구입하고, 역시 국방경비대법 위반으로 실형을 선고받은 전과가 있는 도종수(34세, 주거 부정)와 서울 시내 모처에서 만나기로 하였다가 수상한 낌새를 눈치 챈 도종수가 잠적하자 비선(피의자의 여제. 가명 유말자, 여 23세, 이분이 차교수 당신 모친이시지, 아마? 그때 선생님이셨고?)을 동원하여 접선을 시도하던 중 체포된 자로서…… 응? 수사 담당관도 차씨네? 아, 맞다. 우리 업계에서 전설적인 그 양반이……"

하루 꼬박 조사를 받고 집으로 돌아온 그는 여전히 겁에 질려 혹시 벽에 눈이 있어 볼까봐 조심조심하면서 그때까지 한 번도 꺼내보지 않은 봉투, 아득한 세월 너머 언제던가 Mary Han이라는 여교수가 찾아와서 건네준 그 봉투를 바야흐로 꺼내보게 되는 것이었다.

여교수는 '일기 같은 거'라고 했지만, 사실 노트의 대부분은 시작 메모로 채워져 있었다. 그리고 차상문이 그 '일기 같은 거'로 간주할 수 있었던 부분은 앞부분 두 장이 잘려나간, 혹은 일부러 잘라낸 바로 그 뒷부분뿐이었다.

……에서 풀려났다. 이유는 알 수 없었다. 왜 갑자기 태도를 바꿔 내보내주었는지. 어쨌든 눈을 떠보니 집 앞이었다. 나는 죽을힘을 다해서 집 안으로 기어들어갔다. 일은 그렇게 해서 한 매듭을 짓게 되는 것이지만, 그것이 매듭이 아니라 또다른, 어쩌면 육체적 고통보다 훨씬 더한 정신적 고통을 내게 안겨준다는 것을 당시 세상 누구보다 착하고 예쁜 내 동생이 알 턱은 없었으리라. 이 글을 쓰는 지금도 그자의 능글능글한 목소리가 귓속을 파고든다. 백골이 진토된들 결코 잊을 수 없고 잊어서도 안 되는 자! 그러나 그 작자보다 백 배나 나쁜 인간이 세상에 여전히 존재한다. 그건 바로 나다. 너, 유진명이다! 너를 위해 인생의 모든 것을 희생한 피붙이를 차갑게 내친 자! 제발 나를 용서하지 말기를, 나는 다른 누가 아닌 나 자신에게 다짐하고 또 다짐한다.

쿵! 쿵! 쿵!

그날 밤에도 차상문의 이명은 계속되었다.

40

수학이 조작적 체계화에 바탕을 둔 엄밀한 학문인지에 대해서 차상문은 급속히 자신감을 잃어갔다. 몇 안 되는 학생들은 수업 도중 교수가 갑자기 넋이 나간 듯 자기가 써놓은 계산식을 멍한 눈동자로 바라보는 광경을 종종 목격하게 된다. 한번은 한참 바나흐의 정리를 설명하면서 이런 일도 벌어졌다.

"f를 완비 거리공간, 즉 complete metric space상에서 축약사상이라 합시다. 우선 $X_1 \in M$이라 하고 n=1,2,3……에 대해서 x 아래첨자 n+1=f(x_n)이라 할 때, {x_n}이 M에서 코시 수열임을 증명하는…… 근데요, 저…… 모르겠어…… 유리정수 0과 1 사이에는 대체 무엇이 있는 거지요?"

학생들은 가뜩이나 교도소에 가거나 보안사에 가거나 공장에 간 벗들 때문에 우울하고 또 주눅마저 든 심리 상태에서 천재 교수가 정수 0과 1 사이에 무엇이 있는지 잘 모르겠다며 오히려 자기들에게 답을 구하니, 처음에는 오직 아득할 뿐이었다. 그들은 생애 처음으로 0과 1 사이에 대해서 질문을 받아보는 것처럼 당황했는데, 어떤 학생은 그 순간에도 열심히 머리를 굴려 0과 1 사이에 아무것도 없다는, 어떤 학생은 쉼표가 있다는, 어떤 학생은 지구가 생겨난 이래 이제껏 존재했던 전체 사람 수보다 많은 수가 있을 수 있다는, 또 어떤 학생은 평소 그토록 바짝 붙어 있던 두 수 사이가 마치 헤어지고 나서 원수가 된 연인처럼 아득히 벌어져 있다는 사실을 저마다 결론으로 궁리해냈는데, 그래도 설마 아이큐가 기껏 120 언저리를 오락가락하는 자기가 생각한 결론이 200을 넘나든다는 천재 교수의 질문에 대한 답이 될 수 있을까 싶어 감히 입을 열지 못했다. 어떤 학생은 그 따위 말도 안 되는 질문에는 털끝만큼도 신경을 쓰지 않고 방과후 만나기로 한 여자 친구에게 들려줄 재미있는 이야깃거리를 찾는 데만 골똘했다. 그러다가 퍼뜩 자기가 한때 건성으로 몸담았던 종속이론연구회에서 들은 농담을 하나 기억해냈다.

영국인, 미국인, 그리고 팔레스타인인이 지옥에 갔다. 거기서 오래 지내게 되다보니 향수에 젖게 마련, 먼저 영국인이 전화기를 갖고 있는 악마에게 물었다.

"다들 잘 지내는지 궁금해. 영국에 전화하고 싶어. 전화비 한 통에 얼마지?"

"오백만 불."

영국인은 오백만 달러를 지불하고 원없이 통화를 했다. 질투가 난 미국인이 악마에게 달려갔다.

"나도 전화할래. 미국은 얼마야?"

"천만 불."

미국인은 천만 달러를 지불하고 원없이 통화를 했다. 질투가 난 팔레스타인인이 악마에게 달려갔다.

"나라고 못할 건 없지. 팔레스타인은 얼마야?"

"일불."

"애걔, 고작 일불이라고?"

"응, 지옥에서 지옥으로! 시내 통화료는 일불이거든."

그 학생은 이스라엘 강점하 팔레스타인을 대한민국으로 바꾸어 들려주면 어떨까, 슬쩍 고민하기도 했지만, 벽에도 귀가 있다는 말이 떠오르자 아주 쉽게 그런 만용을 포기했다.

시간은 자꾸 흘러갔다.

창밖에 오후 해가 기울며 옆건물의 그림자를 짙게 드리우는데, 교수는 질문을 꺼내놓고도 자기가 무슨 질문을 한 건지조차 깜빡 잊은 듯 분필은 분필대로 든 채 한없이 칠판만 바라보고, 학생들 중 더러는 자신이 수학과에 다닌다는 사실 자체가 학문을 우롱하는 행위라며 속으로 참회하고, 더러는 이제 진짜 0과 1 사이에 무엇이 있는지 하는 문제를 존재를 건 자기 문제로 인식하여 수학적이라기보다 지극히 철학적인 차원에서 새롭게 문제를 풀어나가려고 끙끙거렸으며, 한둘은 참다 못해 그냥 졸고, 또 한둘은 조국의 미래를 위해 떨쳐일어선 벗들의 심정을 이제야 알 것 같다는 생각에 책상 아래에서 두 주먹을 부르르 쥐었다 폈다 하고 있었다.

벗들, 죽은 학문의 우골탑을 과감히 박차고 민중의 바다 한복판으로 나가자! (민중이 자네 부모일세. 공부하라구, 공부!)

벗들, 보이지 않는가. 지금 이 순간에도 역사의 수레바퀴를 거꾸로 돌리려는 저들의 간악한 음모가…… (참게. 자넨 지금 학문의 수레바퀴를 거꾸로 돌리려는 거라구.)

벗들, 민주주의가 사라진 마당에 학문이 무슨 소용인가. (학문의 자유도 없이 어찌 민주주의를 말할 수 있지?)

벗들, 벗들, 그리고 또 벗들……

마침내 그중 한 학생이 과감히 용기를 냈다. 그는 아버지가 직업군인이라 입학 때부터 운동권하고는 아예 담을 쌓고 살려고 노력했는데 재수 시절의 친구 소개로 만나 사귀기 시작한 여학생 때문에 어쩔 수 없이 이것저것 책도 좀 보기 시작해서 얼마 전까지 전공 과목하고는 도통 상관이 없는 책들, 즉 최종식의 『서양 경제사론』, H. 마르쿠제의 『이성과 혁명』, 애덤 샤프의 『소외론 연구』, 베벨의 『여성과 사회』, C. 라이트 밀스의 『들어라 양키들아』, 그리고 필시 마르크스의 저작임이 분명한데 껍데기에는 그저 『현대 경제학 이론』이라고 제목을 단 영문책 복사본까지 억지로 읽어야 했고, 그러고도 끝내 늘 운동화에 청바지 차림인 그 여자 친구로부터 뚜렷한 이유도 없이 결별을 통고받았다.

"교수님!"

학생이 벌떡 일어서며 결별을 선언한 여자 친구에게 이유라도 알자고 따지듯 비장한 목소리로 입을 열었다.

"아, 그렇지. 아마 아무것도 없지요? 이건 우리가 단순히 그렇게 정의하고 시작하는 거니까. 그렇지요?"

"네."

용감한 학생은 아주 얌전한 목소리로 대답하고 자리에 도로 앉을 수밖에 없었다. 그리고 곧 떠나간 여자 친구를 생각하며 속으로 흐느끼기 시작했다. 한 번 떠나간 막차와 여자는 절대 돌아오지 않는다고 아무리 얘기해줘도 한 귀로 듣고 한 귀로 흘릴 터였다.

수업 시간은 자주 그런 식으로 진행되었다. 첫 시간에 교실을 세상으로부터 차단시킨 상태에서 진리를 궁구하는 게 가능하며 당연히 그래야 한다고 소신을 밝혔던 교수는, 교실은 물론 어느덧 0과 1 사이에 무엇이 끼어들었는지 의심하고 회의하고 때로 절망까지 하는 상황으로 치달았다.

"여러분, 쿵쿵거리는 저 소리 들려요?"

나아가 학생들은 시도 때도 없이 이렇게 묻기도 하는 교수 때문에 어느덧 자기들도 전정기관이나 세반고리관에 이상이 있는 게 아닌지 학교 보건소나 집 근처 이비인후과 의원 곁을 지날 때마다 무연히 자기네 귀를 한번쯤 만져보기에 이르렀다.

그 무렵에도 교실을 한 발짝만 벗어나면 학생들은 스스로 자기 몸에 신나를 끼얹고 불을 붙이거나 도서관 옥상에서 밧줄도 없이 뛰어내리거나 하는 극단적인 선택을 하고 있었다. 어느 날 수와 도형을 통한 조작적 체계화를 지향하는 수학과에서 한 복학생이 실종되었다는 소식이 들려왔고, 다시 며칠이 지났을 때

가까스로 그를 찾았다는 소식이 들려왔다. 그러나 다시 찾은 그 학생은 애타게 그리던 어머니와 누나, 동생이 곁에서 아무리 이름을 불러도 아무 대답이 없었다. 실종된 지 보름 만에 지방 소도시의 한적한 저수지에서 퉁퉁 불은 채 떠오른 시신이 온통 피멍투성이였다고 얼결에 밝힌 첫 제보자(39세, 낚시꾼)는 곧 언론이 자기 진술을 왜곡한다며 강하게 불만을 터뜨린 채 잠적해버렸다. 한 달 후, 우여곡절 끝에 유가족은 고인의 장례를 치르기로 결정했다. 사인은 분명하게 밝혀지지 않았다. 힘든 결정을 내린 날, 대림동 원풍모방 정사과에 근무하며 영등포 도시산업선교회(약칭 도산)에서 소그룹 활동도 열심히 하면서 노조 상집 간부로 활동하다 해고당한 뒤 블랙리스트에 올라 번듯한 회사에는 이력서조차 내지 못하고 여기저기 조그만 공장을 전전하면서 동생들 뒷바라지를 해오던 누나는 소식을 듣고 찾아온 예전의 기숙사 단짝과 부둥켜안고 펑펑 눈물을 쏟았다. 해고된 다음 날 노동법상 '제삼자 개입 금지' 조항 위반 혐의로 3년 실형을 선고받고 복역중 만기 출소 하루 전 특사로 나온 단짝 동료는 대학 합격 소식을 전하려고 제 누나를 찾아와 기숙사를 환호로 들썩이게 만들었던, 그렇지만 본인은 정작 부끄러워 얼굴이 새빨갛게 달아올라 고개도 제대로 들지 못했던 동생을 똑똑히 기억했다. 그때 동생은 원풍모방 모든 여성 노동자들의 동생이자 희망의 상징이었는데……

"잘했어. 보내줘, 이제."

비가 추적추적 내리는 가운데 고인의 유해는 서울시립 벽제 화장장에서 한줌의 재로 변해 임진강에 뿌려졌다. 그는 조국의 분단이 기본모순이라고 간주하던 NL(민족해방)계였던 것인데, 그가 만일 자본과 임노동 관계를 더 중시한 PD(민중민주)계열이었다면 1970년 청년 노동자 전태일이 분신한 청계천을 택했을지도 모르는 일이었다. 그러나 그때는 아직 청계천을 도로 뜯어내자 말자 하는 논의조차 아예 없던 시절이었다. 그 모든 절차가 진행되는 동안 경찰은 수개 중대를 동원하여 외부인의 출입을 철통같이 차단하려 했지만, 불 본 부나비처럼 죽기 살기로 덤벼드는 학생들까지 막아낼 도리는 없었다. 임진강변에서 마지막으로 벗을 보낼 때, 학생들은 김민기의 〈친구II〉를 부르자는 파와 지금 동지의 주검이 무엇을 말하는지 생각한다면 다른 노래가 더 어울릴 거라고 주장하는 파가 잠시 실랑이를 벌였는데, 결국 그들은 벗을 죽음에 이르게 한 원인으로서 저 5월의 참혹한 학살을 기억하며 "사랑도 명예도 이름도 남김없이"로 시작되는 투쟁가 〈임을 위한 행진곡〉을 선택했다.

애국가만큼 널리 퍼진 그 노래조차 다 외지 못하던 차상문은 장례식에 참석하지 않았다. 그리고 그날 이후 학교에서 천재토끼 차상문 교수를 보았다는 사람도 더이상 없었다.

41

채리(17세, 가명)는 의붓아버지의 성추행을 피해 집을 뛰쳐나왔다. 어느 날 자고 있는데 웬 손가락이 가슴을 더듬기 시작하는데, 시험 공부에 지쳐 쓰러진 그녀는 그걸 분명히 느끼면서도 말 한마디 제대로 낼 수 없었다. 그 손가락은 점점 아래로 거침없이 내려오다 마침내 생리 때문에 갈아입은 면 팬티 위로 올라섰다. 채리는 젖 먹던 힘까지 다 짜내어 힘껏 저항했다. 소리쳤고, 밀쳤고, 일어섰다. 그뒤의 기억은 차마 기억하고 싶지 않은 것들뿐인데, 그래도 그녀는 용감하게 기억했다. 기억하지 않으면 더러운 범죄를 용인하는 것이라고 생각했기 때문이다.

"잊고 싶을 때마다 난 그 더러운 입냄새를 떠올려. 수십 년 피운 독한 담배 인에 찌들 대로 찌든 입냄새, 그 구리디구린……"

채리는 그 무렵 벌써 일곱 달째 집에 들어가지 않고 있었는데, 할머니라는 호칭을 악착같이 거부하는 야무이모 집에 기숙하고부터는 늘 깨끗하고 건강했다.

김야무(79세), 그녀는 태어나기는 경상도 창녕에서 태어났지만 저 자신 만주가 고향이라고 생각한다. 야무란 이름은 딸만 열하나를 둔 그의 아버지가 기어이 한 다스를 채우게 되자 기가 막혀 면서기 앞에서 "그까이 거 마 아모 짝이도 쓸모 없넌 지집인데 아무캐나 적어뿌소 마." 해서, 면서기가 "그라모 마 아무캐나 아무, 야무로 합시데?" 하면서 확정된 것인데, 당시 호적에는 당연히 한자 이름이 필요해서 사람 착한 면서기는 '잇기 야(也)' '없을 무(無)'라고 쉽게 작명까지 해주었던 것이다. 면에서만 그 면서기가 야무란 이름을 붙여준 게 열여덟 명이었다. 어쨌거나 그때 살림이란 게 도무지 말이 아니어서 보리밥도 깡보리밥이면 감지덕지할 텐데, 웬걸, 습한 논에 지천으로 자라는 독새기풀을 뜯어다 잘게 썰어 함께 끓여 만드는 죽이 허구한 날 식구들 입에 들어가는 곡기의 주종일 정도로 형편 무인지경이었다. 하다 하다 도무지 안 되니까 그녀의 막내외조부가 앞장서서 남부여대 두만강을 건넜다. 그 무렵은 함경도 회령에 살던 일단의 유학자들이 새로운 인재 양성을 목표로 월강, 오랑캐령 너머 명동 땅에 터를 잡고 민족 교육을 시작한 지도 꽤 된 뒤였지만, 당장 줄줄이 딸린 식구들 딸린 입들을 걱정해야 하는 처지의 그녀의 늙은 부친은 하룻밤만 거기 묵고 곧장 더 북행한다. 그때 이미 병색이 완연하던 막내외조부는 동행하지 못했으니, 나중에 들은 소식에 따르면 나머지 식구들이 떠난 지 이틀 만에 불귀의 객이 되었다고 했다. 우여곡절 끝에 그들은 하얼빈 못미처 아성(阿城)이라는 마을에 정착한다. 고맙게도 보습을 기다리는 땅은 널려 있었다. 거기서 그 지방 최초로 수전을 일구며 열심히 살았다. 호랑이도 중국인 관헌도 무섭지 않았다. 야무가 십자가를 처음 본 것도 거기였고, 음매 하는 소리처럼 들렸던 게 아멘 소리였다는 것도 거기서 깨쳤다. 세월이 흘러 어떻게 왔는지 모르게 해방이 왔지만, 때 기다려 터진 팔로군과 지방 군벌, 그리고 국민당군의 전투 등쌀에 선뜻 길을 나설 수 없었다. 하루 이틀 귀향을 미루다가 이듬해 엄동에야 겨우 압록강을 넘을 수 있었다. 그녀의 인생에서 가장 보람 있는 일 중 하나가 그때 중도에서 만나 함께 내려오던 한 가족에게 지니고 있던 쌀을 아낌없이 나눠준 일이었다. 그게 무어 그리 대단할까 싶겠지만, 훗날 이른바 민중 신학의 선구자로 문익환 목사와 더불어 이 나라 신학의 역사를 새로 쓰는 안병무 박사가 바로 그 가족 속에 끼어 있다는 사실을 알면 고개를 끄덕이는 이들이 제법 늘어나게 마련이다.

"봐라, 저거. 한신이다!"

그녀는 시위 때마다 앞장서는, 그러다보니 어느 해인가는 학생 전체가 한 학년씩 유급을 하기도 한 한국신학대학의 깃발을 가리키며 자긍심을 갖곤 하는데, 사실 진보 신학의 대명사 한신의 역사에서 안박사의 비중은 작지 않았다. 그녀는 그 이후 안박사를 한 번도 본 적이 없지만, 예수 없는 한국 교회를 질타하는 그의 가르침만큼은 언제나 소중히 품고 산다. 예수 없는 한국 교회가 그녀에게 준 상처를 어떻게 표현한단 말인지, 그녀는 여전히 조심스럽다. 하지만 그녀는 끝내 기억하리라 용기를 냈고, 마침내 전도사의 탈을 쓰고 심령대부흥회의 그 밤을 더럽힌 아무개를 검찰에 고발했다. 물론 승소는커녕 소가 성립할 가능성조차 희박하다. 이미 까마득한 세월 저편으로 흘러가버린 일이기 때문이다. 그러나 그녀는 평생 열심히 증거를 모았고, 그자가 회개는커녕 여전히 한국 교회를 우롱하는 현실을 참을 수 없어 결심을 굳히게 된 것이다. 그녀는 그자가 성도들로부터 꼬박꼬박 거둬내는 십일조로 성전을 금으로 도배하고, 담임목사인 자기는 물론 성가대조차 황금 옷을 입게 하며, 그것도 모자라 때마다 특별봉송헌금을 거둬 제 식구를 위해 하와이와 괌에 별장을 짓고, 그 입으로 강론 때마다 "가난한 자는 복이 있나니 하나님의 나라가 너희 것이오. 이제 주린 자는 복이 있나니 너희가 배부름을 얻을 것이오." 어떻게 말하는지 도무지 켯속을 알 수 없었다. 죄는 미워도 인간은 용서하라는 말을 주변에서 쉽게 할 때마다 마음 약한 그녀는 눈물부터 짓지만, 그녀는 결코 용서해서도 안 되고 용서할 수도 없다고 거듭 마음을 다잡는다.

"잊으라고? 잊는 게 상책이라고? 관둬라! 한국 교회를 위해서라도 나는 내 결정을 바꿀 수 없어, 이래 말했지."

말끝에 또 훌쩍이는 그녀, 이미 여든이 코앞에 닥친 나이임에도 눈물샘만큼은 도무지 마르지 않는 그녀를 달래는 건 채리보다도 역시 지니가 한 수 위다. 그녀가 씽긋 웃으며 그 가늘고 긴 손으로 등을 한두 번 토닥이자, 김야무는 금세 부끄러운 미소를 짓고 만다.

지니(호적상 이름 송진희)는 독특한 이력을 지녔다. 그녀는 구체적인 기억이 없다고 했다. 삶의 구체적인 기억들.

"도대체 내가 무얼 하고 살아왔는지, 통 기억이 안 나. 책상 위에 책이나 필통, 자, 연필 같은 물건들을 반듯반듯하게 놓아야지만 마음이 놓이던 기억 빼놓고는…… 뿌연 안개 속에서 산

느낌이야."

스물여섯. 서울 태생. 그녀는 늘 물오른 포플러처럼 싱싱하고 발랄하지만, 만일 누군가 그렇게 봤다면 그것이 어떤 큰 고통과 시련도 없이 살아온 삶 때문에 가능했던 거라고 일부러 말해준다. 그렇다고 그녀가 자신의 미모나 건강이나 성격을 뻐기는 거라고 생각하면 오산이다. 그녀는 겸손하고 관대하며 헌신적이다. 그녀는 영문학자이자 수필가인 한마리 교수의 제자였는데, 한교수의 독신주의와 자신의 그것은 처음부터 종류가 다르다고 생각했다. 물론 어떻게 무엇이 다른지에 대해서는 구체적으로 대답하지 않는다. 말이 궁할 때, 그녀는 그저 예쁘게 미소를 지으며 넘어가곤 한다. '예쁘게'와 같은 말을 함부로 했다가는 핀잔을 받을 수 있다. 그녀는 분명히 페미니스트인데, 그것도 슐라미스 파이어스톤이나 줄리아 크리스테바보다 훨씬 좌편향에 서 있는 페미니스트다. 그렇지만 그녀는 현실에서 그런 편향을 당장 관철하려 하지 않는다. 그녀는 자신이 부족한 바가 무엇인지 잘 알고 있기 때문에 더 배워야 한다고 생각하며, 언제고 때가 되어 조직을 떠나더라도 두 사람과 한 토끼는 결코 잊지 못할 거라고 말해 가끔 분위기를 숙연하게 만들곤 했다.

한 토끼, 그는 당연히 국립 서울대학교 교수직을 스스로 버리고 나온 차상문이다. 그는 조직의 유일한 남성이며 유일한 토끼로, 조직을 처음 제안한 것도 바로 그였다.

그날, 조직이 결성되던 날, 검찰청에 가기 위해 아침 일찍 신촌 집을 나선 김야무는 대규모 시위 때문에 버스 안에서 오도 가도 못 했다. 할 수 없이 도로 내렸는데, 골목마다 이미 전경들이 지키고 서 있어서 집에도 들어갈 수 없었다. 다리도 아프고 숨도 차서 어디 쉴 만한 데 없나 하고 둘러보는데, 갑자기 뭐가 펑 하는데 꼭 육이오 때 듣던 총소리 같았다. 최루탄이었다. 오랫동안 노출되면 구토, 피부 발진, 가려움증, 눈병 등을 유발할 수 있는 CN 최루탄인데, 동남아시아 어느 나라에서도 시위 진압에 탁월하다는 평판을 듣고 막상 수입을 하려다가 인마살상(人馬殺傷)도 충분히 가능하다는 바람에 기겁하여 수입을 포기했다는 소문마저 돌았다. 그녀는 이리저리 뛰는 인파에 십리 백리 밀리다가 가까스로 어느 골목으로 들어선 것까지는 기억한다.

"아이고, 이모. 그때 콧물 눈물 질질 짜시면서…… 얼마나 가관이었는지 아나?"

"정신이 통 없었으니까 내가 우째 알겠나? 그저 눈을 떠보니까 니가 있었다는 것만 기억난다."

채리였다. 그녀는 마침 작은 동네 공원에서 하릴없이 시소에 앉아 있다가 마침 어슬렁거리던 개를 보고 시간을 보내기에 아주 좋은 놀이를 생각했는데, 그것은 한 글자로 된 순우리말 이름을 가진 동물이 몇 가지나 되는지 따져보는 매우 교육적인 놀이였다. 개, 곰, 닭, 소, 말, 쥐, 새. 채리는 아주 쉽게 일곱 개를 떠올렸는데, 갑자기 게임의 규칙을 하나 더 정해야 할 필요성을 느꼈다. 새 때문이었으니, 새라고 한 번 해버리면 새 속에 포함되는 개별 조류 종들은 어디로 갈 데가 없지 않은가. 채리는 자신의 영특함에 스스로 흐뭇했고, 곧 하늘을 자유롭게 나는 매를 목록에 추가할 수 있었다. 그렇게 시작한 게임은 생각보다 어려워서 개, 곰, 닭, 소, 말, 쥐, 매, 벌, 꿩, 범에서 좀처럼 더 나아가지 못하고 있었는데, 그녀가 막 동물이 꼭 뭍과 하늘에만 있는 건 아니라고 기막히게 생각하는 순간, 무언가 펑 하는 소리와 함께 눈앞이 금세 뿌연 연기로 뒤덮였다. 고춧가루를 뒤집어쓴 것처럼 눈이 맵고 따갑고 콧물까지 더럽게 흘러내리고서야 채리는 근거리에서 전개되던 한국의 정치 현실에 대해서 겨우 상황 파악을 할 수 있었다. 이어 그녀는 우르르 밀물처럼 몰려들어오는 인파 속에서 금방이라도 엎어져 밟혀 죽을 것만 같은 한 할머니를 발견하고, 눈과 코를 마구 찌르는 고약한 최루가스 속에서도 악착같이 구출 작전을 전개했다. 함께 할머니를 거든 대학원생 지니는 채리가 나이가 어린데도 당찬 전사였노라 술회한다.

"몰려온 백골단을 향해 제일 먼저 소리친 것도 채리였지. 나는 채리가 돌멩이라도 던질까봐, 그러면 우리도 꼼짝없이 붙잡힐 거라고 겁부터 냈는데…… 호호."

사실 겁을 냈다면 그때 거의 토사불성(兎事不省) 상태로 미끄럼틀 아래 쓰러져 있던 차상문이 제일 심했을 것이다. 사과탄을 뒤집어쓴 채 오줌버캐 같은 얼굴로 벌벌 떠는 그를 처음 발견한 것은 지니였고, 그에게 물병을 건네준 것은 채리였다. 김야무는 그들 모두를 멀지 않은 자기 집으로 초대한다. 1987년 6월 모일, 그렇게 해서 마침내 하나의 새로운 조직이 세상에 모습을 드러내게 되는 것이다.

6월 항쟁에서 CA(제헌의회) 그룹이 가장 전위적인 운동 조직이었다, 고 기억하는 이들이 많다. 95퍼센트의 시위대가 고작 "대통령을 우리 손으로!"라는 직선제 쟁취를 슬로건으로 내걸 때, "파쇼하의 개헌 반대, 혁명으로 제헌의회!"라는, 마치 1917년 차르 체제하 모스크바를 뒤흔든 볼셰비키 혁명을 연상시키듯 사뭇 급진적인 구호를 외쳤기 때문이다. 그러나 연세대 학생 이한열군이 최루탄에 맞아 쓰러진 이후 1987년 6월의 서울 거리를 뜨겁게 달군 시위 현장 어느 한구석에는 가장 먼저 나와 가장 늦게까지 펄럭이던 외로운 깃발도 하나 있었다는 걸 기억할 필요가 있다. 대개의 영장류, 특히 인간 영장류는 자신들이 기억하고자 하는 것만 기억한다. 그들에게 기억이란 그만큼 제한적이다. 의미가 별로 없고, 거추장스럽고, 거치적거리고, 때로는 불필요한데다 불편하기 때문이다. 그들은 바쁜 세상에 기억이라니, 그건 밥 먹은 뒤 바로 누우면 소가 된다는 미신을 믿는 것하고 다르지 않다고 쉽게 단정하기 마련이었다.

'민주주의 너머 새로운 미래를 꿈꾸는 영장류 연대(Primates' Solidarity for New Tomorrow beyond Democracy)'.

약칭 '꿈꾸는 영장류(Dreaming Primates)'.

외로운 깃발, 바로 그 '꿈꾸는 영장류' 아래 모인 이들은 무엇보다 기억을 소중하게 생각했다. 따라서 그들은 보이지 않는다고 그리워하지 않는 세태를 견딜 수 없어했고, 그립다 생각하면 조용히 손부터 내밀었으며, 그리워도 그리워도 차마 그림자조차 함부로 밟지 못하는 이들의 심정을 세심하게 이해하고 배려할 줄 알았으며, 무엇보다 지금은 비록 고통과 시련의 나날일지라도 기억하고 기다리는 한 언제고 다시 딛고 일어설 수 있는 그날이 오리라고 굳게 믿었다.

42

연대가 결성된 후 제일 먼저 한 일은 생물의 종다양성에 대해 새삼 깊이 있게 학습하는 일이었다. 그들은 야무 이모가 맛있게 만들어준 수제비와 오이냉채로 식사를 마친 후 넓은 마루에 저마다 편한 자세로 누워 빈둥빈둥 시간을 보내고 있었는데, 갑자기 채리가 생각났다는 듯 예의 그 게임을 제안했던 것이다. 아직 최루가스가 말끔히 가시지 않은 터라 다들 정신이 좀 멍멍한 상태였지만, 조직 결성 후 딱히 할 일도 찾아내지 못했기에 채리를 제외한 딴 성원들은 마지못해 게임에 참여하기 시작했다. 당연히 개, 곰, 닭, 소, 말, 쥐, 새까지는 쉽게 나왔다.

"이런 참…… 새는 보통명사입니다, 아시죠? 닭이나 곰은 개별 동물 종을 말하는 거구요. 이래서야 원……"

채리가 아는 척을 하자 딴 조직원들은 은근히 시샘이 났고,

그때부터 정신을 좀더 차려 게임에 몰입하기 시작했다. 그러나 30분이 훌쩍 흘러도 그들은 매, 벌, 꿩, 범, 뱀에서 한 마리도 더 추가하지 못하고 있었다.

그때 지니가 투덜거렸다.

"이거 참 죽을 맛이네."

"아, 그래, 맛!"

영특한 채리가 동물이 꼭 뭍이나 하늘에만 있는 게 아니라는 생각을 다시 떠올렸고, 조직원들은 두 눈이 휘둥그레져서 부랴부랴 바닷속과 갯벌을 뒤지기 시작했다.

"굴!"

"복!"

"게!"

그러나 그뿐, 그들은 자신들이 지구별에 사는 영장류로서 주변의 동물들에게 얼마나 무심한 존재인지 새삼 절감하기 시작했다.

"이래서 바로 우리가 조직을 만든 것이기도 해요. 두루 더불어 사는 세상을 만들어야죠. 무릇 영장류라면 영장류다워야 하지 않겠어요?"

연대의 이론가를 자처하듯 차상문이 제법 무게 있는 목소리로 말하자 다들 수긍하는 고갯짓을 했는데, 김야무만큼은 수긍은 하면서도 뭔가 미심쩍은 구석을 다 털어내지는 못한 눈빛이었다. 차상문이 물었다.

"왜요, 이모? 뭐 궁금하신 거라도 있으세요?"

"아니, 뭐 궁금하다기보다…… 근데 영장류란 게 뭐지?"

"원숭이요."

채리가 간단하게 말했다.

"진화론에 따르면 그렇죠."

지니가 말했다.

"영장류란…… 바로 이런 거예요. 이런 질문을 하는 존재."

차상문이 말했다.

"어떤 질문? 한 글자로 된 동물 이름 알아맞히기? 하긴, 소나 닭은 이런 놀이를 하면서 시간을 보내진 않지."

"그것도 포함될 수 있죠. 이런 질문을 하다보면 자연히 주변 동물에 대해서 관심을 기울이게 되고, 더 많은 걸 알게 되고, 그러면 어느 순간 그들과 내가 어떤 차이가 있고 어떤 점은 또 같거나 닮았는지 스스로 따져보게도 되겠지요. 그게 바로 존재의 자기 증명 순간일 테고……"

차상문이 이 정도까지 말하자 게임은 갑자기 인간과 토끼 영장류의 위엄을 건 게임으로 발전해버린 느낌이었다. 그들은 한층 더 분발하여 동물들을 알아맞히려고 노력했으나, 그게 생각만큼 쉽지는 않았다.

"늬!"

김야무가 말했다.

"늬가 뭐래요?"

"쌀벌레."

"아니, 뉘는 식물성이에요. 쌀 등겨가 안 벗겨진 채로 섞인 걸 말하잖아요."

"그런가? 참, 경상도에서는 누에를 뉘라고 하는데…… 맞죠, 이모?"

"방언의 의미를 무시하자는 건 아니지만, 그런 식이면 예부터 돼지도 돝이라고 했잖아요. 멧돝 잡으려다 집돝 놓친다는 속담도 있고요."

차상문이 말하자 금세 지니가 반발하고 나섰다.

"아니, 방언이나 옛말을 하나라도 더 살려내는 쪽이 우리 조직의 강령에 한층 부합하는 거잖아요. 잊어버리고 무시하고 기억하지 않는 걸 애써 찾아내자는 거…… 난 마땅히 포함시켜야 한다고 봅니다."

지니가 이겼다.

연대는 그런 식으로 첫 임무를 어느 정도 완수할 수 있었는데, 그렇더라도 그때까지 그들이 작성한 목록은 곰, 닭, 소, 개, 말, 쥐, 매, 벌, 꿩, 범, 뱀, 맛, 굴, 복, 게, 이, 좀, 뉘, 돝과 김야무가 만주에 살 때 기억을 아슴아슴 더듬어 찾아낸 삵을 포함해서 고작 스무 종에 불과했다. 그러나 그들은 순우리말 외자 이름을 가진 동물 종이 그 정도밖에 안 될 리는 없다고 생각했는데, 그것은 곧 모든 생물에 대한 경외감으로 이어졌고, 아무리 하찮은 미물이라도 그게 보이지 않는다고 기억하지도 않고, 따라서 그리워하지도 않는다면 영장류로서 스스로 존엄성을 운위

할 자격조차 없다는 믿음으로 이어졌다.

"근데 생물이 어디부터 어디까지가 생물이지? 알은? 알도 분명히 생명이죠?"

"당연하지. 알 없이 새끼 있나? 몸집으로 생명의 크기를 따질 순 없지."

그쯤에서 차상문은 조금 혼란스러워졌다. 알이 생명인 거야 인정하겠는데, 그렇다면 그 알의 시원일 정자와 난자는? 그것들은 생명이 아닌가. 살아서 꿈틀거리는데? 꿈틀거리며 싸움까지 해서 악착같이 난자를 차지하는데? 그렇다면 자위도 함부로 해서는 안 되는 거 아닌가. 그는 무척 궁금했지만 차마 그 점에 대해서 조직원들의 중지를 모을 수는 없었다.

"병균도 생명인가? 해충이 생명인 건 분명히 알겠지만……"

조직원들은 생명의 정체에 대해서, 그리고 생명이라면 바이러스나 포도상구균 같은 병원체와 진드기나 벼멸구 같은 해충마저도 옹호되어야 하는지, 생물학적으로 또 철학적으로 점점 더 어려운 문제를 점점 더 근본적으로 제기해나가기 시작했다.

43

차상문과 지니가 김밥을 먹으러 들어갔는데 마침 옆자리에 연대생으로 보이는 학생들이 참치김밥, 순대, 떡볶이, 라면, 어묵

등을 두루 시켜놓고서 무언가 이야기를 나누고 있었다.

"그러니까 니 말은 동을 뜨자는 거야 말자는 거야?"

"동이 문제가 아니라, 선도투를 해야 한다는 거지. 이대로 나가면 PD 애들이 기선을 잡아 우리 NL은 한참 뒤질 거구."

"SR이 쉬운 게 어딨어? 전통이 만만하지도 않고. 5공은 이미 우리를 다 파악하고 있어. 그러니까 이렇게 논투만 하다보면 주사의 앞날도……"

그런 식의 '대화'가 끝없이 이어졌다. 마침내 참다못한 차상문이 일어서서 무어라 말을 꺼내려는데, 그들은 갑자기 긴장한 눈빛을 주고받더니 한꺼번에 일어나서 나가버리는 것이었다. 졸지에 당한 일이라 차상문은 어안이 벙벙했다. 지니가 웃으며 설명해주었다.

"아마 우리를 프락치로 알았나봐요."

"난 그저 너무 궁금해서 말뜻을 좀 물어보려던 것인데…… 도대체 그것들이 다 무슨 말인지……"

지니가 다시 차분하게 설명을 보탰다. 예를 들어 '동'은 주동의 약어로, '동을 뜨다'와 같은 용례로 데모를 주동한다는 말이었다. 운동권의 은어인 셈이었다.

"그렇게 해서 다른 사람들이 어디 알아먹겠어요? 특히 자기들이 돕겠다고, 아니 자기들이 그들을 대변하고 그들을 위해 싸운다고 생각하는 바로 그 그들, 일반 민중이 알아듣겠냐구요?"

"대놓고 아무 이야기나 할 순 없잖아요? 상황이 이러니까……"

“아무리 그래도 그렇지요. 자기들 말대로 민주주의를 위한 싸움이라면 싸움의 방식도 민주주의적이고 정직해야죠. 자기들만 아는 은어로 쏙닥쏙닥하면 그게 어디 올바른 싸움이라고 할 수 있겠어요? 게다가 언어철학적으로 볼 때도 준말을 즐겨 사용하다보면 사물이나 대상의 본모습을 불가피하게 왜곡하고 오직 편의성이나 속도라는 관점에서만 그것들을 대할 가능성이 커지게 될지 몰라요. 고도성장, 압축성장만이 가치를 지닌다는 작금의 세태도 어쩌면 작게는 그런 데서부터 비롯할지 모르구요. 그러다보면 더디더라도 차근차근 한 발씩 떼는 발걸음은 점점 보기 어려워지게 되겠지요.”

이렇게 하여 차상문은 연대의 임무 속에 언어의 무분별한 오남용을 물리치고 말의 제 값어치를 찾아주는 것도 포함시킬 수 있었다. 특히 운동권의 준말은 바로 그런 방식으로 그것을 사용하는 순간, 그들 스스로 알게 모르게 권위주의적이 되어감을 의미한다고 정리했다. 즉, 타인에 대한 배려 없이, 타인에 대해 보이지 않는 또 하나의 권력을 일방적으로 행사한다는 것. 하지만 차상문은 그 때문에 며칠 후 다시 마주친 그들로부터 “미토 아냐?” 하는 소리를 들어야 했다. ‘미토’란 ‘미친 토끼’를 말하는 것 같았다. 물론 나중에 그는 준말이 꼭 나쁜가 다시 한번 생각하게 되는데, 그것은 말을 짧게 함으로써 입을 통해 방출하는 이산화탄소의 양, 또한 그걸 종이 위에 적을 때 그만큼 아낄 수 있는 열대우림과 관련이 있었다.

사라지는 언어에 대한 관심을 촉구하는 것도 매우 긴급하고 중요한 과제였다.

1992년 터키의 한 마을에서 에센츠라는 노인이 사망함으로써 지구상에서 또 하나의 언어가 사라진다. 여든세 개로 세계에서 가장 많은 자음을 지닌 축에 속한다고 알려진 우비흐어였다. 그것은 다만 한 인간의 죽음이 아니라 그가 끌고 온 모든 생의 기억, 나아가 우비흐어를 사용하던 역사상 무수한 이들의 기억조차 사라졌음을 뜻하게 된다. 그 무렵에는 아직 그 노인이 생존해 있었으니 시간이 남아 있었다고 할 것인가. 문제는 가족들조차 에센츠 노인과 더불어 우비흐어로 대화를 하지 못한 지 이미 오래라는 데 있었다. 도시 문명을 따라잡기 바쁜 가족들은 급속히 표준 터키어의 세계로 흡수되어버렸다. 그 세계는 에센츠 노인이 한평생 끌고 온 세계와는 철두철미 달랐다. 아무리 뛰어난 언어학자라도 한 언어의 마지막 발화자가 사라져버린 뒤라면 어떻게 그것을 되살려낼 수 있을 것인지, 조직원들은 걱정이 태산이었다.

"지금 이 순간에도 바람 앞 촛불처럼 생명이 간당간당 소진되어가는 소수 언어에 대해 관심을 기울입시다. 영어와 같은 포식 언어에 잡아먹혀 2주에 하나 꼴로 소수 언어가 사멸하고 있습니다. 시베리아에서 사용자가 고작 100명 남짓 남은 우디헤어를 기억합시다. 아마존 정글의 아리카푸어 구사자는 단 여섯 명만 남았다고 합니다. 알래스카의 에약어는 앵커리지에 사는 마리스미스 존스 할머니 달랑 한 분만 남았구요. 사라져가는 이 언어들을 살리는 일은 대통령 직선제 못지않게 시급하고 중요한 일입니다. 우리 모두 관심을 기울입시다. 우리 모두 우디헤어와 아리카푸어와 에약어를 살리는 일에 동참합시다."

조직원들은 직접 손으로 써서 만든 전단을 나눠주고 확성기로 사람들에게 관심을 촉구했다. 먹고살기도 바쁜 사람들은 대부분 그냥 가고, 더러 미간을 찌푸리거나 귀를 막고, 어쩌다 한두 명이 관심을 보일 뿐이었다. 신촌역 지하도 8번 출입구 근처에서 상주하는 한 노숙자는 너무 큰 관심을 기울여 오히려 조직원들을 당황하게 만들었다.

"아, 그 에약어 나도 좀 배웁시다, 끅. 어디 가면 배울 수 있소? 에약어로 안녕하슈는 어떻게 말하는지 어디 한번 들어봅시다, 끅. 참, 그 에약어란 건 교착어인가 고립어인가? 끅. 내가 워낙 고립어에 익숙해놔서, 끅."

어쨌거나 연대는 여러 가지 방식으로 매우 활발하게 활동을 전개했다. 그리하여 이글거리는 여름이 지나고, 가로수가 노랗게 물들고, 마침내 유난히 찬 황소바람이 몰아치는 겨울이 왔어도 그들은 여전히 싸움의 고삐를 늦추지 않았다.

"시외버스 터미널에서 행선지 읽기. 승언, 꽃지, 서산, 하창, 진장, 강수, 부석, 근흥, 마금, 장재, 신두리, 이원, 당산, 신동, 어은들, 파도, 아치내, 의항, 법산리, 서파, 만리포, 천리포, 마검삼……"

지니가 쉬지 않고 지명을 댔다. 막지 않으면 얼마를 더 할지 몰라 채리가 얼른 막아섰다.

"어휴, 재주도 좋아, 언니는. 그게 다 어디야?"

"태안 시외버스 터미널. 난 횡성, 진부, 그리고 부안 터미널 것도 다 외울 수 있어."

지니의 얼굴에 또다시 자부심이 그득 번졌다.

그날 바람이 몹시 매운데도 '꿈꾸는 영장류' 조직원들은 벌써 두 시간째 자기들이 좋아하는 것을 꿈꾸듯 이야기하고 있었다. 다른 사람의 입에서 하나하나 좋아하는 것들이 나올 때마다 늘 감격할 자세가 되어 있는 그들은 쉽게 감격했다.

"도무지 바쁠 일이 없을 것 같은 평일 오후의 한적한 군립 도서관 서고."

"헌책방. 헌책방에서 풍겨나는 오래된 책의 냄새."

"헌책에 써 있는 글. 아마 가난한 대학생이었을 텐데, 이렇게 씌어 있을 거야. 영원한 것은 침묵하며, 한때 지나가는 것은 소란스럽다. 단기 4천 3백 몇년, 청계천 헌책방에서 사다."

"그 글귀는 아무래도 기성 문필가의 작품인 듯싶은데? 그래도 좋지. 물론 침묵은 금이요 웅변은 은이다, 라고 쓴 사람들이 더 많을 거야. 난 그런 상투적인 게 좋을 때가 많아."

"이발소 그림처럼? 물레방아 돌아가고, 초가집 굴뚝에서 모락모락 저녁 밥 짓는 연기가 피어오르고, 붉은 노을이 지고…… 아, 밀레의 〈만종〉도 있지. 그 그림은 어째서 모든 이발소에 걸려 있던 걸까?"

"어휴, 고리타분해서 같이 못 놀겠네. 꼭 딴 나라에 온 거 같아. 맞아, 난 나중에 배낭을 메고 무작정 걸어서 세계일주를 할 거야."

"파주 문산 봉일천만 지나도 금세 철조망이 가로막을 텐데?"

"이 땅이 뉘 땅인데 오도 가도 못 하느냐! 아, 경의선이죠? 신의주 가는 거? 난 그거 타고 가다가 영변에서 내릴 거야. 거기 약산의 진달래꽃을 꼭 보고 말 테야."

"휴, 그때가 되면 내가 외워야 할 땅 이름이 얼마나 또 늘어날까?"

"그 기차, 제발 천천히 달리는 완행열차였음 좋겠다. 창밖에서 손 흔드는 아이들 얼굴 좀 자세히 볼 수 있게……"

"지나가는 정거장과 마을들. 그리고…… 그런 이름들을 다 모아 만든 땅 이름 사전."

"맞아. 나도 사전은 다 좋아. 그리고 돈 안 되는 사전을 만들겠노라 평생을 씨름해온 어느 노학자."

"그런 아버지를 방해하지 못하고 늘 서재 문지방 바깥에서 몰래 훔쳐보며 자란 여자아이. 그 아이가 나중에 아버지의 뜻을 이어받아 다시 사전 집필에 뛰어들고……"

"추억 사전 같은 건 없나?"

"우리가 잊어버려서는 안 되는 추억만 모아서 만든 사전?"

"거기에 서삼릉 가는 길도 꼭 넣어줘."

"응? 무슨 추억이 묻어 있길래?"

"추억이라면 진저리를 치는 사람도 그 길을 걸으면 추억에 대해 다시 생각하게 될 거야."

"덕수궁 돌담길처럼?"

"아무도 가지 않는 길도 좋아."

길은 길로 쉽게 이어졌고, 길 아닌 길도 다들 마음에 들어했으며, 평생 가보지 못할 길도 마치 눈앞에 있는 양 말을 꺼냈으며, 나타나지 않으면 꿈에서라도 만나고 싶은 길에 대해서도 이야기를 주고받았다. 그 길에 어느새 바다도 나타났다.

"해안 도로. 가령 영덕에서 강릉까지 이어지는 7번 국도처럼."

"난 그 길 어디쯤에서 자그마한 우체국도 만날 거야. 그래, 바닷가 우체국."

"그리고 거기서 엽서를 쓰는 여자. 나이 지긋한 중년이라도 상관없어. 마흔다섯? 쉰은 안 되고…… 그 정도 나이면 좋겠지? 일주일에 한 번은 염색을 해야 하는데, 그런 만큼 추억도 더 많을 테니까. 여자가 엽서를 쓰다가 문득 눈을 들어 창밖을 바라보는데, 언제부턴가 펄펄 내리고 있는 눈. 그 함박눈 속에서 세상은 아주 단순해지고, 눈은 와라, 지천으로 내려 바야흐로 아련한 마음은 더욱 아련해지고 익숙한 풍경은 새롭게 다시 태어나고…… 아, 어디로 보낼까, 그 엽서?"

지니가 차상문의 말을 받아 말했는데, 자기가 마치 그 풍경 속에 들어간 듯 눈동자 초점까지 풀려 있었다. 차상문은 차마 그 꿈을 깨고 싶지 않았지만 어쩔 수 없었다. 진실은 대개 그런 것이었다. 덮어놓고 슬픈.

"그 엽서는 아마 보낼 데가 없을 거예요. 그래서 더 아름답고……"

잠시 말이 끊겼고, 갑자기 숙연해졌다. 그리고 그 침묵은 제법 오래 이어졌다. 그렇다고 해서 그들이 그 '싸움'을 끝낸 것은 아니었다. 그들은 이미 그런 따위 아무에게도 해를 주지 않는 평화적 싸움에 아주 익숙해져서 언제까지라도 영장류로서의 존엄을 이어나갈 자신도 있었다. 하지만 그들의 싸움은 의외의 변수로 인해 새로운 국면을 맞게 되는데, 분식집 주인 아주머니 때문이었다. 그녀는 자신들의 기억 투쟁이 아무에게도 해를 주지 않는다고 여겼던 조직원들의 믿음을 여지없이 깨뜨리게 되는 것이었으니, 가게 앞 도로변에 쭈그리고 앉아 있는 그들을 보고 참다 참다 더는 못 참아 기어이 울화로 가득 찼던 속내를 왕창 털어놓았다.

"가! 가불어, 지발! 여그덜 앉거서 쓰잘때기 없는 말장난하덜 말구, 싸개 가부리랑께!"

"아니, 그런 게 아니라요. 우리는 민주주의를……"

"아나, 고 잘난 민주주의! 알아묵었응께 인저 거시기 투쟁인가 투정인가 쪼까 접으면 쓰겄네잉. 김밥 몇 줄 사묵었다구 초여름부텀 여태꺼정 허구한 날 가기 앞에서 요렇게 유세란 말이어라? 누구 복장 터져 죽는 거 보고 잡소? 글잖어도 속에서 열불이 나닝께 알아서들 허시오."

단무지며 어묵, 시금치를 잔뜩 넣은 김밥 같은 몸피의 분식집 주인이 그저 단무지처럼 길쭉하기만 한 지니의 말을 툭 끊었다. 연대는 대변인 지니를 통해서 가게 주인에게 형식적 민주주의 너머에 자기들의 진정한 가치가 있다고 자세히 설명해줄 틈조차 없었다. 분식집 주인은 귀를 빌려주는 대신 잔뜩 결기 오른 얼굴로 입간판을 세우고 빈 라면 박스만 잔뜩 갖다쌓았다. 김밥을 사먹자고 해도 팔지 않았다. 전라도 함평 불갑산이 가까운 어디께서 났되 주로 읍내 가까운 밀래미마을에서 자란 주인의 심정을 능히 이해할 만하기는 했다. 항쟁의 승리로 얻어낸 대통령 직접선거에서 애먼 이만 좋은 일을 시켜주었기 때문이다. 나라는 호남, 대구 경북, 부산 경남, 충청으로 갈가리 찢겼고, 1980년 5월의 광주를 피로 물들였던 세력은 인구수가 가장 많은 지역 출신이며 신군부의 제2인자였던 자를 후보로 내세워 바야흐로 합법적이고 떳떳한 민간 정부를 구성하게 된 것이다.

"인간 영장류란 게 고작 이런 거였어요, 고작."

개표 직후, 서울이 고향인 지니가 아득한 목소리로 말했듯이, 당분간 희망은 없어 보였다. 실제로 대구 경북 출신 후보는 대구와 경북에서 각기 70.7퍼센트, 66.4퍼센트, 부산 경남 출신 후보는 부산과 경남에서 각기 56.0퍼센트, 51.3퍼센트, 호남 출신 후보는 호남에서 81.0퍼센트를 얻어, 지극한 애향심이야말로 선거의 가장 큰 변수였음을 증명했다. 민주화고 뭐고, 진 지역은 밤이고 낮이고 두 배 세 배 분발하여 두 배 세 배 많은 아이를 낳지 않으면 그 애들이 투표권을 갖게 되는 앞으로 20년 후의 가능성마저 장담할 수 없었다. 쌍둥이를 낳으면 학비를 면제해 주고, 세쌍둥이를 낳으면 도 공무원으로 특채하겠다는 약속이라도 하고…… 워낙 지역 간 골이 깊어, 달리 수는 없어 보였다.

44

매일같이 진을 치던 분식집 앞길마저 내준 연대는 하루아침에 최전선을 상실한 셈이었고, 그에 따라 항쟁의 의지도 급속히 소진된다. 며칠 후, 연대 앞을 근거지로 삼던 연대는 마침내 청산을 결정한다. 채리는 외도와 잦은 구타를 못 이겨 의붓아버지와 헤어진 어머니를 따라 시골 외가로 가야 했고, 연대의 최연장자 김야무는 소 자체가 거부되자 생의 의욕을 잃고 하루 반나절 만에 진짜 팔십 노인이 되어버렸다. 그녀는 조직원들이 찾아가도 누군지 알아보지 못했다.

"적십자 회비? 그거 지난번에 내지 않았수? 요샌 한 달에 한 번씩 내는 거유?"

남은 것은 단둘뿐이었다.

채리가 함께 분투한 시간들을 결코 잊을 수 없을 거라며 눈물을 뿌리며 강화행 시외버스에 올랐다.

"참, 그거 있잖아요. 내가 더 찾았는데……"

"뭐?"

"쏙! 갯벌에 사는 거래요. 갑각류고…… 돔도 있고, 물고기. 학은 아무래도 한자니까 안 되겠죠?"

채리가 눈물을 그렁그렁 달고서 피식 웃었다.

"학은 쳐줘야지. 한자라도 그것까지 제외하면 우리 삶이 너무 허랑하고 외로워지잖겠어?"

"그래, 나도 찾아봤는데 『장자』에 나오는 봉, 황, 곤이나 『산해경』에 나오는 체, 환, 유, 혼, 비 같은 건 당연히 제외시켜야지. 근데 너 있잖아. 체라는 동물은 말이야, 생김새가 호랑이 같은데 소 꼬리에 개 짖는 소리를 내고 글쎄, 사람을 잡아먹는대. 너 어딜 가더라도 혹시 그 체란 놈이 안 나타나나 조심해라."

지니가 입으로는 미소를 짓지만 눈에는 역시 구슬 같은 눈물을 달고서 채리의 손을 잡았다. 그렇지만 차상문과 지니는 차마 버스가 떠나는 장면까지 볼 수 없어 먼저 발길을 돌리고 말았다. 둘은 특별히 무슨 말을 꺼내야 좋을지 알지 못했다. 그래서 그리움 속으로 곧 사라질 연인들처럼 묵묵히 걷기만 했다. 한 발 두 발…… 오호츠크 해에서 발생해 북녘 땅 거친 산맥을 타고 넘어온 찬 북풍이 남녘 땅 서울 한복판에 있는 두 영장류의 휑한 가슴을 파고들었다. 그 가슴속에는 짧지만 긴 시간의 추억들이 고스란히 남아 있었다.

한 남자 토끼에게 그것은 태어나 최초로 자발적 의지로 만든 조직이자 한뜻 아래 엮어낸 공생 공동체였다. 그는 평생 어딘가에 속해 있다는 느낌을 지녀본 적이 없었다. 그는 물론 이 지구상에서 유일하게 어머니에게 속해 있다고 생각했지만, 어머니는 당신의 시계에만 속할 뿐이었다. 그러나 지난 시간 그들은 콧물을 서로 닦아주고 눈물을 서로 훔쳐주었으며, 함께 김밥을 말아 5월 광주에서 그러했듯 거리의 동지들과 나눠 먹었으며, 적의 심장에 비수를 꽂는 심정으로 닭장차 바퀴에서 바람을 뺐으며, 멀리는 합정동까지 가까이는 이대 앞까지 진출하여 사람들이 붙이다 더 붙일 데가 없어 버린 반정부 스티커들과 한 번 뿌려지면 멋이야 있지만 결국 아무렇게나 길바닥을 굴러다니게 마련인 유인물들을 지구의 건강한 미래를 생각하자는 조직 이념에 따라 열심히 주워 재활용을 시도했고, 무엇보다도 꼭두새벽에 함께 거리로 나가 묵찌빠를 할지언정 제일 먼저 대치 전선을 이끌고, 딴 시위대들이 모두 돌아간 오밤중에도 악착같이 고성방가를 해 닭장차에 들어가 이제 막 눈 좀 붙이려는 전경들과 백골단의 수면을 충실히 방해함으로써 마침내 승리의 그날을 앞당기는 데 적잖이 기여한 바 있었던 것이다. 남자 토끼는 그 모든 기억을 결코 잊을 수 없었다.

한 여자 인간에게 그것은 스스로 아무 기억할 만한 게 없다고 여길 만큼 편하게 혹은 심심하게 혹은 자 대고 줄을 긋듯 반듯하게만 살아온 타성을 깨뜨리게 해준 최초의 기억이자, 앞으로 어떻게 살아가야 소중한 기억을 품고 살 수 있을지 가늠하게 해준 최초의 실험이었다. 여자는 인간의 최후에 남는 것은 오직 기억뿐이라고, 전 같으면 도저히 떠올리지도 못했을 말을 거침없이 하게 된 자신이 자랑스럽기까지 했다. 문제는 기억의 내용이었다. 이제 그녀는 무엇으로 그 기억의 내용을 채울 것인지에 대해서만 고민하면 되는 바였다.

다시 한 발 두 발…… 한 토끼는 솔직히 겁이 났다. 이제는 영원히 사라졌다고 믿었던 감정이 언제부턴가 움찔움찔 고개를 쳐들 기미를 보이고 있었기 때문이다. 더 솔직히 말하면, 처음 지니를 보았을 때부터 그는 또 어쩔 수 없이 그런 감정에 휘둘리고 말았던 것이다. 여자 알레르기라도 나타나라 오히려 바랐을 정도였다. 영리한 지니가 그것을 눈치 채지 못했을 리 없다. 그녀는 누구에게 상처를 준 기억도 누구를 그리워해본 기억도 없었다. 고등학교 때부터 졸졸 따라붙는 남자들이 많았지만, 그녀로서는 결말이 뻔한 일에 아까운 시간을 낭비하고 싶지 않았다. 남자들은 제풀에 지쳐 떨어졌다. 대학 시절 아주 끈질긴 남자애가 하나 있었는데, 학교 앞에서건 집 앞 골목에서건 줄기차게 그녀를 기다리곤 했다. 그러나 그녀가 끝내 눈길 한 번 주지 않자, 어느 날 학교 앞에서 국상이라도 당한 듯 목 놓아 엉엉 울다가 어둠이 내려앉고 주변 가게에서 하나둘 네온사인을 켜기 시작하자 "두고봐! 난 꼭 성공할 거야!" 크게 한 번 외친 뒤 인파 속으로 사라졌다. 듣자니 대학로 어느 연극 무대에서 하루 두 번씩 목에 칼을 맞는 단역을 한다는 소문도 있었고, 그와는 또 전혀 다르게, 피라미드 사업에 잘못 끼어들었다가 부모님 집과 둘째누이 시집 밑천까지 날려버린 대신 전기담요와 전기안마기와 전기칫솔만 한 30개쯤 남아 매일 그것들을 보면서 우는 게 일이라는 말도 들렸다. 어딘가 환승 전철역 안에서 행인들을 붙잡고 "도에 관심 있으세요?" 하고 묻는 그를 봤다는 친구도 있었다. 그렇게 다가서면 대개 도에 관심 있는 사람도 못 들은 척 발걸음을 재촉하게 마련이지만, 사람들이 또 생각이 똑같은 건 아니어서 하루에 한두 명은 꼭 걸음을 멈추고 진지한 관심을 표명하는 이들도 있을 터였다. 그녀는 그 남자애에게조차 상처를 주었다고는 한 번도 생각해본 적이 없었다. 도를 이루었든 아니든, 종말의 날에 휴거를 하든 못 하든 관심도 없었다. 그렇지만 이제 지니는 난생처음으로 타자에게 상처를 줄지 모른다고 은근히 걱정하고 있었다. 그런 감정이 공원 미끄럼틀 밑에 쓰러져 벌벌 떨고 있던 토끼 영장류를 구해준 바로 그 첫날부터 비롯된 것이어서, 이제 더더욱 확신할 수 있었다.

순댓국집 앞을 지날 무렵, 지니가 짐짓 경쾌하게 말을 꺼냈다.

"이런 거 당연히 못 먹죠?"

차상문은 당연히 못 먹는다고 고개를 끄덕거렸다.

"그래도 한번 먹어봐요."

그녀는 웃으며 차상문의 소매를 끌었다. 순간, 전류가 짜르르 차상문의 온몸을 관통하며 지나갔다. 차상문은 저항 한번 못 하고 국밥집 안으로 들어섰다. 다행히 그녀는 차상문의 뚝배기에 담긴 검붉은 선지와 순대를 일일이 골라 제 것에 옮겨담았다.

“아무려면 내가 그렇게 못된 사람인 줄 알았어요?”

차상문은 방긋 웃는 지니 앞에서 차마 국물마저 거부할 수는 없었다. 적어도 노력하는 모습이라도 보여주려고 애썼다. 그러나 문제는 전혀 엉뚱한 데서 터지고 말았다. 지니는 부러 선지부터 골라 맛있게 먹다가 뒤늦게 얼굴이 새파랗게 질려 숟가락을 든 손마저 벌벌 떠는 차상문을 보게 되는데, 영리한 그녀가 얼른 눈치를 채고 “할머니, 죄송하지만 테레비 좀 꺼주실래요?” 부탁했지만, 가는귀 먹은 주인 할머니는 텔레비전을 뚫어져라 쳐다보며 고개를 돌릴 생각조차 하지 않았다. 지니가 서둘러 가서 사태를 수습해야 했다. 그때는 이미 모든 게 끝난 후였다. 다큐멘터리는 컨베이어 벨트를 타고 일렬로 행진해오던 오리들이 얼마나 빨리 털이 홀라당 뽑히고, 발라당 뒤집혀 갈고리에 두 발이 탁 묶이고, 이어 거꾸로 휙 뒤집혀 대롱대롱 매달린 자세로, 아직 눈도 멀쩡히 뜬 채, 자기들에게 지금 무슨 일이 일어나는지 두 눈으로 빤히 보면서도 도무지 믿을 수 없다는 표정으로, 고스란히 섭씨 천 도가 넘는 화염 속으로 어떻게 직행하는지 생생하게 보여주었다. 눈을 감는 오리도, 달아나는 오리도, 항의하는 오리도, 선동하는 오리도, 태업하는 오리도, 재수 좋은 오리도, 마침내 살아남은 오리도 전무했다. 지구의 화석 에너지는 물론이고 재생 가능하다고 믿는 풍력, 조력, 태양력 에너지까지 남김없이 써버려도 도대체 반성이라고는 할 줄 모를 것처럼 욕망으로 그득한 인간들이 번호표를 들고 끝도 없이 줄을 서서, 민주 시민답게 예의 바르게, 샌프란시스코 차이나타운 한 베이징카오야(북경 오리 화덕 구이) 전문점 앞에서 차례가 오기를 기다릴 뿐이었다.

지니는 대학원 동료들과 스터디 그룹을 만들어 읽은 푸코를 얼핏 떠올리면서, 특히 공개처형장에서 사지가 묶인 채 자기 가슴에 뚫린 구멍으로 햇살이 자유롭게 드나드는 광경을 고스란히 지켜봐야 했던 한 사형수가 생각났는데, 그 순간, 눈앞이 캄캄해지면서 아무리 기억이 소중하다고 해도 차마 이런 기억만큼은 간직하고 싶지 않다며 저도 몰래 절레절레 고개를 저었다. 그녀의 까만 눈망울에도 곧 차상문과 마찬가지로 물기가 어려 반짝 빛난 듯 보였다.

"인간이…… 과연 진화의 종착지일까요?"

차상문이 먹지도 않은 선지가 목구멍에라도 걸린 듯 아주 힘겹게, 중얼거리듯 말했다.

그때 막 국밥집 밖으로 강화행 시외버스도 지나갔다. 어쩌면 강화에서 오는 버스일까, 확실치는 않았다. 지니는 제 뚝배기 옆에 내려놓은 숟가락 젓가락이 왠지 꽤 비뚤어져 보인다는 생각이 얼핏 들었지만 굳이 손을 놀리지는 않았고, 입으로도 딱히 어떤 대답도 하지 못했다.

45

그날을 끝으로 한국 최초의 영장류 토끼 차상문의 행방은 묘연해진다.

지니는 충격을 심하게 받은 그를 지하철 2호선 홍대입구역까지 바래다주는데, 마침 3번 출입구 앞에서 한 젊은 여자가 삐라를 나누어주기에 둘은 각기 한 장씩 받아들었으며, 차상문은 그 삐라를 잠깐 훑어보다가 여자가 멀쩡히 보는 앞에서 휙 집어던져 그 여자보다 오히려 지니 자신이 훨씬 더 놀라지 않을 수 없었다. 삐라는 구로공단 제3단지에 있는 회사 정문 앞에 천막을 치고 137일째 릴레이 단식투쟁을 이어가는 해고 노동자들을 찍은 사진과 더불어 이런 요구 조건들을 담고 있었다.

—부당 해고 철회하고 ○○전자 사장 ○○○은 각성하라!

—노동자가 단결하여 평등 세상 앞당기자!

—파쇼 정권 물리치고 노동 해방 이룩하자!

지니는 그런 행동을 자연스럽게 한 뒤 인파 속으로 사라지는 차상문의 뒷모습을 보면서, 그가 과연 자신이 그동안 알고 지내던, 나아가 생애 최초로 무엇인가 소중한 가치를 찾게 해준 그가 맞는지 얼떨떨한 기분일 수밖에 없었다. 존재하는 모든 것들이 변하게 마련이더라도 그만은 결코 자신의 기억 속에서 영원히 변하지 않는 모습 그대로일 것이라 믿었으므로 더욱.

실은, 사건이 하나 더 있었다. 바로 그 3번 출입구에 이르기

직전에, 그러니까 해고 노동자가 삐라를 나눠주던 곳에서 불과 10미터 정도 되는 거리에서, 그곳 역시 골목들이 이리저리 뻗어 나가면서 인파가 꽤 붐비는 곳이었는데, 마침 머리를 노랗게 물들인 앳된 얼굴의 사내가 명함을 뿌리고 있었고, 지니는 당연히 손을 저었지만 차상문은 무심코 받았다가 신기한 듯 명함과 사내의 얼굴을 번갈아 바라보았다. 지니의 기억에, 명함에는 '북창동 룸싸롱 황제, 물 좋은 미시 영계 다량 구비, 100프로 보장, 물태우'라고 적혀 있었다.

차상문은 과연 북창동에 마지막으로 모습을 드러냈다.

물태우의 증언에 기대면, 그런 업소에서는 흔하지 않게 달랑 혼자 들어온 그는 명함을 보이며 물태우를 찾았는데, 물태우가 나타나자마자 다짜고짜 교미를 할 수 있겠느냐고 묻는다. 물태우는 처음엔 무슨 뜻인지 잘 몰랐지만 워낙 이런저런 손님들을 많이 받다보니까 눈칫밥은 100단이라고 자부하는 만큼 무조건 등을 떠밀어 14번 룸에 넣은 다음, 일련의 '최상의 서비스'를 제공하기 위해 혼신의 힘을 다한다. 서비스는 이런 순서로 전개된다.

처음, 마담이 들어와 인사를 하고 일단 넋을 빼놓는다. 말소리가 나긋나긋 화담 서경덕마저 녹인 황진이가 꼭 그랬을 것만 같고, 굳이 동물에 비유하자면 불여우라고 해야 할 것 같다.

"어머, 오빵! 귀엽게도 생기셨넹? 여기 물 좋은 건 어떻게 아셨댕?"

다음, 종업원이 쟁반에 맥주 기본 스무 병을 올려 한 손으로 여유 있게 들고 들어와 테이블에 가지런히 늘어놓는다. 뒷주머니에서 병따개 대신 스푼을 꺼낸다. 맥주 한 병을 뚜껑이 뻥 소리 내면서 천장까지 튀도록 지극히 예술적으로 딴다. 날아가는 뚜껑의 궤적이 S라인이다. 한 잔 따라준다.

"뭐, 필요한 거 있음 벨을 눌러주십샤우. 그럼 즐거운 시간 되십샤우."

다음, 물태우가 다시 들어와 눈을 찡긋하며 말한다.

"사장님, 정성껏 준비했삼. 특별히 싱싱하고 볼륨 빵빵한 아다라시들로 골라봤삼."

다음, 아가씨들이 우르르 들어온다. 거기서 쓰는 도량형 단위로 아가씨 한 사라, 열 명이다. 한눈에도 키는 전부 170센티미터 이상이고 물태우의 말마따나 볼륨도 빵빵하다. 하나같이 무릎 위 30센티미터 되는 미니스커트를 아슬아슬하게 걸치고 있다. 한반도 남쪽에서 얼굴 예쁘다는 소리를 듣고 자랐을 아가씨들은 죄 데려다놓은 것만 같다(세월이 흐르면서 그 자리에 서는 아가씨들은 세계화 시대 신자유주의적 국제 전략에 발맞추어 다양한 국적을 보유하게 되는바, 특히 러시아, 우크라이나, 우즈베키스탄, 카자흐스탄, 필리핀 등지에서 그 나라 민속무용을 전공한 뒤 정식으로 취업 비자를 받고 온 아가씨들이 큰 인기를 얻는다. 물론 그들은 민속무용 같은 건 공연하지도 않는다).

다음, 처음 그런 곳에 가보는 손님이 멍하니 넋을 잃고 앉아 있으려니 아가씨들이 약간 수군거리는 듯싶다. 물태우가 문을 열고 황급히 들어온다.

"야, 다 나가! 사장님, 얼른 교환해드리겠삼. 미처 사장님의 취향을 헤아리지 못해서 대단히 죄송합삼."

다음, 다시 한 사라 열 명의 여자가 들어온다. 똑같다. 아까 들어온 여자들이 섞여 있다고 해도 모를 만큼 모든 여자들이 어슷비슷한 미모에 하나같이 미니스커트 아래 다리가 쭉쭉 뻗었고 가슴은 빵빵하다. 이제야 손님도 감을 잡는다. 마침내 말한다.

"다 남아요!"

물태우가 솔직하게 말했다고 장담할 수는 없겠지만, 차상문은 그 14번 룸에서 무려 일곱 시간 동안 열 명의 아가씨—물론 사이사이 아가씨들은 여러 핑계를 대면서 다른 룸에도 일을 보러 다니곤 했다—하고 매우 유쾌하게 지냈다고 한다.

"교미요? 아, 교미…… 큭, 우리 아가씨들이 신기하니까 서로 그것 좀 하고 싶어서 안달이었는데, 끝내 아무도 못했답삼. 뭐, 도대체 물건이란 게 말 그대로 토끼 뭐여서 그러기도 하셨겠지만, 왜 가끔 그런 분 있잖삼, 순전히 오랄로만 즐기시는 분. 가령 전화로만 소리를 감상하신다든지 하는 거…… 큭, 어쨌든 토끼분은 또 아주 특이한 취향을 지니셨다고 하삼. 그분이 말씀하시는 교미란 게, 큭, 뭔지 아삼?"

차상문은 수수께끼로부터 시작해서 스무고개, 끝말잇기, 동시 낭송, 동요 부르기, 말할 때마다 종결어미에 콧소리를 넣고

"……당" "……깡" "……엉" 등과 같이 이응받침을 붙여 끝내기, 엉덩이로 산수 문제 풀기, 공공칠 빵 게임, 어릴 때 코가 깨질 만큼 재미있었던 이야기 들려주기, 조금 더 자라면서 눈물이 마를 만큼 슬펐던 이야기 들려주기, 그리고 보이지 않는다고 그리워하지 않게 된 것들 세 가지씩 대기와 같은 정신적 예술적 교미를 함께 나눈 아가씨들에게 1인당 100만 원씩을 주었고, 보이지 않는다고 그리워하지 않게 된 것들 세 가지씩 대기 게임에서 "하나, 어머니. 둘, 고향. 셋, 오 년 전 내 모습"을 들어 모두를 눈물짓게 만들고서 영광의 우승을 차지한 33번 아가씨와 물태우에게는 특별히 200만 원을 주었다. 입이 벌어진 아가씨들과 물태우는 근로기준법의 사각지대에서 장시간 노동의 피곤함도 잊은 채 벌써 동이 튼 길가까지 우르르 달려나가 기본요금부터 훨씬 비싼 모범택시를 잡아 차상문을 태웠고, 일제히 허리 굽혀 깍듯이 인사를 하고 열렬히 손을 흔들어 마치 성조기를 들고 거리에 나가 미국 대통령 환송하듯 배웅했다.

"언제든지 불러만 주십삼. 더욱 향상된 서비스로 모시겠삼."

"멋쟁이 오빠, 안뇽! 또 왕!"

"와우, 오빠 너무 멋지당!"

그게 서울에서 공식적으로 확인된 차상문의 마지막 모습이다.

46

7년인가 8년쯤 지났을 때, 그때는 한국 경제가 1960년대 말 베트남전(북베트남이나 통일 베트남 쪽에서 보면, 미국의 베트남 침략 전쟁, 혹은 항미 전쟁) 특수, 1978년 중동 건설 붐, 1980년 3저(저유가, 저달러, 저금리) 호황 등에 이어 이른바 신 3저 및 반도체 호황을 맞이했고, 그에 따라 국내 총생산은 5천억 달러를, 1인당 국민소득은 꿈의 1만 달러를 넘어섰으며, 개인용 컴퓨터가 빠르게 보급되기 시작해 단위시간에 처리하는 정보의 양도 그만큼 빠르게 증가했으며, 해외여행 자유화 조치가 시행되는 등 박정희 시대 이후로 앞만 보고 달려오느라 미처 보지 못했던 뒤도 한번 돌아볼 만큼 생활의 여유가 생겼고, 따라서 국민들의 여가선용 욕구도 과거 어느 시기보다 부쩍 커진 무렵이었다. 봄이 오자 산에 들에 꽃 피고 기다렸다는 듯 상춘객이 몰렸는데, 그때 마침 지리산을 오르던 한떼의 청춘 남녀가 사람만큼 큰 토끼를 봤다는 제보가 어느 지방 신문사에 날아든 적이 있었다.

그들은 프레온가스를 냉매로 사용하는 자동차용 에어컨을 주로 만드는 한 회사 동료들로 곧 결혼을 앞둔 한 사내 커플을 축하할 겸 때마침 만개한 섬진강 벚꽃도 구경할 겸 왔다가 이왕 왔으니 쌍계사 뒤 불일폭포까지라도 갔다오자고 해서 산길을 올랐던 것인데, 처음에 지리산에 대해서 마치 제 손바닥 손금 보듯 잘 안다고 빵빵 큰소리를 쳤던 리더가 길을 잘못 접어드는 바람에 가파른 비탈길만 고르고 골랐다. 그리하여 이제 어디쯤 인지도 잘 모르는 컴컴한 숲 가장자리에서 아직도 젊은 기운들은 있어서 조잘조잘 투덜투덜 더러는 노래까지 흥얼거리면서 가던 중, 갑자기 커다란 토끼 한 마리가 불쑥 튀어나와 이렇게 말했다는 것이다.

"쿵쿵거리지 좀 말아주세요, 제발!"

난데없는 큰 토끼의 출현에 일행은 깜짝 놀랐다가 곧 그 토끼의 예의 없는 말에 어이도 없고 기가 막히기도 해 멍하니 바라보는데, 일행 중 그래도 당찬 아가씨가 있어 성큼 한 발짝 앞으로 나서며 따지듯 되물었다.

"왜요, 거기가 이 산 전세 냈어요?"

"아뇨."

"그럼 왜요?"

"땅이 놀라잖아요."

그뿐이었다. 한눈에 어딘가 좀 토끼답지 않고 불량해 보이는 큰 토끼는 용건답지도 않은 용건만 간단히 말하고 솔수펑이 속으로 들어가, 전우치가 도술을 부려 그림 족자 속으로 사라지듯 홀연 시야에서 사라져버렸다는 것—그러나 이 증언은 전우치 실존설만큼이나 공식성을 제대로 인정받지 못했다.

제보를 받은 지방신문의 기자는 언젠가 계룡산을 무대로 활약하던 자칭 노숙 거사에 타칭 할리 도사라는 아주 고약한 땡추에게 이미 데인 경험이 있어 그 제보를 간단히 무시할 수 있었다.

그때 노숙은 자기가 사람만큼 큰 토끼를 할리 데이비슨 뒷자리에 태우고 다니며 음양오행, 역술, 관상, 활법, 공중부양, 독심술, 축지, 장풍, 단전, 뇌호흡, 일타삼피, 낙장불입, 비풍초똥팔삼, 싹쓸이 등 만물의 오묘한 이치와 우주 생성의 비밀을 깨치는 데 필요한 여러 도와 법과 술을 손수 가르쳤노라 주장했는데, 처음에는 큰 토끼도 세속에서 주워들은 게 있는 모양인지 자신의 말을 쉽게 믿지 못하는 눈치였다고 했다. 화가 난 그가 앉은 자리에서 몸을 일으켜 갑사에서 동학사까지 단 10분 만에 축지로 다녀오자 그제야 이마를 조아리며 족하로 받아주십사 애걸했다는 것이다. 나중에 노숙은 어느 얼굴 반반한 공양주 보살과 함께 경찰서로 끌려가면서 기자에게 다급히 전화를 걸어서는 자기를 어떻게 좀 해주면 자기도 진짜 큰 토끼에 대한 아주 중요한 비밀을 각종 물증과 함께 수두룩 털어놓겠다고 말해 한 번 속은 기자의 얇은 귀를 다시금 솔깃하게 만드는 데까지는 성공했다. 그러나 정작 기자가 손을 좀 써준 덕택으로 의외로 쉽게 경찰서 정문을 나서게 되자, 노숙은 이리저리 말휘갑 끝에 기자 앞에 털썩 무릎을 꿇으면서 솔직히 속내를 털어놓더라나.

"사실은…… 딱 한 번 봤지요. 서울 마장동 있잖아요, 거기 고기 골목에서요. 그때 내가 마침 오랜 정진 끝에 몸이 좀 부실해져서 육고기가 땡기길래 거길 좀 갔다가 큰 토끼 한 마리가 두 눈을 땡그랗게 뜬 채 오도 가도 못 하고 서 있는 걸 봤지요. 고기 굽는 냄새는 지글지글, 연기는 뽀얗게 피어오르지, 사람들은 쉴 새 없이 시뻘건 입을 벌려 시뻘건 고기를 낼름낼름 집어 삼키지, 아마 초식동물로서 꽤나 충격을 받은 모양이더라구요. 그래서 내가 물어봤지요. 왜, 이런 광경 처음 보냐고…… 그 토끼가 두 눈 가득히 눈물을 글썽거리면서 내게 도움을 청하더라구요. 자기 좀 어서 그 골목에서 빠져나가게 해달라고 말입니다. 두 다리에 힘이 빠져서 도무지 움직일 수가 없다나 어쩐다나, 쳇. 그러는 순간에도 내 할리가 꽤나 좋아는 보이는지 눈길을 자꾸 주더라구요. 지깐 놈이 언제 할리를 한 번이라도 타봤겠어요? 어림 턱도 없는 소리! 하지만 나도 도를 닦는 거사로서 요상하게 생겨먹은 그 중생이 어찌 조금은 가엾지 않았겠소? 그러나 이 지옥, 아귀, 축생, 아수라 같은 세상을 살려면 그만한 것쯤 참고 또 차라리 즐길 수 있어야지 않겠소? 내가 토끼에게 마지막으로 물었습죠. 내가 좀 쏠 테니 먹고 나서 할리 타고 갈텨, 아니면 그냥저냥 걸어갈 텨? 이렇게…… 하, 그게 또 기막히게 내 공부에 귀한 화두가 되었습죠. 타겠으면 타고 내릴 테면 내려라!"

"그거 『선문염송』인가 『무문관』인가에 나오는 공안 같은데……"

"하, 어찌 아셨수? 어떤 스님이 장사에게 남전은 세상을 뜬 뒤에 어디로 가셨습니까 물으니……"

"아니, 이 자리에서 괜히 알량한 지식 늘어놓지 마시고, 그래, 토끼 영장류를 태워주기는 했소?"

"아니죠, 고기 먹을 생각에 그만……"

그쯤에서 기자는 황토로 물들인 개량 한복 차림의 노숙을 연민 가득한 표정으로 바라볼 수밖에 없었을 것이다.

얼마 후, 서울 시내 한복판에서, 초여름 벌건 태양 아래, 멀쩡하게 서 있던 대형 백화점이 거짓말처럼 폭삭 주저앉았다. 1000명 이상이 깔렸고, 그중 500명이 사망했다. 역시 서울 시내 한복판에서 멀쩡한 다리 중동이 거짓말처럼 뚝 끊어져서 출근길 시민들과 통학길 학생들이 버스에 탄 채 유명을 달리한 지 불과 8개월 만이었다. 큰 토끼를 봤다는 회사원들은 텔레비전 긴급 생중계를 통해 시시각각 전해지는 안타까운 소식에 끌끌 혀를 찼지만, 사고가 자기네 먹고사는 방식과 상관있다고는 단 0.001퍼센트도 생각하지 않았다. 입찰, 설계, 발주, 감리, 공사, 관리, 보수 등 모든 과정에서 나타난 총체적 부실에 기인한 그 말도 안 되는 참사를 통신사발 기사로 받아 보도하는 지방지 기자도 마찬가지였다. 그는 속도가 궁극적인 원인이라고는 전혀 생각하지 않아, 점심때 5분 전에 주문한 자장면을 왜 아직 안 보내주냐고 전화를 걸어 독촉하려 했는데, 워낙 바쁜 시간이다보니 걸 때마다 통화중이라 치솟는 열불에 속이 다 뒤집힐 지경이었다. 대서양 건너에서 나비가 날갯짓만 해도 그린란드의 빙하가 녹는다고 생각하는 사람들은 아직 희귀했다. 그런 점에서 노숙은 충분히 별종 소리를 들을 만했다.

"내 탓이로다, 내 탓. 다리도 백화점도 모두 내가 잔망스럽게 쿵쿵거린 업보이려니…… 나무아미타불 관세음보살."

47

러시아 무용수 마리아의 국적은 불가리아였다. 불가리아든 루마니아든 우크라이나든 업계에서는 다 러시아로 부르기 때문에, 그 점에 대해서 마리아는 불만이 없었다. 간혹 그 때문에 오히려 조국의 명예에 누를 끼치지 않았다는 얄팍한 안도감마저 느낄 때도 있지만, 솔직히 조국이고 뭐고 마리아에게 중요한 것은 오직 돈이었다. 계약 기간 3개월이 끝나갈 무렵부터 그녀의 안색은 눈에 띄게 나빠져서 담당 피디나 코디로부터 야단을 많이 맞았다.

"그런 얼굴로 나서봐라. 누가 우리 젖가리개나 빤스를 사입고 싶겠니?"

그때만 해도 마리아는 모델로서 직업의식을 갖기에는 너무 어렸다. 여권과 취업 비자에는 스물두 살이라고 적혀 있었지만, 공항에서 처음 만난 출입국 관리소 직원들조차 그걸 곧이곧대로 믿는 눈치는 아니었다. 다행히 한 차례 비자를 연장할 수 있었는데, 그 비밀에 대해서는 마리아도 피디도 코디도 입을 열지 않았다. 어찌 되었든 그때부터 마리아가 한국 생활에 대해 부쩍 당당해진 것 또한 사실이었다. 그녀는 두번째 비자 만료가 코앞에 다가왔는데도 크게 걱정하지 않았다. 그때 막 케이블 방송국을 중심으로 성장하기 시작한 홈쇼핑 업체의 카탈로그에 가장 은밀한 부위만 가리는 속옷부터 여우와 족제비, 담비 털로 만든 코트에 이르기까지 온갖 종류의 의상을 쉴 새 없이 입고 또 벗고 하던 직업을 포기하면 얼마든지 길이 있다는 사실을 깨달았기 때문이다. 그리하여 계약 만료가 된 후에도 그녀는 공항에 나타나지 않았다. 일부러 그녀를 잡으러 다닐 사람도 없었다. 게다가 그녀는 한국인의 눈에 당연히 백인 여자라, 길에서든 어디서든, 그때 막 몰려들어오기 시작한 동남아 출신 남자 노동자들하고는 전혀 다른 대접을 받았다. 길을 가다보면 일부러 다가와서 똑똑 부러지는 목소리로 "헬, 로, 우, 하, 우, 아, 유?" 하고 영어 회화를 시도하는 아이들까지 많았는데, 처음에는 무슨 영문인지 몰라 당혹해하던 그녀도 나중에는 "아임 파인, 앤드류?" 해서 학습 의욕에 불타는 아이들을 즐겁게 해줄 수도 있었다. 그녀는 특히 "파인"을 발음할 때 윗니로 아랫입술을 살짝 깨무는 듯 해줌으로써 자기가 '소나무'와 아무런 관계가 없다는 점을 분명히 밝힘과 동시에 영어가 모국어인 나라 출신인 듯 보이게 하는 센스를 잊지 않았다. 물론 그 이상으로 대화가 이어지도록 기회를 주지는 않았는데, 어쩌다 향학열에 불타 저돌적으로 덤벼드는 꼬마를 만나면 그저 예쁘게 웃으면서 머리를 쓰다듬어준다든지 해서 대화의 맥을 끊어버리곤 했다. 지하철을 타도 그녀 곁에는 일부러 다가서서 은근히 혹은 아예 대놓고 신체

접촉을 시도해오는 사내들이 허다했는데, 이른바 3D 업종에 종사하는 얼굴 까만 동남아 출신 남자 노동자들이 앉아 있는 옆에 아무리 자리가 비어 있어도 그들이 마치 무슨 법정전염병 환자라도 되는 양 배달민족의 승객들이 좀처럼 가서 앉지 않는 현상과는 천양지차였다. 그렇게 서너 달이 지났을 때 홈쇼핑 업체의 피디는 어느 나이트클럽 무대에서 전혀 새로운 의상을 걸치고 춤을 추는 마리아를 보게 되는데, 그때부터 그녀의 이름은 불가리아의 수도 이름과 똑같은 소피아였다.

"어때, 나쁘진 않죠?"

그는 함께 온 사내에게 알 듯 모를 듯한 눈빛으로 물었다. 사내가 천천히 고개를 끄덕거렸다.

70년 동안 붙잡고 있던 강고한 이데올로기를 포기한 러시아는 그때 겨우 국제 자본주의 경제체제의 보이지 않는 작동 기제를 파악하기 시작한 참이었다. 그리하여 존재가 의식을 규정한다는 유물론은 차라리 그 물적 토대가 무너진 뒤에야 진리임을 스스로 입증했다. 블라디미르 일리치 레닌의 동상은 용광로 속에 들어갔다 나온 다음 공원용 미끄럼틀이나 의자로 변했고, 수백만 열성 공산당원의 집에서 마구 쏟아져나온 프리드리히 엥겔스 전집은 고물상에 근때기로 팔려 아이들의 주전부릿감이 되었으며, 칼 마르크스의 수염 난 얼굴이 새겨진 루블화는 기념품 가게에서도 액면가의 100분의 1 대접도 받지 못했다. 페레스트로이카 이후 예상치 못한 급속한 사태 진전에 당황한 학자들은 허둥지둥 소련이 무너진 이유를 여러 각도로 분석해보려 애썼지만, 보통 사람들의 생각은 단순 명쾌했다. 핵무기와 우주 정거장까지 만들면서 제 나라 국민들이 입을 팬티 하나 예쁘고 좋게 만들지 못했기 때문이라는 것. 사실 사람들은 서랍 속에 팬티가 넉넉해지면 그때부터 여자들은 꽃무늬가 있는 예쁜 팬티를, 남자들은 이왕 입는 거 무엇인가 기능도 증진시키고 건강에도 좋은 팬티를 찾게 마련인데, 크렘린의 지도부는 그런 점에 무지했거나 아니면 과도하게 실용적이었다. 소련이 해체되자, 사람들이 골라 입을 만한 예쁜 꽃무늬 팬티와 기능성 건강 팬티를 만들어내는 창업주들이 생겨나 어수선한 시장을 눈 깜짝할 사이에 주름잡기 시작했다. 이걸 입을까 저걸 입을까 망설이다보면 어느새 눈에 띄는 대로 다 사버리는 경우까지 비일비재했다. 아울러 그들은 아직까지 모든 게 어리둥절하기만 한 신생 자본주의 국가의 국민들에게 이 팬티 저 팬티 골라 입는 재미의 쏠쏠함과 더불어 예쁜 꽃무늬 팬티나 기능성 건강 팬티를 입으면 당신도 언젠가 졸부가 될 수 있다는 환상마저 심어주었다. 소피아는 자기가 러시아로부터 시작된 그 신경제 질서에 깊숙하게 편입되어 점점 더 옴짝달싹하지 못하게 되었다는 점을 뒤늦게 몸으로 깨달았지만, 그녀를 발굴하고 한국행에 필요한 밑돈을 대준 불가리아 측 고용주는 과거의 KGB나 현재의 마피아 못지않게 냉정했다. 무용수로서 아무리 열심히 춤을 추어도 선불금과 그 이자, 의상비와 그 이자를 갚으려면 턱없이 부족하기만 했다. 그 무렵

한 사내가 구원투수처럼 등장한다. 사내는 술자리를 같이한 소피아의 고민을 듣자마자 고개를 끄덕거렸고, 점잖게 명함을 건네주었다.

Soul & K 엔터테인먼트 대표.

소피아를 돌봐주던 한국인 언니가 약간 의혹의 눈치를 보내긴 했지만 그녀도 크게 말릴 형편은 아니었다. 그리고 몇 달이 지났을까, 실제로는 이제 갓 스무 살 생일이 지난 소피아는 러시아 무용수 열 명과 함께 살던 토끼굴 같은 한남동 보도방을 나와 강남의 한 오피스텔로 이주를 하게 된다. 상전벽해라는 말이 그런 것이었으니, 사내는 혈혈단신으로 이방에 남은 소피아를 위해 첨단 위성안테나까지 달아준다. 거기서 그녀는 전혀 새로운 삶을 시작한다. 서울 시내 한복판에서 만일 최루탄이 터져도 거기까지는 날아올 리 만무했으니, 자기를 어쩔 수 없이 내보내야 했던 조국의 몰풍경도 쉽게 잊을 수 있을 것 같았다. 적어도 그해 세밑 어느 날까지, 정말이지 소피아는 행복했다. 그녀는 자신이 할 수 있는 유일한 일을 정성껏 했고, 그때마다 사내는 옷, 반지, 화장품, 시계, 액세서리 등 분에 넘칠 만큼 많은 물질로써 애정을 표시했다.

진눈깨비가 몰아치던 그날, 예고도 없이 한떼의 사내들이 들이닥쳤다. 그들은 사내가 없다는 것을 확인하자 그녀에게 매우 야릇한 표정을 지어 보였다. 그래도 그들은 치사하게 출입국관리소에 연락을 하는 짓 따위는 하지 않았다. 자기들 일만 철저히 한다는 프로 의식이 투철했다. 오피스텔 안의 모든 가구에는 소유권의 소멸을 알리는 딱지가 붙었다. 그날 밤부터 소피아의 음주량이 급속히 늘어났을 것이다. 그녀는 아는 러시아 언니며 한국인 언니들에게 연락을 취했지만, 그녀들이라고 사내의 행방을 알려줄 비법은 없었다. 소피아는 아무것도 할 수 없는 자신을 지켜보는 게 무서웠다. 돈은 그럭저럭 봄까지는 더 버틸 수 있을 만큼 있었지만, 가까운 24시 편의점조차 마음 편히 나가지 못했다. 그녀는 하루하루 극단적인 상황만을 머릿속에 그리게 되었는데, 유일한 해결책은 알코올이었다. 술병을 비울 때마다 그녀는 악착같이 불가리아의 아버지를 떠올렸고, 결코 그렇게는 되지 말아야 한다고 저 자신을 다그쳤다. 그러나 늘 알코올이 그녀를 이겼고, 다음 날 컴컴한 오후가 되어서야 눈을 뜨면 고향 그 컴컴한 아파트에서 너무나 익숙하게 본 아버지 모습 그대로 형편없이 널브러져 있는 자기 자신을 발견해야 했다. 창밖으로는 낯선 도시의 겨울 저녁이 출입국관리소 직원들처럼 성큼성큼 쳐들어왔다. 그때 갑자기 그녀는 속이 뒤틀리는 듯 심한 욕지기를 느낀다.

소설 같은 인연은 그로부터 시작된다.

영국이든 미국이든 유학을 갔다와 학교에 남으라는 한마리 교수의 권유를 정중하게 물리친 지니는 국제어로서 영어가 제삼세계 국가의 피진과 크레올에 나타나듯 식민 본국의 영어와는 다르게 새로운 문법 체계까지 구축하고 변모되는 양상을 다룬 논문을 준비하던 중, 주제가 정치적 편견에 사로잡히기 쉬운데 그걸 잘 조절할 수 있겠느냐는 지적을 받고는 논문 제출 자체를 아예 포기했다. 그 후 한동안 방황하는가 싶던 그녀는 번역으로 생계를 꾸려나가는 한편 여성운동과 환경운동을 병행하는 NGO에서 얼마간 일을 했다. 번역이야 부모로부터 자립하기 위해서 하는 것이니만큼 내용을 크게 따지지 않았지만, 그래도 신자유주의의 무차별 공세에 맞서 싸우는 멕시코 사파티스타 반군의 지도자 마르코스 부사령관에 관한 책이나 이스라엘의 장갑 탱크에 돌멩이 새총으로 맞서 싸우는 팔레스타인 사람들의 인티파다(봉기) 관련 서적처럼 돈이 되지 않아도 나름대로 의미가 있다고 판단한 책들은 기꺼운 마음으로 번역을 맡았다. 그러던 중 지역에서 노동운동을 오래 해온 선배의 부탁으로 병원에 급히 실려간 어느 방글라데시 노동자의 통역을 맡게 되는데, 고향에 어린 두 딸을 두고 온 그는 여러 사람이 애쓴 보람도 없이 뇌수종으로 끝내 숨을 거두고 말았다. 5년간 아버지를 한 번도 보지 못한 두 딸은 그 후로도 영영 그럴 터였다. 그 일을 계기로 지니는 그때 막 생겨난 외국인 노동자 지원센터 일에 본격적으로 뛰어들었고, 그뒤 사흘에 한 번 머리도 못 감을 만큼 정신없는 하루하루를 보냈다. 월급을 떼인 동남아 출신 노동자들 문제가 제일 많았는데, 더러 손가락이 잘리거나 허리 디스크에 걸린 노동자들을 상담하는 경우도 있었다. 회사에서 기숙사라고 내준 찜통 같은 컨테이너 박스 안에서 열 명이나 되는 동료들과 함께 죄수처럼 지내야 하는 처지를 한탄하는 몽골 노동자도 있었다. 그럴 때 솔롱고스, 즉 '무지개가 뜨는 나라'를 찾아온 그 노동자는 말을 타고 끝도 없는 초원을 내달려 일곱 빛깔 무지개를 찾아가는 꿈을 영영 잃어버리지 않을까 하는 불안감을 감추지 못했다.

어느 날 그녀는 뺑소니 교통사고를 당한 네팔 노동자가 우리말을 잘 몰라 졸지에 불법체류자로 몰리는 바람에 강제 출국을 당하게 생긴 일로 출입국관리소에 들렀다. 네팔에서는 소수민족인 셀파족 출신으로 금요일에 낳았대서 파상(금요일)이라는 이름을 갖게 된 그는 안나푸르나와 다울라기리 너머 티베트와 맞닿은 금단의 왕국 무스탕이 고향이었다. 뇌에 손상을 입어 치료가 끝나더라도 심각한 후유증이 예상되었는데, 히말라야로 돌아가더라도 전처럼 외국인 트레커들을 위해 하루 10달러짜리 포터 일을 하지 못할 것은 분명했다. 지니는 출입국 관리소에서 러시아 민속춤을 추는 무용수 자격으로 왔다가 결국 매매춘까지 하게 된 처지의 여성들이 강제 출국 조치를 당하는 현장을 보게 되는데, 유난히 멍한 표정으로 있는 한 어린 여자에게 저도 몰래 눈길이 자꾸 가닿았다. 지니는 술 냄새조차 채 가시지 않은 그 여자로부터 급히 한 장의 쪽지를 건네받는다. 그녀가 떠난지 며칠 후 지니는 쪽지에 적힌 전화번호로 전화를 걸고 또다른 전화번호를 소개받는 식의 아주 어려운 통화 끝에 한 한국인 여성을 만난다. 그녀가 어떤 여자아이의 출생 사실에 대해서 처음으로 털어놓는다.

"어쩔 수 없었겠지만, 어쨌든 책임을 져야지요. 하지만 왜 그러잖아요, 한국 사내들…… 그 손가락 하나가 없다는 사내가 딱 한 번 연락을 해왔다나봐요. 하지만 펄펄 뛰더래요. 자기는 절대 그럴 리 없다구요. 도망다니는 그 와중에도 몇 개월을 함께 지낸 소피아의 말보다는 오백 원짜리 메이드 인 코리아 그 물건의 신용을 훨씬 더 믿었던 거죠. 불가리아는 후진국이고 한국은 선진국이니까. 그게 정확히 끝이었대요. 그뒤로는 한 번도…… 그러다가 일제 단속에 걸려 그만 제대로 설명도 못 한 채 떠나버리게 된 거죠. 자기도 황당했겠지만, 우리도 마찬가지였죠. 한눈에도 토끼처럼 그 이쁜 것을…… 파출부 아줌마가 어찌 알고 연락을 해왔더라구요. 가서 보니까 정말 기도 안 차서…… 아장아장, 아유, 마치 백설공주 같았다니까요. 그러나 어쩌면 차라리 잘된 건지도 몰라요. 걔가 워낙 알코올 중독이 심해서……"

지니는 서울 시내 한 사찰에서 운영하는 보육원에서 백설공주 같다는 그 여자아이를 데리고 있다는 사실을 알아낸다. 그때부터 그녀는 아주 작은 단서 하나라도 남김없이 추적해서 마침내 생부의 정체를 알아낸다. 소피아가 마리아이던 시절 홈쇼핑 담당 피디가 얼굴이 벌게지면서 겨우 실토한 증언이었다. 지니는 큰 충격을 받는다. 생부의 이름이 그녀가 아주 잘 아는 한 존재의 그것과 이름 끝자 하나만 틀렸기 때문이었다. 생부로 추정되는 사내는 여러 건의 고의 부도와 사기 혐의로 기소 중지 상태에 있었는데, 경찰에서도 그의 행방을 모르고 있었다. 책임감이 아주 강한 지니는 홈쇼핑 업체에 남아 있던 취업 계약서를 토대로 마리아의 불가리아 쪽 에이전트 주소를 알아내 편지를 보냈다. 세 번인가 편지를 보낸 후에야 간략한 답장을 받았다. 키릴 문자로 쓰인 그 편지 속에서 마리에타 바그리아나는 스물한 살의 나이로 이미 공동묘지에 묻혔으며, 사인은 우울증으로 인한 자살이었다. 지니는 고민 끝에 기소 중지된 남자의 부인을 찾아가 일련의 사실을 밝혔는데, 돌아온 반응은 충분히 예상할 만한 것이었다. 처음에는 말도 잇지 못할 만큼 길길이 뛰며 화부터 냈다. 지니는 마치 자기가 그 사내와 부적절한 관계라도 맺은 양 오해를 받기도 했다. 그러나 지니는 차분했고, 끈기 있게 설명할 기회를 잡았다. 부인은 단언했다. 아무리 궁지에 몰렸다 해도 절대 그럴 리 없다는 것. 그녀는 남편을 세상 어느 누구보다 사랑하며, 남편 또한 자기에 대해 그렇다고 거듭 주장했다. 지니는 여성학을 부전공으로 공부해서가 아니라 여성 특유의 감수성으로 그런 그녀의 심리 상태를 능히 헤아릴 수 있었다. 그녀가 할 수 있는 마지막 일은 형님에게라도 연락을 취해달라는 것이었다.

"아마 좋은 해결책을 찾을 수 있을 거예요. 그분이라면……"

지니의 입에서 그 이름마저 나오자 부인은 새파랗게 질리지 않을 수 없었는데, 자신의 사랑에 대해서 그토록 당당하게 지니던 확신에 금이 가고 있다는 사실을 아주 조금이나마 인정하는 표정도 지었다. 그때부터 부인은 호기심 때문에 자꾸 다가오는 아들을 쫓아내려 애쓰며 풀 죽은 목소리로 겨우 말을 이었다.

"내가 이럴 필요까지는 절대 없지만…… 힘들게 찾아오신 정황을 봐서…… 뭐, 한번 미아리 큰어머니에게 말씀이라도 한번 넣어보기는…… 아니에요. 아무리 그래도…… 하지만……"

세상에 일어나지 않을 일은 일어나지 않는다. 그러나 일어날 일은 일어나는 것이다. 지니는 자기가 우연히 맞닥뜨리게 된 그 말도 안 되는 상황에 대해서도 점점 더 어떤 필연성을 부여했는데, 그로부터 몇 달이 지났을까, 보육원으로부터 연락이 왔다.

"덕분에 입양 절차까지 다 잘 끝냈어요."

"그럼 어디로 가면 만날 수 있을까요?"

"그건…… 입양에 관한 사실은 제삼자에게 알려드리지 못하는 법이라…… 그저 잘 지낼 거라고 믿으세요. 아주 좋으신 분들이니까."

48

알코올이라면 십리 밖에서 고두밥이나 술지게미 냄새만 맡아도 자신의 의지와 상관없이 정신이 헤롱헤롱해지는 차상문이 어느 날 갑자기 굴에서 나왔다. 놀랍게도 술을 사러 가는 길이었다. 이것도 저것도 안 될 때, 인간은 술로 도망가는 것 같았다. 그 기분을 느끼고 싶었다. 한참을 걸어가 길가 허름한, 대형 마트가 곳곳에 들어서는 상황에서 아직도 이런 데가 있나 싶을 정도로 낯선 구멍가게에서 소주를 샀다. 처음 주인은 웬 토끼가 다가와 무슨 말을 하는데, 잘 알아듣지 못했다.

"뭐라구, 토끼야?"

차상문은 제 나이도 이미 만만찮은데 댓바람에 하게하는 게 기분이 좋을 리 없었다. 그래서 조금 더 큰 목소리로, 용기를 내고 짜증을 섞어, 말했다.

"소주요!"

귀가 어두운, 고희를 훌쩍 넘겼을 주인은 그제야 알아들겠다는 표정이었는데, 실은 별 미친 토끼 다 보겠네, 하는 게 솔직한 심정이었다. 그래도 모처럼 들른 손님을 내쫓지는 않았다. 소주 한 짝을 바랑에 넣어 낑낑거리며 가지고 가는 토끼의 뒷모습을 보니, 주인은 또 왠지 짠하다는 생각마저 들었다. 그래, 너라고 왜 아니 폭폭하겠니. 왜 아니…… 그때 아마 주인은 엊그제 필리핀인가 어딘가로 색시를 구하러 간다고 집을 나선 둘째아들을 얼핏 또 떠올렸을지 모른다. 나이 쉰이 다 되도록 가려운 등 긁어줄 배필 하나 없는 아들!

토끼는 소주를 마셨다. 속에서 뜨거운 기운이 치밀어오르며 온몸이 불타버릴 것만 같았다. 조금 있으려니 졸음이 몰려오기 시작했다. 악착같이 버티려고 했는데 속엣것을 죄 토해낸 뒤 기어이 쓰러지고 말았다. 눈을 뜨니 해가 너무 뜨거웠다. 몸은 이미 자기 몸이 아니었다. 스스로 자신의 약점을 잘 아는, 즉 만유가 오늘 제 눈앞에서 존재하는 방식에 도무지 동의할 수 없다고 늘 생각에 생각을 거듭해온 토끼는 제발 생각 좀 하지 말고 그냥 술만 마시자고 거듭 생각하면서 다시 술을 마셨다. 몰려오는 잠기운 속에서 나무 그늘이 출렁거렸다. 아버지는 깊은 바다 조류를 타고 출렁거렸고, 어머니는 흔들거리는 흔들의자에 앉아서 출렁거렸고, 아우는 저도 감당할 수 없는 위악의 거리에서 한없이 출렁거렸다. 기억은 기억대로, 실존은 실존대로 출렁거렸다. 미국에서는 촘스키가 출렁거렸고, 한국에서는 박노자가 출렁거렸다. 한때 세상을 이끈다고 평가받던 이들도 하나같이 헤매고 출렁거렸다. 지하, 낙청, 종철, 노해, 부식, 중권…… 이 길인가 싶으면 저 길이었고, 저 길인가 싶으면 이 길이었다. 어쩌면 어떤 길도 길이 아닌지도 몰랐는데, 아무도 용감하게 인정하고 나서지 못했다. 할 말이 궁해지면 푸코와 데리다를, 할 말이 더 궁해지면 지젝과 들뢰즈를, 하다 하다 안 되면 "고전으로 돌아가라"며 노장을 다시 꺼내들 뿐이었다. 앗싸, 가오리! 중천의 달님만큼은 차마 출렁거리지 못했다. 술은 아주 쉽게 토끼를 먹었다. 토끼는 다시 눈을 뜨면 다시 술. 다시 술을 마시면 다시 잠. 그렇게 며칠을 보냈다. 온몸이 가려웠고, 머리를 쥐어박기도 했으며, 자신이 세상의 모든 문제를 풀어야 한다고 강박관념을 가지면 안 된다고 스스로 달래기도 했는데, 솔직히 이제 자신이 없어졌다. 취중이든 몽중이든, 세상의 모든 문제가 아귀처럼 달려들었기 때문이다. 수학자로서 그가 책임 있게 정리한 문제만 해도 3,743개에 달했다. 물론 60억 인구의 사적인 문제는 아예 셈에 넣지도 않은 게 그러했다. 이런 상황에서 일본 요미우리 신문의 논설위원 나카무라는 환경을 보전하려면 인류가 사라져야 한다고 단언했다. 이에 대해 아마가사는 그런 따위 무책임한 주장의 추상성이 지구의 문제를 오히려 확대하고 은폐한다고 비판했다.[5] 어쩔 것인가. 도대체 이 지구별을 어찌할 것인가. 어느덧 소주 한 짝이 눈 녹듯 사라졌다.

그때, 지극히 비논리적으로, 눈물이 나는 것이었다.

말도 안 돼.

머리가 빠개질 것처럼 아픈 차상문은 흘러내리는 눈물을 어쩌지 못한 채 발을 뻗어 가까스로 문을 닫았다. 굴 안은 편안했다. 엄마 뱃속이 그랬던 것처럼.

49

전두환의 신군부로부터 사형선고를 받고 남한산성 육군교도소에 갇힌 재야 정치인 김대중이 미국의 개입으로 가까스로 목숨을 건져 망명을 떠났다가 정권의 거듭되는 경고도 무시한 채 귀국한 게 1985년 초였다. 그로부터 나라 전체가 이런저런 일로 시끄럽게 들끓었으니, 무엇보다 그해 봄 터진 미국문화원 점거 농성 사건은 미국을 하늘 같은 은인이요 상전으로 여기고 살던 국민들을 충격과 경악으로 몰고 가기에 충분했다. 대학생들은 1980년 광주 학살의 배후에 미국이 있다고 주장하며, 육이오 때 피로써 우리나라를 지켜준 미국에 대해 "양키 고우 홈"이라는 구호까지 외쳤다. 일반 국민들로서는 태어나 처음 들어보는 소리였다. 충격이 컸던 만큼 정권의 역공 역시 만만치 않았다. 관제 시위가 조직되어 삽시간에 억새밭을 태우는 들불처럼 전국으로 번져나갔다. 텔레비전에서는 특집 방송까지 편성하여 이를 뒷받침하기도 했다. 그 정도면 김억구씨가 스포트라이트를 받으며 등장할 만한 외형적 조건은 충분히 갖춰진 셈이라고 할 수 있겠다. 막후에 어떤 비밀 거래가 있었는지 정확히는 알 수 없는 노릇이지만, 마침내 화면에는 몽골이나 터키의 전통 씨름선수처럼 건장한 체구의 사내들이 웃통을 벗어젖힌 채 떼로 등장하게 된다. 피 끓는 애국 시민들로 가득 찬 공설운동장은 일시 침묵에 휩싸이게 되는바, 사실 그들의 상반신은 호랑이와 용이 당장이라도 뛰쳐나올 듯 꿈틀거리는 문신 때문에 보는 이들로 하여금 무언가 야릇한 긴장감과 심지어 공포감마저 불러일으켰다. 개중에는 성적으로 사뭇 흥분을 느끼는 이들도 없지 않았다. 어쨌거나 그들은 머리에 태극 표시를 한 흰 광목 띠를 두른 채 일사분란하게 애국을 실천했다. 지켜보던 애국 시민들의 입에서는 가벼운 실망의 탄식이 흘러나오기 시작했다. 역발산기개세로 보이던 그들이 고작 국민학교 앞 문방구에서 파는 연필깎이용 칼로 검지를 베어 일을 도모하다니! 그들 앞에 놓인 거대한 크기의 광목천이 외려 민망할 지경이었다. 사실 손가락을 겨우 벤 피로써는 예닐곱 명 분을 다 합쳐도 미국의 '미' 자도 쉽게 쓰기 어려워 보였다. 시민들 사이에서 한숨과 안타까운 탄성이 점점 커져가자, 애국적 이벤트의 당사자들 표정에도 당혹한 기색이 역력해졌다. 사태를 파악한 한 사내가 좀더 과감하게 손을 놀렸지만 그래봤자 연필깎이용 칼에 불과했다. 그들의 애국적인 피는 결국 "만행을 중지하라!"는 부분에는 가보지도 못한 채 굳어버리고 말았다. 이미 쓴 글자들도 흐리멍덩하기 짝이 없었다. 대회 주최측은 박수와 함성을 유도했지만, 실망한 애국 시민들의 입에서 차라리 욕설이 나오지 않은 것만도 다행이었다. 그때였다. 갑자기 한 사내가 벗어놓은 옷더미 속에서 무엇인가 햇살에 번뜩이는 물체를 냅다 꺼내들었다. 공설운동장은 기괴한 침묵에 휩싸였다. 오오, 저토록 장엄한 물건이 있었다니…… 사내는 비장한 표정으로 천천히 그 물체를 제 눈앞으로 가져갔다. 그런 다음 아무도 정확히 예측하지 못한 순간에 그 물체를 제 배 쪽으로 갖다댔다. 번개 같은 솜씨였다. 삽시간에 우레 같은 탄성이 터져나왔다. 시뻘건 선혈이 분수처럼 솟구쳤다. 놀라 자지러지는 비명, "윽" 하고 마치 자기 배가 갈라지기라도 하듯 목구멍 안으로 삼키는 단말마의 비명이 마구 뒤섞였다. 곁의 사내들이 우르르 달려들어 펑펑 터져나오는 피로 칠갑한 사내를 부축했다. 사내는 쓰러지는 마지막 순간까지 의연했다. 그는 제 배에서 솟구치는 피를 주먹으로 찍어내어 하얀 광목천을 붉게 물들이기 시작했다. 사내 서넛이 재빠르게 합류하여 아까운 그 피를 찍어 댔다. 마침내 그날의 하이라이트인 거대한 혈서가 완성되었다.

—미국은 우리의 은인 철부지 학생들의 만행을 중지하라!

'은인'과 '철부지' 사이에 구두점이 없어서 언뜻 철부지 학생이 은인인 양 읽힐 수도 있었고, '철부지 학생들의'의 소유격조사 '의'는 주격조사 '은'의 오기임이 분명했지만, 아무도 그런 것을 문제 삼지 않았다. 무엇보다 글자보다 두 배는 크게 쓴 마지막 느낌표가 압권이었다. 그것은 마치 만행을 중지하지 않을 때 철부지 학생들을 거꾸로 들어 땅바닥에 냅다 패대기치겠다는 뜻의 상형문자처럼 보였다.

다음 날, 방송과 신문은 일제히 그 극적인 장면을 톱으로 뽑았다. 당연히 김씨는 한국 현대사 최고의 은인지국을 배은망덕하게 모독한 철부지 대학생들의 만행을 규탄하는 애국 시민들의 분노를 대변하는 아이콘으로 부상했다. 그가 입원한 병원에는 나라의 치안과 정보 계통을 책임진 높은 관리들이며 집권당의 국회의원들, 그리고 분단 이후 수십 년을 자나 깨나 집 걱정은 관두고 오직 나라 걱정에 몰두하느라 머리가 허옇게 센 우국지사들의 발길이 끊이지 않았다. 적어도 사나흘간은.

시간이 흐르면서 더디지만 나라의 민주화 또한 진행되었다. 놀랍게도 언제부턴가는 김씨가 그날 공설 운동장에서 보여주었던 것과 같은 애국적 행동이 오히려 손가락질을 받는 다소 낯선 사회적 분위기마저 조성되기 시작했다. 병원에서 진작 퇴원한 김씨는 세상의 그런 야박한 변화에 분노했고, 결국 세종로 한복판 이순신 동상 아래에서 제2의 거사를 감행하기에 이른다.

—자나 깨나 미국 사랑! 꺼진 사랑 다시 하자!

기자들은 그 거사 역시 제법 크게 다루었는데, 대개의 신문에는 때마침 열리게 된 한미 정상회담 때문에 미국측 경호원들이 본토에서 직접 공수해온 셰퍼드를 앞세워 이 나라 최고급 호텔을 구석구석 직접 점검하는 사진이 함께 실렸다. 많은 이들이 그 사진을 보고 수모를 느꼈다.

"그럼 뭐야? 우리나라엔 똥개들만 있다는 거야? 그런 미국을 사랑하자고? 흥, 언제까지?"

그 사건은 미국에 대한 국민들의 인식에 적잖은 파장을 미쳤다. 결국 김씨의 거사는 전혀 뜻하지 않은 반응을 불러일으키는 데 한몫했다. 김씨는 다시 터진 복장을 움켜쥔 채 이번에는 제 발로 걸어 근처 대형 병원을 찾아갔는데, 수술 후에도 약 한 달간 입원을 해야 할 만큼 중상이었다. 제1차 거사 때 치료비 일체를 정권에서 감당해주었던 것과는 달리, 그때는 어마어마한 비용 일체를 고스란히 자부담해야 하는 처지가 되었다. 항간에서는 '조직'에서 울며 겨자 먹기로 대납했다는 설도 나돌았으나, 그건 어디까지나 증명되지 않는 항설에 불과했다. 솔직히 그때까지도 그의 생업이 무엇인지에 대해서는 정확히 밝혀진 바가 없었다. 그의 세번째 거사는 그 병원비 때문이라고 할 수 있다. 김씨는 여러 서비스 업체에서 발행한 6개월짜리 어음을 이리저리 긁어모아 겨우 병원비를 맞췄는데, 원무과에서는 현금이 아니면 안 된다며 난색을 표명했다. 결국 병원이 히포크라테스 정신에 입각하여 아프고 병든 이를 대하는 게 아니라 오직 자본의 논리에 따라 돈으로만 환자를 다루는 데 대해 여지없이 그의 분노가 폭발했다. 사건은 어느 지방 신문의 사회면 한구석에 1단짜리 가십 기사로 다루어졌다. 그 후에도 김씨는 이런저런 명목으로 서너 차례 거사를 더 감행했으니, 나중에는 밀린 병원비만으로도 강남에 아파트를 너끈히 사고도 남겠다는 소문마저 돌았다. 무엇보다 남아나지 않은 것은 그의 배였다. 그는 철판을 깔지 않는 이상 이제 더이상 그을 데도 없는 배를 움켜쥔 채 고향으로 내려갔으니, 그래도 고향에 인심은 남아 있어, 대를 위해 소를 과감히 내던지는 데 이골이 난 그를 위해 개소주를 들고 오는 이들이 아주 없지는 않았다. 개소주가 주 업종이지만 지네, 개구리, 가물치, 참붕어, 장어, 흑염소, 칡, 가시오갈피, 상황버섯, 곰쓸개, 녹용, 개불, 헛개나무, 양파즙, 생사탕, 추어탕, 용봉탕, 보신탕 등 다른 많은 종류의 보양식도 두루 취급하는 한미건강원이 탄생한 것은 그 얼마 후였다. 상할 대로 상한 몸을 위해 어차피 먹을 개소주라면 자기가 직접 만들어 먹는 게 낫겠다고 판단한 김씨가 아는 고물상에 부탁해 어렵사리 업소용 중탕기를 얻어와 한 서너 마리 개를 내려 먹어보고 나서 내린 결정이었다. 처음, 그가 낸 창업 신청서는 반려되었으니 위생시설이 미비되었다는 게 이유였다. 신문에 수차 얼굴이 나와 고향을 빛낸 자신을 기껏 위생시설 문제 따위로 이렇게 홀대해도 되는 거냐며 따졌지만, 마침 감사중이어서 그런지 담당 주사는 전혀 물러서지 않았다. 김씨는 마지막이라 생각하고 군청 앞마당에서 다시 한번 배를 그었다.

"생업의 자유 가로막는 탁상행정 규탄한다!"

구독 부수를 늘려달라는 요구에 다른 신문 눈치만 보면서 차일피일 시간만 끌던 군청에 대해 기회만 노리고 있던 한 신생 지방지 기자가 마침 그 현장을 목격했다. 이튿날 그 지방지 1면 톱은 당연히 김씨였다. 군수는 졸지에 군민의 처절한 외침조차 무시하는 냉혈한이 된 자신을 발견하고 거의 넋이 나가버렸다. 즉시 영업 허가가 떨어졌던 것은 물론이고, 때마침 실시가 예정된 민선 지방자치체 선거에 출마하려는 다른 후보자들도 그 사건을 호기로 삼았다. 내남없이 비난 성명을 쏟아낸 것은 물론 앞다투어 김씨의 쾌유와 창업을 축하하는 난 화분도 보냈다. 그 중 난 화분 하나는 한 후보자가 자기 선거 사무실 개소식에 들어온 화분에 리본만 새로 달아 보낸 것인데, 뭐, 겉으로 봐서는 새것하고 전혀 차이가 없었다. 만일 타 후보들이 그걸 문제로 삼으면 환경 문제를 고려하여 고심 끝에 내린 결정이었노라 맞받아칠 심산이었다. 김씨는 자신이 그동안 등장한 각종 신문 기사들로 커다랗게 현수막을 만들어 가게 앞에 내걸었다. 행인들은 까마득히 잊고 있던 기억 속에서 선혈이 낭자한 배를 움켜쥔 채 두 눈을 부라리며 애국의 일념을 불사르던 그의 거사에 새삼 감격했으니, 평소 개소주 같은 것은 입에 대지도 않던 이들마저 깔끔한 선물용 포장도 있다는 말에 성큼 발길을 옮겼다.

그래도 김억구씨의 한미건강원이 오늘날처럼 문전성시를 이루고 여기저기 분점을 내게 된 것은 따지고보면 그뒤에 벌어진 전혀 예상치 못한 한 사건 때문이라고 할 수 있다. 어느 날, 그럭저럭 먹고살 만큼은 유지되던 그의 가게 앞에 난데없이 개, 닭, 소, 말이 떼로 등장했다. 『삼국유사』 선덕여왕 편이나 이규보의 『국선생전』 같은 가전체 의인소설에나 나올 법한 일이 벌어진 데에는 필시 곡절이 있을 텐데, 아니나 다를까 저만큼 길모퉁이에서 피켓을 들고 그 무렵 유행을 타기 시작한 이른바 1인 시위를 벌이는 광경이 목격된다. 피켓 위로 뾰족 솟아오른 게 어지간해서는 보기 힘든 귀, 바로 요상망측한 토끼 귀였다.

피켓에 씌어 있되,

—모든 생명 있는 것들과 더불어 인본주의를 규탄한다!

도대체 이게 무슨 말인가.

김씨는 개소주를 그토록 장복했는데도 여전히 욱신거리는 배를 움켜쥔 채 제대 후 중장비 기술자가 되려다가 어어 하는 사이 중탕 전문 기술자가 되어버린 둘째아들의 손에 이끌려 밖으로 나가봤는데 개, 닭, 소, 말이 마치 제 집 앞마당인 양 어슬렁거리는 가운데 저만큼 길모퉁이에서 바로 그 괴상망측한 토끼 귀를 발견했으며, 아무리 보아도 요령부득의 그 피켓 글귀를 읽을 수 있었다.

"개, 닭, 소, 말…… 이게 다 무슨 난리 벌거지에 모든 생명 어쩌구 저건 또 무슨 귀신 씻나락 까먹는 소리라더냐?"

부자가 도무지 짐작조차 할 수 없는 사태를 멍하니 바라보는 사이, 행인들은 하나둘 발걸음을 멈추었고, 가게 앞을 어슬렁거리던 개, 닭, 소, 말의 대열에 동네 개와 닭과 거위와 오리들까지 슬금슬금 끼어들었으니, 그때쯤이면 벌써 지나가던 차들도 속도를 늦추어 서서히 병목현상까지 빚어냈다. 한참 후에는 예의 그 지방지 기자를 포함해 여러 명의 기자들이 나타나 취재를 시작하되, 1인 시위자는 단호히 입을 열지 않았다. 사실 그는 침묵의 표시로 ×자 마스크를 쓰고 있었다. 대신 그는 몰려든 취재진들에게 그즈음 보기 드물게 타자기로 친 꽤 엉성한 유인물을 정성껏 나눠주었다.

모든 생명 있는 것들과 더불어 인본주의를 재고하고,
만유와 더불어 생명 있는 것들의 오만함을 거부하며,
마침내 한때 존재했지만
이제 존재의 지평에서 사라진 것들의 존엄성마저 옹호하는
장엄한 전쟁을 시작하며.

혹자는 말한다.

"만국의 노동자여, 단결하라!"고.

나는 당연히 노동자들이야말로 농민과 더불어 전 지구적 착취 체제의 가장 혹독한 희생양이었음을 알고 또 인정한다. 그러나 유감스럽게 어떤 노동도 이미 대안이 아니다. 파우스트는 오랜 방황과 고투 끝에 지혜의 마지막 결론을 얻으니, "자유도 생명도 날마다 싸워서 얻는 자만이 그것을 누릴 자격이 있는 것"이라고 말하며 썩은 늪을 개간하는 대공사를 통해 지상의 천국을 건설할 수 있다고 믿는다. 그러나 그는 갯벌과 늪이 사라질 때 얼마나 많은 것이 함께 사라지는지에 대해서는 관심이 없다. 만인을 위한 복락의 뉴타운 같은 건 있을 수도 없고, 설사 있다 하더라도 다른 생명체에게는 차라리 지옥일 수도 있다. 이런 점에서 그의 인식은 한계가 분명하며, 때로 오만하다. 칼 마르크스 역시 노동은 인간이 자신의 유적 본질을 실현하는 가장 고귀한 행위라고 말한다. 아무리 하찮은 건축가라도 가장 뛰어난 벌들보다 뛰어나다는 말도 한다. 그러나 그의 노동 역시 매립하고 개간하는 노동이다. 자연은 오직 인간의 그 잘난 유적 본질을 실현하기 위한 재료에 불과하다. (도대체 인간의 유적 본질이 그렇다고 누가 장담할 수 있겠는가!) 이토록 오만한 사상이 한 시대를 풍미했던 것이다. 그렇다면 다른 건강한 노동은 어떤가. 천만에! 세상에 그런 따위 노동이란 존재하지 않는다. 심지어 환경운동에 투입하는 노동도, 재생 산업에 종사하는 노동도! 왜냐하면 그 어떤 것도 이미 '욕망'이기 때문이다. 욕망이 사라지지 않는 한, 노동도 조합도 혁명도 과거의 실패한 경험을 다시 반복할 뿐이다. 더 많은 봉급, 더 많은 일자리, 더 많은 보너스, 더 많은 여가, 더 많은 단위 생산량…… 슬프지만, 억울하겠지만, 그런 것들이 바로 지구를 무너뜨린다. 자본처럼! 제국처럼!

가장 착한 사상가들은 땅에 기대어 사는 농부에 대해 말한다. 농부의 건강한 땀이 지구를 구하는 마지막 선택이라 주장한다. 친환경 농법과 유기농이 땅을 살리고 사람도 살린다고 말한다. 가족 단위의 소농이 지속 가능한 농업의 토대라고 설득한다. 그런가, 정말 그런가? 천만에! 농업 또한 이미 땅과 맺은 약속을 넘어서버렸다. 순박해 보이는 농부들의 주름살 속에 욕망이 그득하다. 제 새끼들을 먹여살릴 욕망, 소출을 두 배 세 배로 늘리고자 하는 욕망, 저놈의 벼멸구새끼를 잡아 죽일 욕망, 저기 저 아깝게 놀리는 땅을 갈아엎어 강남 사람들 때문에 돈 좀 만진다는 우리밀을 심어볼까 하는 욕망…… 그 욕망은 장차 수용 예정인 토지의 공시지가와 시세 간에 차이가 벌어지면 그 즉시 분노로 폭발하고, 마침내 내남없이 '결사 투쟁'의 머리띠를 두르도록 만들 것이다.

그럼 대체 어떻게 하라는 소리냐고?

당신들, 아버지들은 죄라면 기러기 아빠로 먹을 것 못 먹고 잘 잠 안 자고 오로지 마누라 자식새끼들 잘되라고, 미국에 원정 출산 가서 아이를 낳아 시민권을 얻게 하고, 도무지 영어가 안 되는 혀를 수술해서라도 국제화 시대 영어를 유창하게 구사할 수 있게, 당신들, 아버지들은 등이 휘도록 일한 죄밖에 없으니 어쩌냐고 묻는 것인가. 미안하지만, 나는 그 질문을 다시 이렇게 돌려주는 수밖에 없다.

"어떻게 할 셈인가? 당신들, 아버지들!"

그래도 차악(次惡)은 있지 않느냐고 묻는다면, 나는 기꺼이 말하겠다.

"없다. 제발, 무엇이든 하려고 좀 하지 마시라!"

무엇을 하든 지구별은 그만큼 무너지게 마련이다.

한 가지만 예를 들겠다.

당신들, 아버지들은 고갈되는 화석에너지도 아껴 쓰고 지구 오존층 파괴도 막아보자며 대체에너지를 개발한다. 사탕수수와 옥수수에서 에탄올을 뽑아 석유의 대체품이라고 주장한다. 당신들의 교과서는 그것이 가능하며 대안이라고 가르친다. 그러나 미국의 모든 자동차들이 에탄올을 사용할 때, 지구 전체에 어떤 일이 벌어질지 상상해봤는가. 쌀이 남아돌아 수출하는 필리핀에서 계단 논을 메워 옥수수를 심기 시작한다면 머지않아 얼마나 많은 쌀을 수입하게 될지, 마다가스카르에 에탄올을 위한 옥수수 밭을 개발하고 경작할 때 얼마나 많은 정글이 사라질지. 그렇게 해서 전 지구적 규모로 이산화탄소 발생량을 줄이게 되면 남는 장사가 아니냐고 말한다. 아냐, 저탄소 녹색 성장이라고! 입은 비뚤어져도 말은 바로 하라고 했다. 당신들, 아버지들은 이미 안다. 후진국의 독재자와 선진국의 독점자본이 기막힌 환상의 커플이라는 것을. 그러나 당신들, 아버지들은 애써 외면하거나 아예 무지하다. 환상의 커플이 하나 더 생겨날 때마다 얼마나 많은 열대우림이 파괴되고, 얼마나 많은 짐승과 새와 꽃과 나무와 풀이 사라지고, 얼마나 많은 주민들이 고향을 잃고 옥수수 플랜테이션의 일개 비정규직 노동자로 전락하게 되는지. 그리고 그때 얼마나 많은 이들의 기억과 꿈과 희망이 동시에 사라지게 되는지 말이다. 그러니 제발 무엇 좀 하려고 하지 마시라!

좀더 납득이 가게 말해달라고? 이런…… 눈앞에 보고도 모른단 말인가? 우선은 제발 건강 좀 챙기지 마시라! 먹지 않으면 좋겠지만 언감생심 그런 건 바라지도 않으니, 대충 잡수시라. 대충 먹어도 당신들은 이미 넘치도록 건강하다. "침략처럼 활발"[6] 하다. 당신들의 건강이 곧 무수한 존재의 무덤이다. 그리고 하나 더 사정하건대, 걸을 때 제발 쿵쿵거리지 좀 마시라!

물론 마스크를 쓴 토끼가 나눠준 유인물 내용이 제대로 실린 신문은 없었다. 대부분의 신문은 "개소주를 먹지 말라고 시위를 벌이는 토끼 영장류와 그의 뜻에 동감한 듯 절묘하게 때를 맞춰 나타난 동네 가축 시위대(?)"라는 식의 캡션을 달아 '그림'을 부각시키는 데 초점을 맞추었을 뿐이다. 스스로 진보지임을 자처한 일간지들도 마찬가지였으니, 그들이 내세우는 진보라는 가치 개념도 인본주의적 관점의 그것에서 크게 벗어나지 않는 게 분명했다. 어쨌거나 사람들이 보기에 조금은 황당한 시위를 벌인 토끼 영장류의 의도는 전혀 엉뚱한 효과를 낳았으니, 그날부터 김씨의 한미건강원은 밀려드는 인파로 즐거운 비명을 지르게 되었다. 그때만 해도 아직 '신문 방송에 나온 집'이라고 대문짝만하게 간판을 만들어 다는 게 '신문 방송에 한 번도 안 나온 집'이라고 간판을 만들어 다는 것보다 효과가 좋을 때였다.

토끼는 사흘 더 시위를 하다가 사라졌는데, 덩달아 가축 시위대도 사라졌다. 그러자 이번에는 창업주 김씨가 무언가 아쉬운지 일부러 개, 닭, 소, 말들을 몇 마리 사다가 풀어놓는가 하면, 토끼가 기자들에게만 나눠준 유인물을 용케 입수하여 다량 복사한 뒤 선물용 개소주 박스 안에 기념품 삼아서 한 장씩 집어넣어주어 경향 각지에서 일부러 찾아오는 손님들을 크게 실망시키지는 않았다.

50

정부 합동민원실에는 하루에도 수천 통씩 민원이 쏟아져들어오는데, 지렁이가 춤을 추는 듯한 연필 글씨에 문장과 맞춤법도 엉망인 무문관(無門關) 황보살의 민원도 그 수천 통 속에 포함되어 있었다. 정리하면 다음 같은 내용이었다.

인간들이여, 제발 걸어다닐 때 쿵쿵 뛰지 마시라. 땅이 놀란다.

요구하나니, 초등학교 때부터 뒷발을 들고 살금살금 사뿐사뿐 혹
시 지렁이가 놀랄까, 이슬 머금은 풀과 나뭇잎이 놀랄까, 걷는 연
습을 시키시라, 합장.

아파트 위층에서 아이들이 쿵쿵 뛰는데 하루 이틀도 아니고 쇠털같이 허구한 날 어떻게 참고 사느냐며 해결 좀 해달라는 민원은 적지 않았어도, 호모 에렉투스 이래 보편화된 보행 행위 자체에 대해서 근본적으로 문제를 제기한 것은 정부 민원 업무가 전산화된 이래로 황보살이 처음이었다. 공무원이 된 이후 이슬 머금은 풀과 밤하늘을 예쁘게 수놓는 별을 제대로 본 기억이 없는 담당 9급 공무원은 조금도 망설이지 않고 공무원 업무 지침에 따라 일을 처리했다. 접수, 분류, 날인, 기재, 검토, 보고, 작성 등이 순식간에 진행되었다. 공무원은 주무 부서인 교육부에 민원을 송부했고, 그 사실을 민원인에게 알렸다. 교육부 민원실 담당 직원은 제6차 교육과정 개편이 이미 완료된 시점이라 상기 민원은 제7차 교육과정 개편 때나 검토가 가능할 것이라고 답변을 보냈다. 이에 대해 황보살은 친절한 답변에 감사드리며 앞으로 교육과정 개편에 기대를 걸어보겠다는 편지를 보냈다. 아울러 지금 당장 인간들이 쿵쿵거리며 다니는 문제는 어떻게 하면 좋은지 물었다. 교육부 민원실 담당 공무원은 인간들의 보행으로 인해 발생하는 문제는 자기네 소관 사항이 아니라며, 상기 민원을 정부 합동민원실로 송부한다고 민원인에게 알렸다. 정부

합동민원실의, 공무원이 된 이후 이슬 머금은 풀과 밤하늘을 예쁘게 수놓는 별을 제대로 본 기억이 없는 예의 그 담당 9급 공무원은 이번에는 조금 더 잠깐 망설이다가, 이 문제가 혹시 대통령 공약 사항과 유관한지 청와대에 문의해보는 것이 나을 거라고 친절하게 민원인에게 알렸다. 이에 대해 황보살은 친절한 답변에 감사하며 앞으로 선생님만이라도 우선 걸을 때 쿵쿵거리지 마시기를 기대한다는 편지를 보냈다. 청와대는 황보살의 요구사항이 담긴 편지를 대통령 직속 국민고충처리위원회로 보내 검토할 것을 지시했고, 그런 처리 과정을 민원인 황보살에게 알렸다. 대통령 직속 국민고충처리위원회는 2주일 만에 민원인에게 답변을 보냈다. 해당 민원은 대통령 직속 국민고충처리위원회의 고유 업무가 아니며, 국무총리실 산하 국민생활환경개선위원회로 검토를 의뢰하니 참고하기 바란다는 내용이었다. 20일 후 국무총리실 산하 국민생활환경개선위원회에서 민원인 황보살에게 답변을 보냈다. 국무총리실 산하 국민생활환경개선위원회에서는 대통령 직속 국민고충처리위원회에서 검토를 의뢰한 상기 민원에 대해 검토를 한 결과 좀더 검토를 할 만한 민원이라 판단하여 좀더 검토를 할 테니 좀더 검토할 시간을 주면 좀더 검토하겠다고 답변을 보냈다. 황보살은 자기는 여러 모로 시간이 넉넉하지 않으나 어쨌든 민원인 자격으로 좀더 검토할 시간을 드린다고 정중히 답변을 보냈다. 200일 후 국무총리실 산하 국민생활환경개선위원회에서는 대통령 직속 국민고충처리위원회에서 검토를 의뢰한 상기 민원에 대해 검토를 한 결과 좀더 검토를 해야 할 민원이라고 판단하여 좀더 검토를 한 결과 그사이 정권이 바뀌고 행정부 부처에 대한 대대적인 통폐합 조치가 단행되어 소관 부처가 어디인지부터 좀더 면밀히 검토해볼 필요가 있는데, 참고로 말씀드리건대, 현실적으로는 IMF 위기를 극복하는 게 최우선의 국정 과제이므로 웬만하면 참고 지내시라고, 아울러 이왕 말이 나왔으니까 말이지 금번 IMF를 극복하기 위해서 전 국민을 상대로 금 모으기 운동을 벌이고 있으니 많은 관심과 협조를 부탁드린다는 내용의 답변을 민원인 황보살에게 보냈다.

이런 과정을 서너 번 반복한 무문관 황보살이 국무총리실 산하 국민생활환경개선위원회에 마지막 편지를 보냈다. 민원은 아니었다. 거칠게 옮기면, 이런 내용이었다.

> 빼서 팔아먹자고 해도 금니 하나 없습니다. 솔직히 말씀드리면 IMF를 극복하자는 것도 반대합니다. 극복해서 뭐 하시려고? 당장 쓸데없이 길거리를 돌아다니는 차가 줄어들어서 좋기만 하데. 전보다는 훨씬 나아요. 어쨌든 두루 평안하시라, 합장.

이로써 황보살은 더이상 민원인이기를 포기했다. 영혼 없는 공무원들의 기계적이고 전혀 미쁘지 않은 민원 처리 방식은 황보살로 하여금 민원(民怨)의 차원에서 사태를 바라보게 만들었다. 이러구러 세월만 또 속절없이 흘러갔다.

51

택배(일본어투 용어)를 받은 곳은 스스로 알려온 곳만 열 곳이 넘었는데, 정부 기관으로서는 교육인적자원부가 유일했다. 그밖에는 컴퓨터 포털 사이트 1, 2위 업체, 모 제약사, 모 의료 기구 제조업체, 실험동물 공급업체, 해당 분야 매출 실적 1위 모 국제결혼업체(베트남, 캄보디아 전문), 연비가 제일 나쁜 자동차 수입업체, 포천에 있는 모 기숙 학원, 전국 도급 순위 113위 건설사, 북창동 룸비즈니스(과거 룸살롱) 뉴황제(옛 상호 황제), 외국계 프랜차이즈 커피 전문점 한국 지사 등이었다. 소포의 내용물은 동일했다. 겉면에는 하나같이 '취급 주의'라는 문구가 빨간색 매직펜으로 적혀 있었으며, 발신인은 '서울시 관악구 신림동 20882번지 무문관 차상문'이었다. 물론 주소지는 가공이었지만, 만일의 경우에 대비하여 경찰은 우선 전경 2개 중대를 동원하여 관악구 관내 모든 중국집과 태권도장, 합기도장, 특공 무술관 등 모든 무술 도장을 샅샅이 수색했다. 무문관이 중국 음식점 혹은 무술관 같다는 상부의 판단 때문이었다.

해당 택배 회사에 대한 조사에서도 용의자의 행적에 관한 결정적 단서를 찾지 못했다. 차상문은 경기도 수원시 팔달구 인계동의 한 피시방에서 3박 4일 잠 한숨 자지 않고 리니지를 하다가 집에서 훔쳐온 돈을 다 날리고 쫓겨난 뒤 "이번에 들어가면 아버지한테 진짜 맞아 죽을까봐" 집에 가는 대신 택배 회사에서 먹고 자며 아르바이트를 하던 한 게임 마니아(16세)에게 접근, 은밀한 처리를 부탁한 것으로 드러났다.

"츠, 어디로 갔는지요, 츠, 내가 어떻게 알아요? 츠, 크긴 해도 분명히 토끼였대니깐요, 츠, 산엘 가보시던가, 츠, 그것두 아님 과천 대공원엘 가보시던가요."

"근데 너 언제부터 츠츠거렸니?"

"츠, 그건 알아서 뭐하게요, 츠. 수업 시간에 빨가벗은 깔치들 나오는 『펜트하우스』 보다가 츠, 꼰대한테 직사하게 얻어터지고 홧김에 학교 그만둘 때부터요, 츠."

'취급 주의' 경고에도 불구하고 발송자에 대한 불같은 호기심을 참지 못한 두 사람이 가벼운 상처를 입었다. 북창동 룸비즈니스 뉴황제의 영업상무 여전히물태우(가명)와 14번 방 새끼 마담 정미아(예명)였다. 그들의 증언에 따르면, 포장지를 뜯고 그 속에 든 나무 상자의 뚜껑을 열자마자 압력 밥솥에서 김이 빠질 때처럼 "픽" 하는 소리가 나서 깜짝 놀랐다는 것. 다행히 폭발은 없어서 둘 다 화상이 아니라 놀라 넘어지면서 손등과 팔꿈치 등에 가벼운 찰과상을 입었을 뿐이다. 머큐로크롬과 일회용 밴드, 그리고 후시딘 정도면 충분히 감당해낼 상처였다. 문제는 픽 소리가 날 때 새빨간 물감 같은 게 함께 솟구쳐올라 평소 정미아가 진품인 척 자랑하며 입고 다니는 짝퉁 이태리제 브랜드 의상을 형편없이 버려놨다는 점이다. 그런 부상과 손실에도 불구하고 두 사람은 용의자에 대해 전혀 악감정을 드러내지 않았으며,

오히려 용의자가 정신적 예술적 교미에 조예가 깊고 직업이나 학벌에 관계없이 사람들을 배려할 줄 아는 매우 예의 바른 토끼였노라 기대 밖의 증언까지 늘어놓았다.

폭발 현장에서는 다음과 같은 것들이 발견되었다.

나무 상자
나사 3개
5센티미터 못 6개
1인치 파이프의 잔해물
고무 밴드 12개
에폭시
두 종류의 무연화약
성냥 꼭지
목재 점화전
4분의 3인치짜리 검정색 플라스틱 테이프
2분의 1인치짜리 필라멘트 테이프
갈색 포장지
택배 회사 주소 종이(두 장을 겹쳐놓은 것)
식용 색소 적색 제3호(화학식 $C_{16}H_8O_8N_2S_2Na_2$)

케이블 방송을 통해 미국 텔레비전 드라마 시리즈물 〈CSI〉를 접하는 시청자들이 늘면서, 한편으로 과거 같으면 꿈도 꾸지 못했을 대접을 받아 좋긴 하지만, 다른 한편으로는 말 그대로 과학적인 수사에 대한 요구 또한 크게 증대된 것이 부담일 수밖에 없는 KCSI의 합동 조사팀은, 그다지 과학적인 수사 기법을 동원하지 않고도, 폭발물이 인터넷에서 얼마든지 그 제조법을 찾을 수 있는 종류의 것임을 쉽게 밝혀냈다. 구성 성분에 대한 분석 결과, 한쪽 끝이 목재 점화전으로 된 길이 약 23센티미터에 지름 1인치짜리 아연도금 파이프로 만들어졌으며 두 종류의 무연화약과 성냥 꼭지로 구성되었다는 사실도 밝혀냈다. 만일 수직으로 그 폭발의 충격을 받을 경우 사람에게 자못 심각한 화상 등의 상해를 입힐 수도 있다고 결론을 내렸는데, 심각하다는 것이 치명적일 수도 있다는 뜻인지에 대해서는, 얼굴 한번 비추지 않은 상부의 지침에 따라, 확인해주기를 거부했다. 대신 브리핑이 끝난 뒤 근처 일식집에서 가진 회식 자리에서, 법의학을 전공한 조사팀장은 기자들의 사적인 질문에는 성실히 답변을 해주었다.

"드라마 CSI 팀원 중 누가 제일 좋아요?"

"그거야 당연히 길 그리섬 반장이지. 어때, 내가 이마를 이렇게 하면 좀 비슷하게 생기지 않았나?"

"비슷하긴……"

"왜? 그래도 학창 시절에는 우리가 만진 어떤 카데바보다 잘생겼다는 소릴 들었는데…… 마누라도 그래서 만났고……"

"카데바가 뭔데요?"

"해부용 시체."

"에이, 생사람하고 비교 하셨어야지. 그럼 전혀 다른 평가가 나왔을 텐데……"

"광어회 앞에 놓고 좋은 이야기들 하신다, 참!"

52

일차 수색이 다 끝난 뒤에야 정부 합동민원실에서 근무하는, 공무원이 된 이후 이슬 머금은 풀과 밤하늘을 예쁘게 수놓는 별을 제대로 본 기억이 없는 한 9급 공무원의 제보가 들어와 무문관의 정체가 밝혀졌다. 강원도 홍천군 남면 명서리 야산에 자리 잡은 작은 암자 무문관은 어느 종단에도 속하지 않았는데, 스물다섯에 과부가 된 이후 절집을 돌아다니며 스님들 공양을 해주면서 살다가 뒤늦게 미장일을 하던 김처사를 만나 부부의 연을 맺은 황보살이 서울 어느 보육원에서 만난 차상문의 도움으로 사들인, 말하자면 일종의 무인가 기도 도량이었다. 거기서 그들은 한때 국립 서울대학교 교수를 지낸 토끼 영장류 차상문을 마치 둔갑과 축지를 식은 죽 먹듯 하고 콧김만으로도 동서화합에 남북통일을 미끈하게 이루어낼 현묘한 대사라도 되는 양 지극정성으로 떠받들었던 것이다. 황보살과 김처사를 조사했지만 그들은 자신들이 용의 사실과는 전혀 무관하며, 7년을 칩거하며 묵언 정진하다 홀연히 떠난 토끼 땡추 차상문의 근래 행적에 대해서도 아는 바가 없다고 잡아뗐다. 과학수사는 몰라도 함정수사와 기획수사, 그리고 인정수사와 육감수사에는 도가 텄노라 나름대로 자부하는 수사관들이 그런 진술을 곧이곧대로 믿은 것은 아니었다. 그들은 암자 주변을 감시하면 반드시 모종의 성과를 얻을 수 있을 거라고 확신했는데, 사실 남면 면사무소가 있는 양덕원으로부터 치면 그곳으로 오갈 수 있는 길목이 싱거우리만치 뻔해서 인력을 많이 배치할 필요도 없어 보였다. 정규 인력이 어려우면 눈 좋은 공익 근무 요원을 두엇 붙여두면 될 터였다. 그들은 그렇게 하기로 결정을 내리고 우선은 발길을 돌렸다. 잔뜩 긴장해서 험한 산길을 땀 뻘뻘 흘리고 올라왔던 수사관들과 헬리콥터까지 동원해 산 정상부에서 레펠로 요란하게 하강했던 경찰 특공대가 내려갈 때, 황보살과 김처사 뒤에서 갑자기 누군가가 토끼처럼 톡 튀어나오며 말했다.

"내려가실 때만이라도 쿵쿵거리지 말아주세요. 부탁합니다."

경찰 관계자들은 깜짝 놀랐다. 백화점, 그것도 중소도시의 그만저만한 백화점은 말고 대도시 명품 전문 백화점의 인형 매장에서나 볼 수 있을 것 같은 예쁜 여자 토끼 아이였기 때문이다. 게다가 머리가 노랗고 눈이 파란 게 토종 토끼도 분명 아니었다.

"엉? 누구냐, 넌?"

"김무문이어요. 굳셀 무 글월 문이 아니고, 없을 무에 문 문 자를 써요. 저 아래 남면초등학교에 다니고요."

"김무문? 넌 토끼잖아."

"보다시피요."

"허…… 참. 어쨌든 네가 토끼라면 땡중 차상문이가 네 아버지냐?"

"아뇨. 성부터 다르잖아요. 제 부모님은 여기 이분들이어요."

무문이가 황보살과 김처사를 가리키며 깜찍한 목소리로 대답했다.

"그으래? 거 참…… 뭐 그렇다면야…… 하지만 네가 뭔데 주제넘게 나서서 쿵쿵거리지 말라 하지?"

라이방제 까만 선글라스를 멋지게 낀, 지나간 독재 정권 시절에는 주로 가두에서 화염병을 던지는 시위 학생들을 검거하는 데 탁월한 능력을 발휘했던, 특히 1986년 10월 애학투, 즉 전국반외세반독재애국학생투쟁연합이 주도한 이른바 건대 항쟁에서 무려 1,525명의 학생을 연행해서 흔히 비교되는 일본 도쿄대 야스다 강당 점거 사건 검거자 616명을 훌쩍 뛰어넘는 세계 신기록을 세우는 데 혁혁한 공을 이룬 바 있는 특공대장이 화염병이 뭔지도 모를 조그만 토끼 주제에 별 주문을 다 한다는 듯 희떠운 표정에 퉁명스러운 목소리로 물었다.

"땅이 놀라잖아요."

무문이가 어린 나이에 비해 제법 간곡한 목소리로 부탁했다.

경찰 관계자들은 도대체 조그만 여자 토끼 아이로부터 전혀 예상치도 못했고 평생 가야 한 번 들어보기도 힘들 부탁의 말까지 듣게 되자 그 당장 대꾸할 말을 찾지 못했다. 짧지 않은 동안 서로 얼굴만 쳐다보던 그들은 마침내 머쓱한 표정으로 철수를 시작했다. 무문이의 제법 간곡한 부탁은 간단히 묵살되었다. 그들은 라이방제 까만 선글라스를 멋지게 낀 특공대장을 필두로 부러 더 우렁차게 쿵쿵거리면서 땅속 깊은 곳에서 곤히 자고 있던 지렁이 한 마리까지 온 산의 창생들을 죄 깨워놓은 뒤 유유히 사라졌다.

"나무아미타불 관셈보살."

황보살이 온 산의 창생을 위해 거듭 합장하며 허리를 굽혔다.

53

험프리 J. 쿠진스키.

이름에서 알 수 있듯이 그는 동구권에서 건너온 이민자의 후손이다. 두뇌가 탁월해서 스무 살에 하버드대를 졸업하고 버클리대 수학과에 최연소 교수로 임명된 그가 어느 날 갑자기 교수직을 스스로 내던지고 잠적한다. 아무도 그 뜻을 몰랐으며 이해하려 하지도 않았다. 그는 미국에서도 가장 궁벽한 주 몬태나를 새로운 거처로 선택한다. 그때부터 숲속을 거의 벗어나지 않는 철저한 은둔 생활에 돌입한다.

차상문이 바로 그를 만났던 것이다.

은자는 자신에 대한 정보를 거의 들려준 바가 없었다. 많은 밤 그와 더불어 숱한 대화를 나눴지만, 그가 천재 수학자이며 특히 자기보다 앞서 버클리대 수학 교수를 지냈다는 사실조차 까마득히 몰랐다. 그에게 과거는 오직 환멸일 뿐이어서 결코 대화의 주제가 되지 못했다, 고 차상문은 생각했다. 그리하여 둘이 나눈 대화란 주로 숲속의 일상, 습지 식생, 숲과 대지와 천체의 역사, 식목과 벌목의 조화, 나무와 풀, 바람과 비와 계절, 자연의 순환 및 치유 과정, 숲의 천이, 재생 에너지와 지속 가능한 에너지, 수목장의 의의와 그 가능성 따위였지만, 차상문은 그가 『무소유』의 법정 스님이나 『월든』의 소로나 『모래 군의 열두 달』의 저자 알도 레오폴드, 혹은 시인 휘트먼 등과는 또다른 유형의 은둔자라고 판단했다. 그들과 달리, 그는 떠나온 세상에 대해 연민 이상의 강렬한 적대감정을 버리지 못하고 있었기 때문이다. 정관 절제술도 그런 맥락에서 이해할 수 있었다. 그렇더라도 차상문은 기술의 진보가 오히려 인간을 망친다고 판단하여 홀로 저 고독한 전쟁을 전개한 쿠나바머(Cunabomber), 17년간 사업가와 과학자 등 다양한 사람들에게 소포 폭탄을 보내 그 중 3명을 살해하고 29명에게 부상을 입힌 혐의로 1996년 4월 FBI에 체포된 범인이 바로 몬태나 숲속의 은자라는 사실을 뒤늦게 알고 경악하지 않을 수 없었다. 솔직히 말하자. 차상문은 기술 문명 사회를 선도하거나 대변한다는 이유로 컴퓨터 업체(computer: C)와 대학(university: un)과 항공사(airline : a) 등에 폭발물(bomb)을 보낸 쿠나바머 사건을 처음 접했을 때, 그리고 아직 그가 체포되지 않았을 때, 그의 '전쟁' 수행 방식에 대해서는 동의하지 않았지만, 어쨌든 세인이 사태의 심각성을 똑똑히 인지할 계기로 삼기를 기대했다. 그러나 그의 전쟁은 실패로 끝났다. 그는 체포되어 '비뚤어진 인성'을 지닌 한낱 잔인한 '테러리스트'로 낙인 찍힌 채 가석방 없는 종신형을 선고받았기 때문이다.

차상문은 몬태나 숲속에서 그와 함께 보냈던 저 아름다운 날들을 떠올리고자 애를 썼다. 창조와 신생의 기쁨을 아스라이 열어주던 새벽 물안개와 활엽에 옥구슬처럼 구르던 이슬방울, 아침 햇살을 받으며 이 나무에서 저 나무로 바삐 움직이던 새들, 오전 11시의 완벽한 침묵, 그늘 속에서 쑥쑥 자라는 버섯들, 졸졸 흐르는 시냇물, 숲의 그림자, 그리고 한낮의 열기를 식혀주는 소나기와 오후 4시 반의 매직, 하루의 부산함을 고요히 물들이는 저녁노을에 이르기까지…… 거기서는 따로 말이 필요 없었다. 많은 경우, 말은 차라리 폭력이지 않은가. 말을 하는 사람은 말을 하지 않는 짐승을 실효적으로 지배할 권리가 있다고 주장한다. 말을 하는 사람은 말을 하지 못하는 사물을 함부로 취해도 된다고 주장한다. 심지어 말을 하는 사람은 말을 하고 싶어도 할 수 없는 처지의 다른 사람들조차 무시하고 희롱하는 것을 자유라고 말하기도 한다.

—일급수! 물 좋은 영계와 미시 다량 구비! 새벽 1시 이후에는 아가씨 무료 교환!

—국제결혼: 베트남 숫처녀, 집 잘 봄. 절대 도망 안 감.

—여러분, 졸라 행복하시죠? 부~자 되세요!

도대체 이런 자유마저 자유의 이름으로 옹호되어야 하는지!

물론 지식인으로서 그는 목표가 수단을 정당화할 수 없다고 생각한다. 그러나 행복과 휴머니즘이라는 인간 영장류의 대의가 모든 것을 정당화할 수 없다는 것 또한 진리였다. 차상문은 오랜 칩거 과정에서, 지금도 인도에서 180만여 명의 신도를 지닌 자이나교가 가장 아름다운 대안일 수 있다고 판단했다. 그들은 철저한 불살생과 무소유, 그리고 엄격한 고행을 추구한다. 승려들은 실 한 오라기조차 걸치지 않은 알몸으로 수행하며, 한 걸음을 뗄 때마다 행여 땅위나 땅속의 미물이 놀랄까봐 빗자루로 쓸고 다니며, 숨을 쉴 때 행여 공기중 미물을 죽일까봐 천으로 코와 입을 가린다. 그런 그들이 콩 한 쪽인들 제 것으로 간직한다는 건 있을 수 없는 일이다. 차상문은 정신이 번쩍 들었다. 아, 얼마나 아름다운 존재들인가! 하지만 바로 그다음 순간, 차상문은 그들의 시간이 제 어머니의 그것처럼 움직이지 않거나 혹은 영원 속에 갇혀 있다는 사실 또한 깨달았다. 아무리 좋은 사상이라도 현실의 중력이나 자기장을 견디지 않거나 못 한다면 도대체 무슨 의미가 있을까. 나아가 차상문은 제가 아무리 착한 영장류라 하더라도 도저히 만인 앞에 발가벗고 나설 만큼 도를 이룰 자신은 없었다. 어쨌든 인간만을 중심에 놓는 오만한 인도주의에 대해 경종을 울릴 필요는 있었다. 전쟁을 종식시킬 마지막 전쟁이 필요하다고 생각한 것도 그 때문이며, 그래서 그 전쟁은 바야흐로 '장엄한 전쟁'이 되는 것이다.

1995년 쿠나바머는 자신의 주장을 담은 「산업사회와 그 미래」라는 장문의 선언문을 작성한다. "인류에게 있어 산업혁명과 그 결과는 재앙이었다"고 시작하는 선언은 자신의 혁명이 특정 정부가 아니라 궁극적으로 산업혁명에 기반을 둔 현존 체제 전체의 붕괴를 목표로 하며, 그 시기는 빠르면 빠를수록 좋다고 주장했다. 그는 전쟁을 중단하는 조건으로 3만 5천 단어로 작성된 그 선언문을 뉴욕타임스와 워싱턴포스트에 전문 그대로 게재하라고 요구했다. 두 신문은 FBI와 상의를 거친 뒤 요구를 받아들였다. 그 후, 쿠나바머는 약속을 지켜 단 한 건의 폭발물도 발송하지 않았다.

'장엄한 전쟁'을 결심한 차상문도 그의 길을 따랐다. 처음에는 그 역시 하고 싶은 말이 무지하게 많아 장문의 선언을 꾀했으나 나날이 황폐해가는 열대우림 등 지구 생태 환경을 고려하여 결국 A4 용지 한 장짜리 문건으로 만족하고, 한미건강원 앞에서 그것을 발표했다. 하지만 쇠귀에 경 읽기였다. 시험 삼아 폭발물을 보내봐도 아무런 변화가 없었다. 식용색소가 분수처럼 솟구쳤다면, 다른 위험 물질도 얼마든지 그렇게 작동시킬 수 있다는 뜻으로 받아들여야 하는데, 저들은 무슨 배짱인지 전혀 그러지 않았다. 아마 만우절 애들 장난 같다고 여겼을 터인데, 차상문이 시곗바늘이 째깍째깍 움직일 때마다 남은 시간이 그만큼 더 줄어들었다는 생각에 입 안이 바짝바짝 타들어갈 정도로 조바심을 느꼈으면 느꼈지 허튼 장난이나 할 토끼 영장류가 아니라는 사실을 몰라도 너무 완벽하게 몰랐다. 물론 관계기관 대책회의가 소집되어 과천 정부종합청사에서 36시간에 이르는 마라톤 회의를 했다. 그러나 한 토끼 영장류의 요구가 무슨 뜻인지 깊이 있게 생각해보려는 사람은 아무도 없었다. 그저 바쁜 척 오가는 발걸음만 쿵쿵거릴 뿐이었다. 솔직히 관계기관 대책회의 구성 자체가 문제라는 것도 몰랐다. 정보나 치안 담당자들이 모이는 것이야 그렇다 치겠지만, 도대체 교육인적자원부라니! 그곳은 차상문이 택배로 폭발물을 보낸 대상 중 한 곳이지 않은가. 하고많은 정부 부처 중에서 하필이면 왜 그곳만을 표적으로 삼았을까. 명백하지 않은가. 교육인적자원부! 도대체 이런 이름이 어떻게 가능한가. 인적 자원이라니! 갓난아기부터 꼬부랑 할머니 할아버지까지 사람을 석탄이나 석유, 텅스텐이나 구리, 고무나 고령토처럼 산업 자원으로 본다는 말 아닌가. 그러면서 어떻게 감히 교육이라는 말을 갖다붙일 수 있는가. 세상에, 대체 무슨 영화를 누리려고…… 이러고도 소위 민주 정부라니 한심하기 짝이 없다.

차상문이 남북 화해협력과 평화통일이든 흡수통일이든 통일을 대놓고 지지하지 못하는 것도 이 때문이다. 통일이 되면, 그런 '인적 자원'들이 고급 세단이나 연료 소모량이 상대적으로 많은 SUV 차량 하나 가득 돈 보따리를 싣고 "땅!" 하는 출발신호와 함께 휴전선을 박차고 달려나가는 모습이 눈에 선했다. 먼저 찍는 인적 자원이 임자라 생각하겠지.

"스톱, 여기!"

말뚝을 하나 박는다.

"스톱, 저기!"

말뚝을 또 박는다.

"스톱, 고기!"

말뚝을 다시 박는다.

통일 조국의 북녘 땅은 목 좋은 곳의 경우 일주일도 못 되어 땅 임자가 거의 바뀌고 만다. 다시 한 달, 이제 평양으로 가는 길이든 함흥으로 가는 길이든, 길 가녘에는 온통 '공사중' 팻말이 박혀 있다. 모텔과 가든이 반을 넘는다. 핑크장, 러브장, 섹시장, 모텔 해피, 모텔 드림, 모텔 홀인원, 앗싸 가든, 가오리 가든, 가든 별천지, 가든 파라다이스…… 그리하여 딱 1년만 시간이 더 흐르면, 분단 70년 분단 80년 세월 동안 이유야 어쨌든 잘 보존되었던 산하가 돌이킬 수 없게 절단나버린다.

차상문은 누가 어디서 무엇을 잘못했기에 지금 이 모양 이 꼴인지 알지 못한다. 그러나 이 모양 이 꼴이 비단 여기서 끝나지 않는다는 점만큼은 절대 확신했다.

엉킨 실타래를 풀려면 실마리를 잘 잡아야 하는데, 저들은 능력도 없으면서 겸손하지도 않았다. 아무 데나 가위를 대고 자르려 할 뿐이다. 그렇게 한참 자르다보면 언젠가 풀긴 풀 것이다.

백 토막 천 토막으로 끊어진 실. 그게 저들의 해결 방식이다. 애초에 요구는 간단했다. 걸을 때 쿵쿵거리지 말라는 것. 쿵쿵거리지 않으려면 근신, 즉 삼가고 조심해야 한다. 이웃과 주변, 그리고 장구한 세월 억조창생이 이끌어온 역사와 시간, 기억과 꿈에 대해 한 번 더 생각하고 배려해야 한다. 시간적으로는, 당신들의 현재가 과거의 소중한 유산이며 아직 오지 않은 미래의 종자라는 걸 이해해야 한다. 공간적으로는, 당신들이 지구의 유일한 주인이라는 생각을 버려야 한다. 말 그대로 억조창생이 더불어 사는 공간인 것이다. 게다가 당신들은 생각만큼 영리하지도 않다. 지금 이 순간에도 새로운 영장류가 계속 태어나고 있다. 탄자니아와 시에라리온의 밀림 속에서, 네팔과 인도의 히말라야 깊은 산중에서, 인도네시아와 볼리비아의 빈민굴에서, 인간 영장류보다 훨씬 지능이 높고 게다가 겸손한 토끼 영장류들이 출현한다는 유네스코 보고서 「새로운 영장류의 출현과 지구의 미래」를 왜 미 CIA가 극구 나서서 비밀 문서로 분류시켰는지 알아야 한다. 당신들은 헛똑똑이들이다, 영혼까지 없는!—하지만 늘 그래왔듯, 관계기관 대책회의의 결론은 간단했다. 일단 접수하여 접수 번호를 매기고, 분류하여 분류 번호를 매기고, 조사하여 조사 서류를 작성하고, 상부에 보고하고, 상부는 결재하고 지시하고, 마침내 경중과 손익을 따져 다음 선거 때까지 적당히 미루는 것. 그리고 선거철이 다가오면 표심의 향배에 따라 현실적이고 합리적이며 철저히 경제 우선적인 처방을 내린다는 것. 결국 전국 경찰서에 수배령을 내리고 토끼라면 집토끼든 산토끼든 집과 산을 오가는 토끼든 상관없이, 검문 수칙이고 뭐고 상관없이 일단 경제적으로 잡아놓고보라며 전통을 때린 게 전부였다. 만유를 무한한 연관관계 속에서 파악하는, 그러다보니 근본적이고 급진적인 핵심에 다가서지 않으면 도무지 견딜 수 없는 상태가 되어버리는 한 토끼 영장류와는 달라도 아주 달랐다.

뒤늦게, 그즈음 "모든 네티즌이 기자다"라는 모토를 내걸고 새로운 대안 매체로 급부상한 한 인터넷 신문이 문건을 공개했다. 차상문이 직접 연락한 것도 아니었는데, 기자협회가 발급하는 기자증이 없어 다른 기자들로부터 종종 홀대를 받곤 하는 386세대의 한 시민기자가 당국이 쉬쉬 감추려 한 사태를 눈치채고 당대에 보기 드문 기자 정신을 발휘하여 끈질기게 파고들었던 모양이다. 당국에서 뭐가 예쁘다고 문건을 선선히 내주었을 리는 없고, 십중팔구 한미건강원의 선물용 포장에서 찾아냈을 터였다. 어쨌거나 문건은 즉시 포털 사이트 세 곳에서 검색 순위 1위에 올라서는 기염을 토했다. 물론 그 순위는 단지 몇 시간 동안만 유지되었는데, 누리꾼들의 관심이 갑자기 미스코리아 출신 어느 여자 연예인이 결혼을 전제로 사귀던 남자 연예인으로부터 눈두덩에 멍이 들 정도로 심한 폭행을 당했다는 기사로 썰물처럼 이동했기 때문이다.

인터넷의 위력과 진화 속도는 참으로 놀라워서 차상문은 그 자신도 자칫 현실보다 더 현실 같은 사이버 공간에 빨려들어갈 뻔한 적이 한두 번이 아니었다. 모든 길은 로마로 통한다는 말이 이제는 모든 길은 인터넷으로 통한다는 말로 바뀌어야 할 만큼, 인터넷은 새로운 천년의 알파요 오메가였다. 도스로 운영되던 286 XT 시대부터 개인용 컴퓨터와 의도적으로 거리를 두어온 차상문이지만, 인터넷을 잘 이용하면 장엄한 전쟁을 훨씬 효과적으로 전개해나갈 수 있지 않을까 큰 귀가 솔깃해진 적도 적지 않았다. 예를 들어 트로이 목마나 분산 서비스 거부(DDoS)와 같은 초보적인 해킹을 통해서도 얼마든지 망 전체를 교란시키거나 마비시킬 수도 있을 터였다. B.P. 동료들 중에는 이미 펜타곤이며 유수한 정보 및 보안 업체 서버에 침투해 제 흔적을 뚜렷이 남긴 이들도 없지 않았다. 물론 망은 끊임없이 진화한다. 그에 따라 방화벽도 눈부시게 발전하리라. 하지만 바로 그 방화벽을 만드는 능력이 방화벽을 무화시키는 능력이기도 한 것이다. (왕에게는 경호원이 필요하고, 혹시 모르는 일, 그 경호원을 감시하는 또다른 경호원이 필요하고, 그 경호원은 믿을 만한지 또 또다른 경호원이 필요하고……) 차상문은 늦었지만 저 스스로 한번 도전해볼까 하는 생각도 없지 않았다. 머리를 싸매고 덤벼들면 못할 것도 없지 싶었다. 그러나 결국 자신의 전쟁은 0과 1의 비트로 모든 것을 수렴하는 디지털과 철저히 대척적일 수밖에 없다는 결론에 도달했다. 전쟁을 수행하는 방식도 마찬가지였다. 디지털을 디지털로 친다는 건 근본적으로 문제가 있었다. 사람을 죽였다고 사람을 사형시켜서는 안 되는 것처럼. 차상문은 그런 권리는 누구에게도 없다고 생각했다. 게다가 디지털에는 치명적인 약점이 존재한다. 예컨대 그것은 0과 1 사이에 무엇이 있는지는 물론이거니와, 0과 1 바깥에 무엇이 있는지도 아예 묻지도 따지지도 않는다. 사람들은 이미 집과 회사의 유리창을 통해서가 아니라 빌 게이츠가 만든 운영체제 MS윈도를 통해 세상을 보고 느끼고 해석한다. 그렇게 새 세상을 연 디지털의 천재들은 0과 1의 비트만으로도 모든 것을 다 표현하고 드러낼 수 있는데 굳이 다른 무엇이 더 필요하냐고 자신 있게 대답한다. 그런가, 정말? 그들이 0과 1의 이진법만으로 만유를 다 옮겨담을 수 있을까. 가령 벌써 까마득한 세월이 흘렀는데도 여전히 가슴속에 남아 시도 때도 없이 짙은 그리움을 향해 수채화 물감처럼 번지는 북조선 토끼 신애란과의 추억 같은 것은? 천만에! 차상문은 설사 0과 1이 제아무리 근사하게 그 추억을 합성해낸다고 하더라도, 단연코 거부하리라 마음먹었다. 도대체 빈틈 하나 없이 꽉꽉 채워진 '뽀샵' 같은 추억을 어찌 추억이라 부를 수 있단 말인가! 나아가 어머니는? 어머니를, 그리고 어머니가 끌고 온 저 끔찍한 세월을, 색채도 질량도 냄새도 부피도 없고, 마침내는 대상에 대한 최소한의 예의마저 없는 0과 1로 어찌 조립해낼 수 있단 말인가.

생각 자체가 이렇다보니 차상문은 여러 면에서 매우 불편한 수고를 감수해야 했다. 예를 들어 그때는 이미 타자기라는 문명의 이기조차 박물관 수장고로 들어가버린 지 오래였기 때문에,

타자기용 리본을 하나 구하려고 해도 여기저기 꽤 많은 발품을 팔아야 했다. 물론 그는 인터넷에 들어가면 낡은 시대의 유물들도 얼마든지 구할 수 있다는 사실을 들어서 알고는 있었지만 제가 직접 확인해보지는 않았다.

—클릭 한 번으로 사라진 추억을 구입하세요!

—1970년대 물품전: "엄마가 어렸을 때!" 30퍼센트 특가 세일(단 일부 품목 제외).

어쨌든 이제 더이상 크게 기대할 것도 없었다. 그것만큼은 그가 스스로 자기 존재에 대해 진저리를 치고 있다는 사실처럼 명백했다.

54

시간이 또 흐르면서 관계기관 대책회의도 해체되고, 저 장엄하다는 전쟁에 대해 기억하는 이들마저 거의 없어졌다. 전국 경찰서며 치안 지구대마다 붙어 있던 토끼 수배 전단은 벌써 몇 번이나 살인, 살인미수, 강도, 특수 강도, 절도, 강간, 유괴, 사기, 공갈, 횡령, 방화 등 새로운 범죄 용의자들의 수배 전단으로 대치되었다. 한때 인터넷을 뜨겁게 달구었던 '지구의 미래를 위해 해서는 안 될 일 101가지' 패러디도 시들해졌다.

爲人類之未來請勿交尾. 己所慾勿施於人. 心不在焉視而不見. 不得起慾慰撫自物(인류의 미래를 위해 섹스를 하지 말지어니. 자기가 하고 싶어도 남에게 베풀지 마시라. 마음이 있지 않으면 봐도 보이지 않는 법. 그래도 정히 하고 싶으면 스스로 위무할 사).

패러디는 패러디일 뿐, 관광지에서 산 효자손처럼 현실의 가려운 부분을 재미 삼아 한 번 긁어주는 게 다였다. 누리꾼들이 전쟁의 홍보를 위해 결정적으로 기여한 게 사실이지만, 유감스럽게도 그들이 사이버 공간에서만 힘을 쓴 것 또한 사실이었다. 햇빛을 받으면 영 맥을 못 추는 드라큘라 백작이나 좀비처럼.*

55

다저녁때, 서울 미아리 한 주택가에 머리에는 삿갓을, 얼굴에는 때아닌 황사 대비용 마스크까지 쓴 한 사내가 나타났다. 가는 날이 장날이라더니 골목 어귀부터 요란한 경보음이 울리고

* 이와는 달리 디지털 시대의 적자(嫡子)들은 조만간 기왕의 대중이나 시민, 민중, 인민, 나아가 계급과도 전혀 다른 종류의 주체가 등장할 것이고, 그들이 현실과 사이버 공간을 마음대로 넘나들면서 때로는 발칙하고 유쾌하게 때로는 무모하고 황당하게 새로운 전쟁을 주도해나갈 거라고 자신했다. 한 사회과학자는 들뢰즈의 어법을 빌려 "싫든 좋든 토끼는 농경 시대에나 적합한 신체-기계였다"고 비판을 가한다. 환경(생태) 파시즘, 혹은 아날로그 파시즘이라는 비판의 목소리도 등장한다.

여간 시끌벅적한 게 아니었다. 알고보니 공교롭게도 둘 다 여의도 증권회사에서 선물 시장 전문 애널리스트로 일하는 이웃 간에 주차 문제로 시비가 붙은 것이었다. 처음에 찢어지지 않는 플라스틱 재질로 만든 명함을 주고받으며 점잖게 시비를 가려보려던 두 사내는 3분도 채 지나지 않아 서로 상대방의 멱살을 붙잡았고, 그뒤로 서로 상대방의 차 9838과 4425를 먼저 빼라며 각기 자동 경보장치를 작동시키며 한 치도 물러서지 않았다.

빼앵 빼앵 빼……

귀청이 떨어져나갈 것 같은 소음이 끊이지 않고 이어졌다. 개자식아, 씹새야, 애꿎은 동물들을 꿰어 만든 욕설이 난무했고, 평소 주민자치센터나 대형 마트에서 가끔 만나는 두 사내의 식구들은 물론이고 누군 자동 경보장치가 없어 안 쓰냐며 화가 머리끝까지 뻗친 골목 안 주민들까지 죄 몰려나와 판은 걷잡을 수 없이 커졌다. 그 두 사내가 각기 차 안에 설치한 최첨단 내비게이션조차 길을 일러주지 못했다. 삿갓을 쓴 사내는 욕설과 멱살 드잡이 단계를 벗어나 이제 막 상대방의 안면을 향해 주먹까지 휘두르려는 두 사내의 기세에 완전히 기가 꺾였다. 이제는 다 잊었노라 생각했던 까마득한 세월 저편의 기억이 홀연 뇌리를 파고들었기 때문이다. 오, 아버지! 원초적 범죄여! 삿갓 안쪽으로 잘 숨겨넣은 두 귀마저 파르르 떨렸다. 그는 골목의 그런 일상에 개입하고 싶은 마음이 별로 없었지만, 실천하지 않는 지성은 차라리 범죄라고 새삼 마음을 다잡았다. 그리하여 두 사내 사이의 중재자를 자임하며 나섰는데, 두 사내에게 고루 한 방씩 얻어맞았다. 결국 그는 매를 더 벌 이유는 없다고 판단하여 몰려드는 사람들 틈새를 비집고 황급히 발길을 돌렸다. 그 와중에 어깨가 구부정한 한 노인이 골목 입구 전봇대 옆에 슬쩍 쓰레기봉투를 버리고 인파 속으로 숨었다. 색깔부터 까만 게 종량제 규격 봉투는 아니었다. 싸움 구경에 넋이 팔린 주민들은 물론이고 삿갓을 깊숙이 눌러쓴 사내도 투기 장면을 직접 보지 못했는데, 노인은 전봇대에 설치된 방범 카메라가 골목 안 사람들의 일거수일투족을 24시간 샅샅이 훑어보고 있다는 사실을 간과했다. 정년퇴직 후 아파트 경비 일을 하다가 이제는 나이가 들어 그것마저 그만둔 뒤 아무 버는 것도 없는데 코딱지만한 판잣집이라도 있어서 국가에서 정한 기초생활 수급자에서 제외된 채 차상위 계층으로 분류되는 노인이었다. 그는 조만간 날아들 과태료 통지서에 충격을 받고 자칫 허망하게 뇌졸중으로 쓰러진 아내의 전철을 밟을지도 모를 일이었다.

얼마 후, 삿갓을 쓴 사내가 한 가정집 앞에 이르렀다.

담장 너머로 들여다보는 집 안은 유령의 집처럼 아주 고요했다. 그는 숨죽인 채 다만 기다렸다. 옴 아모카 바이로차나 마하무드라 마니파드마 즈바라 프라바르타야 훔, 옴 아모카 바이로차나 마하무드라 마니파드마 즈바라 프라바르타야 훔…… 광명진언을 얼마나 외웠을까, 유리창에 한 그림자가 어렸다. 그의 심장이 기다렸다는 듯 요란하게 두방망이질치기 시작했다. 7년 결

가부좌, 7년 면벽 수행, 7년 묵언 정진도 소용없었다. 한 찰나(刹那)에, 탄지(彈指)의 10분의 1에, 순식(瞬息)의 100분의 1에, 그는 생멸이 뒤바뀌고 우주가 흔들리며, 악착같이 버티고 선 두 다리에서 기어이 힘이 쭉 빠져나가는 것을 느꼈다. 그림자가 창문 안쪽에 서서 창밖을 바라본다. 사방 상하로 1유순(由旬), 즉 한 변의 길이가 약 15킬로미터인 성 안에 겨자씨를 가득 채우고 100년마다 한 알씩 꺼내 마침내 더 꺼낼 겨자씨가 없는 시간이 온다 한들, 잊을 수 없는 존재. 행여 보이지 않는다고 그리워하지 않았을까. 그는 겁이 났다. 겁이 나서 흐릿한 간유리 창 너머로 어둠을 바라보는 그림자를 차마 더 지켜볼 수 없었다.

다시 얼마 후, 그는 그림자와 함께 길고 긴 마지막 여행을 떠난다. 그곳으로 가는 거예요, 어머니. 제가 언젠가 말씀드렸죠? 반드시 그곳으로 어머니를 모시고 간다고…… 아마 그곳은 바다가 내려다보이는 언덕에 있을 터였다. 모든 것이 시작된 곳. 바로 그곳에서 끝도 새로 시작되어야 하는 것…… 행성은 이제 외롭지 않았다.

외롭지 않은 그가 그곳으로 가기 위해 골목을 빠져나오는데, 근처 고층 아파트 단지와 주상복합 건물에서 나오는 불빛이 불야성이었다. 그는 어린 시절에 본 과학 양계의 현장이 떠올랐다. 닭은 하루 진종일 켜놓은 불빛 속에서 시도 때도 없이 알을 낳았다. 알을 낳고 돌아서면(아니, 돌아설 공간조차 없었지), 또 불. 그래서 닭은 또 알을 낳아야 한다는 의무감에 충실하기 위해 노력했다. 그 계사 같기만 한 저 무수한 아파트 칸칸마다에서는 또 무슨 일이 벌어지는 것일까. 밤마다 사내 인간들은 비루한 욕망을 의연하게 견뎌내지 못하고 기어이 불쌍하고 가련한 여자 인간들을 덮치고 뒤집고 벌리고 때리고…… 뿌리 깊은 가부장제의 현실은 침대에서도 여여할 터였다. 도대체 하룻밤에 얼마나 많은 교미가 자행되는 것일까. 노골적인 교미, 교미를 위한 교미, 사랑이라는 허울을 뒤집어쓴 교미, 행복이라는 이름의 교미, 돈 내고 하는 교미, 돈 받고 하는 교미, 돈 땄다고 하는 교미, 돈 잃었다고 하는 교미, 심심하다고 하는 교미, 야한 동영상을 보면서 따라하는 교미, 납세나 국방처럼 의무적으로 하는 교미, 여봉 교미, 아잉 교미, 자깅 교미, 앞교미, 뒷교미, 채찍 교미, 교미, 교미, 교미……

쿵! 쿵! 쿵!

그는 또다시 기습해오는 이명에 속수무책이었다.

당연히 이비인후과로 가리라 했던 발길인데, 그가 자동문 안으로 들어선 곳은 큰길가에 자리 잡은 24시간 영업 해피니스 비뇨기과였다. 시술은 생각만큼 어렵지도 시간이 오래 걸리지도 않았다. 차라리 허무하다 싶을 정도였다. 그동안 이것 때문에 그토록 오랜 세월을 번민하고 갈등하고 전전반측 잠을 제대로 못 이루었단 말인가.

그는 새삼 또 몬태나의 숲속을 떠올렸다.

은자가 말했다. 이대로는 답이 없소. 폐허에서 다시 시작하는 수밖에는…… 신생을 위한 절멸! 섬뜩했지만 그는 그때 그 말을 은유로 받아들였다. 그리하여 절멸을 위해 은자와 함께 제일 먼저 비뇨기과에 가서 정관 절제술을 받으려 했다. 은자는 그의 시술을 극구 반대했다. 오히려 토끼 영장류의 정충을 잘 보전해야 한다고 했다.

"그게 저분의 뜻일 거요. 인간이 진화의 최종 정착지는 아닐 거라는 것. 그러니 인간 영장류 이후의 세상을 위해 씨를 퍼뜨리는 막대한 임무가……"

은자가 키 큰 나무들 사이로 언뜻 뚫린 하늘을 손가락으로 가리키며 말했다.

"난 태생부터가 부적절했어요. 아무도 원하지 않은 임신이었으니까요."

"모든 정충이 그렇잖소? 그들은 그저 즐기려고 꼬리를 치며 달려갈 뿐이오. 그러다가 난자와 눈이 맞으면 짝을 이루는 거구요. 거기에 무슨 의미가 있겠소? 치사한 인간이 낯간지럽게도 자신들의 교합에 적당히 의미를 둘러대는 것뿐이지요. 사랑, 애정의 확인, 인류의 미래, 규모의 경제, 건강한 2세, 가족의 행복, 심지어 하늘의 뜻이라는 말까지 갖다붙이지요. 아나, 하늘? 그건 그냥 흘레일 뿐이요, 흘레."

결국 그는 카운티의 허술한 보건소에서 정관 절제술을 받고 나와 한 발 뗄 때마다 양 미간을 찡그리는 은자를 데리고 숲으로 돌아가는 임무로 만족할 수밖에 없었다. 게다가 그렇게까지 통증이 심하다면야 더더욱! 아직 본 적은 없지만, 당신의 뜻이 정 그렇다면! 하지만 그는 주디 이후 육체적 교미에 대해서는 진저리를 치고 있던 차였는데, 그 사실을 차마 은자에게 말하지는 못했다. 자위만으로도 후세를 생산할 수 있다면 얼마나 좋을까. 물고기들은 흔히 그러지 않는가. 부르르 몸 한번 떨면 되던데…… 어쨌든 그 숲속에서 그는 새삼 자신의 존재 의미에 대해서 어떤 깨달음을 갖게 된 터였다. 아울러 B.P.의 남자 동료들이 밤낮을 가리지 않고 열심히 자기 몫의 정충까지 생산해주기를 간절히 기도했다. 이왕 기도를 하는 김에 그는 자기가 알던 비벌리힐스의 한 여성처럼 건강하고 가만히 있어도 생체 에너지가 끓어넘치는 경제 대국의 여성들이 육체적 교미 대신 정신적 교미에 대해서 좀더 개방적인 생각을 갖고 적극 실천해주기를 바라기도 했다.

하지만 그는 은자의 생각을 따를 수 없다고 결심하게 된다. 세상의 모든 문제가 바로 그 잘난 고환에서 비롯된다면, 당연히 문제의 원인을 제거해야 한다. 나 하나쯤이라는 말, 차차 하지 뭐, 라는 말. 그게 바로 문제였다. 알고도 내가 당장 하지 않기 때문에 역사는 오늘 이 참혹한 현실을 목격하게 된 것이다(이 점에서, 물론 동기야 달랐지만, 수많은 향토예비군을 대상으로 정자와 관련한 시술을 받게 한 박대통령의 '치적'이 다시 한번 주목을 받는다). 게다가 막상 시술을 당해보니 이처럼 간단한 것을!

"보아하니 약간 부가적인 손질이 필요하겠네요."

마치 언젠가 목욕탕에서 본 아버지의 큼지막한 고환처럼 생긴 젊은 비뇨기과 의사가 빙그레 웃으면서 말했다. 사춘기 때 자신의 왜소한 '남성' 때문에 학교 소변기를 한 번도 이용하지 못했을 정도로 고민이 많았던 의사는 이제 남성들의 고민을 해결하는 데 워낙 탁월한 실력을 발휘하게 되는바, 훗날 의료 선진화란 명목으로 민영화가 확대 실시되면 일본, 중국, 미국, 인도, 러시아 등지에서 환자들을 전세 비행기째 끌어들일 터였다. 그에 따라 당연히 그는 크게 돈이 안 되는 국가 건강보험 환자들에 대해서는 크게 신경을 쓰지 않게 되리라.

환자는 주사실에서 주사를 맞고 거기에 약을 발랐다. 한눈에도 눈과 코를 포함해 얼굴을 중심으로 성형수술을 한 여섯 번쯤 한 것처럼 보이는 앳된 여자 간호사는 나이에 비해 아주 친절했다. 그녀는 그의 거기에 정성껏 붕대를 감아주었다. 슬쩍슬쩍 닿는 그녀의 보드라운 손가락 때문에 때로 약간 야릇한 기분이 들어 저도 몰래 흐흥 몸을 비틀기는 했지만, 그는 지성적인 존재답게 잘 참았다.

"원장님께서 특별히 서비스도 해주셨어요."

"그게 뭐죠?"

"쉽게 말해…… 톱니에 구슬이죠."

"톱니에 구슬이요?"

그는 깜짝 놀라 윗몸을 일으켜 제 그것을 보려 했다. 하지만 거기엔 이미 붕대가 칭칭 다 감겨 있었다.

"아주 괜찮을 거예요. 사나흘 후면 진가를 실감하실 수 있겠네요. 호호, 저도 그때 마침 월차를 모아 홍콩이라도 한번 다녀올까 계획중이었는데……"

간호사의 입가에 티 없이 맑은 미소가 번졌다.

얼마 후 그는 어기적어기적 펭귄처럼 걸음을 옮겨 해피니스 비뇨기과 건물을 빠져나왔다. 그때까지도 그는 그토록 친절한 간호사의 티 없이 맑던 얼굴이 마지막 순간 왜 갑자기 크게 실망과 아쉬움 가득한 표정으로 바뀌었는지 이해할 수 없었다.

가을의 초입에 들어섰음을 증명하듯 제법 선선한 바람이 불어왔다.

그가 마취 끝의 통증을 참으면서, 열차가 다가오니 승객 여러분은 안전선 '밖으로' 한 걸음씩 물러나달라고 태연히 말하는 지하철 대신 상대적으로 안전할 것 같은 버스를 기다리는데, 생이 그렇듯, 기다리는 버스는 좀처럼 오지 않고, 자정이 가까운 시각인데도 '학생 인적 자원'들을 태우고 내리는 학원 버스만 줄기차게 오고 갔다. 영어 학원, 미술 학원, 피아노 학원, 태권도 학원, 보습 학원, 기숙 학원, 영재 교실, 천재 수학, 외국어고 대비반, 과학고 대비반, 민족사관고 대비반, 외고 대비반 대비 학원, 과학고 대비반 대비 학원, 민족사관고 대비반 대비 학원…… 학생 인적 자원들은 전혀 쿵쿵거리지 않았다. 어깨에 멘 책가방의 무게만도 버거운 판에 나라의 미래를 짊어져야 한다고, 너희들이야말로 차세대 성장 동력이자 국가 브랜드라고, 어른들로부터 귀에 딱지가 앉을 정도로 들어온 그들의 축 늘어진 견갑골 너머로, 식민지 시대부터 민족 정론지를 자처해왔지만 그 말을 곧이곧대로 믿는 세대는 점점 줄어드는 실정인 모 신문사의 뉴스 전광판이 인공 태양처럼 환히 빛났다. 화면에서는 이제 막 한 대의 대형 여객기가 하늘로 치솟은 두 채의 닮은꼴 마천루를 향해 전속력으로 날아가고 있었다.

56

래비티시를 고안하던 때가 언제던가.

차상문은 오래전 청춘의 한때를 보낸 기숙사 풍경을 떠올렸다. 그때만 해도 래비티시가 이런 식으로 쓰이리라고는 전혀 생각하지도 못했다. 그건 밥 또한 마찬가지여서, 그는 자신의 손으로 래비티시를 사용하게 된 사실이 수십 년 연락 한번 하지 않고 지내던 벗으로부터 난데없이 연락을 받은 사실보다 훨씬 감격스럽다고 너스레를 늘어놓기도 했다. 그 때문에 차상문도 그에게 보낼 답신의 첫머리를 자연스럽게 떠올렸다.

난 자네가 시인이 되었다는 사실이 더 믿기지 않아. 사실 난 인터넷에서 찾아낸 그 많은 동명이인들 중에서 시인 밥 니호프만큼은 결코 자네가 아니리라 생각했거든. 참고로, 내가 제일 많은

'협의'를 둔 사람은 미네소타 주에서 오토바이 수리점을 하는 밥 니호프였다네.

물론 사실이 아니었다. 수배 중인 동시에 만행 중이던 비정규직 운수납자 차상문은 서울을 떠날 무렵 제 가슴속에 물미역처럼 잠겨 있는 한 여자 토끼 때문에 난생처음으로 피시방이란 데를 찾아 제 발로 걸어들어갔다. 워낙 오랫동안 이 산 저 산 이 굴 저 굴을 옮겨다니며 험하게 지낸 터라 떼는 걸음걸음이 영 시원찮았다. 토끼굴보다 컴컴한 피시방에서는 아르바이트생의 도움을 받아 여러 검색엔진으로 다 뒤졌지만 유의미한 어떤 정보도 찾지 못했다. 눈과 귀만 버렸다 싶었다. 쓸쓸히 되돌아 나오려던 참에 그는 갑자기 농구대만큼 키가 큰 한 사내를 떠올렸고, 그라면 혹시 아는 게 있을지 모른다고 생각해서 다시 한번 구글을 뒤졌다. 스무 명이 넘는 밥 니호프 중에서 시인 밥 니호프를 발견했을 때, 그리고 거기 올라와 있는 시 한 편을 읽었을 때, 곧바로 농구대만큼 큰 키에 탱크처럼 육중한 할리 데이비슨을 세발자전거인 양 여유 있게 몰던 한 사람의 밥 니호프를 떠올렸다. 얼마나 반가웠는지! 눈앞에서 째깍째깍 정신없이 흘러가는 시간에는 곧잘 멀미를 느끼다가도 켜켜이 먼지가 쌓인 까마득히 먼 시간의 선반을 뒤질 때에는 눈빛마저 달라지는 차상문이었다. 그는 코끝에 갑자기 묻어나는 짙은 밤꽃 향기 때문에 저도 모르게 귓불이 발갛게 달아올랐다. 토끼처럼 분장했던 『플레이보이』지 핀업걸의 육감적인 몸매가 3D 애니메이션인 양 나타났기 때문이되, 그래도 오랜 면벽 수행의 공력으로 물리칠 수 있었다. 어쨌든 그렇게 해서 차상문은 밥의 이메일 주소도 알아내서 어렵사리 소통을 하게 된 것인데, 차가운 하드웨어들의 그물망에 불과한 인터넷이 아득한 추억까지 되살려준다는 사실은 꽤 놀라웠다. 밥이 래비티시로 쓴 부분에는 차라리 보지 않았다면 싶은 비밀까지 담겨 있었다. 인공어로서 래비티시가 문법적으로 미비한 구석이 많은데다 어휘 또한 크게 부족하지만, 군데군데 은어를 섞어 쓰면 얼마든지 의사소통이 가능했다. 번역하면, 이런 뜻이었다.

놀라지 마시게. 각오하고 읽어. 썬 이야기야. 관타나모로 끌려갔어. 9·11 그 사건과는 전혀 무관한데도 말야. 여러 알리바이와 많은 이들의 증언도 아무 소용이 없었대. 알고보니 이 나라에 있던 레푸스 사피엔스들 상당수가 썬과 같은 처지가 되었다더군. 자기 나라로 돌아간 이슬람권 레푸스 사피엔스들 중에서도 그런 경우가 꽤 된다는 말도 들었어. 나쁜 놈들! 무슨 일인지 알겠어? 그래, 저자들은 희생양이 필요한 거야. 자기들이 끌고 간 호모 사피엔스 용의자들만으로는 벌써부터 문제가 많다는 걸 잘 알았겠지. 언론은 진작 냄새를 맡았지. 대량 살상 무기도 쉽게 발견되지 않고…… 그러니 저자들은 언젠가 진실이 밝혀질 때를 대비할 수밖에 없게 된 거지. 그때 제단에 새롭게 올릴 제물도 필요하고…… 그게 누구겠어? 알겠지? 그런 거야.

썬은 고국으로 돌아가지 않았어. 학교에 남았지. 우리 버클리에도 잠시 있었지만, 곧 사우스 다코타 주의 어느 작은 대학으로 자리를 옮겼어. 나도 우연히 그 사실을 알게 되었지. 그래서 벌써 오륙 년 전인가 한 번 찾아가 만나봤어. 세월이 빗겨가지는 않았지. 흑단처럼 까맣던 머리에 어느새 흰 서리가 내려앉아 있었지. 그래도 여전히 예쁘더라. 곱게 나이를 먹어간다는 말, 그대로였어. 물론 자네 이야기를 안 할 수 없었지. 뭐라는지 알아? 아니, 그냥 설핏 묘한 미소만 짓더라구. 마치 말을 모르는 그림자처럼…… 어떤 뜻인지, 자네가 더 잘 알 거야. 결혼을 하지 않았지만, 굶주리다 못해 조국을 탈출한 한 사내아이를 입양해서 키운다고 했어. 어쨌든 그때만 해도 꽤 평온해 보였어. 가슴속에 어떤 슬픔이 있는지 나같이 둔한 자가 어찌 알겠냐마는, 어떤 슬픔이든 운명인 양 껴안으며 조용히 잘 늙어갈 것처럼…… 그냥 놔두면 그대로 한 편의 시가 될 것처럼…… 허나 세상은 결국 이 모양 이 꼴이지. 내가 관계하는 NGO에서도 여러 방향으로 손을 쓰고 있어. 압력이 만만치 않아. 적과 동지, 선과 악의 이분법이 바이블과 조국과 자유의 이름으로 정당화되고 있지. 그것들이 입법자요 또 판관이야. 자네도 조심해. 관타나모는 어디에나 있으니까. 어쩌면 인간 영장류가 고안해낸 모든 집단과 공동체에 관타나모의 유혹이 유전자처럼 내재되어 있을지 몰라. 조금이라도 수가 틀리면 일단 관타나모로 끌고 가는 거지. 무엇보다 효율적이니까. 아니, 효율적이라고 생각하니까. 어쩌다 이렇게 되었나! 말하는 내가 부끄러워. 미안해, 보고 싶은데, 우선은 이렇게 말도 안 되는 이야기부터 들려주게 되는구나. 메일을 쓸 때, 래비티시 잊지 마.

낙엽을 스치는 바람에도 쉽게 눈시울을 적시곤 하던 차상문인데, 그러나 울지 않았다.

신애란의 얼굴이 마치 바로 코앞에서 B.P. 크로니클의 문제점을 설파하던 때처럼 삼삼했지만, 관타나모에 있다는 신애란은 도무지 상상이 가지 않았다. 가령 쇠로 만든 족쇄가 연약한 발목을 얼마나 아프게 조일지, 끼니마다 토끼풀은 어떻게 할지…… 그는 어쩌면 그게 제 종족의 자연스러운 운명일지 모른다고 생각했다. 그래, 세상이 그런 운명을 강요하고 있어. 레푸스 사피엔스에게는 세상 어디나 관타나모인 것을…… 보이든 보이지 않든 인간이 누리는 모든 것은 피의 대가이니, 소가죽으로 만드는 야구공 하나부터 다이아몬드에 이르기까지, 저 잘난 인간적 자유로부터 지고지순의 생명에 이르기까지 예외란 있을 수 없다. 지금 이 순간에도 아프리카에서는 벨기에의 다이아몬드 카르텔을 위해 수도 없이 많은 소년병들이 밀림을 헤매다 온데간데없이 사라지고, 1927년 세계적인 타이어 회사가 고무농장을 1에이커(약 1200평)당 단돈 5센트에 구입한 이래 라이베리아 노동자들은 새벽 4시부터 하루 열 시간 이상 어떤 보호 장비도 없이 고무나무 수액을 채취하는 강도 높은 노동에 투입되고, 인도의 라지스탄에서는 대리석을 캐내기 위해 철모나 장갑도 없이 무수한 노동자들이 보기만 해도 아찔한 절벽에 매달리고, 시도 때도 없이 발파 작업이 이루어지면 운 좋은 사람은 살아남고 운 나쁜 사람은 자욱한 돌가루와 더불어 사라지고, 세계가 부러워하는 복지국가 스웨덴에서는 수도 스톡홀름 시 당국이 시내 공원에서 야생 토끼가 걷잡을 수 없이 번식하는 것을 막기 위해 해마다 수천 마리씩 포획하고, 그렇게 잡아들인 토끼들의 사체는 친환경을 모토로 하는 지역난방 발전소에 보내 이른바 '바이오 에너지'로 사용하고, 말을 안 듣는다고 혹은 게으르다고 혹은 돈을 안 벌어온다고 혹은 말대꾸를 한다고, 이것도 저것도 아니면 그냥 꼴 보기 싫다는 이유로 자기가 데리고 사는 여자에게 염산을 뿌리는 남편들이 아예 조직적으로 존재하는 나라도 있고, 여자가 간통을 했다는 이유로 가족이 나서서 공공연히 이른바 '명예 살인'을 자행하는 것을 전통문화로 간주하는 나라들도 있으며, 교통사고도 거의 없을 시에라리온에서는 평균 수명이 남자 33세 여자 35세에 불과한데, 비만을 가장 큰 사회 문제의 하나로 걱정하는 미국인들은 저녁마다 야구장을 찾아 햄버거와 콜라를 쉴 새 없이 소비하고, 말이 나왔으니 말이지, 대부분의 사람들은 야구는 누구에게도 해를 끼치지 않는다고 생각하고, 나아가 어린이들에게 꿈을 심어주는 스포츠라고 적극 권장하고, 그 야구공이 소가죽으로 만들어진다는 사실은 시즌 전 시범경기부터 월드 시리즈가 끝날 때까지 거의 모르고 사는데, 실은 소 한 마리를 잡으면 야구공 200개를 만든다 하니 도대체 해마다 미국과 일본, 한국 등지에서 제 영혼과 육체를 야구공에 바치는 소가 무릇 기하일 것이며, 2001년 유엔 통계에 따르면 하루 생활비 1달러 미만으로 사는 사람이 11억 8천만 명이고 2달러 미만이 27억 3천만 명인데 국민소득이 2만 달러에 육박하는 한국 남성들 중에는 해외여행을 떠나 낮에는 아주 예의 바른 관광객으로 지내다가 밤에는 미친 듯 여성들을 찾아다니는 색골로 변신하는 이들이 적지 않으며, 그래도 정력이 능히 유지되는 건 곰사육농장을 방문하여 살아 있는 곰의 배에 구멍을 뚫어 직접 쓸개즙을 빨아먹기 때문이며, 해마다 바다표범 30만 마리에 대해 포획 허가를 내주는 캐나다에서는 집에 돌아가면 애완견을 제 피붙이처럼 소중히 여기는 착한 어부들이 행여 가죽이 상할세라 쇠몽둥이로 어린 바다표범의 머리통만 집중적으로 내리치고, 어부의 착한 아이들은 학교에서 환경보호 캠페인에 참가하고, 국제 자원 협력이라는 명목하에 중고 컴퓨터와 산업용 쓰레기와 핵폐기물이 부지런히 국경을 넘고, 몇 푼 돈을 만지니 당장은 좋고 수은 중독 납 중독 카드뮴 중독에 픽픽 쓰러지니 장차 후회하고, 티그리스 강변에서 나눈 사랑의 밀어는 천 리 밖 항공모함에서 날아온 미사일 한 방에 산산조각 나버리고, 검정색 차도르를 입은 여자의 시체가 강물 위에 떠오르면 남자는 미친 듯 울부짖다가 기어이 복수의 일념을 불태우고, 천일야화의 꿈도 사라지고, 길가메시의 신화도 빛이 바래고, 수니는 시아를, 시아는 수니를 철천지원수로 간주하고, 탈레반은 율법에 따라 여성들을 보호한다는 명목으로 학교조차 가지 못하게 하고, 6세기에 조성되어 1500년을 버텨온 바미안 석불을 하루아침에 날려버리고, 다국적군과 탈레반 사이에서 죽을 맛인 아프간 민간인들은 경찰이 불을 지르고 간 밭에 또다시 양귀비를 심고, 쿠바의 관타나모 기지에서는 점잖게 수염을 기른 사내들이 발가벗겨진 채 여군 앞에서 엉엉 울며 개처럼 기고, 개들은 체세포 복제 실험을 위해 어제처럼 오늘도 수없이 죽어나가고, 죽은 영혼은 개든 사람이든 말이 없다고 천연덕스럽게들 말하고…… 아, 세상에는 문제가 갠지스 강의 모래알처럼 많고 많았다. 마치 그래서 세상이고 그래야 세상인 것처럼!

이를 악문 오랜 숙고 끝에, 차상문은 래비티시로 간단히 답을 썼다.

독일의 어느 시인이 썼지. 영원한 것은 침묵하며 지나가는 것은 소란스럽다고. 이제 침묵으로 말할 수밖에 없네. 두루 안타깝지만, 이게 내 종족의 운명이라 생각해. 벗이여, 그래도 나는 믿고 싶네. 시는 침묵 속에서 한결 아름답게 빛날 거라고.

외출 나온 군인들이 위수 지역을 벗어나지 못해 천생 벌 떼처럼 바그르르 몰려들 수밖에 없는, 소읍에 하나밖에 없는 어두컴컴한 피시방에서 새로 만든 계정을 이용해 이메일을 보낸 뒤, 차상문은 천천히 계단을 내려갔다. 계단이든 산길이든, 그에게는 오르는 것보다 내려가는 게 훨씬 힘들었다. 어쩌면 생 자체가 그런 것인지도 몰랐다. 간신히 계단을 다 내려와 뒤를 돌아보니, 짙은 어둠 속에 한 여자 토끼가 그림자 유령처럼 서 있었다.

안녕, 내 사랑.

차상문은 울컥 치미는 슬픔을 애써 참으며 작별 인사를 건넸다. 뿌리칠 옷깃조차 없어 외려 더 황망했다.

57

혼곤한 꿈속에서, 지니는 어떤 기시감을 느꼈다.

토끼가 기어이 사라지는 뒷모습. 언젠가 보았는데, 그새 세월은 참으로 많이 흘렀다. 이제 자신의 기억 속에 아름다운 어떤 것도 남아 있을 리 없다고 생각했는데, 아니, 도대체 자기는 이제껏 어떤 감동도 없이 자를, 필통을, 연필을 반듯하게 놔야지만 마음이 그나마 편해지는 그런 삶을 살아왔는데, 어쩌면 우리 생이 그게 다가 아닐지 모른다는 걸 처음 가르쳐준 토끼는 갑자기 토라진 것처럼 저만큼 훌쩍 가버리는 것이다. 그 뒷모습이 몹시 쓸쓸했다. 그러자 자기가 끌고 온 생이 하찮게 느껴지고 불현듯 눈물마저 주르륵 흘러내렸다. 이건 꿈이니까. 그래도 언제 다시 나타날 거야. 지니는 안타까운 마음으로 그날을 기다리며 꿈속을 마냥 헤매었다.

58

"꼭 이래야 되겠어, 응?"

폐경기가 지났을 게 분명해 보이는 연배의 여자가 막걸리 쉰 냄새를 풀풀 풍기며 짜증 어린 목소리로 다시 물었다.

"고통 없이 무얼 이루겠어요, 종심이 누님."

"하여간 말은 잘해. 이뻐 죽겠어, 이럴 때면…… 그래도 넘 아쉽다. 교미도 못 할 거 아냐? 우리, 옛날 생각해서 딱 한 번만 하고 나서 하면 안 될까?"

"누님! 몇 번이나 말씀드렸어요? 교미야말로 천하 모든 악의 근원이라고."

"맞아, 부처님 말씀도 결국 그거였을 거야. 나쁜 사내새끼들……"

그녀는 훍손을 놓고 기어이 또 막걸리 통을 집어들었다. 그도 더 보채지 않고 물끄러미 그녀를 바라보기만 했다. 연민의 감정이, 더 솔직히는 벌써 까마득한 세월 저편에서 딱 한 번 목격했던 하얀 속살에 대한 그리움이 너울처럼 덮쳐왔지만, 그는 아주 잘 참았다. 샅 사이 물건이 잠시 움찔했어도 그는 그마저 능숙하게 잠재울 수 있었다.

"남자란 인간은, 끅, 다 잘라버려야 해, 끅."

"맞아요. 그래서 저도 진작 병원에 갔다왔어요."

"뭐? 쓸데없는 짓을 했네? 아니…… 끅, 그래, 잘했다, 잘했어. 이 미련한 토끼야. 그래, 그러니까 이제 네 말대로 세상이, 우주가 훤히 다 잡히디?"

"네."

그는 자신있게 대답했다. 사실이었다. 그는 시술 이후 서서히 그런 변화를 느끼기 시작해 마침내 무엇인가 진정한 변화가 벼락처럼 제 온몸을 내리치는 한 찰나마저 경험했다. 그걸 어찌 말로 설명할 수 있으랴. 파천황에 후천개벽? 아니, 그건 말로 해서 되는 게 아니었다. 이제 그는 종당에는 침묵과 크게 다르지 않을 우주 만물의 진언(眞言)을 두루 알아들을 수 있을 것 같았다.

"그렇다면, 그래, 까짓 것…… 저질러버리자. 우리 토도사가 우주 만물의 죄업을 혼자 이렇게 짊어지시겠다는데……"

"물(物)만이 아니어요, 누님. 난 이제 곧 미립이 나서 다 볼 수 있고 다 느낄 수 있고 다 이야기를 나눌 수 있을 거여요. 보이지 않는 것들, 보이지 않는다고 믿었던 것들, 보이지 않는다고 그리워하지 않았던 것들, 기억, 꿈, 헛것, 도깨비, 유령, 귀신, 강시, 좀비, 영혼…… 심지어 시간의 미세한 부분들까지 보게 될지 모르죠."

"아무래도 제정신이 아닌 건 분명해. 그러지 않고서야…… 아무래도 수술받았다는 게 뭐 좀 잘못된 게 아닐까? 끅."

"아니어요. 간호사가 그러던데 서비스로 특별히 아주 좋은 것도 해주었대요."

"아주 좋은 거? 그게 뭔데?"

"톱니하고 구슬이라던가…… 그래선가 소변 볼 때마다 보면 모양이 좀 이상해지긴 했어요, 누님."

"뭐? 그 좋은 걸 했단 말이야? 아이고, 아까워라, 끅."

그녀가 다시 막걸리 통을 기울였다. 마지막 한 모금까지 다 빨아마신 뒤 그녀가 물었다.

"할 수 없지 뭐, 도깨비며 헛것 따윈 혼자 조용히 보시고. 그래, 시간까지 볼 수 있게 된다면 무얼 제일 먼저 보고 싶어?"

"그때 그 봄이지요. 여기, 바로 이 언덕에서……"

그가 사뭇 가라앉은 목소리로 대답했다.

"무슨 심보야? 차라리 그때만큼은 머릿속에서든 가슴속에서든 아예 지워버려야 하는 거 아냐?"

"내가 보고 싶은 시간은…… 다만 어머니의 봄이어요. 스물세 살 어머니의 아름다운 청춘. 이제 막 눈을 뜬 신생아처럼 주변의 산과 들과 아이들과 학교와 바로 그 순간의 당신 자신과 그리고…… 당연히 아름다워야 할 미래까지 한 바구니 그득한 그 봄, 아직 아무것도 일어나지 않았던 그 순간……"

그의 목소리가 촉촉이 젖어가고 있었다. 그녀는 술에 잔뜩 취해서도 그것을 능히 알아차릴 수 있었고, 그녀의 가슴속에도 무엇인가 울컥 서러운 감정의 덩어리가 고개를 내밀었다. 그녀는 울지 않았다. 엄마, 큰언니, 언년이 언니…… 그래도 나 종말이는 보건소에 가서 아이나라도 타서 먹을 수 있었기에 아직 이렇게 햇빛을 보지만요…… 하필이면 첫날밤, 하얀 이부자리에 피를 토했다. 신혼방에 들자마자 남편은 사흘 굶은 끝에 뚱딴지를 처음 본 멧돼지처럼 거칠게 달려들었고, 저고리 옷고름도 우악스러운 손으로 뜯어냈다. 그렇듯 처음 당하는 일에 너무 놀라서 경기를 일으켰을 터. 생긴 건 꼭 시커먼 쑥버무리처럼 생긴 남편이라는 자는 위로는커녕 샅 사이 검은 그것을 덜렁거리면서 폐병쟁이한테 속았다며 길길이 성질을 부렸다. 빌고 또 빌었다. 그게 일과가 되었다. 없는 돈도 빌려서 갖다바쳤고, 하루 종일 술집에 가서 베개처럼 여자를 끼고 살아도 모르는 척 눈을 감아주었다. 그래도 우수에 시작한 혼인 생활은 이듬해 경칩도 채우지 못하고 끝이 났다. 더이상 바칠 돈도 마련하지 못하게 되자 어쩔 수 없었다. 그때 이미 미련도 없었지만, 억울했다. 누군가에게 대놓고 화풀이라도 하고 싶었다. 그게 누구누구인지…… 그녀는 도리질을 치며 다시 훍손을 잡았다. 그와 얼핏 눈이 마주쳤다. 그가 천천히 고개를 끄덕거렸다.

그리고…… 마침내 마지막 벽돌 한 장.

그는 생각했다. 저것만 틀어막으면 세계는 사라진다. 내가 이기는 것이다! 그래도 어찌 아쉬움이 없으랴. 벽돌 하나 구멍으로 햇살이 아주 눈부시다. 더도 말고 덜도 말고 딱 하루만 실컷 저 햇살에 얼굴을 맡길 수 있다면 원이 없겠다. 이거 원, 무르자할 수도 없고…… 그는 눈을 감은 채 쿡, 혼자 웃음을 웃으려다가 갑자기 정색한다. 이건 전쟁이야, 장엄한! 다는 아니더라도 더러는 지극한 마음으로 느낄 인구도 있으리라. 내가 사라지고 나면, 한 토끼와 더불어 일구었던 시간의 기억을 새삼 그리워할 사람들…… 허전하리라. 앓던 이도 빼고 나면 섭섭한 법인데, 왜 아니겠는가. 하지만 그땐 이미 늦다. 인간의 시간은 오직 앞으로만 달려갈 테니까. 그래, 내 존재의 이유가 그 정도라도 되면 충분한 게 아닌가.

그래요, 어머니. 이제 모든 걸 편히 받아들이셔요.

여자가 그 벽돌 한 장을 마저 발랐다. 무문관 김처사만큼은 아니더라도 제법 훌륭한 솜씨였다. 햇살은 겉에서 보면 마치 자연산 바위 같기만 한 토굴 벽 앞에서 툭 꺾였다. 그는 숨이 답답한 듯 길게 한숨을 토해냈다. 그 순간, 그는 자신이 만사를 너무나 비관적으로 또 일방적으로 생각하지 않았는가 퍼뜩 의구심이 일었다. 예컨대 숨 쉴 때마다 내뿜는 이산화탄소가 지구 오존층을 망친다고 생각했지. 그러나 사실 그 이산화탄소가 오존층에 무어 그리 심각한 구멍을 내랴. 나아가 나무나 풀은 오히려 이산화탄소가 있어야 광합성 작용을 하는 것이지. 그렇다면 호모 사피엔스가 하나부터 열까지 다 나쁘다고 할 수만도 없지 않을까. 하늘을 찌를 듯 치솟은 낙엽송과 폰데로사 소나무들로 울울한 몬태나 숲속에는 어쩌면 공포라는 개념 자체가 없는지도 모른다. 육식동물이 초식동물을 잡아먹을 때조차! 그것은 아름다운 질서의 한 부분이지, 가능한 대안을 방기한 채 우격다짐으로 대상을 정복하고 장악하는 야만이 아니다. 바람은 풀에게 필요하고, 풀은 사슴에게 필요하고, 사슴은 늑대에게 필요하다. 늑대가 야수라는 말은 인간이 지어낸 허구일 뿐. 그렇다면 늑대에게 야수라는 꼬리표를 붙여준 인간도 어떤 더 거대한 섭리의 일부란 말인가. 오, 어머니…… 차상문은 고개를 거세게 저었다. 어둠이라는 이름 너머의 어둠이 그의 온몸을 휘감았다. 시간마저 그 어둠 속에 간단히 녹아들었다. 색조가 사라지고, 명암과 농담이 사라지고, 마침내 분별의 마지막 아스라한 기미마저 사라진다. 해인이여! 화엄이여! 그때, 그 절대 무의 시공에서, 무문이의 예쁜 앞니가 반짝하고 빛났다. 아우 차상무가 끝내 자기 씨앗일 리 없다며 완강히 부인한 아이. 아아, 무문이가 좀더 클 때까지 기다려야 하는 게 아닐까. 앞뒤 없이 착한 그 어린것만 남겨놓고…… 해도 어쩔 것인가. 존재한 이상 스스로 깨치는 수밖에…… 에라, 모르겠다, 할!

소리가 들렸는가.

늙은 여자는 음식물과 배변 기구조차 들락거릴 틈 하나 없이 제 손으로 완벽하게 밀봉해버린 토굴 앞에서 썩은 짚뭇처럼 푹

고꾸라지고 만다. 저 아래 바다에서 퇴락한 포구를 거쳐 불어오는 바람도 생에 지친 그녀를 차마 깨우지 못한다.

뒷이야기

그로부터 정확히 67일째 되던 날, 훗날 유엔이 공식적으로 인정하게 되는 이 나라 최초의 토끼 영장류가 지구별에서 사라진다. 어디로 갔는지는 아무도 모른다. 그날 저녁, 서울 미아리 주택가, 대개 한적하지만 가끔은 주차 문제로 시끌벅적해지기도 하는 골목 가까이 어느 가정집에도 조등 하나가 내걸린다. 입관을 지켜볼 사내 상주들은 없다. 민법상 하나 있는 고인의 손자마저 군에 입대하자마자 종교적 이유로 인해 교도소로 직행했기 때문이다.

비기(秘記)가 나돈 것은 한참 더 시간이 흐른 후부터였다. 인터넷 폐쇄 블로그들을 통해 은밀하면서도 급속히 전파된 그 비기에 이르되, "종말의 때가 다가오면 제일 먼저 배가 산으로 올라가고, 골목과 포구에서 오랜 제 입말이 사라지고, 비린 것들이 서쪽 바다를 버리고, 소가 풀을 뜯지 않아 도성 안에 촛농 냄새 진동하고, 팔자 좋은 허공이 달빛 영창(映窓)에 사로잡히고, 닭 돼지 잔기침에도 천하가 벌벌 떨고, 보기 드문 노란 부엉이마저 봉우리 아래로 떨어지니, 마침내 억조창생이 본디 가야 할 길을 벗어나……" 운운했다.

이에 대해 시간이 지천으로 남아도는 일부 누리꾼들이 가령 '팔자'를 대통령 선거 벽보상의 기호 8번으로, '허공(虛空)'을 허공(許公)으로 해석하는 등 사회적 불안감을 조성하자, 덩달아 경찰청 사이버 수사대의 손길도 바빠졌다. 그러나 틀린 결정은 너그럽게 용서해도 느린 결정은 도무지 참지 못하는 IT 강국 대한민국의 누리꾼들은 그때쯤 벌써 근거가 불분명한 또다른 풍문을 퍼나르느라 자판을 두드리는 손길이 수사대의 그것보다 100배는 더 빨라졌다.

"도사님이 마지막으로 토한 할(喝)이 사실은 '할'이 아니라 '잘'이었다고 함다."

"잘이 뭐대요?"

"국어사전에 나와욤."

과연 인터넷 국어사전에는 이렇게 나와 있다.

잘: 〔명사〕 ①검은담비의 털가죽. ②〈동물〉=검은담비.

이로써 누리꾼들은 우주 생성의 비밀과 만유의 모순을 끝도 없이 파헤치다 최후의 순간까지 사라져가는 생물종에 대해 안타까운 관심을 거두지 못한 한 토끼 영장류에 대해 새삼 극진한 경외감을 표하게 되는 것이지만, 남북이 엄연히 대치하고 있는 상황에서 배들이 불러 별 희떠운 소리도 다한다며 어디 한번 쫄쫄 배를 곯아보면 그 소리가 나오겠냐며 비판하는 이들도 수두룩하니, 한갓 가담항설도 정치적으로 해석되어 괜한 오해를 사기 전에 이쯤에서 끝내는 게 좋겠다.

작가의 말

시어도어 존 카진스키, 일명 유나바머.

열일곱 살에 하버드에 입학한 수학의 천재. 3년 만에 졸업하고 버클리 대학에서 최연소 종신교수직을 획득했으나 스스로 교수직을 사임한 뒤 몬태나의 깊은 숲속으로 잠적. 은둔자의 길을 걷다가 홀로 산업 문명 전체를 상대로 한 '전쟁'을 전개한다. 18년간 우편물 폭탄으로 3명을 살해하고 23명을 부상시킨 후, 1996년 동생의 신고로 FBI에 체포된다.

그 직후, 이 소설이 싹텄을 것이다. 그때만 해도 아직 희망이 있었을까. 굵은 선으로 민중의 힘과 분노를 새기던 판화가 선배는 시골에 내려가 벌써 몇 해째 무공해 농법을 실천중이었다. 80년대의 민주화 투쟁과 더불어 성장한 노동자들은 마침내 자기 계급의 이익을 반영하는 당을 결성했고, 음지에 숨어 살던 성적 소수자들이 과감히 커밍아웃을 선언했고, 여기저기 대안학교들이 문을 열었으며, 외국인 노동자들이 대거 몰려와 이른바 3D 업종의 노동력 공백을 메워주었고, 그들을 전문적으로 지원하는 시민사회단체가 속속 생겨났고, 대학도 안 나온 서태지가 성공한 이후 "차별 대신 차이"라는 목소리가 힘을 얻었고, 발빠른 NGO 운동가들은 아름다운 가게와 공정 무역과 공정 여행이라는 낯선 개념까지 아주 쉽게 확산시켰다. 그런데 언제부턴가 나는 세상의 그 모든 긍정적 '진화'에 대해 회의하기 시작했다. 예를 들어 무공해 농업은 엄청난 노동력의 투입이 없으면 불가능했고, 그렇게 해서 거둬들인 농산물은 강남 부자들의 입으로 들어갔고, '역사를 움직이는 철의 노동자들' 또한 제 식구들만 생각했고, 어느 순간부터는 배기량 높은 차를 몰고 현장에 갔고, 가서는 (원했든 아니든) 팔 수 있는 한 깊고 넓게 땅을 팠고, 멀쩡한 길 옆에 또 길을 냈고, 골프장 옆에 골프장을, 모텔과 가든 옆에 모텔과 가든을 또 지었다. 대안들이 왜 없었겠나. 그러나 그것들 역시 말 그대로 임시방편에 불과했으니, 북극의 빙하가 사정없이 녹아내리는데 내 주변의 '착한 벗'들이 하는 일이라고는 '고작' 지리산 골짜기에서 샴푸 없이 머리를 감는 일 정도였다.

나는 속절없이 허무주의에 빠졌고, 그러던 중 내버려둔 머리카락이 자라는 것에 비례하여 점점 더 근본주의자가 되어가는 것 같았다. 아, 근본주의라니! 이슬람의 저 무시무시한 근본주의! 미국 부시 대통령이 9 · 11 이후 부활시킨 저 지독한 기독교 근본주의! ―하지만 아무에게도 해를 끼치지 않는 근본주의는 없는가. 처음부터 존재가 아니라 부재를, 생성이 아니라 소멸을 목표로 삼는! 놀랍게도 나는 그 길을 발견해냈다. 소설의 주인공 차상문을 토끼(더 정확히는 토끼 영장류)로 바꾸자 눈앞이 훤히 보였던 것. 토끼라면 유나바머와 달리 아무에게도 해를 끼치지 않는 '테러', 즉 '장엄한 전쟁'을 가능케 하리라 싶었다.

강원도 홍천의 겨울, 불도 안 땐 냉골에서 나는 입김을 호호 불어가며 자판을 눌렀다. 잠시라도 멈추면 손이 곱아왔으므로, 주인공 토끼는 마구 앞으로만 내달렸다. 그래, 인간 영장류에게 본때를 보이는 거야. 유한한 화석 에너지를 터무니없이 낭비하는 인간들! 육식이든 초식이든 생명을 섭취해야만 존재가 유지되는 인간들! 숨 쉴 때마다 이산화탄소를 배출하는 인간들! 자신과 이웃들의 소중한 역사와 기억을 허투루 묵살하는 인간들! 속도만으로도 모자라 가속도에 몸을 맡긴 인간들! 그러고도 꾸역꾸역 종의 번식을 시도하는 인간들! 그중에서도 특히 남자들! 아버지들! ―토끼는 어디선가 톡 튀어나와 말한다.

"걸을 때 제발, 쿵쿵거리지 좀 마요!"

솔직히 말하자. 불을 안 땐 건 사실이지만, 지구를 생각해서는 아니다. 구들이 무너졌기 때문이다. 오리들에게 미안한 말인데, 1.5킬로그램짜리 동계 비박용 '오리털' 침낭을 뒤집어쓰고 작업

했다. 덕분에 나무하는 노동도 생략할 수 있었으니, 결과적으로 지구를 생각한 셈인가. 하지만 서울문화재단에서 작가들을 위해 마련해준 기막히게 좋은 창작실에서 소설의 교정을 보는 동안 그렇게 아낀 지구 에너지를 몽땅 써버리고 말았다. 토끼 볼 면목이 없다. 어쩌랴, 내가 원래 이런 '인간'인 것을!

외우 강태형 사장과 편집부의 김민정 시인에게 진심으로 고맙다는 말을 전한다.

2010년 1월, 서울 연희문학창작촌에서
김남일

| 주 |

1. 공선옥, 『행복한 만찬』, 달, 2008, 75~76쪽 참조.

2. 존 크라카우어, 『그들은 오늘도 왜 산과 싸우는가』, 자음과모음, 2006.

3. 에드거 앨런 포, 『애너벨 리』, 정규웅 옮김, 민음사, 1974. (인용자 약간 수정).

4. 프랑수아 자콥, 『파리, 생쥐, 그리고 인간』, 이정희 옮김, 궁리, 1999.

5. 아마가사, 『지구를 파괴하는 범죄자들』, 최열 해설, 강현·김원식 편역, 푸른산, 1990, 16쪽 참조.

6. 이성부, 「우리들의 양식」, 『우리들의 양식』, 민음사, 1974, 105쪽.

| 참고 문헌 |

1. 구엔 카오 키, 『월남 20년 패망 20일』, 홍인근 옮김, 연희출판사, 1977.

2. 유나바머, 『유나바머』, 조병준 옮김, 박영률출판사, 1996.

3. 이주영 외, 『미국현대사』, 비봉출판사, 1996.

4. 조너선 닐, 『미국의 베트남 전쟁』, 정병선 옮김, 책갈피, 2004.

5. 로렌 아이슬리, 『광대한 여행』, 김현구 옮김, 강, 2005.

* 글을 쓰는 동안 지적 재산권과 사이버 모욕죄, 명예훼손죄 따위가 꽤 신경 쓰였다. 지식과 정보의 출처가 점점 아리송해지는 현실에서 '표현의 자유'는 참으로 옹색한 개념이었다. 예를 들어, 소설 속 특히 주디와 차상문이 처음 만나 나누는 성 담론에 대해서 필자는 전거를 확실히 밝히지 못한다. 꽤 오래전 어디선가 그런 내용의 글을 읽은 것도 같은데, 그마저 자신이 없다. 혹시 출처를 아시는 분이 있으면 연락 주시기 바란다. 확인 후 개정판에서 고치도록 하겠다. 이밖에 문화방송 텔레비전의 시사프로그램 〈W〉와 오마이뉴스 기사 〈소송 천국 미국의 밥그릇 싸움, '발목은 존재하나' 〉(2008. 3. 29), '팔레스타인을 잇는 다리' 홈페이지 등에서도 도움을 받았음을 밝힌다. 소설의 특성상, 일일이 주를 달지 않은 것에 대해 두루 양해를 구한다.

문학동네 장편소설

천재토끼 차상문

ⓒ 김남일 2010

1판 1쇄 | 2010년 1월 15일
1판 7쇄 | 2011년 4월 15일

지은이 김남일
펴낸이 강병선
책임편집 염현숙 김민정 정세랑 | 디자인 엄혜리 유현아
마케팅 신정민 서유경 정소영 강병주 | 온라인 마케팅 이상혁 한민아 정진아
제작 안정숙 서동관 김애진 | 제작처 한일프린테크(인쇄) 시아북바인딩(제본)

펴낸곳 (주)문학동네
출판등록 1993년 10월 22일 제406-2003-000045호
주소 413-756 경기도 파주시 교하읍 문발리 파주출판도시 513-8
전자우편 editor@munhak.com | 대표전화 031)955-8888 | 팩스 031)955-8855
문의전화 031)955-8890(마케팅) 031)955-2656(편집)
문학동네카페 http://cafe.naver.com/mhdn

ISBN 978-89-546-0958-6 03810

* 이 책의 판권은 지은이와 문학동네에 있습니다.
이 책 내용의 전부 또는 일부를 재사용하려면 반드시 양측의 서면 동의를 받아야 합니다.

* 이 도서의 국립중앙도서관 출판시도서목록(CIP)은 e-CIP 홈페이지(http://www.nl.go.kr/ecip)에서
이용하실 수 있습니다.(CIP제어번호: CIP2010000041)

www.munhak.com